JN057712

TAHITI

タヒチからの手紙

葉山弥世

鳥影社

タヒチからの手紙　目次

タヒチからの手紙 …… 3
命の日々 …… 47
あの一年 …… 107
ひとり暮らし、その後 …… 175
あとがき …… 246
初出一覧 …… 248

タヒチからの手紙

（一）

今、南太平洋のタヒチに来ております。仏領ポリネシアに属するソシエテ諸島にある島で、フランス人の画家ゴーギャンが過ごしたことはご存知と思います。タヒチは四つの島で構成されますが、今回は主島のタヒチ島に三泊、ボラボラ島に三泊します。残りのモーレア島、ランギロア島はまたの機会にとっておきましょう。

妻の一周忌を済ませ、この南洋の島にひとり旅して、のんびりと海と空を見ていると、自分がいかに小さな存在かを思い知らされます。そして、なぜか内山さんのことが想いだされ、ぼくの来し方をお話ししてみたくなりました。またお便りします。

沢崎栄治

九月十三日

沢崎栄治がくれた、美しい南洋の島の大判の絵はがき。その、黄昏時の風景は私、内山美幸の胸に微かな痛みを伴ったノスタルジックな思いを呼び起こした。

私が沢崎と出会ったのは、もう二十五年も前になる。私立女子校の教員になって六年目が過ぎるころ、春休みを利用してソ連領シルクロードの旅に出た時だ。三十名ばかりのその旅は、教員を対象に組まれたものだが、変わり種として東京から数名の専業主婦と、大阪から著名な家具会社の社長、沢崎栄治が加わっていた。それらは自己紹介の時に判ったのだが、沢崎は社長として偉ぶる様子もなく、むしろ控えめで、この種の人間にみられるいやらしさが感じられなかった。食事のテーブルで何度か一緒になり、彼が幅の広い教養人であることが判り、私は好感を持った。その旅に参加した理由を、彼はこんなふうに言っていた。

「ぼくら関西人は、挨拶にも儲かりまっかとよく口にしますが、人生でたしかに儲けること、お金のことは重要です。ぼくもよく働いて、儲けました。でもね、ふっと思うんです。それだけじゃあだめだなと。やっぱり、時には大自然の中に自分を置いて、人間って何なのかなと存在を問うてみたり、本物の芸術に触れて感動したり、つまり儲けにはならないことにも心を傾けることが大切だと」

まだ若かった私は、沢崎栄治のこの言葉に大いに共感した。彼に青年の名残のようなものを感じて、うっかり年齢の差を忘れて対話することがあった。彼にはユーモアもあり、彼が加わった食事のテーブルは、どのグループよりも楽しい雰囲気に包まれていた。

もう二十五年も前の旅だから全体の印象は怪しくなっているが、タジキスタンのペンジケント遺跡のことは深く胸に残っている。

それは小高い丘にあった。建物は日干し煉瓦造りで壊れやすいせいもあってか、また破壊の凄まじさのせいか、町並みをかろうじて留めているばかりで、壊れた拝火教(ゾロアスター)の神殿のみが遺跡らしく形を留めていた。

現地ガイドの説明では、この地域一帯はイラン系ソグド人の商業活動が活発で、彼らの都市国家が多く形成され、一大商業圏を成していた。ところが八世紀、イスラム教のアラブ人が聖なる戦い(ジハード)を挑んできて、ペンジケントは滅ぼされた。そして復興することなく、二十世紀に発見されるまで流砂に埋もれ、人々の記憶から消えていたという。

その遺跡の前で沢崎栄治がしみじみと語ったことが今も印象に残っている。

「ぼくはこうした滅ぼされた遺跡の前に立つと、人間の愚かさをつくづく感じますね。宗教や民族の違いで、なぜ相手を滅ぼさねばならないのか。平和共存の道はなかったのか。ぼくは太平洋戦争で実際にビルマでの戦に参戦し、大変な激戦を数少ない敗残兵として生き残りましたから、痛切にそのことを思うのです。破壊されたこの街にもかつては活発な商業活動があり、喜怒哀楽の日常生活が営まれていたと思うと、その古人(いにしえびと)たちがどうして人間は性懲りもなく戦って、一度しかない人生を生き切らないうちに死なねばならないの、と問いかけているように思われるんです」

歴史の教師とはいえ、まだ数年の経験しかない私はこの考えにすっかり共感を覚え、沢崎栄治に敬意を抱いたほどだ。そして彼が相当のロマンチストに思えるのだった。

そんな彼が旅のある日、私のことをこんなふうに言ったことがある。

「内山さんにお目にかかった瞬間、ぼくはハッとしたんですよ。学生時代の友人にあまりに似てらして。その人はすでにあの世に旅立っていますが、他人の空似ってあるんですねえ。いやはや、本当に驚きました」

私は沢崎栄治とその女性がどんな関係にあったか別に気にも留めなかったが、彼の初恋の人だったということが分かったのは、ずっと後、大阪に招待されて行った時のことだった。それで、私に青春時代の片鱗を見て、親しみを覚えたのだろうと理解した。好意を持たれていることを自覚しつつ、関係がそれ以上に発展することがないと判っていたので、私は沢崎栄治の気持を自然に受け留めていた。当時私には婚約者がいたので、安心して沢崎と緩やかなお付き合いができたのだった。

沢崎栄治は企業人でありながら時間を見つけて仕事とは関係なく、よく旅に出ていたようで、旅先から絵葉書やお土産を送ってくれたものだ。それがひとつもいやらしさを感じさせず、それらの行為を私は素直に受け入れていた。相性がよいということはこういうことだろう。私は沢崎栄治を歳の割にはむしろ可愛い人だなと思うようになっていた。

シルクロードの旅から数年後、私は沢崎からホテルの宿泊券を貰ったことがある。大阪の新幹線駅のすぐそばに高層ホテルが建てられ、その部屋の家具を沢崎の会社が担当したという。それで宿泊券が何枚か使えるので、大阪においでの時に使ってほしい、と言って封筒に二枚入れてくれたのだ。

沢崎についてもう一つ書いておかねばならないことがある。戦後数年して、お互いの絆を深めるために沢崎の属した部隊、ビルマ戦線五十四師団第一野戦病院の生き残りの者たちで戦友会を結成し、彼もメンバーとして活躍していたことだ。戦友会は毎年総会を開き、『南十字星』という冊子を発刊していて、沢崎はその編集にもかかわっていた。初めはガリ版刷り、後には活版印刷の、せいぜい五、六十ページの小冊子だが、苦しかったビルマのペグー山系の行軍の思い出や、戦友が次々斃れていくさまを後世に書き残したいとし、またビルマの人々との交流なども記して、平和のための一翼とならんとしたようだ。後になるほど会員の近況報告が多くなり、またビルマへの慰霊の旅や教育物資の援助、例えばピアノや鉛筆などを寄付したことの報告もなされていた。

私はこの冊子を毎年もらっていた。戦争を知らない歴史の教師として、私はこの冊子でビルマ戦線、インパール作戦のことを多少知ったのだった。そしてビルマ戦線の生き残りの彼から聞き取りをしておきたいと思うようになり、プレゼントされたホテルの宿泊券を使って大阪に出向いたのだった。

沢崎栄治はホテルのロビーに大浜秀明という戦友と一緒に現れ、同じホテルの喫茶室に場所を移した。私は小型のカセットデッキとマイクを持参して、質問に答えてもらった。大浜氏は沢崎栄治より一つ年上で、理髪店を営んでいるということだった。生きる道は大いに違うが、三十年前に生死を共にした絆は強く、年に何回かは一緒に食事をし、時には旅行にも行くのだという。

インタビューで深く印象に残ったのは、敗走する行軍で、疲れた戦友がふらふらしながら歩き始めると、彼らはぶん殴ったという。私が「そんな……可哀そう」と言うと、「いや、それは違うんです。一緒に祖国に帰ろうという強い思いからそうするんです。殴って無理にでも歩かせないと、そのままそこにへたばって死んでしまうのです」と、二人は口を揃えて言うのだった。私はそうだったのかと納得したが、自分が何も知らないことを思い知らされた。

今日も何とか生き延びられた。そう思って暗闇の中で夜空を見上げると、星が無数に散らばっていて、南十字星がひときわ輝いていた。沢崎は「こんなに自然は美しいのに、なぜ人間は醜い戦いをするのだろう」と幾度となく思ったそうだ。でもそれは決して口に出してはいけないことと承知していたので、胸に納めるほかなかった。戦友会の小冊子の名称『南十字星』は沢崎の発案で、ここからつけられたそうだ。

その夜、沢崎は大阪の知る人ぞ知る名所だと言って、大きなビヤホールへ連れて行ってくれた。途中で彼の会社のビルに立ち寄ったが、七階建ての立派なビルだった。一、二階は木工家具のショールームとなっていて、飾り付けも全体として品がよく、私は驚いてしまった。工場は尼崎にあるということだった。これほどの会社の社長なのに、彼が威張ったり自慢したりしないばかりか、謙虚なので、この人は一体どんな人かと不思議に思ったほどだ。

ビヤホールには沢崎、大浜、私の三人で行った。半地下の大きなホールで、入口に入るや熱風のような人いきれが突進してきた。まるでミュンヘンのホフブロイハウスのように賑やかで、私はまた驚いてしまった。かなり大声で話しても聞きとりにくい状態なので、食べて、飲んで、沸き起こってくる周りの歌声に唱和し、雰囲気に浸るしかなかった。ホフブロイハウスでもそうだったけど、見知らぬ者同士が挨拶し、笑顔を向けあい、ともに歌い、ある種の連帯感が持てた楽しいひと時であった。

ホールを出てタクシー乗り場へと向かいながら、沢崎が言った。

「ぼくはストレス発散のために、大浜君を誘って時々ここに来るんですよ」

それを受けて大浜氏が応えた。

「そやねえ、月に二度は来るかなあ。ぼくも散髪屋で、お客にお愛想せんといかんから、ストレスは相当あるなあ。でもねえ、沢崎君とここに来れば、それがスーと無くなるから不思議やね。生死を共にした絆は、どう言うても強いよね」

私はジョッキ二杯程度のビールで酔ったりはしなかったが、知らない土地なので足元を用心して歩いた。そして沢崎がくれたタクシー券を使ってホテルへと戻った。

翌日は沢崎が勧めてくれた適塾に独り向かった。これは江戸時代末期の医師で蘭学者の緒方洪庵が開いた塾で、明治の重鎮、大村益次郎や福沢諭吉がここで学んだことも初めて知った。

テープに収めたインタビューは後日、世界史の授業に生かした。教師も生徒も戦争を知らないので、ビルマの激戦を体験した人の話として紹介すると現実味がより感じられたようで、生徒も興味を示してくれた。

シルクロードの旅から帰って沢崎栄治と会ったのはこの一回きりだが、年賀状はもちろん、旅先からの絵葉書やお土産、小冊子『南十字星』などは引き続いて送られて来た。こうして緩やかな交流が続き、歳月が過ぎて今日に至っている。

そして、一九九五年一月十七日がやってきた。広島でも大きな揺れを感じ、私はそれで目が覚めて飛び起きた。すぐテレビをつけたがまだ何が何だか判らない状況で、しばらく様子を見ることにした。大震災だと分かったのはお昼過ぎで、初めて沢崎の家に電話をかけたが、何度かけても通じなかった。大浜秀明の家にも電話したが、これも通じなかった。もはや他の手段がなく、私は気になりながら何もすることができないまま、日が過ぎて行った。

やっと連絡がついたのは、一月後だった。

「今回はほんとに参りました。うちはショウルームの家具が多少傷ついただけで、建物そのものは倒壊しなかったので、壊れた窓やドアなどの修理程度で済みそうです。この地に七十年住んでいますが、これほどの地震はこれまで一度もなかったんです。気候も温暖で、住むには本当にいい所で、とても気に入った街だったんですが、神戸はもう大変で、ほんとにびっくりしました。でも、まあ、うちの被害は思ったほどでなく、会社も再開したところです」

沢崎の声は意外に元気そうだったので私は一安心し、心ばかりではあるがお見舞いを送った。雀の涙ほどのお見舞いを沢崎はとても喜んでくれた。長い年月をかけて続けられた緩やかな交流ではあったが、この時ばかりは身内が無事だったような気がして、私も本当に嬉しかった。大浜秀明も無事が確認され、私は彼にもお見舞いを送った。

それから三年が過ぎようとする年の瀬に、沢崎から喪中のはがきが来たのだった。彼の妻が阪神大震災のショックから体調を崩し、手遅れの胃がんで九月半ばに亡くなったというのだ。享年七十二歳とあるから、沢崎より三歳下だったことになる。思い返してみれば、沢崎は家族のことはほとんど口にしなかった。私もまた関心を持たなかった。このはがきで、初めて沢崎も家庭人だったのだと改めて思い知ったのだった。

——あまり仲の良い夫婦ではありませんでしたが、電気のつかない、暗い家に帰った時、心から寂しいと思います。

余白に小さな字でそんな添え書きがあり、沢崎の寂しさが痛いほど分かった。実は私も長年病に伏していた恋人を五年前に亡くし、まだ悲しみから完全に立ち直ったとは言えない状態にあったのだ。私はすぐにお悔やみの手紙を書いた。お花料も同封して。

——どんな出会いにも別れはあるものの、身近な人との別れは半身をもぎ取られたような痛みで、ちょっとやそっとでは癒されることはないのでしょう。ご同情申し上げますけど、耐えるほかないのでしょうね。旅は、少しは傷口をふさいでくれるかもしれません。一段落したら旅に出てみてはいかがでしょうか。一日も早くお元気になられますように。

内山美幸

沢崎栄治からすぐに礼状が来た。文末に、

「あのシルクロードの破壊された町、ペンジケントで感じたように、やがて自分も地上から消えて、歴史に埋没するのだと痛切に感じています」と書かれていた。若かった私も五十路に達し、そのうえ恋人も喪ってしまい、沢崎の言葉は深く胸に響いた。

そして一年が過ぎ、秋も深まってきたころ、沢崎からあのタヒチの絵葉書を受け取ったのだ。「一段落したら旅に出てみては」と勧めた私の言葉が実行されていることを、私は嬉しく思った。もう七十はとうに過ぎている沢崎が南国の空の下で独り海を見ながら時を過ごしていると思うと、かすかに胸が痛んだ。が、親しい者たち大勢で賑やかに旅するのは、今の沢崎には似あわないと思うので、これでいいのだろう。ひとり旅ほど自分の内側を見つめさせてくれるものはないのだから。

それにしても、タヒチとは羨ましい。ゴーギャンが文明社会を捨ててまで、そこに生活の場を移したぐらいだから、この世の楽園に違いない。いつかチャンスがあったら私も行ってみたい気がする。

私が恋人を亡くしたのは五年前だが、九月の末だったので就業中で、長い休みは取れなかった。クラス担任としても教科担当者としても多忙のさなかに置かれていたので、つまり毎日の仕事に追われていたことが、悲しみに浸ることを許さなかったのだ。私にとって、それが却ってよかったのだろう。

それでも、ふと我に返る時、彼のいない人生を一人で生きていけるだろうかと思案に暮れたものだ。だが悲しみは耐えるほかないという思いに何とかたどりつき、日々をやり過ごすことができたのだった。

あまり仲の良い夫婦ではなかったとしても、数十年も夫婦でいたのだから、喪失感は大きいだろう。灯のつかない、暗い家に帰ったとき、それは一層深かったに違いない。そんな沢崎に一日でも早く元気になってもらいたかった。ほんの数日間でも南の島で碧い空と海を眺めながめて暮らすと、きっとリフレッシュできるだろう。

かつて沢崎が旅先のベニスから送ってくれたワイングラス。私はその美しい絵模様の中のグワバジュースを飲みながら、沢崎のことを友人としてこんなにいい人は滅多にいないな、と思うのだった。

（二）

タヒチの黄昏の絵葉書を貰って五日後、部厚い航空便が届いた。私に語りたい来し方とは、どんな過去だろう。早く読みたい気持と怖いような気持がない交ぜされ、複雑な気持で私は開封した。

昨日と今日、タヒチの空気を思う存分吸って、元気になりました。やはり自然がたっぷりという中で吸う空気は、都会のそれとは違う気がします。柔らかいというか、不純物が少ないというか、喉をスーッと通り抜けていく感じです。

早速スーツケースから水着を取り出して、ホテルのビーチで泳ぎました。椰子の葉陰で寝そべっていると、ふっと時間の感覚を失います。まるでオムニバス映画のように浮かんでは消えていく想い出を、現実にあったことなのか、夢だったのか、判らなくなる瞬間があります。

さて、ぼくの青春は戦後に生まれた内山さんとは違って、戦争を避けて通ることができませんでした。当時は軍国主義の戦争体制がばっちり出来上がっていて、逃げたくても逃げられない、ほかの選択肢がなかったのです。どちらかというとぼくは文系で、中学の時は画家になりたいと思って、遠縁の画家に一時絵を習ったことがあります。しかし、時代がそのような道を軟弱と決めつけ、進ませてくれなかったのです。

絵は多少才能があるのでしょう。会社で作る家具などのデザインも、初めのうちはぼくが描いていました。今はプロのデザイナーに任せていますが、会社の看板や登録商標、封筒や便箋などはぼくがデザインしたものを今も使っています。

ビルマから帰還したのは終戦のおよそ一年後ですが、ぼくは遅れて新制大学に進みました。二十三歳の時です。本当は美術系の大学に進みたかったのですが、父の木工・工芸家具の会社を継ぐために、商学部に進むよう父母に拝み伏せられ、そうしたのでした。ぼくはどこまでも、自分の意志を貫けない男でした。それでもこれを自分の進む道と定め、父の代よりも大きな会社に発展させ、今に至っています。

ぼくが大学四年の時、――遅れて入学したので二十七歳になっていましたが、たまたま通りかかった梅田の画廊で、ある女性と出会いました。松浦純子という人で、その画廊で受付をしていました。笑顔のいい、きれいな人で、瞬時にぼくの心は彼女に捉えられてしまいました。

まだ戦後の貧しい時代ですから、西欧の画家の絵は一枚もなく、日本人画家の絵ばかりが展示されていて、絹に描かれた花々の絵にぼくは心を奪われました。戦争であまりにも残酷で、いやなものばかりを見て来たので、ほのかに香りが漂ってきそうなその白百合の絵に吸い寄せられ、しばらく絵の前から動けなくなりました。値段を見ると、学生の分際ではとても手の届かない金額でした。

その時、彼女が言ったのです。

「その絵がお好きですか？　私の叔母が描きましたの。じっくり見てくださる方がいたと知ると、喜びますわ」

ぼくは不意打ちを食らって、すぐに言葉を返せませんでした。やっと言葉が出たのは数刻してからです。

「ほんとにいい絵ですね。ほのかな香りが鼻先をかすめるようで、幸せな気分になります」

「まあ、最大の褒め言葉ですわ。叔母に早速伝えましょう」

その日はそれで終わりましたが、ぼくはその絵がどうしても欲しくなって、父に相談しました。父はいい顔をしませんでしたが、息子が激戦地から無事に帰還した記念に、買ってほしい。いや、立替えてほしい。大学を卒業して働くようになったら、月賦で返すから、とぼくも粘りました。それならば、と父もようやく了解してくれ、ぼくは翌日、また画廊を訪ねました。

松浦純子は前日と同じように、受付に座っていました。ぼくが再び訪れたので、やや驚いたような表情で言いました。

「あら、また来てくださいましたのね。叔母に早速あなたのことを伝えましたら、喜んでいましたわ」

「それで、実はその絵を購入しようと思って、今日は来ました」

「エッ……、ほんとうに……」

彼女は信じられないという口調で、あとの言葉が続きませんでした。

「本当ですよ。買わしていただきます」

そう言って、ぼくは父の名刺を渡しました。そしてぼくの名前、沢崎栄治も伝え、学生の身だから父から一時お金を借りて買うのだと言うと、彼女は目をぱっちり開けて、驚きを隠せなかったようです。

「まあ、そんなにしてまで、この絵に惚れ込んでいただけたなんて……私も嬉しいです」

こうして絵の代金は父が支払ってくれて、ぼくの家の居間に飾ることになりました。父も母も妹も、いい絵だと感動していました。その絵は、今もぼくのオフィスに飾っています。代表取締役を退いたら、自宅のぼくの書斎に飾るつもりです。ついでに申し上げると、ぼくは働いて、立替えてもらった代金を二十回の月賦で返済しました。

松浦純子はチャーミングで感じのいい人だったので、ぼくは本気で好きになり、付き合うようになりました。週に一度は画廊を覗き、彼女の勤めが終るとお茶や食事に誘い、一年間はとても楽しい日々を過ごしました。

彼女は神戸のミッションスクールを卒業していて、考え方がモダンで、心に膨らみがありました。クリスチャンではないが、聖書をよく読んでいて、世の中とは違う価値観も受け入れる、寛容な人でした。本もよく読んでいて、彼女と話をするだけで、ぼくは心が満たされました。

彼女こそ、ぼくの初恋の人であり、結婚するならこの人だと、と心に決めていた人でした。彼女も同じ気持でいてくれて、間もなく婚約式を行う手はずになっていました。

しかし悲劇はその時にやって来たのでした。彼女が乗ったタクシーに後ろから大型トラックが追突し、ほぼ即死状態だったのです。あまりに突然のことで、ぼくは信じることができないばかりか、彼女の死を受け入れることができませんでした。

当時は修業のつもりで神戸のデパートの家具部門で働いてまだ半年でしたが、この仕事を続けることで、ぼくは一日、一日を何とかやり過ごすことができました。けれど彼女の笑顔やしぐさが折に触れて思い出され、胸の痛い日々でもありました。

ぼくは二年間そのデパートで修業し、父の会社に就職しました。将来は会社を背負って立つことがはっきり見えていましたので、ぼくもそれなりに頑張ったのです。三十歳を過ぎると、当然のように縁談が舞い込んできました。が、まだ松浦純子のことが忘れられないので、みな断りました。しかし三十五歳ともなればそうも行かなくなり、彼女のことは心に封印して、父母の気に入った女性を妻に迎えたのでした。それが四十年近く家庭を共にした亡き妻でした。

前にも申し上げたかもしれませんが、妻とは相性があまりよくなく、同じ方向を向いて人生を歩むことができませんでした。家事や育児はちゃんとやってくれるので問題はないのですが、ものの見方や考え方で合わないことが多く、特にぼくの戦争体験などは、理解しようとさえしませんでした。お互いに大切なところで、心に寄り添うことができなかったように思います。子供がいたので、離婚は考えませんでしたが、内面生活では諦めるほかないと自分に言い聞かせたものです。

こんな惰性に流れる日々に変化をつけたくて参加したのが、あの《ソ連領シルクロードの旅》でした。ぼくももう五十路を過ぎていました。教員の中にただ一人、産業界の人間が加わることに違和感と不安を覚えましたが、古代からの文明の交流路、シルクロードをこの目で見てみたいという欲望が肥大して、思い切って参加したのでした。

羽田空港の待合室で参加者の自己紹介がありましたが、その時ぼくは本当に驚きました。思わず声をあげそうになったほどです。初恋の人、松浦純子がそこにいたからです。顔つきから仕草、ものの言い方、何から何まで瓜二つだったのです。他人の空似とはとても思えませんでした。松浦純子が生まれ変わって、内山美幸になったとしか思えませんでした。

そんなふうに考えるのは、内山さんにとっては迷惑だろうと思い、詳細は口には出さないようにしました。ただ、初恋の人にそっくりだ、とだけは申し上げたように記憶していますが……。

こうしてぼくも人並みに家庭を築き、立派な自宅も建て、娘と息子も成長して社会人となりました。彼らはやがて自立し、それぞれの家庭を築き、孫が時々ぼくたちを訪ねて来るようになりました。ぼくは傍目には結構幸せと呼べる人生を送っているのだろうと思います。もう戦争体験などきれいサッパリ忘れた、悪夢だったと記憶から消せばいい、と自分も思い、社会にもそんな雰囲気がありますが、それでもいつのまにか、中国戦線での一年、ビルマで過ごした二年、インドで捕虜として過ごした一年近くが、胸の奥に蘇ってくるのです。特にビルマでの二年間が……。

忘れたいけど、忘れられないビルマでの戦争体験。これがやはりトラウマのようにぼくの心の奥深くに根付いているのでしょう。どんなに楽しい時でも、どこか胸の疼きがあって心から楽しめない。いや楽しんではいけないという声が聞こえてくるのです。もちろん、これは他人には分からないことですが……。

敗残兵として逃避行で斃れていった仲間たち。その軍服のポケットには愛する家族や恋人の写真が入っていました。そして浅ましいかもしれないけど、その者たちの背嚢からまだ使えそうな品を物色し、自分のものとしたことなど、何かの拍子にふっと思い出されるのです。

内山さんは『ビルマの竪琴』という小説、あるいは映画をご覧になったことがありますか？　原作は竹山道雄ですが、映画になったのは昭和三十一年で、とても感動しました。

ビルマの日本兵は、連合国軍としてのイギリス軍の捕虜になりました。その捕虜からやっと解放され、祖国に帰ることになりますが、この本の主人公、水島上等兵は一緒に日本に帰ろうと誘われても、この地に留まります。彼はあちこちで野晒しになっている日本兵の白骨を見て無視できなくなり、僧侶として供養して回るために帰国しなかったのです。私も同じようなものを見ながら、水島上等兵のような行動はとれませんでした。だから、この映画を見て感動すると同時に、いっそう後ろ暗い思いに捕らわれるのです。

中国でも、ビルマでも、数々の残酷な場面に遭遇しましたが、戦争だったのだ、だから仕方がなかったのだ、と自分に何度も言い聞かせながら、私は何とか戦後をやり過ごしてきたように思います。

戦争が終ると、我が国は敵だった連合国のアメリカやイギリスなどと友好関係を結び、互いに発展して今日に至っていますよね。そうであればなおのこと、なぜ、当時もっと冷静になって戦争を回避できなかったのか、と思います。

これはベトナム戦争でも同じことが言えますよね。ベトナムが共産化すればインドシナはドミノ式に共産化する、とアメリカは躍起になって戦いました。が、今ベトナムは資本主義に似た状態で、アメリカと友好関係を持っているではありませんか。ならばなぜ、あんな戦いをしたのか。

結局、インドシナは社会主義に覆い尽くされることはありませんでした。ならばあの戦争での何百万の死者たちは、指導者の勘違いや思慮の欠如のために犠牲になったのか。それでは報われないではないか。そんな犠牲を払ってまで戦うことはなかったのだ、とつくづく思うのです。

破壊されたペンジケントで感じたように、戦争ほど愚かしいことはないのだと、改めて思います。人間はもう少し大人になって、理性を取り戻さないといけませんね。

ここ仏領ポリネシアも、平和そのものに見えますが、フランスはムルロア環礁で一九六六年から最近まで大気圏と地下核実験を一九〇回以上行っているそうです。タヒチは少し離れていますが、首都のパペーテでは被爆者を支援する運動があるようです。広島・長崎の声は残念ながら、まだまだ世界に伝わっていないような気がします。

さて、目前には本当に平和な光景が繰り広げられています。親子連れが泳ぎに来てはしゃいでいたり、若者がサーフィンを楽しんでいたり、新婚旅行でやって来て、ビキニの肢体をさらけ出している新妻を誇らしげに新郎が見つめていたり。ああ、こうしたことは戦争がないからできるのだな、とつくづく思います。この人たちはみな戦後生まれのようです。だから碧い空、蒼い海を純粋に堪能できる人たちです。傷つき、斃れて行った仲間や、犠牲となった非戦闘員たちの姿が脳裏から払拭できないでいるぼくには、それがちょっと羨ましくもあります。

ホテルの広い庭にはブーゲンビリアやハイビスカス、ティアレが咲き乱れ、いい香りを放射しています。このティアレは日本で言うくちなしの花で、タヒチの国花になっています。花弁が普通は六枚だそうですが、まれに八枚のものがあり、これをみつけると幸運がやって来ると言われるそうです。つまり、四葉のクローバと同じようなお話です。ぼくも幸運にあやかろうとして八枚の花弁を探しましたが、見つけることはできませんでした。

南洋の島には、他にも名を知らぬ香りのいい花が咲き乱れています。五十数年前も花はこんなに咲いていたのでしょう。軍靴で踏みにじられたことだってあるのでしょう。今、こんなに時を得たかのように咲いている花を見ていると、胸が熱くなります。人間だって咲き切って生を終える、それが国策でできなかった時代があったのです。

話は変わりますが、タヒチはフランス文化の影響を強く受けています。身近な例で言えば、パンですね。これはあの長いフランスパンと同じで、とてもおいしいです。朝食にはこのパンと、果物と野菜のサラダ、ココナツミルクなど、味はまあまあですが、値段は高いようです。マグロは多く水揚げされるから安いけど、他のものは輸入に頼っているので、物価は東京よりも高いと言われます。

タヒチの伝統料理としてはパンの実があります。直火で焼いて主食として食べます。ポワソンクリュというサラダ風の料理は、フランス語がつけられているから伝統料理かどうかわかりませんが、多く獲れるマグロを野菜と塩とレモンで和えて、ココナツミルクをかけて食べます。これが結構おいしいのです。ぼくは、「郷に入りては、郷に従え」の実践者で、ゲテモノ以外はできるだけこちらの料理を食べるようにしています。

朝食が済むと少し休んで、部屋のバルコニーで海を眺めながら持参した本を読みます。平素の読書は経営や商売、そして家具デザインなど仕事と関係のある本に偏りがちですが、こういう時に文学、特に小説を読むことにしています。久しぶりに遠藤周作の『侍』を読み直しています。伊達政宗によって遣欧使節に選ばれた支倉常長一行を通して世界が描かれ、四人の使節それぞれの心の変化が深く見つめられていて、胸に響きます。本はあと二冊持って来ています。エーコの『薔薇の名前』と、内山さんご推奨の辻邦生の『春の戴冠』です。こちらでの日々と帰りの飛行機の中で読了するつもりです。

昼食はル・ロットとよばれる屋台で食べました。シーフードが中心ですが、ローマ字でSasimiというのがあり、これには驚きました。クロマグロの薄切りに醤油ではなく、にんにくやショウガ、オリーブオイルやマスタードを混ぜて作られた、特製のソースをつけて食べます。何だか奇妙な味ですが、それなりにおいしかったです。サシミというのだから、日本の影響でしょう。食文化の広がりは面白いですね。

タヒチ島から飛行機で十分のモーレア島は（映画『南太平洋』のモデルとなった島です）パイナップルの産地で、やや小ぶりですが、甘くておいしいです。タヒチではパイナップルがふんだんに使われた料理が目につきますが、やはり太陽のさんさんと輝く南洋の島には果物がよく似合いますね。

そうそう、世界中どこにでもいる華僑はこの島にもたくさんいます。したがって中華料理店も多いようですし、値段も手ごろ、味もいいそうですので、明日の昼にでも中華街に行ってみましょう。

常夏のタヒチですが一応冬があり、十二月から二月ごろまでがそれに当たり、雨季だそうです。九月後半の今はベストシーズンということで、旅行者にとってはラッキーな日々ですね。

見知らぬ街で仕事とは関係なく、こんなふうに風来坊のように過ごすのも乙なものです。セットされて忙しくあちこちを飛び回る旅より、ひとり旅でエトランゼ気分を味わうのもいいものですね。この道を行くとどんな風景が展開するのか、この路地を曲がるとどんな街並みが見えるのだろう、などとワクワクしながら散策するので、十歳は若返るような気がします。

夜はホテルのレストランで、一応正装でディナーの席に着きました。リゾート地の四人掛けのテーブルに一人で座って、ワイングラスを口に運ぶ。この時ばかりは、ひとり旅の寂しさを味わいましたね。誰か話し相手がいないとサマになりません。妻とはあまり相性が良くなかったけど、それでも一緒に食事をしているだけで、なにか安心感があったように思います。その妻に優しい言葉をかけるでもなく、ぼくは夫としては落第生でした。喪ってみて初めて、少しは妻の良さが分かるとは、愚かですよね。

自由とは孤独と隣り合わせだと、つくづく思います。この孤独をしみじみ噛みしめてこそ、人は優しくなれるのでしょうか……。そうではありますが、ひとり旅の夕食は、むしろ屋台のような庶民的で、喧騒に満ちている所のほうが似合うなと苦笑しました。

ホテルは海岸のすぐそばにありますので、夜も所属のビーチで泳ぐ人たちがいるようです。ぼくはもう歳ですからそんな冒険はしませんが、バルコニーでジンジャーを飲みながら潮騒に耳を傾け、星を見上げて一時間ばかり過ごしました。

あの苦しかったビルマ時代、ただひたすら祖国に生きて帰りたかった。その一念で足を前に進めた辛い日々も、星空は疲れてぐったりしたぼくを包み込んでくれました。南十字星は「今日も生きている」ことを実感させ、希望へと誘ってくれました。その希望は叶えられてぼくは無事に帰還し、それから五十三年間を生き抜いて、今こうしてここに存在しています。

——煌く星座。

声に出して言ってみると、なにか素敵なドラマが始まりそうな響きを感じます。大小無数の星がそれぞれに輝いていて、他を邪魔することなく、夜空をこんなに華麗に形作っている。この秩序ある星空を見上げていると、不信心者のぼくでさえ、人知を超えた、偉大な力、つまり創造主というものを認めざるを得ない雰囲気に包まれます。

一方、寄せては返す潮騒はまるで人生を表しているように感じます。そしてもの悲しい気持にさせます。人間は生まれ、成長し、社会人として活躍し、結婚して子を持ち、やがて老いてあの世へと旅立っていく。私たち人間の営みはこの繰り返しですよね。波の音と呼吸がぴたりと一致し、自分も天地運行の大きなうねりの中に置かれていると痛感した夜でした。

（三）

中堅家具の工芸会社社長としての多忙な生活から一週間の休みを貰って、タヒチでのんびりと暮らして三日目を迎えています。

エメラルドグリーンの澄んだ海、碧い空、潮風に揺れる椰子、彩り豊かな香しい花々、人々のカラフルな服装、そして笑顔……。こうしたものに接していると心が柔らかく膨らんできて、絵が描きたくなり、色鉛筆と水彩絵の具を買いました。この地で晩年を過ごしたフランス人の画家、ゴーギャンの気持がよく分かります。

首都のパペーテから約一時間の所に私立ゴーギャン美術館があるようですが、すべてレプリカだと聞いて、行くのを止めました。やはり絵は本物を見たいですから。

前に申しましたように、ぼくは中学時代に芸術家に憧れ、本気で絵を描きたいと思って遠縁の画家に一時絵を習っていました。しかしその道に進むことは時代が許しませんでした。そんなわけで、心の深いところで抑圧された思いが、無意識にくすぶり続けていたのかもしれません。

鉛筆を持つと手は意外にスムーズに動き、何枚もスケッチしました。水彩絵の具で簡単に色付けすると、自分で言うのもなんですが、とてもいい感じなのです。内山さんにもぜひ見ていただきたく、帰国したら二枚ほどお送りしますので、目の保養をしてください。

絵を描くことは本当に楽しいですね。その時間はひたすら描くことに没頭し、しかも結果が目の前に現れる。やっぱりぼくには絵心があるのだと再認識しました。南洋の島での数日は、思いがけず自分探しの旅になったようです。帰国したら本格的に油絵を始めようと思います。

そのためには、どんなに懇願されても社長職を退き、息子に代わってもらうつもりです。ぼくに残された人生の時間はもうあまりないと思いますので、本来自分がやりたかったことをさせてもらっても、罰は当たらないでしょう。

さて、タヒチも三日目を迎えて、ボラボラ島に移動しました。飛行機で約五十分。島の周りをサンゴ礁が取り巻き、ブルー・ラグーン（環礁）が際立って美しい島で、あのゴーギャンも虜になったといいます。世界中の新婚さんが多く来る島だそうです。

タヒチ島では近代的なホテルに泊まりましたが、ここでは水上コテージにしました。島の中ほどには標高七二七メートルの霊山とされるオテマヌ山が聳え、その隣にはやや低いパピア山が並んでいます。ぼくは運よくオテマヌ山が真向かいに見えるコテージが当たりました。タヒチ島と比べるとぐっと鄙びた感じで、ニッパ椰子で葺かれたコテージが水上に散在しているさまは、何か別世界が広がっている感じがします。

ホテルのロビーから自分のコテージまでは、板でできた水上通路を歩いて渡り、他のコテージともこの通路でつながっています。外観は田舎造りの小屋のようなコテージですが、一歩中に入ると驚きました。部屋は小奇麗で、風呂もトイレも近代的、水道も完備し、テレビも備わっていて、いわゆる海辺の近代的な一流ホテル並みなのです。バルコニーから階段が海に伸び、そのまま泳ぐこともできます。パン屑を海に投げてやると、赤や黄に彩られた熱帯魚が群がってきて、我がちに食べます。魚の世界も競争が激しいようですね。

リビングの一角にはガラスの床が張られ、回遊魚を見ることもできます。むろんお茶を沸かして、バルコニーでオテマヌ山を眺めながら飲むことだってできるのです。コテージの面積はかなり広くて、新婚さんや家族連れに人気ということです。一人では広すぎますが、セレブになった気分で三日間を過ごしましょう。

霊山オテマヌ、水上コテージ、バルコニーの鉢に乱れ咲く花々、小島（モツ）やラグーン、その上に広がる空と雲……。この風景はゴーギャンばかりか、ぼくの絵心をそそります。この島ではダイビングやシュノーケリングなどのマリンスポーツも人気があるようですが、ぼくはそれよりもこの風景に心を奪われます。そして読書とスケッチ三昧の日々を過ごすのでしょう。

ボラボラ島に来た早々に、邦人の水上結婚式に遭遇しました。小さなバンガローの教会でぼくも足を止め、愛を誓い合う若い男女にエールを送りました。そうではあるけど、赤の他人がこれから夫婦として家庭を築き、子を育てていくことはほんとに大変だよ、とつぶやいているのでした。永遠の愛を誓っていても、人の心は状況によって変わることを、この二人はおそらくまだ知らないのでしょう。人生の荒波が押し寄せてきた時、どう乗り越えていくのか。ぼくの年齢になると、結婚は苦労の始まりとも思えて、若いカップルの幸せそうな顔を見ると、ある切なさを感じるのです。

ところで礼装ですけど、金襴緞子（きんらんどんす）もいいけど、白いウエディングドレスもすてきですね。花嫁さんのなんと愛らしく、美しかったことか。これは純白のウエディングドレスのせいでもあるのでしょう。式に列席しているのは双方の親や兄弟、それにホテルの従業員らしい地元の人々ですが、演出がうまく、とくに花嫁さんは映画の主人公のような気持になるのではないでしょうか。

それにしても、いい時代ですね。ブーゲンビリアやティアレの咲き乱れる美しい風景の中で、まるで映画を見ているように挙式が進行していく。最高の笑顔で人生のスタートを切る彼と彼女に、やはり斜に構えることはやめて、「永久に幸あれ」ともう一度エールを送りました。

ぼくの結婚式は行きつけの料亭で行われ、新郎・新婦ともに和装で臨みました。参列者もごく内輪で、新婚旅行も仕事の都合で和歌山の白浜温泉に一泊しただけ。これでも当時としては平均的な挙式でしたが、妻は新婚旅行が一泊だったことをずっと不満に思っていたようです。

あのころから考えると、今はなんと豪華で贅沢だと言わざるを得ませんね。産業が発展し、経済の規模が大きくなって、人々の収入も増えたから、このようなことが可能になったのでしょう。ぼくは何度も知り合いの娘や息子の結婚式に出ましたが、高級ホテルで列席者も二、三百人というのはざらで、五百人近いのもあり、有名な歌手やピアニストまで呼ぶ、というのもありました。少々やりすぎのようにも思いますね。ま、経済効果からいえば派手なほどお金も循環するのでいいのでしょうが……。

夕食はホテルのレストランで取りました。そこに行くためにはロビーを通り抜けねばなりません。日本語がよくできる現地人のスタッフが、小さな日章旗をかざして呼び止めました。

「おめでとうございます。今日は祝日、敬老の日ですね」

「ああ、そうでしたね」

そう応えながら、七十六歳になるぼくを祝ってくれたのかなと苦笑しました。

「去年、日本の七十歳の人々が二十人、この島にやって来ました。みんなが元気なうちに海外で古稀のクラス会をしようということでした。ポピュラーなハワイよりも、自然が残っているここを選んだそうです。その時にみなさんがこの旗を持って来ました」

ぼくは「へえー」と驚きながら、古稀のクラス会がこんな遠いところでも行われる、そんな時代になったのかと改めて思いました。

戦後五十年経っているんですから、さもありなんなのでしょう。

「敬老の日を祝ってくれてありがとう」

そう言ってぼくは食堂へと向かいました。この夜は、ディナーではなく、賑やかなバイキングのほうを選びました。好きなものを三皿に入れて、赤ワインを注文しました。年老いたとはいえ、食欲は普通程度にあるので、ぼくは皿に入れたものは全部平らげました。

こういう食べ方をするには、他にも理由があるのです。敗走のビルマでは食料に事欠き、いつも空腹でした。トカゲでさえ、食べ物に見えたものです。それに戦後の貧しい敗戦国民として、日常的にひもじい思いをしていたのです。そのトラウマではありませんが、ゲテモノ以外、ぼくは出たものは全部食べるという習癖ができてしまったようです。

気が付くと、スタッフがかざした、あの小さな日章旗が壁にいくつか飾ってありました。このホテルは日本人がよく泊まるそうだから、ホテル側の配慮だったのでしょう。

そういえば——歴史の先生の内山さんはご存知と思いますが、ひと月と少々前、国旗・国歌法が成立しましたね。内山さんと同じ広島県の高校で、校長が卒業式の国旗掲揚をめぐって、日教組傘下の教員の反対にあい、教育委員会・文部省との板挟みにあって自殺したのがきっかけで、法が成立したように記憶しています。こうなれば国旗掲揚も君が代斉唱も、もはや国公立校では義務になりました。現場の校長の責任はなくなり、教員が侵せば何らかのペナルティが課せられるのでしょう。これがいいことなのか、行き過ぎたことなのか、ぼくにはよく分かりません。

ぼくは日の丸に対して、複雑な思いがあります。中学校時代、壁に貼られた世界地図に日本軍はここまで支配することになった、と小さな日の丸を立て、支配地域が拡大していくたびに、日の丸も増えていきました。生徒はそのことに喜びを感じていました。

戦地でも進撃するたびに日章旗が掲げられ、それを見ては故郷の父母や兄弟を思い、もっと頑張らなくては、と自分を鼓舞しました。苦しい敗走の行軍では、なおのこと日の丸が自分を元気づけ、生きて祖国に帰るのだと意を新たにしたものです。

　戦争が敗戦で終って世の中が変わり、学ぶにつれてぼくの考えも変わり、深まっていきました。被占領地の人々にとっては、あの日の丸はどんなに見えていたのだろう。暴力や恐怖の象徴以外の何ものでもなかったのではないか。つまり彼らにとっては、日の丸はイクオール侵略だったのですね。立場が違うと、物事はまるで違って見えるのです。

　南洋の島で思いがけず、日章旗について考えることになりました。重苦しいことを書いてごめんなさい。


　ボラボラ島での最初の夜は疲れもあって、心地よい潮騒をバックグランド・ミュージックとしてよく眠れました。すっかりリラックスして、心身ともに元気になりました。が、いつの間にか心の奥からあの声が聞こえてくるのです。お前だけが、こんなに至福の時を過ごしていいのか、と。それに対して別の声が弁明します。戦地では、毎日死と向き合って厳しい日々を何とか生き伸びてきたのだ。それに、戦後は苦労の連続だったのだ。そして経営者としても競争に勝ち抜くのは大変だったのだから、たまにはこうした生活をするのも許される、と。勝手な釈明に我ながら苦笑しています。

　朝食はバンガローまでカヌーで運んでくれ、至れり尽くせりのサービスです。部屋の中には何カ所か花が活けてあり、ティアレの甘い香りがそこはかとなく漂っていて、心地よいことこの上なしです。

それでも、ひとり旅のぼくはよほど孤独に見えたのでしょうか。ホテルの従業員がぼくを淋しいだろうと思ってか、マリンスポーツのオプショナルツアーに誘いました。それほど興味はなかったのですが、熱心な誘いについ乗ってしまいました。

南洋の島だからシュノーケリングぐらいはしてもいいかなと考えを切り替えて、ボラボラ島二日目の午前中、シュノーケリングサファリというのに参加することにしました。ぼくを入れて邦人が六名。八時半に出発して十二時にホテル帰着するというものです。

ビーチで泳ぐために水着は持ってきておりましたが、シュノーケリングのいわゆる三点セットは(シュノーケル、マスク、足ひれのフィン)ホテルで借りました。みんな初心者で、日本語の分かるインストラクターが息の仕方や、フィンの振り方など、丁寧に教えてくれました。

ポイントは四か所あり(ボラボラ島の北西、東、マティラ岬、南東)、装具をつけて、これらの地点で海中に潜りました。初心者だから深いところには行きませんが、水が澄んでいるので海中がよく見えました。名を知らぬカラフルな魚がぼくのそばを悠々と泳いでいくさまは、なんとも不思議な光景でした。海亀に餌をやり、エイと触れ合うプログラムもありました。

マティラ岬から見る広大なラグーンは、美しいとしか言いようがありませんね。どんなに頑張ってみても、自然の営みに人間は勝てないと思いました。

タヒチに来ることが決まると、ビーチで泳ぐことは当然予定に入れましたが、シュノーケリングは想定外でした。でも、やってみれば意外に面白かったです。歳をとると往々にして新しいことには挑まなくなりますが、シュノーケリングに参加したことは、視野を広げてくれました。

昼食はホテルのレストランでとり、部屋に引き揚げて少し昼寝をし、優しい潮騒の響きで目を覚ましました。予定していた読書の時間となり、持参した『薔薇の名前』を開きました。夜もたっぷり時間があるので、読書はかなり進んでいます。

さて、この本の時代背景は中世末期。舞台は北イタリアの修道院です。ローマ教皇庁がローマと南仏アビニヨンに分裂し、対立していた時代で、話し合うためにやって来たフランシスコ派の壮年修道士ウィリアムと、ベネディクト派の若い修道士アドソが滞在する一週間に、文庫館の周りで怪死事件が相次ぎます。これを二人が推理小説風に解明して行くという物語です。それから遥かに時が経過し、老僧となったアドソが若き日を回想するという形をとっています。物語は面白いのですが、カタカナの長い名前や地名がたくさん出てきてなかなか覚えられず、後ろに返っては前に進むという具合で、ここでやや読書のスピードが落ちました。

『侍』はすでに読了しましたが、自分はどの登場人物に当てはまるかと考えましたら、やはり主人公の支倉常長だろうということになりました。物事にのぼせ上るでもなく、かといって冷え冷えした心の持ち主でもなく、つまり中間的人間として苦悩を抱えて生きているのです。改めて心に食い入るいい作品だと思いました。

内山さんご推奨の『春の戴冠』は上巻を読み始めました。ルネサンスたけなわのフィレンツェが舞台ですね。フィレンツェにはぼくも行って絵画などの芸術ばかりか、街の佇まいにも感動しました。それに、ぼくの好きなボッティチェリが主人公なので、並大抵ではない興味をそそられます。が、この本はとても大事にしたいので、早読みをせずに、じっくりと味わいながら読むことにしましょう。

ところで、ぼくの水上コテージは聖なるオテマヌ山と対面しています。標高七二七メートルで、日本にはこの程度の山はたくさんありますが、山頂が剣ヶ峰のように尖り、形が威厳に満ちて、人々が昔から神が住む山と崇めてきたことがよく分かります。ただ、見る位置によっては、単に荒々しい山に見えたりするようで、やはり運不運がありますね。

最近のぼくは、日本に古くからある汎神論も捨てがたいと思うようになりました。ただの山よりも、神が宿る山と思うほうが、心安らぎますよね。

レンタカーやレンタサイクルで島を一周することもできますが、ぼくは水上コテージが気に入って、ここで読書三昧に耽るのも捨てたもんではないので、今回はアウトドアではシュノーケリングとビーチで泳ぐことだけにとどめました。

そうそう、これまで毎日とても感動しながら、書き忘れていたことがありました。黄昏時から日没までの時間帯は、至福と言ってもいいぐらい、すてきなひと時なのです。日差しがやや黄味をおびてきて、椰子の葉影が長くなると、南の島にも黄昏が訪れます。空は少しずつ茜色に変化し、やがて赤紫に、そして青紫に変わり、海もそれを反映して変化します。

こうしてしばらくは暮れなずみますが、やがて太陽が大きく傾き、水平線に落ちかかると、あっという間に沈んで行くのです。この潔さは、見事としか言いようがありませんね。沈んでしまってもかすかな残照が残り、見ている人の心の中に、無常とか永遠とかいう観念を宿して、太陽は明日へと向かっていくのです。

おそらく、日没の時ほど人々の心を浄化してくれる瞬間はないでしょう。平素はぼくなども邪気に溢れる生活をしているのでしょうが、太陽が沈んだ後の数刻は心が柔らかく膨らんで、永遠とつながるような気持になっているのです。

(四)

いよいよタヒチも実質、残り一日になりました。ここ数日、こんなにゆっくりと過ごすのは久しぶりのことでした。さんさんと降り注ぐ太陽の下で、潮風に吹かれながら読書し、泳ぎ、散策して、夜は星空を仰ぐ。こんな暮らし方をすると、体の血液が全部入れ代わったような気がします。時々はこんなふうに過ごすことが必要ですね。

「海ばかりでなく、高台にも行ってみては」とのホテルの勧めで、午前中は四輪駆動のオープンカーによる島の周遊ツアーに参加しました。参加者はぼくの他に邦人の新婚さんが二組。車はかなりの坂道を登って行き、ポイント、ポイントで止まってくれました。

少し高い所から眺めると、やはり違う風景を見ることができますね。透き通って見える碧いラグーン、そして波が消えるラインがはっきりと見えるのには感動しました。どこをどう走っているのかはさっぱり判りませんが、舗装してない細く険しい道もあり、車はバウンドして木の枝が頭に当たることもありました。

パレオ作家の家にも立ち寄りましたよ。パレオとは手描きの大胆な絵柄の万能布で、腰に巻いたり、サリー風に着たり、壁掛けやテーブルクロスにも活用できます。その作家の家は高台の眺望のいい所に建つ大きな家で、紅茶をふるまってくれました。ある集落ではココナツ椰子の実を筵（むしろ）の上に広げて干していました。

パレオの絵柄はこの島に咲く花々や、魚、貝、風景などをリアルに描いたものや、それらを抽象化したもの、図案化したものさまざまですが、彩りが鮮やかでいかにも南国的です。たくさん見せてもらいましたが、五枚ほど買いました。日本でも最近は派手を好む人が増えているので、アロハシャツ風に仕立てて、休日などに遊び心で着て出かけるのもいいかもしれませんね。内山さんにも一枚送って差し上げますので、楽しみにしていてください。巻きスカートでもアロハでも、あなたにはよくお似合いだと思いますよ。

ところで、この平和な島に似つかわしくないものがありました。新婚さんの妻が「わあっ、これ何？　珍しいから、これをバックに一枚撮って」と無邪気に言いました。

それは眺望の利く高台に、敵の目をくらますために、樹々の陰に隠すように設置されたのでしょう。五十数年を経て錆色に変わった巨大な七インチ砲だったのです。ボラボラ島の四か所にアメリカが第二次大戦中、日本軍を迎撃するために設置したのだそうです。一九四二年の夏ごろまでは日本軍は破竹の勢いで南洋の島々、ソロモン群島あたりまで進撃していたのです。その数千キロ離れた南東に仏領ポリネシア、つまりタヒチがありますので、連合国軍のアメリカは日本がここまで来た時には、この七インチ砲で迎撃しようと待ち構えていたのです。

その頃ぼくは、すでに申し上げたように、苦戦のビルマ戦線で、生きて祖国に帰りたい一心で、厳しい敗走の行軍を何とか落伍せずにやり過ごしました。でも、多くの同胞たちがその途次で斃れて行ったことは、忘れることができません。想い出すと今も胸が疼き、平静さを失います。けれど戦後、日常を平静に送るためには、時として忘れたふりをすることも必要だったのです。まさかこの平和な島で、古傷がまた疼こうとは思いもよらなかったです。

それにしても、七インチ砲は大きいですね。見上げるような大砲です。結局、日本軍は一九四二年の夏、ミッドウェーの海戦に敗れてからは退却やむなしとなり（当時はこれを《転進》と言ってごまかしていましたが）、タヒチまで進撃することはなかったので、この大砲は一度も使われる機会がなかったのです。ガイドからこのことを聞いて、ぼくは人知れず、胸を撫で下しました。

昼食は丘の上のレストランでとりました。ミートスパゲッティと野菜サラダにコーンスープの簡単なものでしたが、椰子の葉陰で碧いラグーンを眺望しながらの食事は、ぼくに改めて、「平和こそ最も大切なものだ。これを侵すことがあってはならない」と強く認識させたのでした。

さて、午後はボラボラ島の中心街、ヴァイタペにホテルのシャトルボートで出かけました。乗船しているのは十分程度でしょうか。中心街といっても人口四五〇〇人の島ですから、ちょっとした港町なのでしょう。会社を一週間休むわけですから、お土産も買わなければならないし、折角だから一時間程度、町を散策して見ることにしたのです。ホテルからは、小型バスでも二十分足らずの距離だそうです。

街のメインストリートは四百メートルにわたり、その両側に役場や教会、ショッピングセンターや飲食店、土産物屋などが並んでいて、こぢんまりした町という印象です。

ショッピングセンターはいずこも同じで、日用品からブティックや釣り道具など、何でも揃っているようでした。会社の従業員へのお土産には、ナッツを二十箱買いました。一人当たりたった数粒しか行き渡らないでしょうが、こういう時、ぼくは気持として土産を買うことにしています。

店の中を一通り見て回ると、ぼくの足は土着の匂いがするほうへ向き、いくつかの土産物店に入ってみました。やはり目を引いたのは、手染めのパレオの店でした。すでに高台の作家の家で五枚買いましたが、もう二枚買い足しました。

タヒチの黒真珠は有名ということで、真珠の店にも入りました。黒蝶貝から獲れるそうで、色は必ずしも黒ではなく、紫、緑、青など深みのあるもの、とくにピーコックグリーンといわれる孔雀（クジャク）

色が最高と言います。そのブローチを三つ買いました。娘と嫁、そしてあなたへのお土産です。日本に帰ってから発送しますので、ご笑納ください。

小さな港町ですから、見て回るといっても知れています。足も疲れたので、ティールームに入り、マンゴージュースを飲みました。タヒチは、果物がほんとに豊富な所です。濃厚な生ジュースを飲むと、疲れがスーッと引いていくのが分かります。

ジュースを飲むとぼくはシャトルボートで早々にホテルに戻りました。夕刻にはタヒチ島のパペーテに飛行機でバックしなければならないからです。明日帰国の途につきますが、早朝の七時十分のフライトですので、国際空港のあるタヒチ島のパペーテに戻っていなければ間に合わないのです。パペーテでは最初と同じ海辺のホテルを予約しました。

実質二日半しか滞在しなかったパペーテですが、同じ建物、同じ街並みを目にすると、懐かしく、少々感傷的になりました。

最後の晩餐は、ホテルの食堂でとることにしました。明朝の出発が早いので、今夜はもうどこにも出かけることなく、早く寝なければなりません。

食堂はライトダウンされて、各テーブルにはローソクが灯されて、ティアレなどの香りのいい花が活けてありました。シェフの《今夜のおすすめ料理》を注文すると、最初にあのマグロのポワソンクリュが出ました。前菜なのでしょうね。これはきっとこの地のポピュラーな料理なのでしょう。

海鮮料理が中心のディナーですが、ワインは白ではなく、赤を頼みました。ポリフェノールが体にいいと聞いていたからです。こちらのワインは殆どフランス産です。ギャルソンが注いでくれたワイングラスを高く持ち上げて、ひとりで乾杯をしました。シルクロードの旅ではテーブルのみんなで乾杯をして、とても楽しかったことを思い出しました。ワインでも、ビールでも、たしなむ程度がいいですね。自他ともに何かしら愉快になって、人生のひと時を楽しめることは幸せなことだと思います。

だが、やはり、ディナーを一人でというのは、ほんとに淋しい。とくに隣のテーブルが楽しそうな家族連れや新婚さんの時は、何かこちらは欠けているといった感じに捕らわれますね。自由は孤独と引き換えだとしても、正装をして豪華なディナーの席に着く時だけは、誰か隣にいてほしい、とつい思います。人間なんて、ほんとに身勝手ですよね。

そんなわけでデザートのマンゴーを食べると、お茶も飲まずに部屋に引き揚げました。

そしてタヒチにさよならをするために、バルコニーに出てみました。潮風が顔を撫でていきます。満天の星空があまりにも美しく、ぼくは言葉もなく見上げていました。南十字星がひときわ輝いていて、周りの星たちもそれぞれにひかり、まるでぼくに瞬いているかのような感じなのです。眼下の海辺ではさざ波が寄せては返しています。

いつしか夜空にはオムニバス映画のように、幾人もの顔が浮かんでは消えて行きました。それはビルマで斃れた戦友たちの顔のようでもあり、亡き妻の顔のようでもありました。退却、敗走の中で戦友としてどうしてやることもできず、その屍を野晒しにして帰国したぼくを許してほしい。そして亡き妻には至らぬ夫だったことを胸のうちで詫びていました。

最後に現れたのは初恋の人、松浦純子の顔だったような気がします。彼女は理不尽な事故で早逝したので、なおのこと、ぼくには忘れ難い人となったのでしょう。こうして今、改めて煌く星を見ていると、きっと彼女もその星の一つになって、地上を見守ってくれているような気がします。

あのシルクロードの旅で内山さんに出会い、本当に驚いたことはすでに申し上げました。松浦純子の生まれ代わりではないか、と思うほどに似てらしたからです。その方とこうして時を超えて友情を育み、ぼくは救われたように思います。

また、今回、旅に出るよう勧めていただき、心身ともに生き返ったように思います。今、ぼくたちの友情に乾杯するために、星空に向かってグラスを持ち上げたところです。久しぶりに内面世界に立ち戻れた、ほんとに素敵な数日間でした。メルシー　ボウクウ、ほんとうにありがとう。

沢崎栄治

一九九九年九月十八日

長い手紙を私は一気に読んで、なお知らなかった沢崎栄治の人生に触れ、驚きもしたが、意外に気持が穏やかで、充実した思いで満たされていることに気付いた。出会って二十五年の歳月があっという間に流れたが、男女を超え、年齢の差を超えて、私は本当にいい友人を持ったものだと、改めて思うのだった。

命の日々

（二）

紀夫（のりお）兄がまた大学病院に入院した、と知らせてくれたのは洋治兄だった。嫂同士は意外に連絡を取り合っているらしく、妻からの情報として洋治兄が母に電話を掛けてきたのだ。

それで、まずは私が母を連れて見舞うことになった。道代姉は三月ほど前、台湾時代の父の弟子が来日した際、父の芸術写真をその人に形見として一枚あげたことで紀夫兄と電話で口論したので、「先ずはあんたたちが様子を見てきて」ということになったのだ。私は車の免許を取って半年が経ち、遠い大学病院にも気軽に行く気になれたし、ちょうどその日が勤務する高校の創立記念の休業日でもあり、好都合だったのだ。

「あら……」

ドアを開けるなり私は声にならない声を発して、つぎの言葉を失った。相手も一瞬驚いたのか、身構えるような態度を示した。私は戸惑いながらおもむろに頭を下げた。看護人が嫂ではなく、嫂の親友の田端さんだったことに、言いようのない驚きを感じたのだ。

「朱実（あけみ）は、今日は三次（みよし）の親戚の家に行っとるよ。あそこに、小学校時代の友達が十名ばかり集まるんだそうだ」

紀夫兄が静かな口調で言った。

「まあ、そう……」

私の唇はまだ滑らかに動かなかった。

「お久しぶりです」

田端さんは私と母に澄んだ声でそう言ってお辞儀をして、続けた。

「朱美さん、十五年ぶりの会合だそうで、どうしても欠席できないようだったから、私が今日は看病を代わってあげたんです」

田端さんの言い訳がましい説明を、私も母も黙って聞いていたが、事の内容を納得したわけではなかった。ちょうどこの三月末に、紀夫兄の妹に当たる道代姉が小学校の教員を定年前に退職していたので、紀夫兄とはあまり仲がよくないとはいえ、一日ぐらいなら何とかなったのに……。そんな思いが涌き起こってきたのだった。

「紀夫さんは、今日はお昼も割りによく食べられましたのよ。ちょうど今、オシッコを取り終ったところです」

屈託なく尿瓶（しびん）を指さす田端さんに感謝しながらも、私は釈然としないものを感じていた。下の世話の要る病人を、親友だからといって他人の奥さんに任せていいのだろうか。私は事情あって結婚はしていないけど、婚約者の彼が病床に伏して同じような状況に立たされたら、どうするだろうか。

彼の下の世話を親友に代わってもらうなど、私には到底できそうもない。会合の方を休むに決まっている。引き受ける者も引き受ける者だ。十五年ぶりの幼なじみの会合とはいえ、夫は肝臓を患う重病人なのだ。どうしても行かねばならない会合でもあるまい。私は胸の内で嫂と田端さんを、そんなふうに繰り返し詰っているのだった。

田端さんについて、私はあまり詳しいことは知らない。三十年前、嫂の家で行なわれた紀夫兄のささやかな結婚式で出会って以来、ほんの数回顔を合わせただけだ。こうして出会わなければ、田端さんは私の記憶からこぼれ落ちている人だった。ひとり娘の嫂とは女学校時代から姉妹のように仲がよかったらしく、お互いに結婚後も家族ぐるみの付き合いをしていることは、遠い昔に嫂から聞いたことがあった。

田端さんはなかなかの美人で、服装のセンスもよく、物腰も柔らかい。雰囲気的に嫂とはまるで反対の人だからむしろ気が合うのだろうかと、その昔、二人の友情を私は不思議に思ったものだった。

私が田端さんと会うのは、それこそ二十数年ぶりだ。それでも苗字だけはちゃんと覚えていたので、自分の記憶力も大したものだと驚嘆する。中学生だった私の目に映った田端さんは、美しく、スラリとして、上品な人だった。その雰囲気は今も保持されており、化粧気のない、ずんぐり型の嫂とはその点でも大きく違っていた。

「私は、ちょっと出て来ますので、紀夫さんとどうぞごゆっくりなさって下さいね」

そう言うと、田端さんはハンドバッグを手にして病室から出て行った。おそらく彼女は、私たち弟妹と紀夫兄の仲があまりよくないことを嫂から聞いているはずだ。だとすると私たちに対して、きっといい印象は持っていないだろう。そんな人と対話するのはできれば避けたいけど、でも、戻ってきたら何かしゃべらないわけにはいくまい。

「今の人は昔、あんたの結婚式にも来てくれた朱美さんの友達かい？」

田端さんが出て行った後、母が紀夫兄に訊いた。

「うん、いろいろとよくしてくれるね。あの人は優しい、いい人じゃ」

紀夫兄は田端さんを誉め、よその奥さんに尿瓶の世話までして貰うことを、少しも屈辱と感じてないようなふうだった。耐え難い羞恥、私ならそう感じるに違いないのに……。私の思い過ごしなのか……。内心でそうつぶやきながら、不意にある考えが脳裏をよぎっていった。

兄はもしかしたら田端さんのような女が好きだったのかも知れない。そうだとすると、死病に取り憑かれて、初めてこうして二人きりになれたこと、また下の世話までして貰えたことは、男としては思いがけない恵みなのかもしれない。そうであるならば、兄はむしろ嫂の不在を喜んでいるのではないだろうか、と。

「紀夫さんよォ、あんた、腹が大きいが、大丈夫かなあ……。今度はお医者さんの言われることをちゃんときいて、ようなりんさいよ」

明治生まれの母が椅子に座って兄の手を摩りながら、まるで小さい子を諭すように言っている。

「うん。これでも三日前に腹水を抜いて貰うて、前よりは小さくなったんよ」

「ほうの、えかったのォ。あんた、役所をやめて三年にもならんのじゃし、去年還暦を迎えたばかりじゃけえ、まだまだ生きにゃあのォ。私は今年で八十六歳よ。私の姉さんたちもみんな九十三、四まで生きとるから、うちは長寿の家系じゃけえね」

「ほうじゃねえ。年金もあまり貰わんうちに死んじゃあ、損じゃけえね。朱美が得するばかりじゃあ、アホらしい話よ。それで税理士の仕事もこの度はしばらく休んで、こうしてがまんして養生しとるんよね」

紀夫兄は税務署を五十八歳でやめてから、税理士として細々ながら仕事をしている。一年前に大学病院に入院した時は、医師の忠告もきかず病床を抜け出し、頼まれていた確定申告の仕事をしていたという。家族には粗暴な振る舞いをする兄も、他人には律義すぎるほど律義な面があり、そのような行動をとったのだろう。指示に従わないので、医師に「自ら寿命を縮めるのか」とこっぴどく叱られると、兄は腹を立てて大学病院を飛び出し、近所の個人医院で看て貰うようになった。

そんな昨年のある秋の日、風呂から出て寝室に入った途端に倒れたという。朝まで誰も気づかず、救急車で大学病院に運ばれてそのまま二度目の入院となったが、私たちには知らせてこなかった。兄は仕事があるのにいつまでも入院なんかしとれるか、と言ってまたもや医者の制止も聞かず、数日で勝手に退院したという。すべては後から分かったことだが、紀夫兄にはこんなふうに頑固で、気儘なところがあった。

それから二ヵ月くらいして、紀夫兄はバイクで廿日市の実家に来て、その時の恨みがましい気持を母にぶちまけたことがある。

「朝まで朱美も千佳も全く気がつかんかったんよ。ちょっと部屋をのぞいてくれたらええのに、冷たいヤツらじゃ。もうちょっとで死によった。救急車で運ばれたんよ」

部屋数の少ない小さな家なのに、夫婦仲の悪い兄と嫂は寝室も別であったようだ。医者にまで逆らう兄だから家族の言うことなどに耳を貸すはずがなく、したいようにさせておくしかないと、身近にいるが故に妻も娘もサジを投げたのだろう。ともあれ、頑固な病人である夫、そして父親に、妻と娘がこんな気持でいたから、その件は起こったのだろう。

紀夫兄夫婦がうまくいってないことを知ったのは、結婚後二年ぐらいしてだった。長男の岳志(たけし)はもう生まれていたので、兄は家庭生活に一応自信を持ったのか、本来の粗暴性が出てきたのだろう。また嫂もひとり娘の我が儘と強情な性格を有しており、二人はささいなことでよく喧嘩をしていたらしい。

ある時、兄が暴力を振るって打ちどころが悪く、嫂は左手の小指を骨折した。舅姑はかんかんになって怒り、しばらく娘と孫息子を引き取り、婿の出方によっては別れてもよいと強気だったという。その時は兄が謝って何とか危機を乗り越えたが、私が大学を卒業してもまだ別れ話が持ち上がるほど、夫婦仲は悪かった。そんな夫婦でも子がかすがいとなって離婚にだけは至らず、盆と正月には必ず家族連れで私たちの家にやって来て、食事を共にする習慣になっていた。

「この家を買う時には何の協力もせずに、よく来られたもんだねえ」

下の兄や姉たちが陰でそう言ったものだ。実際、紀夫兄は私たちをよく利用した。兄が福山に転勤したある年の夏休みに、友人の家族が潮干狩りをしたことがないので経験させてやりたいといって、連れて来たことがあった。その時には私たちもいささか腹が立ったが、それでも思い直して、いい顔で接待した。彼らが帰って行った後、道代姉が「我らは人が好いにも程があるんじゃないの」と自虐的に言って、苦笑したことがあった。

私たちは終戦で台湾から父母の里へ引揚げて来て、数年間は言うに言われぬ苦労をした。幼い私はそれでもみんなから保護され、苦労したなどと大きな声ではとても言えないが、下の兄の洋治と下の姉の春子は中学校と女学校の学業半ばで終戦となり、引揚げてからは学業どころではなくなって、小さな菓子店を営むことになった。

父は台湾では実業家として成功していたが、引揚げ後は生活の急変で体調を崩し、肺を患った。それでも台湾時代の夢を忘れ難く、写真機を購入し、スタジオが持てないので路上写真屋となった。求められればどこへでも出前撮影に行ったが、家族を養う収入には程遠かった。やがて道代姉が小学校の教員となり、貰った給料をそっくり母に渡して、それが我が家の家計の中心を占めていたのだった。

長兄はニューギニアで戦死していたので、終戦当時、成人していた子供は紀夫兄だけであった。紀夫兄は内地の大学を繰上げ卒業すると、神宮外苑での学徒出陣の壮行式に送られ、中国戦線に赴いた。運よく終戦まで生き延びることができ、家族の引揚げ地、広島に復員して来たのだった。そして、しばらくは岩国の進駐軍で働いていたが、まもなく新制中学の社会科教員として招かれた。

そのころ近所の老資産家夫婦から紀夫兄に、離れをただで貸すので、用心棒として来てくれないかという話が舞い込んだ。数家族が旧海軍の宿舎を利用した引揚者宿所に板間仕切りで暮らしていたので、私たちには願ってもない話だった。兄は朝晩の食事だけ引揚者宿所に食べに来て、それ以外は離れを生活の拠点とし、私たちと日常生活を共にすることは少なくなった。私は子供心にも傍若無人に振る舞う紀夫兄が嫌いで、鬼がいなくなった、とほっとした気持を抱いたことを今も覚えている。下の兄や姉たちも同様であったらしく、紀夫兄が夕食後離れに戻って行った夜のひと時は、家に穏やかな空気が満ちていた。

そして紀夫兄に婿養子の話が降って湧いた。本来なら戦争で没落した病気の父親を助け、幼い弟妹の面倒を見るのが筋なのに、紀夫兄は自分のことだけを考え、婿養子としてさっさと家を出て行ったのだった。

ところがそれから半年もしないうちに離婚し、生徒を殴ったことで中学教師も辞めて、今度は県庁に勤めたのだ。しかし、それも退職勧告を受けた初老の同僚に同情して身代わり退職し、しばらくぶらぶらしていたが、税務署に職を見つけたのだった。離婚後はまた以前の老資産家の離れに住み、朝晩の食事をとるために私たちの引揚者宿所に来てはいたが、弟妹の面倒をみるなど素振りにも出さなかった。

紀夫兄には台湾時代の贅沢な暮らしの名残があり、当時としては珍しいコーヒーやココアなどを買ってきて自分だけ沸かして飲み、弟妹に与えようとはしなかった。幼い私は、紀夫兄の留守中にココアを缶から少しだけ盗んで飲んだことがある。それが見つかると拳骨が飛んできて、怖くて、いやな兄で、どうしても好きになれなかった。時々下の兄や姉たちに対してもささいなことで暴力を振るうので、自然に紀夫兄を除く子供たちは団結し、助け合うようになっていた。

父が失意のうちに結核で亡くなったのは、私が小学校四年生の時だった。その二年後、私が中学に入学する直前、私たちは小さな家を購入して隣村に引っ越した。紀夫兄を除く兄姉が肩を寄せ合って頑張った結果である。もちろん、私たちだけの引っ越しで、紀夫兄は老資産家の離れに残った。紀夫兄にとっては思いがけないことだったらしく、ひどく立腹し、もう親兄弟の縁を切ると宣言した。

それなのにまもなくすると、自転車で通勤する途次、毎朝晩、ご飯を食べに来るようになった。私は子供ながら、意気地がないにも程があると思ったものだ。紀夫兄が結婚するに際しても、仲が良くないにもかかわらず下の兄や姉たちはお金を出し合って水屋をお祝いに贈り、母と中学生の私が嫂の家で執り行なわれた結婚式に参列したのだった。

私たちと紀夫兄の間にはこんな暗い歴史が横たわっているので、兄が結婚後、毎年、盆と暮れにまるで自分の実家に帰るかのように家族連れで訪ねてくることに、私たちは少なからずこだわりを感じた。けれど下の兄や姉たちは嫂と幼い甥や姪のために百歩譲って、彼らにお愛想をし、暖かく受け入れていたのだった。それに母にとっては粗暴な紀夫兄も等しく可愛い息子だから、下の兄や姉たちはそれも配慮して、紀夫兄の家族が出入りすることを大らかに受け入れていたのだった。

彼らが来る日は、母が朝から手づくり料理に忙しかった。この日は、私たちは嫂の愚痴を聞いてやる日と心得ていた。戦争帰りの、軍国頭が抜けきらない、いびつな性格の紀夫兄を、喧嘩しながらもよく面倒を見てくれると、嫂に感謝していたからだ。そうではあったが、顔が合うや兄の悪口がほとばしり出て、「そうよ、兄が悪いのよ」と半ば義務感で嫂に相槌を打つのは、あまりいい気分ではなかった。そのことに気づかない嫂の鈍感さを、私は内心で軽蔑さえしていた。

やっと一年ぐらい前、嫂の口から「戦い済んで、日が暮れての心境よ」と聞けるようになり、あの人たちもそれなりに大人になったのだとほっとしていたのに、実情はそうもいかなかったらしい。その後もたびたび諍（いさか）いがあったらしく、紀夫兄は母を訪ねては妻子のことを愚痴って帰って行った。

そんな紀夫兄夫婦を見ていると、私は結婚に対する夢が大きくしぼんでいった。若いころは結婚願望の強い私だったが、婚約した当時は彼には老齢で長患いの両親がいた。彼は状況の変化を待って欲しいと言った。付き合って十年目に母親が、その半年後に父親が亡くなったのでそれは解決したが、彼を熱愛するあまり私を敵視するハイミスの妹がいた。そんな妹は捨て置けばいいのだからと言いながら、彼もまたハイミスの妹を慈しんでいた。

そして彼は研究者としての多忙な生活の上に役付きとなって、さらに多忙を極めるようになった。

仕事で新しい局面に立たされた彼は、「ぼくが仕事で成功することが、終局的には君の幸せにもつながると思う」と言った。

婚約して十年以上も経つと、身の周りによい結婚のモデルがないこともいよいよ分かってきて、私はいつしか愛さえあれば結婚しなくてもいいと思うようになっていた。歳月は私をベテラン教師に変え、私もまた忙しい日々を送るようになっていた。そんな中で私たちは月に一、二度会う程度となり、それを私は不満とも思わず、むしろお互いに理解が深まった人間関係だと思った。

そのころ彼は長年勤めた国立大学を定年前に退職して、別の小規模の大学に移り、責任者として相変わらず多忙な生活を送らねばならなかった。そんな私たちの関係は周りから見ると不可思議極まる関係に見えたらしく、母をはじめ兄姉、友人たちは、彼に対していい感じは持っていなかった。だから彼の話はお互いにタブーとなっていた。

紀夫兄が結婚して三十年が過ぎ、私が彼と婚約して二十年近くが経っていた。こんなに歳月が経過しているのだから、周りの状況がいろいろと変化するのは当たり前だった。

わが家における恒例の盆正月の会食が絶えてさえ、十年にはなろうか。中止するようにもって行ったのは、私だった。私は、話が極端に合わない紀夫兄と食事をしたり、姪や甥や嫂にお愛想をしなければならない何時間かが苦痛だった。

紀夫兄は自己中心的な性格だけでなく軍国主義の生き残りで、何かと私たちと話が合わず、兄のおかしな考えに異を唱えようものなら、平気で露骨な嫌みが投げつけられた。それに反論しようものなら口論や喧嘩となり、その場はたちまちいやな空気が充満した。それでは折角の会食が台無しになるので、上辺だけでも平和を維持しようと思えば、私たちが耐えるほかなかった。そうしたとて、その場が白けたムードに包まれることに変わりなく、お金と時間をかけて私たちが一方的に寛容と我慢を強いられる一日に、私はウンザリしていたのだ。

だから会食から逃げるために、私は母と道代姉に年末年始に海外旅行に出かけることを提案したのだった。これで会食を断る理由ができたし、ちょうどそのころ姪や甥も受験期を迎えたり大学生になったりして、不承不承の墓参や会食が中止になることは、彼らにとってもラッキーなことであったのだ。あれやこれやが重なって会食はなくなったが、紀夫兄はバイクで月に一度くらい、廿日市の家に母を訪ねて来ていた。

若いころは私も紀夫兄に反発し、よく口論したものだ。そんな時期が過ぎると、どうして同じ母から生まれたのにこうまで話が通じないのだろうと、諦めと軽蔑の気持を抱くようになった。歳を取るにつれて、兄弟は他人の始まり、よその家庭を営んでいる人だと思えるようになり、会えば笑顔で挨拶をする程度につき合えるようになった。そして肝臓をやられていると分かってからは、妻子からさえ疎んじられている兄に対し憐憫の情が起こり、私も優しい気持になっていた。

「退院したら、魚市場に行って、活きのええ鯛を買うて、岳志が世話になっとる大阪の先生に食べて貰おうてえ」

紀夫兄はとぎれとぎれにそう言った。腹水が溜まるほどの肝臓病なのに、回復できると思っているのだ。ひとり息子の岳志は三十歳になろうというのに、まだ大阪の大学院に在籍する学生だ。いつまでたっても社会人とならない息子に、紀夫兄も自慢の種が尽きかけていたらしく、ようやく来春、博士課程を卒業できそうだと、嬉しそうな顔をした。

「よかったのォ」

母はただそう言って紀夫兄の手をさすっていた。私も「じゃあ、岳志ちゃんがこれから仕事につくと、兄さんもらくになるわねえ」と無責任に口を合わせた。

「そうよ。岳志は薬剤師の資格を持っとるけえ、将来はあの家の道路側を薬局にしたらええと思っとるんじゃ」

小さな夢かも知れないが、紀夫兄はそれを語る時は自然に顔がほころんでいた。このところ入退院を繰り返していてよいことがなかっただけに、ひとり息子のことを話す時は格別に感情がこみあげるのだろう。

ちょうど一時間が経ったころ、田端さんが戻ってきた。私はまた深々と頭を下げた。

「ちっとも遠慮なさらないでくださいな。私たちは三十年のつき合いがありますから」

そう言って田端さんは微笑み、兄に言葉をかけた。

「紀夫さん、オシッコはまだいいかしら？」

「ああ、まだ大丈夫です」

兄も田端さんをすっかり信用している様子で、私は、これでいいのだ、と内心で何度も言い聞かせた。そして母に「今日はそろそろ帰ろうか」と促した。

母もすぐ賛同して「紀夫さんや、また来るからの。元気を出すんよ」と兄の手を握った。

「私が車の免許を取ったから、母さんを毎週連れてきてあげるわ」

私はとっさに毎週母の運転手になることを兄に約束しながら、自分にできることは精々これぐらいかなと思うのだった。

「ありがとう」

紀夫兄の眼が潤んでいて、私も胸が熱くなった。どちらかというと、私は幼い日からずっとこの兄を好きになれなかった。小学校時代のあるお正月、一度だけ映画に連れて行ってくれたことがある。タイトルは『黄色いリボン』という映画で、テーマ音楽のメロディーは今も耳に蘇ってくる。けれど、私は紀夫兄とだったら行きたくないと思った。それなのに、無理矢理に連れて行かれたのだ。だから母が可哀想と思ったのか、ついて来てくれた。映画が始まってもイヤだという気持は変わらなかった。それに、お正月で満席のため立見となってしまい、人垣の間から背伸びをしてもほとんど見えず、何のことかサッパリ分からなかった。こんなふうに、紀夫兄とは苦い想い出しかないのだ。

けれど、家族の中で完全に浮いているばかりか、十ヵ月前に妻子から愛想を尽かされ、ひどい言葉を吐かれたこと、それを本人だけが知らないことを思うと、私はやるせない気持に捕えられるのだった。紀夫兄が可哀想だ……。そんな思いが込み上げてきて、涙がこぼれそうになったので、私は田端さんへの挨拶もそこそこに、母の手を引いて病室を後にした。

（二）

「どうだった？」

マンションに帰るや道代姉が問うた。私は、腹水が溜りだしたことから紀夫兄の容態があまりよくないこと、看病人が田端さんであったことなど、できるだけ冷静に伝えた。道代姉は紅茶を入れながら、溜め息混じりに言った。

「あんな性格だから、きっとこの期に及んでも、家族から愛されてないいんだろうね。朱美さんたちが愛想を尽かしてあんなひどいことを言って来て、一年も経ってないいんだもの」

いいい、あんなこととは私たちだけの秘密だった。


それは、紀夫兄が母に嫂や娘のことを冷たいヤツらじゃと愚痴った日から幾日もしない、去年の十二月初めの日曜日に起こったことなのだ。私立高校教員の私は学期末テストで多忙を極めていたから、道代姉が母をつれて私のマンションに炊事・洗濯など、応援に来てくれていた。

そこへ嫂から久しぶりに電話が掛かり、相談したいことがあるから、これから娘とそちらに行きますと言うのだ。いやな予感がしながらも、珍しいことがあるもんだと姉は菓子などの用意を始めた。

それから一時間も経たないうちに、彼女たちはやって来た。座布団に座るなり、姪の千佳が母の方を向いて口を開いた。

「お祖母ちゃん、父を廿日市の家に引き取って下さい」

「エ？」

私たち三人は同時に声にならない声をあげて、顔を見合わせた。

「一体、どういうこと？」

道代姉が問い返した。

「今朝、お父ちゃんが、この子がちょっと口答えしたことで殴ったんです。それがひどいこと殴って。もう私たちは暴力を許すことはできません。ガマンも限度にきました」

嫂が娘を庇うように言った。

「あんたら、何を言うとるの。そりゃあ、紀夫も殴ったのは悪いけど、六十を過ぎた息子を引き取れとは、何ごとですか。ええ加減にしなさいよ。私があの子を連れとった年月よりも、朱美さん、あんたと家庭を作ってからの年月の方が長いんよ。この八十六歳にもなる何の力もない親に、いまさら引き取れ言うんですか。いい歳をして、朱美さん、あんた娘にそういう冷たいこと言わせてええんかね。情けないねえ。冗談じゃあないですよ。第一、紀夫が承知するもんですか」

母がきっぱりと言い切った。

「そりゃあ、暴力はいけないよ。私たちも兄の悪いところをよく解ってるわ。でも、何もしない、何も言わない、無抵抗の者に、兄だっていきなり暴力を振るうわけはないでしょう。殴る前に、それを誘発するような原因があったんじゃない？」

そう問いかけたのは私だった。

「大体、お祖母ちゃんは、あの人にどんな躾をしたんですか？　あんなお行儀の悪い人は滅多にいませんよ。家庭教育が問われます」

小学校の教師をして四年目の姪が、冷ややかな笑いを浮かべて言った。

「あんたねえ、還暦を過ぎた大息子に対して、躾だ、家庭教育だと、年老いた母親を責める問題じゃあないでしょうが」

姪と同業者だった姉が、堪え切れないといった口調をした。

「大体、叔母さんたちも勝手です。このマンションを買う時だって、父には何の相談もなかったじゃないですか。それに、叔母さんや叔父さんたちは、いつも父を除け者にしてるじゃないですか」

姪はきっと睨みつけ、今度は私たちに攻撃の矢を向けてきた。

「まずこのマンションの件だけど、十年前に私も三十代になり、将来のことも考えて買う気になったのよ。資金面で紀夫兄さんにお世話になるのだったら、相談したでしょうね。でも、そうでない限り、どうして、いちいちあなたのお父さんに相談しなきゃあならないの？」

私が問いかけると、姪は不満げに口をとがらして睨みつけていた。

「それと除け者の件だけど、これには深い訳があるのよ。終戦当時あなたのお父さんだけ大学を出た成人だったけど、妹や弟の面倒を見るどころか、自分勝手に生きたのね。だからあとの弟妹が団結して、頑張るしかなかったのよ。それでも、洋治兄さんや道代姉さんたちは、あなたのお父さんに本当にいろいろと配慮してきたわ」

私がそう言い終わるや、道代姉の口から言葉がほとばしり出た。

「朱美さん、盆や正月にあなたたちがうちに来た時だって、あなたはいつも兄の悪口ばかり聞かせたでしょ。あの難しい兄をあなたがともかくも面倒見てくれてるから、私たちは感謝の気持もあって、常にあなたに同調してうん、うん、と言って聞いてあげてたけど、本当は兄の悪口ばかり聞かされて、愉快じゃなかったのよ。この際言わせてもらいますけど、あなたも反省すべきじゃないかしら」

「そりゃあ、私も悪かったかも知れません。でも、あの人の言動にはこれ以上耐えられません。この子がちょっと口答えをしたからといって、叩くほどのことじゃあないですよ。今日ばかりは私も愛想が尽き果てました。この子がどうでも、お祖母ちゃんところへ行こうと言うもんですから……」

嫂がやや気が怯んだのか、口ごもった。

「私たちだって紀夫兄さんの性格は嫌いよ。でも、もうあの人は私たちの家族ではなく、あなたたちの家族なのよ。喧嘩をしながらも三十年、家庭を築いてきてるじゃないの。だからあなたたちで話し合って、解決して行くほかないのよ。あなたたちに被害が多かったとは思うけど、紀夫兄さんの性格を知り抜いて、あなたたちもどうしたら平和共存できるか、もっとよく考えるべきだったのよ。引き取ってくれだなんて、やはり言うべき言葉じゃあないわね」

私がそう言って、これ以上話し合っても無駄だと意思表示した。嫂と姪は私たちを睨みつけるようにして、帰って行った。

私たちはこの日のことを、紀夫兄には絶対言わないようにしようと誓った。兄の性格から、こんなことを知ると何をしでかすか知れたもんではないからだ。これ以上あの家庭にトラブルを起こしたくないし、私たちもトラブルに巻き込まれたくなかったからだ。

それにしてもこの日のことは、私たちには大き過ぎる衝撃であった。なかなか気持が静まらず、人生や家族、性格や不幸な結婚について堂々めぐりの話し合いをし、いっそう重苦しい気分にまとわりつかれてしまった。

あの日から十ヵ月が過ぎ去った。嫂と姪はあれから一度も私たちのところに顔を見せない。今年の御盆にも直接墓の方に行って、そのまま帰ったらしい。私たちはあの日のいきさつから、さもありなんと理解できるので、別に咎める気持はない。

紀夫兄はその後も何度か海の見える廿日市の家に母を訪ねてくれたけど、私たちはあのことだけは言わなかった。いや、残酷過ぎてとても言えなかったのだ。紀夫兄の口から嫂や娘に対する愚痴が出ても、母は「そうの、悪かったのォ。ま、どこの家も大なり小なり、そんなもんかも知れんよ」と、まずは聞いてやるという態度で臨んでいた。

その話を道代姉から聞いた私は、母に対しても、紀夫兄に対しても、切ない気持に捉えられるのだった。紀夫兄に多く非があることは重々承知していながら、それでも嫂や姪が肝臓を患っている兄に対してもう少し優しく接してくれたらと、つい無い物ねだりをしているのだった。

「たしか去年の五月だったよのォ」

母が湯飲みを置くと、思い出すような眼差しを向けた。

「紀夫が九州の温泉にバイクで行って、帰りに徳山の道路で転倒したのは？」

「そうねェ。あの時、運よく救急車を呼んでくれた人がいて、徳山の市立病院に入院したけど、奇跡的に外傷もなく、一日で退院したよね。本当はあの時もっといろいろ検査してもらって、彼が聞く耳を持っていれば、死病への立ち向かい方もあったろうにね」

道代姉が淡々とした口調で言った。そして追いかぶせるようにつけ加えた。

「でもねェ、こんなに家族の誰からも愛されないんじゃあ、あの時、転倒したままあの世に逝った方がよかったかもしれないね」

母は目を落としたまま黙っていた。私は何か言わずにはおれなかった。

「そんな……、それじゃあ、紀夫兄さんがあまりに可哀想よ。知らない場所で、誰にも看取られずに死ぬなんて」

そう言いながら私は、内心で自分の言葉にどこか真実でない響きを感じていた。そのためにまた、言葉が無意味に唇から滑り落ちていった。

「何で湯布院なんかに行ったんだろう？」

「そう言えば私らがまだ台湾にいるころ、大学生の紀夫は皮膚病に罹って、病院では治らんかったけど、湯布院の温泉でよくなったと手紙をくれたことがあったよ。あの体でどうしても行きたかった所じゃけえ、その昔、ええ思い出でも残したんかなあ。それならええんじゃが。家族のために始末して始末してお金を貯め、最期の旅になるかも知れんのに、己は交通費を惜しんでバイクなんかでのォ。あの体で、まだまだ生きると思うとるんじゃろか」

母が息子をいとおしみ、それゆえ嘆いた。

「思ってるんでしょ。あの人、とにかく結婚してから始末する生活が身についてしまったのね。いつだったか、私たちがよく家族旅行することを皮肉ったというか、なじったじゃないの。わしはお前らのような心境にはなれん。子供に一円でも多く残してやりたいと言って。結婚前は贅沢な人だったのにねェ。あの時、お金の使い方の問題で口論になったじゃない」

道代姉がいやなことを思い出させた。お金の使い方でやり合ったのは私だったのだ。その時その時の思い出は後から作るわけにいかない。お母さんは戦後苦労ばかりしてきた。私たちに多少余裕ができたので、親孝行のつもりもあって旅に連れて行ってあげるのだ。またこうして元気でいつまで一緒に過ごせるかどうかも判らないので、今ここを大切に、家に残った三人が可能な限りで旅をして、それなりにいい時を刻んでいるのだ、と。

だが、いくら説明しても、紀夫兄には無駄遣いとしか解せなかった。やはり紀夫兄には心にどこか欠落部分があって、それが彼の限界なのだと思う。そんなことを考えながら、私の脳裏にはあることが蘇っていた。

「ねえ、去年、うちにぶどうを持って来てくれたでしょ。あの時だって、わざわざ青果卸売市場まで買いに行って来たと言って、本人は普通の果物店で買うよりずいぶん安かったと自慢してたじゃない。ところが、酸っぱくて食べれなかったよね」

「そうじゃったねえ。どうして、ああまで始末屋になったんだろうねえ……」

母が自分自身に問いかけるような口調をした。

「ま、彼は婿養子みたいなもんで、朱美さんの親と一緒に暮らしてるから、あんな便利な一等地に住めることにいつも引け目を感じてるんでしょ。だからお金を貯めて、自分だってこれぐらいの土地はいつでも買えないことはないと、示したかったんでしょうよ。それと、子供に残してやりたいという親心ね」

道代姉が分析的な意見を述べた。

「それと千佳が言うように、私たちが除け者にしたから、心が曲がったんだろうか。私たちには私たちで、それなりの理由があったんではあるけど……。兄弟姉妹で日常的に会話ができていれば、彼ももっと広い視野をもてたかも知れないよ」

　私も心理学的に考えてみた。

「いいえ、あの性格はどうにもならないわ。私以下の弟や妹が勝手な彼を反面教師として、子供ながら肩を寄せ合って頑張ったから、ボロ家でも買うことができたのよ。彼は持って生まれた性格が悪いのね。だとすると、神様を恨むしかないのかなァ」

　道代姉は厳しい見方をする。小さいころから紀夫兄に何につけても苛められたというから、厳しい見方もやむを得ないのだろう。

「ただ、紀夫が小学校の高学年時代、私がホテルの経営でタロコの方に行ってしまい、花蓮港の家には週一度しか帰らなくなったから、寂しい思いをして、歪んだのかも知れないね。それこそ千佳の言い種じゃあないけど、私がホテル経営に一生懸命になった分、家庭教育が抜けたんかなあ」

　母が遠い昔をなぞるような言い方をした。

「そんなことないったら。もしそうだとしたら、私以下の子供もみんな歪んでひねくれてるわけでしょ。ところがひねくれてない。ということは、彼に自力で成長する力がなかったのよ。それに、モデルとなるいい友人がいなかったんだろうね。そして、結婚相手が人間としてもっと賢い人であれば、あんな人でも影響を受けて少しはましになったかもね。でも、これは求めちゃいかんのよね」

姉は自戒をこめるように言った。

「そうよね。逆に夫が立派な人なら、妻もずいぶん幸せになれたとも言えるんだものね」

私は、嫂はそう思っているだろうな、と想像した。

「ま、私も紀夫兄さんの妹だから、同じ血を引いてるわけよ。結婚してたら、もう一組不幸な家庭が誕生しただけかもしれないわね。さすれば婚約者が戦死したこともまた、私にとっては不幸とも言い切れないのか……」

道代姉は苦い笑いを唇に浮かべていた。


その夜、マンションに洋治兄から電話があった。電話をとったのは私だった。

「今日、病院に寄ってみたら、母さんと麻子が来てくれたと紀夫兄さんが喜んでたよ。病名を聞いても朱美さんはぼかしてごまかすもんだから、ぼくは主治医にちゃんと聞いたよ。肝硬変に肝臓ガンが併発していて、あと半年くらいだろうとはっきり言われた」

「やっぱり、私たちが思っていた通りね。半年か……。そんな予感もあって、母さんを毎週連れて行くと言ったばかりよ」

私は車の免許をとったことが、こんなことで役に立つとは思いもしないことだった。

「でね、昔、廿日市の竹垣病院があっただろ。今は己斐に移ってるけど、主治医の名前が同じだし、顔が何となく竹垣先生に似てるので、聞いてみたら、やっぱしあそこの次男さんだそうだ。紀夫兄さんにそれを伝えると、喜んでたな。何か因縁を感じるらしい」

「へーえ、そうだったの」と言うと、道代姉が目で電話を代わってくれと促したので、私は受話器を渡した。

「うん、二週間目。真面目に行ってますよ。年寄りを抱えてる家では、これからは車の運転ぐらいできなきゃあ不便だ、と決意したんよ。自動車学校がこっちだから、このところ麻子のマンションにいることが多いのよ。免許が貰えるのは、十二月の中旬かしら。何せ、五十六歳で習う人って、あまりいないみたい。運転の勉強は一応順調に進んでるんだけど、それなの、紀夫兄さんのことがねえ……」

話題が道代姉の自動車学校の様子から、紀夫兄の病状に変わったようだ。道代姉は、そう、うん、ふーんなどと頷いている。多分、洋治兄は私に言ったと同じことを道代姉に繰り返しているのだろう。

私は内容を母にかいつまんで説明した。母は覚悟していてもやはり辛いらしく、「あと半年……、可哀想にのォ……」と声を震わして、しばらく目を伏せていた。そして「麻ちゃん、運転を頼みますよ」と、私に向けて手を合わせた。あと半年という言葉が、母の胸にも、私の胸にも、急に重くのしかかってくるのだった。

（三）

「あれ、今朝方、雨が降ったんだね」

母が私の部屋のカーテンを開けて、驚きの声をあげた。無理もない。昨日は秋晴れで、雨など降る予兆もなかった。それに、窓ガラスが部厚いので、戸を閉めていれば風雨の音もほとんど聞こえてこないのだ。

私は目覚めてはいたが、ベッドの中で彼のことを考えていた。彼は研究に仕事にと忙しい人だけれど、この春ついにダウンした。ひどいヘルペスにかかって入院して以来、体調がどうもすぐれないのだ。そんなこともあって、多忙な彼とは月に一度、料亭で食事ができればいい方だ。

一昨日も久しぶりに会ったのに、私を料亭の座敷で待っている間、彼は疲れたといって畳に大の字になって寝ている始末。私を見るとさすがに起き上がって笑顔で迎えてはくれたが、顔色にどうも精彩がないのだ。

ふぐ刺しも寿司も彼はちょっと手をつける程度。あとは勿体無いので、私が食べるばかり。彼は食欲もほとんどないのだ。無理して私につき合ってくれているのがよく判り、私も久しぶりに会うのに心から楽しめず、最近は彼を気遣う言葉ばかりが口に出る。

「調子よくないみたいだから、すぐ帰りましょうよ。あなたの体が一番大事なの」

「まあ、まあ、折角会ったんだから、もう少しはいいよ。調子がよくなってからと思ったけど、そしたらいつになるか判らないので、不調のままになってしまって、ゴメン。ヘルペスっていうのは年齢が高いと、一、二年しないと完治しないらしい。治療のために麻酔をたびたびかけたので、肝臓もかなり悪くなってね。こんな状態だから、このごろは勉強好きのぼくも夜は一時間程度しか机に向かえないんだ。ま、気長に構えないと、どうにもならんそうだ。きみにも迷惑をかけるね」

そう言って彼は笑ったが、それさえ以前と比べると弱々しく感じるのだった。

「ねえ、四、五日休んだらどう？　あなたは他者に対していつも笑顔で対面するから、つまり弱みを全く見せないので、みなさん元気だと思って次々と相談事や仕事を持ってくるのよ。だから人の目にも病人らしく映る必要があるわ。あなたは私にとって大切な人だから、よく考えてね。体あっての人生よ」

私がそう言うと彼は「うん、そうだね」と賛同しながら、すぐにそれと反対の結論を出すのだった。

「でもね、そうもいかないんだ。これから予算編成に向けて準備もしなきゃあならんし、県の方とも掛け合わなくちゃね。前は国が相手だったけど、今は県が相手だから仕事は半分以下になったとはいえ、責任者のぼくがいないと事はスムーズに運ばないんだ。心配しなくても大丈夫だよ、原因はヘルペスの後遺症だとはっきりしてるんだから。医者も時を待たなきゃあしょうがないと言ってるしね」

そう言われると私は何も言えなかった。私にとって彼は出会った時から強い存在であり、まるで不死身の男に見えたのだ。彼の言葉には不思議にそう信じさせる力があった。ただ、あと一、二年もこんな状態が続くのかと思うと、急に胸の内に淋しさが充満してくるのだった。

久しぶりに会っても彼の顔に体調不良がくっきりと浮き出ていては、弾むような会話ができない。彼は私の前では仮面のない素顔を見せるので、結局は食事を早めに切り上げ、私の車で彼を家まで送っていくのが常となっていた。

こんな状態で私に不満がないといえばウソになるが、それでも私は彼を愛し、必要としているので、私たちは〈理解ある関係に到達した〉のだと自分に言い聞かせた。でも、時にはその言葉も消えぬまに、こんな状態がいつまで続くのかと、不安になるのも事実だった。

そんな時、別な声が耳元で囁くのだった。たとえこの状態がエンドレスでもいいじゃないか。生きた、出会った、愛した、それだけで十分じゃないか、と。理性ではそんなふうに納得しているのに、いつしか沈澱した欲求不満がしだいに吹上げてくるのが自分にも判り、今朝などは、どうしてこうまで理解ある女でいようとするのかと、自問していたのだった。

「麻ちゃん、八時過ぎよ。それでカーテンを開けたんだよ。道ちゃんもまだ寝とるけど」

私は母の声にびっくりして、枕元の時計を見た。

「エッ、ほんとに八時すぎなの」

隣の和室で寝ていた道代姉が私たちの声で目覚めたらしく、起きて布団を上げ始めた。私もベッドから起き上がり、母と並んでしばらくガラス戸越しに外を見ていた。

雨上がりは却って山の稜線をくっきりと見せるのか、宮島の弥山（みせん）が紫紺に色を染め、ぐっと近くに在るように感じる。右手の斜め向こうの眼下には、国道二号線を車がひっきりなしに走っている。

「日曜なのに国道は、さすがに車が多いね」

「私も、あんな車の流れの中で運転してるのよねえ。不思議、不思議。一年前には車の免許を取ろうなんて考えもしなかったのにね」

「そうだねェ。おかげで、有り難いことじゃ」

母はそう言うと目をベランダに戻した。

「この花はええ色で、綺麗じゃね」

ベランダに植えたベゴニアが、雨に濡れていっそう色を濃くしていた。初夏のころから咲き始めて、もう五ヵ月も赤とピンクの花をこぼれんばかりに咲かせている。きっと霜が降るころまでは大丈夫だろう。

「花市で買ってきた安い花なのに、ほんとによく楽しませてくれるわね」

そんな会話をしている間に道代姉が牛乳を温め、パンをトースターで焼いてくれていた。私がレタスやハム、チーズを冷蔵庫から取り出し、大皿に盛った。

簡単な朝食をすませると、一時間ばかりをそれぞれ新聞やテレビを見て時間を過ごし、十時には大学病院に着くように家を出た。

駐車場は休日なのに割に詰まっていた。病院の玄関は一つのドアだけ開けてあり、前庭の芝生には入院患者とおぼしき者たちが数名、日光浴をしていた。母親らしき患者とベンチに座って話をしている家族連れもいた。

私たちは一階のナースセンターの前を通って、紀夫兄の名札が掛かっているドアをそっと開け、母を先頭に中に入った。母を認めると兄の口元がさっとほころんだ。嫂はソファーでうとうとしていたらしい。私たちに気づくと立ち上がった。

「先日は、どうも。どうしても休めない会合でしたので、留守をしまして」

私はただ黙って頷いた。母は「朱美さんもいろいろと大変でしょうが、紀夫をよろしゅうお願いしますよ」と、頭を下げた。そして椅子に座ると、兄の顔をのぞき込むようにして見た。

「どうね？　少しは顔色がようなったような気がするが。今日は道ちゃんも来たんよ」

紀夫兄は顔をこちらに向け、目で確認したが、言葉は別になかった。

「看護婦さんも、顔色がようなったと言うてくれた。来月の半ばには大部屋に移れるかもしれん」

「そりゃあ、よかったのォ」

母がにっこりすると、嫂が「本人の希望的観測ですよ」と笑った。

「でも、個室の方がええんじゃないかの。他人様がよけいおったら煩わしいよ。お金のことなら、多少は援助してあげてもええのよ」

母が思いがけないことを口走った。長男がニューギニアで戦死しているので、母には多少の戦没者年金が入る。それで足してやろうというのだろう。

「お金のこともだけど、具合がようなったら大部屋に移ってええと、先生が言うたんだ」

紀夫兄は一刻も早くよくなりたいのだろう。普通、容態がいいものは個室には入らないことぐらい、兄も知っているのだ。健康な者から見るとむしろ個室の方がいいと思えるのに、重病人にとっては、大部屋は快復のシンボルなのかもしれない。

私は道代姉に目くばせして、廊下に出るよう促した。

紀夫兄は大抵月に一度は、廿日市の家や私のマンションに母を訪ねて来たものだ。それもインターホンを押すと「母ちゃん居るかのォ」と子供みたいに大きな声で言うのだ。妻子から愛されない分、母が兄の最後の心の砦になっていたのだろう。だから二人の時間を少しでも作ってやりたかったのだ。

道代姉と私が廊下のベンチに座っていると、まもなく嫂もやって来た。

「まあ、昨日は困ったんですよ。お好み焼を買って来いと言いましてね。それが、八丁堀の〈さっちゃん〉のが安くて美味しいから、あそこのでないとダメと言い張るんです。とにかく入り組んだ所で、探すだけでも一時間かかりましたよ」

嫂は堰を切ったように話し始めた。

「そりゃあ、ご苦労様。でも、近い所で買って、そこのだよとウソはつけないの？」

道代姉が嫂に、もう少し賢くなりなさいよと言わんばかりの口調をした。

「そんなことしたら、オオゴトですよ。包装紙を見せろと言いますからね。ベッドに釘付けになっていても、思うようにならないと、起き上がって私を殴ろうとするんですから」

「我が儘を言って、いけない兄ね。ゴメンネ」

道代姉と私が同時に謝っていた。

「今朝は今朝で、十月のこの時期にスイカが食べたいと言うんですよ。これはもう季節が終わって、売ってないと説得しましたけど」

「そう、困ったわね。ただ、洋ちゃんの話だと、兄は肝臓ガンで、あと半年だということだから、どうぞ許してやってね」

道代姉がていねいに頭を下げた。

「エッ、洋治さん、どうしてそんなことを言うのかしら……。あの人は肝臓ガンなんかじゃありませんよ。肝硬変ですからね。そんなこと勝手に言われちゃあ心外です」

嫂はすっかり感情を害したようだった。

「でも、私たちも肉親だから、洋ちゃんが主治医に聞いたのよ。いけなかった?」

道代姉も嫂に食い下がっていた。

「とにかくガンじゃありませんから。半年なんていうのも、違いますから。あの先生、何を言ってるのかしら」

嫂はみっともないほど膨れ面をした。私は居づらくなったので、席を外した。別に行く当てはなかったが、廊下の壁の標識に沿って売店に行ってみた。スーパーマーケットの小型で、何でも揃っていた。花束も売っていた。私は買おうと思って一束手に取ってみたが、花瓶があったかどうか自信がなかったので、元に戻した。売店の中を少しブラブラしていると、十分はすぐ経っていた。

病棟に戻ると、道代姉も嫂もまだ廊下にいた。穏やかな顔で話し合っていたので、さきほどの険悪な状況は乗り越えたのだろう。

「中に入りましょうよ」

そう言って促したのは私だった。入室してすぐに室内を見回わすと、洗面台の上の棚に花瓶が置いてあったが、花は挿してなかった。

「道代、お前は年金なんぼ貰うとるんじゃ」

いきなり紀夫兄のかすれた声が飛んできた。道代姉は一瞬戸惑ったようだが、すぐに応じた。

「月に二十五万円ぐらいかな。それに退職金もたくさんあったし、家のローンはないから、私の老後は安泰よ。どうぞ安心して」

「ほう、ええのォ。教員は意外にようけい貰うんじゃのォ」

紀夫兄は思惑がはずれたのか、それ以上は聞こうとしなかった。

「岳志ちゃんは、帰って来んのかいな？」

母が大阪にいる孫息子のことを訊ねた。

「あれは博士論文を十二月中旬までに仕上げにゃならんので、帰らんでええと言うとる」

「ほいじゃが……、新幹線代がなかったら、私が出してやってもええよ」

母は紀夫兄があと幾許もたない不治の病と知っているから、息子に孫を会わせてやろうとしているのだ。

「ねえ、母さん、マークのこと話した？」

私は少しでも明るい話題を提供しようと思って、母に尋ねた。

「いいや、まだじゃった。麻ちゃん話してやって」

「あのね、春子姉さんが兄さんに早く元気になってねとアメリカから電話をくれたよ。で、マークがこの秋、カリフォルニア大学バークレー校の理学部に入ったたって。教授陣にノーベル賞受賞者がたくさんいる、ハイレベルの大学らしいわ。マークは小さい時はやんちゃ坊主だったけど、結構頑張ったんだねえ」

「ほう、そりゃあよかった。うちも何か御祝いをしてやらにゃあいかんかいの」

「ええよ、ええよ。あんたが御祝いしたら、あっちはあんたにお見舞いをせにゃならんけえ」

母の言葉に紀夫兄はあっさり「分かった」と了解した。兄の家計は、きっと医療費や岳志への仕送りなどで、年金生活者としては必ずしも台所事情がよくないのだろう。そんなことを思っていると、姪の千佳が入ってきた。私が「今日は」と声をかけても返事もしない。母にも道代姉にも挨拶さえなかった。

そう言えば、十ヵ月前のあの日以来、会ったことがなかったのだ。姪の無礼な態度で急に部屋の中は何ともいえない、いやな空気が漲った。社会人としての基本もできていない姪を、嫂は咎めようともしない。

「おい、お祖母ちゃんや叔母さんに挨拶ぐらいしたらどうだ」

たまりかねて紀夫兄が注意すると、千佳は「今日は」といかにも義務的に言った。そして母親と何か小声で話していた。兄はそんな娘の態度に腹を立てている様子で、私たちから聞いたマークのことを話し始めた。

「そのバークレー校は、ノーベル賞クラスの教授がたくさんおるんだと。マークはええ学校に入ったもんだ」

父親の話を遮るように、千佳の口から言葉がほとばしり出た。

「私、そんな大学、ゼーンゼン知りません。名前すら聞いたこともありませんからね」

私たちに向けて言ったともとれるヒステリックな言い方に、私は唖然とした。母も道代姉も、顔の表情からきっと同じ思いだったのだろう。白け切った空気に耐え切れなくなって、私たちは早々に病室を引き上げる気になった。紀夫兄の手を握り、顔を近づけて「また来るけえのォ」と去りがたい様子の母の背をつついて、私は帰ることを促した。

嫂が一緒に病室を出て、玄関までついて来た。そして「すみませんねえ。千佳があんな態度で……。きっと、学校でも面白くないことがあったんでしょう」と詫びた。母はそのことには触れなかったが、嫂の顔をじっと見つめて言った。

「紀夫のこと、よろしゅう頼みますよ。朱美さんも疲れんようにね。あんたが倒れたら大変じゃけえ、しんどい時には遠慮せんで、助けてと言うてね。道ちゃんを来させますから」

道代姉がさらに言葉を重ねた。

「ええ、ほんとに遠慮なく言ってくださいよ」

「ま、私たちで何とか間に合わせますから。それに親戚付き合いの田端さんもおりますから」

嫂は挑戦的ともとれる言い方をした。

私たちは駐車場まで無言で歩いた。ハンドルを握っても、私の気分は晴れなかった。気分直しをしようと私が提案し、駐車場のある喫茶店をみつけて車を止めた。昼食には少し早かったけれど、サンドイッチとサラダとミルクを注文した。

「それにしても、千佳はずいぶんひねくれてるねェ。あの件以来、少しは反省してるかなとはかない望みを持ったんだけど、あれじゃあ反省どころか、私たちに逆恨みさえしてるんだわ。大学入試で第一志望に入れんかったことが、あんなに心の傷になってるんだろうか……」

注文したものを待っている間、道代姉が溜め息まじりに言った。

「そうだと思うわ」

私は以前からそう思っていた。

「紀夫兄さんは、あんたや岳志が国立一期校を卒業してることをしばしば引き合いに出しては、褒めてたらしいわ。千佳は志望した一期校をすべって、二期校に入学したでしょ。どうもあれ以来、様子がおかしくなったと思うの。ほら、御祝い持って行ってやった時、今日みたいな態度を取ったじゃない。歪みの原因はそのへんにあるね。あんたみたいな叔母や優秀な兄といつも比較されて、千佳も辛かったんだ。あんなふうに追い込んだ、紀夫兄さんがいけないのよ。尤も、本人の思い過ごしもあるけど。そりゃあ、同情はするわ。でも、大学を卒業して、教職について四年にもなるというのに、いい加減そんなコンプレックスから自己解放しろと言いたいね」

道代姉の終わりの言葉は、いない相手を叱責しているかのような激しさだった。

「本当にね。学歴など誇りに思うのは、無分別な若い時代だけ。年月を重ねるにつれて、そうしたことにいつまでも拘るヤツは愚か人だぐらい、もう解ってもいい歳なのにね……」

私は道代姉の指摘に大筋で同意しながら、それにしても生身の人間が自己解放することの難しさを、今更ながら感じるのだった。

(四)

不意に仕事帰りに大学病院に寄ってみようという気になったのは、生徒の親が自分の果樹園でとれたピオーネを持って来てくれたからだ。紀夫兄に一房届けようなんて、これまではそんな優しい気持になったことがないので、自分の気持の変化が不思議だった。

五時を過ぎるとさすがに渋滞がひどく、通常で十五分程度の道が倍近くかかった。駐車場も空きがなく、五分ばかり車を路肩に寄せて待った。

病棟への廊下を渡りながらふと、売店に寄ってみようと思った。先日の花のことを思い出したからだ。この前と似たような白と黄の菊、リンドウ、ススキがセットされた花束を買った。

ドアを開けると紀夫兄が一人でラジオを聞いていた。株式市況のようだ。あまりに真剣そうに耳を傾けていたので、私は黙礼すると棚の花瓶に目をやった。やはり今日も花はなかった。私は洗面台で水を汲み、長めの茎を少し手折って短くし、花瓶に挿した。数刻するとちょうど株式市況が終わり、ニュースが始まった。そこで初めて紀夫兄は口を開いた。

「どうしたんか？」

「今日、三次（みよし）から生徒の親が自分の果樹園でとれたと言って、ピオーネを持って来てくれたの。お裾分けするわ。種がなくて美味しいのよ。夕御飯はもう済んだの？」

「うん。病院の晩飯は早いね。五時前に配膳されて、五時半にはもう終わっとる」

「じゃあ、食後のデザートにちょうどよかったね」

そう言って私は数粒を洗い、皮を剝いて兄の口に入れてやった。こんな優しいことをしたのも初めてだ。そのことが作りものめいて気恥ずかしかった。これまではいやな兄だと思い続け、軽蔑し、無視してきたのに、不治の病と知るに及んで、急に仏心めくなんて。そのことが偽善のように思われて、いささか面映ゆいのである。

「毎日、株式市況を聞いてるの？」

「ほうじゃ。ＮＨＫだけでなく、短波放送も聞いとるから、わしは病気になってもよう勉強しとるんじゃ」

「いっぱい貯金もして、株も買ってるんでしょ。それでもまだ儲けなきゃいかんの……」

そこまで言って、私は後の言葉をグッと飲み込んだ。お金は墓場まで持って行けないのよ、とうっかり言いそうだったのだ。

「子供にたくさん残してやらにゃあの」

紀夫兄は、はっきりそう言った。子供たちのだれも、大人になってからは父親を父親とも思っていないのに、こんなにもわが子にお金を残してやりたいとは、私にはとても理解できないことだった。私の知り合いには子供が一応独立すると、夫婦で海外旅行や国内旅行に出掛けたり、グルメにお金を使っている人たちが多く、紀夫兄のように一円でも子供に、という夫婦はいない。紀夫兄は特別に父性本能が強いのだろうか。そう思うと、私の胸はズキンと痛むのだった。

「アメリカはレーガンが再選されるのお。さっきのニュースでもレーガンが優勢で、ほぼまちがいないと言うとった」

不意に紀夫兄が嬉しそうな、しゃがれ声を出した。ラジオの音を小さくして聞き流しているように見えても、それだけはしっかりと耳に留めていたようだ。

「初めの時は、日本のジャーナリズムはタカ派で、ハリウッドの俳優ごときに大統領が務まるか、なんて悪口を言ってたけど、外交も経済面も結構うまくいってるらしいわね」

私はジャーナリズムの路線でレーガンを軽んじていたので、その仕事ぶりに見方を修正せざるを得なくなっていたのだ。

「レーガンが大統領なら、日本もしばらく景気が続くのお。わしの株も安泰じゃわい」

紀夫兄の顔には笑みが浮かんでいた。

時計を見ると六時半になろうとしていた。私は気になっていたことをついに訊いた。

「今日は、お嫂さんはもう帰ったの？」

「いや、さっき千佳が来たので、一緒にそこらの食堂に晩飯を食いに行った。お前が来る少し前じゃったな」

じゃあ、しばらくは帰ってこないな。やはり帰ってくるまではいた方がいいだろうと思って、私はすることもなく部屋を見回した。

「あれッ、あの千羽鶴はどうしたの？」

私はカーテンレールに吊してある数本の色鮮やかな千羽鶴に目を留めた。

「千佳の生徒たちが、先生のお父さんが早くよくなるようにと、折ってくれたそうだ」

「そう、千佳ちゃんもきっと生徒から慕われる、いい先生なんだね」

そう言いながら、私は嬉しかった。私たちにはどうにもならないほど無礼で反抗的な姪も、一人の教師としてはまあまあなんだと思えたからだ。千羽鶴を見ながら、私はホッとするものを感じていた。

「お前は、結婚どうするんだ。相手はえろう長いこと待たすのォ。偉い学者かも知れんけど、非常識なヤツだ」

兄の突然の言葉に私は驚き、いささか気分を壊したが、この人は死を待つ病人だからと胸に言い聞かせ、努めて冷静を装った。

「そうねえ、お互いに忙し過ぎるのかな。でも近々にいい結論を出すわ」

そう言いながら、私も無責任なことを言うものだ、と自分でも呆れてしまった。

「早う結婚せにゃあ、子供を産めんで」

兄さんは子供がいて本当に幸せ？　そうも思えないけどな。心配してくれるのは有り難いけど、大きなお世話だよ。そんなことを内心でつぶやきながら、私も耳障りな言葉を笑顔で聞き流すことができるほど、長い歳月が流れているのだと、改めて思った。

「ただいま」

ドアが開くと同時に、背後から嫂の声が聞こえてきた。

「あら、麻子さん、度々すみませんねえ。今日はお一人？」

「ええ」と答えながら、私はまたピオーネの説明をした。

「ほんとに、うまかったで」

兄が感情をこめて言った。それが千佳の気持を逆撫でしたのかもしれない。

「同じ物、こないだ食べさせたじゃないの」

尖った声が鳴り響いた。千佳は露骨に不快感を顔に出していた。気まずい空気を嫂が転換させようとしたのか、話題を変えた。

「まァ、麻子さんはよく気が付かれるのね。私も花を買ってこよう、買ってこようと思いながら、他の用事の方がつい先になって……」

「お嫂さんはいろいろと大変だから、仕方ないですよ。こういうことは、気付いた者がすればいいと思って」

私に当てつけがましい気持が微塵もなかったとは言わない。ただ、もし花瓶に花が活けてなければ、戸外に出られない紀夫兄に小さな秋を見せてあげたい。活けてあれば、黙ってうちに持って帰ればいい、と思って売店で買ったままでだ。

不意に仏頂面をしていた千佳が足音を荒らげて、花瓶のところまで行った。そして小声で「こんなもん」と唾棄するように言うと、花を引き抜き、次々と折っては屑籠に投げ捨てたのだ。

私はあっけに取られて姪の行動を見ていた。嫂も困り果てた様子だ。何の注意も与えないのは、言っても聞かないからだろう。つまり、母親も諦めの境地でいることを証明しているのだ。私はだんだん怒りがこみ上げてきて爆発寸前の状態だったが、死にかかっている兄にこれ以上娘の醜い姿を見せたくない一心で、グッと堪えていたのだった。

紀夫兄の顔を盗み見ると、天井を向いて目をつぶっていた。狭い病室のこと故、兄もこのハプニングに気づかないはずはないだろう。これ以上ここにいてはならない。今は私の存在自体が、千佳の気持を激昂させるのだ。私は兄に「それじゃあ、またね」と別れの声をかけ、嫂たちの方を振り向かずに病室を出た。

運転しながら、私の頭を同じ言葉が去来していた。姪がノーマルな人間なら、冷静になった時、あんなことをして恥ずかしさに耐えられるだろうか。その羞恥心さえないとすると、哀れと言うほかはない、と。

マンションに帰ると疲れがドッと出て、私はしばらくベッドに横になった。三十分でも寝るつもりだったが、病院での興奮が続いているせいか、いつまでたっても眠れそうにない。私は観念して起き上がり、病室での出来事を母と道代姉に話した。姉は自動車学校に通うために、このところ母を連れて私のマンションに泊まることが多くなっていたのだ。

「へーえ、千佳がそんなひどいことを……」

母が耐え難いといった顔をした。

「あの娘なら、やりかねないね。しかし、瀕死状態の父親の枕辺でそんな荒れ方をしちゃあ、親が悲しむことぐらい自覚できないとすると、こりゃあ、ちょっとじゃなく、大分異常だよ」

道代姉も私以上に腹を立てていた。

「あれじゃあ、岳志とも合わないだろうね。将来、遺産相続で二人はきっと争うな。あんな荒れ方が今回限りで終わればいいけど、毎回じゃあ、紀夫兄さんが可哀想よ。わが子のみっともない姿を目前に晒されちゃあ、病人の命は縮まるというもんだわ。明後日の日曜は、行かない方がいいと思うな」

私は母の顔を見ながら、見舞いをもう一週間延ばすことを提案した。母も姉も、それがいいと賛成してくれた。

夕食を済ませてテレビを見ていると、彼から電話がかかってきた。明日から東京へ出張するので一週間不在だ、と知らせてきたのだ。私が体に気をつけてねと言うと、「戦争中でも死なななかった体だから、大丈夫」とまた強がりを言い、私の心配をよそに、受話器の向こうでカラカラと笑った。その笑いに誘われて私の口元も綻んでいるのが、自分にも分かる。たったそれだけの電話があっただけで、私の心はずいぶんと慰められた。これが愛なんだよね、そうだよ、と胸の内で一人芝居をしながら、私は微笑んでいる自分を感じていた。

道代姉が自動車の仮免許学科試験に合格した。一緒に習っている者の中にも何人かは不合格が出たというから、よく頑張ったのだろう。しかし実技の方はなかなか〈見極め〉が貰えず、仮免許はまだまだ先らしい。

母はベランダの花に水をやったり、エレベーターで屋上の物干し場まで洗濯物を干しに行ったり、近くのスーパーへ買い物に出掛けたりして、上手に時間を使っている。廿日市の家はもう何日も留守にしていた。

そんななかで母が時々ふっと「紀夫はどうしとるかのォ」とつぶやいたりすると、私の心は動揺した。しかし、千佳があんな態度を取り続けるなら、見舞うことが却って紀夫兄を悲しませる結果になる。だからしばらくは行かない方がいいのだ。私はそう説得し続けた。二週目の日曜がようやく明後日に迫り、私も幾分、気持が軽くなっていた。

ただ、私はその日は大学病院に行かない。教え子の結婚式に主賓として出席するからだ。それで洋治兄が母と道代姉を車で連れて行ってくれることになったが、昨日になって洋治兄が土曜の方がむしろ都合がいいというので、今日になったのだった。

私は模試の監督があり、今日もだめだった。事務処理に結構時間がかかり、マンションに帰り着いたのは七時前だ。いつもなら元気よく「お帰り」と迎えてくれる母と道代姉がなぜか無口でしょんぼりしていて、何かあったゾと私は直感した。

「道ちゃんが紀夫と言い合いになって……」

母が話を切り出した。

「どうしてよ?」

私は姉に詰問する口調で対していた。

「あの人がいつものごとく朱美さんと大喧嘩をしたらしく、あんな女とは別れるから、わしの荷物を廿日市の家に全部運んでくれと言うのよ。だからきっぱり断ったの。そしたら、軒の下でも裏の倉庫でもいいからと哀願するので、そりゃ私も一瞬可哀想だと思ったわ。でも私が安易にいい返事をすると、ますます朱美さんと仲違いさせることになるでしょ。何はともあれ、彼の面倒を看る人は朱美さんしかいないのよ。だったら朱美さんの気持をさらに逆撫でしない方がいいじゃないの」

道代姉もかなり感情的になっていた。

「余命いくばくもない人なんだから、はい、はいと言っとけばいいのに……。あの体じゃあ、自分でどうこうできやしないんだから……」

私の言い方が気に障ったのか、道代姉は言葉を荒らげた。

「何よ、若いころは勝手な生き方をして、妹や弟を放ったらかしにしただけじゃなく、暴力を振るって私たちを散々苦しめておいて。どうして私たちが建てた廿日市の家に帰りたがるのよ。あの人が何の協力もしなかった家によ」

私も母も何も言えなかった。道代姉が若い身空で遊びにも行かず、給料袋をそっくり母に渡していたことを知っていたからだ。

翌日、私は結婚式の帰りに紀夫兄の病室に立ち寄った。六時を過ぎていたので、ちょっと覗いてすぐ帰るつもりだった。私は道代姉の気持を理解しながらも、家族でだれ一人味方がいない紀夫兄が可哀想になり、顔だけでも見せてやろうと思ったのだ。

いつもの病室のドアを開けようとして、私はハッとした。兄の名札が掛かっていないのだ。部屋も空室になっている。まさか……、まだ死んだりしないよね、と内心で自分に語りかけながら、私はナースセンターに足を運んで、看護婦に事情を訊いた。

「村山さんでしたら、大部屋に移られましたよ。一〇六号室です」

「そうでしたか。大部屋に変わったってことは、病状がよくなったからでしょうか？」

私は、部屋番号を教えてくれた看護婦にまた訊いていた。看護婦は「さあ……、どうでしょう」と言葉を濁した。私は咄嗟に、兄のわがままに医師も困り果て、試しに、本人が望む通りにさせたのかも知れないと思った。

兄の病室はこれまでの個室と廊下を挟んだ、二〇メートルばかり先にある大部屋だった。入口で兄の名札を確認し、他に五名の患者がいることが判る。それぞれのベッドは白いカーテンで仕切られているので、他の患者の姿は見えなかった。

嫂も姪もいなかった。大部屋だから、泊まりの看護人はいらないのだろう。あるいは大喧嘩の後だから、嫂も姪も怒って泊まってくれないのかも知れない。

そんなことを考えながらカーテンを開け、「紀夫兄さん」と声をかけた。兄は顔だけ向けて私だと確認すると、「こんな時間にどうしたんじゃ」と言った。

「教え子の結婚式の帰りでね。昨日は模試の監督で来られなかったから、ちょっと寄ってみたんよ。いつ大部屋に移ったの？」

「今朝じゃ」

いつもながら、ぶっきらぼうな言い方だ。

「よかったね、大部屋に来られて」

「ああ」と言って、兄は初めて笑った。

「大部屋は、付添いは要らないの？」

「あのヤツは根性が悪いから、来んでええと言うてやった。今日は千佳が来てくれたんだが……」

そう言うや、兄は嗚咽した。私は驚いてしばらく黙っているほかなかった。

「どうしたの？」

「千佳とも喧嘩してしもうた。あれも冷たいヤツじゃ。歩くのがきついけえ便器を使おうとしたら、臭くて同室の人に迷惑だと言いおって……、わしを便所まで歩かそうとしたんだ。遠いから間に合わんのよ。それで、便器を使ったら怒りゃあがって……。千佳のヤツ」

紀夫兄はまた泣き出した。私は兄のこんな姿を見たのは初めてだった。体格が仁王のように頑丈だった兄の、今は痩せて皺の多い青白い顔を見るのは辛かった。

ベッドの横に、問題の便器が何事もなかったように置かれている。個室の時は在って当たり前だったのに、千佳の若さと虚栄心が、父親の病状よりも同室者に迷惑をかけてはいけないという大義名分を採ったのだろう。

ひとしきり泣いてようやく涙が止まった紀夫兄に、私は言葉をかけた。

「あの子も若さと健康の只中にいるから、病人の苦しみがまだ解らないのよ。それに、このところ学校と病院を行ったり来たりで、疲れてるんでしょ。あれで精一杯なんでしょう。生徒が折り鶴を折ってくれるぐらいだから、学校ではきっといい先生なのよ」

終わりの言葉は私の願望が言わせていた。

「兄さんのように元気だった人が思い通りにならなくて、ほんとに腹が立つよね。でも闘病して、よくなって、また税理士として頑張るんでしょ。がまん、がまん。家族は喧嘩しても、いい時もあったんだから、ね」

私は自分がこんなふうに兄にものを言えることに、驚いていた。洋治兄からあと半年と聞いたのはすでに三週間前。「よくなって、また税理士として」などと励ましながら、私は自分が現実から一番離れた言葉を使っていることに後ろめたさを感じながら、そうしか言えない〈今〉を悲しいと思った。

「次の日曜は、お母さんを連れてくるからね」

私はそう言って帰ろうとした。すると兄が「ちょっと待って」と引き止めた。

「どうしたの？」

「湯布院のお湯はのー、よう効くで」

「ああ。よくなったら、私が車で連れて行ってあげるから、楽しみにしていて」

その言葉でやっと紀夫兄は安心したのか、もう呼び止めなかった。私には、兄がだんだん意識も混濁し、あちらの世界に近付いていているのだと思えて仕方なかった。

それから三日目の夜だった。七時のテレビニュースを見ていると、洋治兄がこれからすぐ大学病院へみんなで来てほしいと電話をかけてきたのだ。死んだのだ、と私は覚悟したが、そうではなかった。紀夫兄が親兄弟にお金をやるといってきかないので、ひとつ芝居を打ってくれと嫂から電話が掛かってきて、病院まで駆けつけたのだという。どうしたら紀夫兄の気持を静めることができるか。いろいろ考えた末、芝居をするしかないという結論に達したのだという。

「それからね、紀夫兄さんは今朝、また元の個室に戻されたんだと。つまり、容態がよくないということよ。じゃ、待ってるから」

洋治兄は電話をそう締めくくった。

私はかなりスピードを出していたのか、病院まで二十五分もかからなかった。嫂が病室に残り、私たちは玄関ホールのベンチに座って打ち合わせをした。嫂がすでに新聞紙をお札の大きさにたくさん切って来ていた。紀夫兄がだれそれに幾らと言った金額にふさわしいだけそれを重ねて厚みをつけ、半紙で包んでその上に本物の一万円札を乗せると、幾組かの偽札束ができあがった。この偽札束を私たちが有難く頂戴するという筋書きで、一人一人これから紀夫兄の目前で礼を言う儀式を行なうのだ。

「何で、いまさらこんなバカな真似を……」

道代姉が小声で言った。

「ま、紀夫兄さんはいつも自分勝手な人ではあったけど、心のどこかに長男亡き後、自分が弟や妹の面倒をみなかった、という後ろめたさがあったんだろうね。だからこの期に及んで、親兄弟にお金をやってくれと言い出したんだと思うな。ぼくはそれが判っただけでも、救いがあると思う。もう長くはないね」

洋治兄は母や道代姉の顔を見ながら声を潜めて話した。そして、続けた。

「これが芝居だからいいものの、本当だったらオオゴトだよ。だから彼女たち、病名が死と結びつくガンであってはいけなかったんだね。ぼくらがこんなふうに仕向けて、遺言でも書かせ、お金を盗ろうとしているとでも思ってるんだろうか……」

「そうかも知れないわね。私たちは一人口を養うぐらいのお金は十分持ってる人だから、紀夫兄さんの財産なんか当てにするもんですか。そんなふうに疑われるとは、それこそ心外だわ」

私はいささか語調を強めた。洋治兄の言うことは、私が思っていた通りだったのだ。母も道代姉も同じ思いだったのだ。

千佳は学校の地区会に出ているということで、不在だった。トラブルを起こす人間がいないことを、私はむしろ喜んだ。

準備ができたので私たちは病室に戻った。

「紀夫さん、三百万円もくれてありがとう。わたしゃあ、嬉しいよ」

トップバッターは母だった。かざした札束が贋物とも知らず、紀夫兄は満足そうに笑った。金額は年功序列かと思うと違っていた。道代姉が私と同じ百万円というのは少なすぎる。きっと数日前に紀夫兄と言い合いをしたために値下げされたのだろう。洋治兄は男同士の誼からか二百万円。洋治兄の奥さんには五十万円ということになっていた。

終幕がもう少しで下りようとしている悲喜劇。この言葉がピッタシ。只今はまだそれぞれが舞台の上で上手に自分の役を演じている。この舞台を、私はあるおかしみを感じながら見ている。だから、愉快な気持で紀夫兄にお礼を言うことができたのだ。作り笑い、寛容、憐憫、悲しみ、一時のお芝居。錯綜する過去と現在。病床の兄を前にして、私はいつになく人生とは、家族とは、と考えるのだった。

玄関口まで送ってきた嫂と別れると、洋治兄が「さっき、あんたらが病室にいる時、朱美さんが廊下に出るよう促すのでついて行くと、岳志が今年は論文が間に合いそうにないので留年になるらしい、と悪い顔をして言うたんよ」と、新しい情報をもたらした。

「留年いうたら、落第かい？　あの子の卒業を楽しみにしてた紀夫が可哀想じゃのォ」

母が嘆きの声をあげた。

「高校生が落第するのとは訳が違うのよ。もう一年研究をしなきゃ、博士号が貰えないということは」

私が母に説明すると、母は「やれ、やれ、仕方がないのォ」と溜め息をついた。

「でね、奨学金を止められたら困るから、延期願を出したい。ぼくに保証人になってくれ、つまり署名捺印してくれと、朱美さんが岳志から郵送された書類を広げてね。ぼくは混乱に取り紛れて印をつかせようという魂胆が好かんかったけど、ちょうど印鑑を持ってたから押してやったよ」

洋治兄は嫂のやり方にいささか不満があるようだった。甥の留年に関しては、嫂からも紀夫兄に言わないようにと口止めされたという。息子の大学院卒業という紀夫兄の唯一の楽しみを私たちも奪う気はなく、みんなで黙っていてやろうと約束した。

（五）

紀夫兄が危ないからすぐ来てくれと嫂から電話があったのは、十一月の半ばの夜の九時頃だった。私は母と道代姉を車に乗せると、国道二号線を九〇キロでぶっ飛ばしていた。メーターを見て私はあわててブレーキを踏み、六〇キロに減速した。

病室には嫂、岳志、千佳、洋治兄夫婦がすでに来ていて、私たち三人が入ると、病室は見た目だけでなく実際に狭かった。ドアは開けたままにしてあったので、母だけ紀夫兄のそばの椅子に腰をかけさせ、私たちは廊下のベンチに座って、出たり入ったりして様子をうかがうことにした。

母は兄の手をしっかりと握り、耳元で「紀夫さんや、私だよ。分かるか」と大きな声で何度も息子の名を呼んでいた。医者や看護婦もしばしば病室に出入りした。洋治兄が廊下で主治医を捕まえて、容態を訊いていた。

「今夜もつかどうか、です。だから身内の方をお呼びするよう申し上げたのです」

そう言うと主治医は紀夫兄の枕辺に寄り、手で瞼を開け、細い懐中電燈を揺らして反応を確かめた。モニターの心電図や脈拍は動いているのに、目の反応はないようだ。医者は私たちを慰めようがないためか、険しい顔で何も言わず出て行った。

母はずっとわが子の名を呼び続けていた。私たちも部屋に入り、道代姉がその名を呼んで兄の手をさすった。すると、それまで私たちを睨みつけ、一言も口をきかなかった千佳が「寄るな、見るな、触るな」と小声で繰り返し叫んだのだ。岳志が「千佳、止めなさい」と制してもきかず、岳志ももう止めようとはしなかった。

私は姉の背中を突いて、廊下へ出るよう合図した。臨終の床にいる者は、周りでしゃべることがみな聞こえるのだ、と同僚から聞いたことがあったからだ。この期に及んで、あんな粗暴な娘の姿を紀夫兄に見せたくない。相手が理性を失っているのだから、逃げるしかないのだ。道代姉を集中攻撃するということは、きっとこの前の言い合いを恨んでのことだろう。自分も兄が泣くほどのことをしておきながら、一体、何という娘だろう。千佳は同僚たちの間でも、こんな態度をとっているのだろうか。そう思うと私は身震いした。

私たちはまた廊下に出た。しばらくすると洋治兄が岳志を伴って出てきて、隣のベンチに座って話し始めた。

「岳志君、きみのお母さんや千佳ちゃんは感情的になりやすい人だから、きみに話すことをまず理解してほしいね。お父さんはあんな容態で、主治医の先生は今夜も危ないと言っておられるから、いよいよ覚悟をしないといけない時が来たようだ。きみにはとても辛いことだけど、お葬式のことなども視野に入れ、お知らせする人名リストもある程度準備しておかないと、戸惑うからね」

「叔父さん、今のぼくは父を生かすことしか考えられません。ぼくは薬学の研究者としてこれまで他人の臨終をいろいろ見てきて、幾人も生き返った例を知っています。ぼくはたとえ一パーセントしかない可能性でも、いや、奇跡を信じたいのです。葬式のことなど今はとても考えられません。失礼します」

そう言って岳志は病室に戻って行った。その後ろ姿を見やりながら、洋治兄は淋しげに目を落とした。そして私たちのベンチに移動して来た。

「もう三十歳にもなろうとしているのに、岳志はあれでいいんかなあ……。ぼくらは父さんが死んだ時は二十代の初めだったけど、どうやって葬式を出そうかと、もうちょっと真剣に考えてたけどなあ……」

「日頃は嫌って寄りつかない親でも、やはり生死にかかわると、冷静になれないのよ。でも紀夫兄さんは岳志の今の言葉を聞いたら、きっと喜ぶのと違うかしら？」

私がそう言うと道代姉が即座に否定した。

「だったら、どうして今まで父親の顔を見に来なかったのよ？　論文がどうせ一年先になるのなら、休んで父親につき添ったっていいじゃないの。洋ちゃんの善意をあんな形で拒否するとは、失礼よ。そう、そう、署名捺印のお礼は言ったの？」

「いいや、顔が合っても何も言わないね」

「そーらね。いくら動転してても、あの歳になったら社会人としてのエチケットというものがあるでしょ。やっぱり、悲しいかな、気儘だった紀夫兄さんの息子なのよ」

道代姉の言うことももっともだった。だが父親の危篤に免じて、少しは差し引いてやらねばなるまい。私は母のことも気になったので、病室をのぞいた。

その時だった。母が大声で叫んだ。

「みんな、紀夫が目を開けたよ」

誰がその名を呼ぼうと、一向に目を閉じて何の反応も示さなかった紀夫兄が、自分の名を呼ぶ母の声に目を開けて、その顔をじっと見ているのだ。

洋治兄がすぐ主治医を呼びに行った。主治医が「村山さん」と呼びかけると、紀夫兄は医者に心もち微笑みかけた。岳志が言うように、奇跡がおこったのだろうか。母が顔をくしゃくしゃにして泣いている。他の者は驚いているばかりで、泣いてはいない。

主治医は廊下に出ると洋治兄に「今日のところは、何とかいい方へ峠を越したようです。でも、最初に申し上げたように、六ヵ月という枠はそう越えられる枠ではないと思います」と、感情を交えない言い方をした。臨終はさし当たって解かれ、病室には紀夫兄の家族だけが残ることになった。

廊下を歩きながら道代姉が「人間の最期は母の愛なんかねえ」と、ポツリと言った。「そうかもね」と答えながら、私はふと彼のことを思った。彼も最期の時は私の声ではなく、鬼籍に入っている母君の幻の方に寄りすがるのだろうか。そう思うと、淋しさに心が沁みた。

駐車場までみんな黙って歩いた。見上げると、晩秋の夜空に星がたくさん煌めいていた。

「実技の仮免許は来週貰えそうよ。本免許は、予定通り十二月の二十日頃には取れるかな。そしたら母さん、今度は私が運転手になってあげるからね」

そう言って道代姉が静けさを破った。そして誰に言うともなく、つぶやいた。

「みんな母の胎より出(いで)し者だから、最期は母の愛に戻るのは、あたり前かもね」

その悟ったような言い方に、私も洋治兄も「そう、そうだったね」と納得し、何だか気持が軽くなっていくのだった。

あの一年

（二）

あの家がまだあったなんて……。

三十年ぶりに初任校を訪ねた私は、眼下にあの家が当時のままで存在していることに心から驚いていた。一緒に来た芳枝も和代も理沙も、驚きは同じだった。

「この丘から見える風景はがらりと変わってるのに、どうしてここだけは昔のままなの。白百合の花だってちゃんと咲いてるよ。当時は謎めいた家で、私たちはリリー・ワンダーハウスと呼んでたけど、やっぱりワンダーよなあ」

芳枝が驚きを確認する言い方をした。この地方では言葉の終りに「な」または「なあ」をつける習慣があり、私もそこに暮らした二年間でその言い方にすっかり慣れていたので、久しぶりに聞いて懐かしさが込み上げてきた。芳枝の言葉を受けるように、理沙が続けた。

「そうだね。路子がこの家に一番興味を持って、いろんなストーリーを作っては、私たちに読んで聞かせてくれたっけなあ」

芳枝がそれをバトンタッチした。

「そうよなあ。あのころの路子は生き生きしてて、みんなをよく笑わせ、その場がハッピーな雰囲気に満ち溢れてたよなあ。こんなに早くあの世に逝くなんて……。ああ、諸行無常を痛感するなあ」

芳枝の口から嘆きが零れ出た。

「あの頃、我ら四人で椎名先生のアパートにたびたび押しかけて、あの家のことをよく話したよなあ。先生も新任で若かったから、私たちと気持が近くて、路子の話に興味を持って耳を傾けてたよな。戻れるものなら、あのころに戻りたいな」

また芳枝がため息交じりにそう言った。和代も理沙も「そうだね」と同調した。私はただ黙って頷いた。

「三回忌でここに来るなんて、私たちも呑気坊主だよな。路子が生きてる時に、一緒に来るべきだったなあ」

和代が悔しそうにそう言うと、理沙がみんなの方に振り返った。

「後悔、先に立たず、って言うじゃない。諺は長い年月の中で出来上がってるから、真実味があるよなあ」

「そうだね」

私は初めて口を開いた。

その土曜日の午後、私は教え子の芳枝たちと一緒に路子の三回忌の法要に出席したのだ。そして芳枝の提案で、法要の後に私の初任校であり、彼女たちの母校であるこの学校を訪ねようということになり、私もやっと青春の地を訪ねることにしたのだった。あの一年間は、私にとって特別な一年であったのだ。

「あのころはほら、私たちも年頃でさあ、恋愛に憧れてたから、椎名先生の恋人がどんな人かとやいのやいのと噂して、楽しかったな。路子が一番想像力が逞しくて、これもいろんなストーリーを考えて、なあ」

芳枝がそう言うと、三人が「そうそう」と声に出して同意した。高校時代、芳枝には親分的な傾向が見られたが、中年になってもその傾向は変わらないらしい。

「路子さん、元気だったらストーリーテラーになれたかもね。二十代の終りから体を壊して、最後の十年は子宮がんで苦しんでたというから、体を守ることだけで精一杯だったのね。可哀そうに」

私がそう言うと、和代が、

「あんないい子がどうして十年以上も病に苦しめられたのだろう。多くの悪い奴が長生きしてるというのに……。神様は不公平だよ」と悲憤慷慨した。

「五年前に四人で広島の先生の家に行ったことを、路子は本当に喜んでたよ。あの頃、一時期だけど、X線治療で体調が少し良かったので、新幹線で遠出ができて、このままよくなるんじゃないかと私たちも希望を持ったんだけどなあ」

理沙が残念そうな口調をした。

「私たちの心に、あの日のいい想い出が残ったことがせめてもの慰めだね」

芳枝が、自分を納得させるような言い方をした。

私は三人が路子と深いかかわりをもって生活していたことを知っているので、羨ましいと思った。自分には高校時代も大学時代も、このような友情は築けなかったのだ。

芳枝、路子、理沙、和代の四人組は中学時代からの仲良しで、高校卒業後も友情を持続している稀なグループだった。彼女たちは「実の兄弟姉妹よりも仲がいいのよ」と言い、本音でものが言える間柄だったので、路子の死は相当なショックだったらしい。それぞれにしばらくは放心状態で意気消沈していたようだが、やっと最近、またよく集まって路子を偲び、彼女の分まで人生を楽しもうという考えに至ったという。

その日も人影の少なくなった母校で、路子が一番元気だったころの思い出をたどりたかったのだろう。それは同時に私にとっても、青春の想い出にたどり着くことであった。

三十年前、私、椎名美帆は大学を出ると、初めて親元を離れ、県東部、福山の丘の上に立つキリスト教主義の学校に赴任した。四クラスある高校二年生の副担任として、そして世界史の教師として教壇に立つことになったのだった。アパートはバラが一杯植えてある公園のすぐそばにあり、その名をバラ荘と言った。二月にやっと互いに好きだという気持を確認し合った、恋人の沢村雅義と離れての赴任だった。

沢村は、すでに高い評価を得ている気鋭の研究者であった。当時はまだ一般家庭には電話のない家も多く、美帆の家もそうだったので、沢村とは手紙のやり取りや電報で気持を交流させていた。そんな中で離れ離れになるということは、思っただけでも苦痛だった。

四人組はその学校の中学時代からの仲良しで、今ほど受験体制が厳しくなかったので、中高時代を十分に楽しく過ごせたという。その街もまだ人口が十数万の小都市で、沿岸部に大企業が進出して工業化が進みつつあったが、一歩郊外に出ると田園風景が残っていて、住むにはほどよい街であった。

川原芳枝は本通りの美容院の娘、山野路子はその数件先の呉服屋の娘、内田理沙は駅前の割烹料理屋の娘、中西和代だけは母子家庭で、母親が郊外で衣料品店を営んでいた。期せずして商売人の娘四人が仲良しグループを作っていたのだ。

私は同じ広島県でも西部、宮島に近い寒村で育った。父が小学校の四年生の時に肺結核で亡くなり、生活は年上の姉や兄が支え、初老の母が家事を切り盛りしていた。そんな経済状況が判っていたので、高校時代から育英会の奨学金を利用し、大学の学費も奨学金と週二回の家庭教師のアルバイトで稼いでいた。国立大学ということもあって、家族にはあまり経済的な負担をかけずに大学を卒業することができた。

学生時代にはワンダーフォーゲル部に所属して中国地方の山々を巡ったこともあったが、部活にのめり込むほどではなかった。待ち時間も合せると大学まで往復に二時間半かかり、その上週二回の家庭教師という生活は肉体的にも、経済的にもかなりきつく、遊び回る余裕はなかった。恋愛感情に似た気持を抱いた男子はいたが、相手が積極的にでるといやになり、単なるボーイフレンドに終わらせた。私は研究者の沢村雅義に憧れていたので、同年代の男子にはよけい興味が持てなかった。

女子学生の間では〈結婚か、仕事か〉ということが話題となっていたが、私にとって先ずは社会人として働くことが自明のことで、卒業と同時に親元を離れて、この丘の上の私立学校の教師になったのだった。

同じ街の通信高校の教員として、親しい友人の牧本由佳も赴任した。私は親元を初めて離れて自炊生活を始めたことに加えて、沢村雅義と気持を確認し合ってまもなく離れ離れになったことで本当につらかったが、牧本由佳が同じ街にいるだけで気持が少しは和むのだった。とは言っても、どちらも新任で授業の準備に追われ、あまり会うこともなかったが。それに、まだ電話が普及している時代ではなかったので、連絡を取り合うこともままならない日々だった。

広島に未練を残して、不安と期待半々で赴任したその学校は、私を優しく迎えてくれた。何よりも、若い私を生徒たちが受け入れてくれた。その中心がこの四人組だったのだ。それに、無報酬で働くシスターと呼ばれる修道女たちの存在は、私の心を浄化してくれたし、新しい生活は恋人と離れて暮らす淋しさと孤独を十分とは言えないにしても、ともかくも紛らわしてくれたように思う。

その日、私は芳枝たちと駅で別れて、そのまま広島に帰るつもりが、不意にバラ荘へ行ってみたくなり、一人でタクシーを拾った。

私はこれまで所用でこの街に一度だけ来たことがあるが、二年間過ごしたバラ荘や丘の上の学校を訪ねることはなかった。そこは私にとって青春の想い出が詰まっている場所だから神聖不可侵の地であり、変貌する姿を見たくなかったのだ。新幹線でこの街を通過するたびに丘の上の学校を遠望して、私の胸はざわめき、目頭が熱くなりさえした。想い出の地は遠望するにとどめるべし、と私は自分に言い聞かせ、それを三十年守り通したのだった。

公園の入り口でタクシーを降りた。バラ荘はそのあたりにあったはずだが、跡形もなかった。二階建ての木造アパート。六畳と三畳の台所。共同のトイレ。風呂は無し。こんなアパートが今時まだ存在しているはずがないのは判っていたのに、痕跡さえ残っていないとは、やはり胸がぐさりと刺されたような痛みを感じた。

近くに公衆浴場が二つもあったその下町にはマンションやビルが建ち、整備されたオシャレな一角に変貌していた。私はバラ公園を歩きながら、想い出を手繰り寄せていた。

洋裁を教えながら管理人をしていた四十代の鳥居さん、田舎から出て来た長距離運転手の木下さん兄弟、高校の体育教師の浜本さん、ホステスの松尾さん、青果市場に勤めていた中根さん、大手の証券会社の社員、大山さんなど、どうしているだろうか。あの時は確かに実在していた人々が散り散りになって、今は影さえ見せないのだ。私は虚しさを噛みしめて、その場を早々に引き上げることにし、またタクシーを拾って駅へとターンした。変わり果てた街などもう見なくてもいい。あの街は私の心の中にしかないのだから。私は胸の内でそうつぶやいていた。

新幹線に乗ると、私は目を瞑った。婚約していた沢村雅義の顔がまず浮かんだ。お互いの気持が通じ合い、結婚を前提に恋愛が始まって三ヵ月目に、私は彼と離れてこの街に赴任して来たのだ。月一度、私は彼に会うために帰省した。出張の帰りに彼が途中下車して、私を訪ねることもあった。そのころは二年か三年後には結婚できると思っていたが、彼の老いた両親が病弱で入退院を繰り返しているという事情があり、そのうち彼自身がガンを患って、結婚しないままに長く付き合うことになってしまった。その彼も亡くなってもう五年になる。彼の死を新聞で知った路子がすぐに手紙をくれた。

——先生の悲しみを思うと、胸が痛みます。今はどんな言葉も慰めにはならないかもしれませんが、どうか、どうか、一日も早く悲しみのトンネルをくぐり抜けられますように。先生のステキな笑顔がまた見たいです。

自分もガンで苦しい日々を送っているのに、こんな優しい手紙をくれて、私は熱い涙を流した。その半年後、路子の調子が奇跡的によくなった一時期、四人は私を慰めるために広島の家に来てくれた。彼女たちは高校生時代にタイムスリップして大はしゃぎし、楽しい時間を過ごしたのだが、その時、路子が語った言葉が忘れられない。

それは私がこう言った時だ。

「顔色もいいし、こんな遠い所へ新幹線で出かけられるほど元気になって、よかったじゃない」

「そう。今は夢みたいな日々。でもね、入院していた時は、本当に苦しかったな。体じゅうが痛くて、母に撫でてもらってた。自分では寝返りも打てない状態で、もちろんトイレにも行けなかったの。こんなに苦しいのなら死んだ方がましだ、と本気で考えたんよ。病室は三階だったから、窓から飛び降りたら死ねると思ったけど、その窓までの数歩が歩けないので、死ぬに死ねなかった。空さえ見ることができないので、手鏡に映して、やっと見ていたの」

「そう……、そこまでとは知らなかったのでお見舞いにも行かず、ごめんね」

「そんなに言わないで。先生は忙しい仕事をしてるのに、手紙やハガキで慰めてくれたじゃない。それで十分よ」

路子がみんなから愛されるのは、この優しさと寛容さだと思った。この三人だけでなく路子の病室には他の同級生もよく見舞い、高校時代の恩師、シスター・ヴェロニカも来てくれたという。

「でね、シスターがこう言うの。あなたは強い人だからこそ、神様が試練を与えられたのよ。この試練を乗り越えられないあなたではないと、神様はお見通しなの。だから苦しいだろうけど頑張ろうねって。これには反発したな。あの苦しみを試練とは思えなかった。私は幾多の試練に耐えた旧約のヨブではない、と叫びたかった」

「そうよね。死にたいほどの苦しみを味わった者には、そう簡単に試練なんて言葉は使ってほしくないよね」

「シスターは慰めと励ましのつもりで言ってくれたのだとは思うけど、神様はあんな試練をわざわざ私に与えなくてもいいと思った。あの苦しみは二度と味わいたくない。弱い私に試練はきつすぎる」

穏やかな口調でそう言う路子を見ていると、私は「そうだね」としか言えなかった。

あの時の路子の顔が思い出されて、私は胸が痛かった。この五年以内に沢村雅義、母、そして路子が亡くなり、命の儚さ、存在するものがこの地上から消えて無くなることを痛感させられ、私はやっと若き日の想い出の聖域を訪ねる気になったのだった。

（二）

丘の上の学校に赴任して、丁度ひと月が終るころだった。沢村雅義に会えない寂しさに耐えかねて、私は昼休憩に校庭に出て、彼の住む広島の空を見上げていた。足下には修道女たちの作った花壇が横たわり、あちこちに白い百合の花が咲いていた。その甘い香りが鼻先を掠め、幾分気持が慰められた。そこへ突然、数名の生徒がやって来て、その中の一人が言った。

「先生、今度の土曜日にアパートに遊びに行ってもいい？」

それが川原芳枝だった。高二の副担任として遠足に付いて行ったのがきっかけで、話すようにな

ったのだ。その土曜日に私は帰広して、沢村雅義に会うことにしていたので、

「わるいなあ、ちょうど広島に帰ることにしてるから、次の土曜日、八日にいらっしゃい」と応えたのだった。

「分った。この四人で行ってもいい？」

そう言ったのは路子だった。

「六畳と小さな台所の付いた狭いアパートだけど、四人なら何とか入るわ。ケーキを買って待ってるから」

私がそう言うと、四人は「うれしい！」と歓声を上げ、そして言った。

「うちらもな、クッキーやら何やら持っていくわ。でな、うちらの前に、他の生徒が行きたい言うても、絶対断ってよ」

その言い方に私を独占したい雰囲気を感じた。女子高で育ったことがない私には、女生徒の気持が十分判っている訳ではなかったが、他の教師の所にも休憩時間にいつもやってくる連中がいて、彼女たちはその教師を独占している自分たちを誇っているらしかった。

四人組に限らず、生徒たちは私の服装などにも興味を持ち、いいとか悪いとか、似合うとか似合わないとか言ってくれた。

私は学生時代からオシャレが好きだった。洋服、ハンドバッグ、靴など、高価なブランドものは買う力もないし、ブランド志向もなかったが、デザインや色彩などは考えて身に着けるセンスは持

っていた。それに年頃の女子を相手にする仕事だから、精神的な面だけでなく、外観も、あんな人になりたいと思われるようにしたい、と当時は大真面目に思っていたのだ。

この学校の制服は、だれがデザインしたのか知らないが、地方の中都市の学校としてはずいぶんモダンで、修学旅行で東京に行ったとき、通行人が「えらいモダンな制服だね」と言ってくれたという。確かにベレー帽、白いブラウス、紺色で脇の開いたジャンパースカート、同色のボレロ式上着は、私が知る限り、広島市の学校でも見たことがないモダンな感じがあった。生徒たちもこの制服を誇りにしていて、いわゆる制服を変形するような違反は見られなかった。四人組もこの制服を好んでいた。

その土曜日、私はボストンバッグを抱えて学校へ向かった。その日の出で立ちは、紫の半袖のニットに薄いグレイのブラウスを羽織り、チェックのタイトスカートを穿いていた。半袖のニットとブラウスは初月給で買ったもので、ニットの胸元には同色の糸で小花の刺繍が施され、私のとても気に入ったものだった。この恰好ではやや肌寒いかなと思ったが、気に入った服装なので、これに決めた。ボストンバッグには彼への備後絣のネクタイ、家へのお土産として鞆の浦の海産物とこの街の特製クッキーが入っていた。

バスを降りて丘の上へと足を運んでいると、三年先輩の体育の教師、大北恵美子が声をかけてきた。

「あれ、もう帰省するの？」

「はい、一ヵ月が過ぎたので、親にこちらの生活の報告がてら帰ってきます」

「先生は甘えん坊なんだねえ。私なんか実家は岡山の備前市だけど、初任の年は帰省したのは夏休みだったな。それにその大きなカバン、まるで大旅行するみたいやな。一体、何が入ってるの？」

彼女は、私のボストンバッグをじろりと見て言った。

スタイルも服装も男性的で、マスクも並以上の彼女は、生徒の人気も結構あるようだった。学校のすぐ近くのアパートに住んでいて、私にも「うちにおいで」と声をかけてくれていた。六月の初めの体育祭は彼女が取り仕切ることが決まっていて、平素から物事をテキパキと進める頭のいい教師だと私は思っていた。

「家族へのお土産のお菓子や着替えの服、それに予習のための本などです」

「たった一泊でしょ。そんな大げさなカバン、少々みっともないよ。学校が終ってから取りに帰ればいいのに」

大北恵美子は、いかにもバカなことをしてと言わんばかりの口調をした。

「家に荷物を取りに戻って、それから駅に行くと、遠回りで時間のロスが大きいんです」

「でもね、これから仕事を始めるという時、そんな帰省支度を露わにされると、心ここにあらずという風にみられるでしょ」

「えっ、そうですか……」と言いながら、私は要らぬお世話だ、と胸の内で反発していた。彼女は頭のいい人だが、少々お節介屋で、厳しい言葉をよく吐いた。私はこんな人は苦手なので、彼女から離れて周りの生徒と会話を交わしながら、学校へと急いだ。

私は高二の四クラスに世界史を週十六時間、高一の二クラスに地理を四時間、合計二十時間を担当した。高二の副担任でもあった。

一日に四時間教える日と三時間の日があり、土曜日は二時間で、未熟な教師としては二科目の予習に追われる日々だった。空き時間をすべて予習に充ててもまだ足りない状態であり、気持の上で余裕はなかった。時々、こんなことで教師が務まるのかと自信が崩れそうになったが、ともかくも一生懸命勉強して教壇に立ちたいと願った。人が好き、教えることが好きな私は、教師に向いていると思い込み、迷うことなくこの職を選んだのだった。

その日、二時間の授業を終えて、勤務終了の十二時半になったので、呼んでいたタクシーで福山駅に向かった。教えることは好きなはずなのに、車に乗るとこれから自由になるのだという解放感に浸っている自分に、私は驚いた。そして、彼に会える嬉しさで胸がいっぱいになっていた。

駅には帰宅の列車を待つ生徒が多数いた。その中の一人が、「先生、お母さんにたんまり甘えておいでな」と言ってくれた。

この地方独特の最後に「な」をつける言い方は一見間延びしているようにも聞こえるが、優しい雰囲気を忍ばせていて、平和的でいいなと思った。

「そうね。ひと月ぶりだから、親に顔を見せるのも、親孝行なのよ」

そんな話をしていると、私の乗る特急列車がホームに入って来た。乗車すると、生徒たちが窓辺に寄って来て、派手に手を振ってくれた。私も手を振り、さながら永い別れでもするかのような気分になった。純朴な生徒たちに接して、私の心は満たされていた。

列車が十分も走ると、私は学校の売店で買って来たサンドイッチと牛乳を取り出し、昼食にした。料理など家では母任せであまり作ったことのない私が、自炊を始めてひと月が経った。

朝はトーストを焼き、バターを塗ってチーズを乗せる。それにレタスとハム、時々ゆで卵を加えたサラダにフレンチドレッシングをかける。実家と同じような朝食だ。

昼は学校の売店で買う弁当やサンドイッチ。

大学時代は学食で食べていたので、食堂があればどんなにいいかと、無い物ねだりをする日々だった。

夜はバス停を降りた所にある食料品店で毎日、一食分の魚や肉やハム、野菜などを買って、母がしていたような手料理を作る。冷蔵庫がなかったので、買いだめはできず、毎日店に立ち寄った。

そして週に一度くらいの割合で、アパートの隣にある小さなおでん屋〈陽気食堂〉で定食をとった。おじさんとおばさんがいつも「いらっしゃい」と笑顔で迎えてくれた。ここのおじさんとおばさんは本当にいい人で、私はこの店に行った日は、嫌なことがあっても、帰る時は気持が晴れているのだった。それにアパートにはテレビが無かったので、ここの天井から吊り下げているテレビで、ニュースや手塚治虫のアニメ《ジャングル大帝》を見たものだ。

大学時代までは特急などに乗ったことはなかったが、一刻も早く広島に帰って恋人の沢村雅義に会いたいので、身分不相応だと思いつつも特急にした。乗車時間の一時間半といえば、おしゃべりをしているとすぐに経つ時間だが、そのころの私には長く、もどかしい、遅々として進まぬ時間だった。博多行の時などは車内で弁当の販売もあった。私はそれを買うことはなかったが、博多はずいぶん遠いのだろうな、と想像した。

広島駅に着くと、私は宇品行の市電に乗って、三十分後には大学前で下車した。そして彼の待つ研究室へと急いだ。どうしても外せない会合がある時には、ドアの前に手紙が押しピンで留めてあって、戻る時間と、鍵を開けているので中に入って待つよう指示してあった。忙しい人だから、そんなことが何回かあった。

その日は、離れてひと月ぶりに会う日だったから、彼も万障繰り合わせて待っていてくれた。私は彼の胸に飛び込んだ。ひと時、優しい時間が流れ、心は甘い香りで満たされた。

「生徒たち、可愛いのよ。本当は今日、アパートに遊びに来たいって言ったんだけど、こっちに帰るので、来週いらっしゃいと言っておいたの」

「そう、人気があっていいじゃない。でも、ぼくのことよりも生徒が可愛くなっちゃ、ダメだよ」

「ばかね。それとこれは違うわ」

そう言って私は笑った。彼も笑っていた。彼は東京での研究発表が評価されたことなど、嬉しそうに話してくれながら、

「三十分前にきみよりも五歳上の男子の卒業生が来てね。会社の上司と喧嘩して辞表を叩きつけて来たので、失職した。お金を貸してくれって言うんだ。大金は持ち合わせがないからだめだと断ったけど、今日明日の食事代として五千円だけ渡したよ。返さなくていいってね。こういうのがぼくの所にちょくちょく来てね、情けない卒業生だとは思うけど、ぼくの授業を受けたというから、あまりすげなく追っ払うわけにもいかないしね」

「同世代なのに、だらしない人ね。温情をかけると、癖にならない？」

「今のところ、大体一回きりだね。男子ばかりで、男の方が案外、厚かましいのかな」

「私は、そんな、恩師にお金を貸してくれなんて、絶対に言えないわ。上司と喧嘩しても、次の目途が立たないと、辞めたりしない」

「みんな、きみのように思慮深いといいんだけどね。まあ、いろんな人がいるんで、一度だけは部分的に受け入れてやろうというわけ。だからあの本のケースには、いつも五千円の袋が二つ入ってるよ」

そう言って彼は書架の二段目にあるブックケースを指した。

「そう。あの中にお金が入っているなんて、誰も思いやしないわね。引き出しなんかに入れるより、安全かも」

そう応えながら、私は彼の優しさが十分には理解できなかった。経済的には豊かでない家庭に育った私には、五千円や一万円は大事なお金で、彼のような考えに立てなかったのだ。それでも、彼が非情な人でないことにホッとするのだった。

「さあ、そろそろ食事に出かけようか。〈安芸路〉に予約してあるから。きみの就任祝いだ」

「ありがとう。そう言えばこの一ヵ月、お寿司食べてないから、嬉しいわ」

三月に彼が私の就職を祝って、その寿司屋でご馳走してくれた日のことを思い出し、私の食欲は急に上昇した。あの時は、上にぎりとふぐ刺し、赤だしにゴマ豆腐、デザートは温室で獲れた大きなイチゴだった。私は大きな皿に美しく盛られたふぐ刺しなど食べたことがなかったので、本当に驚き、その美味しさは忘れがたいものとなった。

私たちは部屋を出て、キャンパス内のポプラ並木の大通りを正門へと歩いて、そこからタクシーを拾った。サラリーマンの帰宅時間と重なったので渋滞にひっかかったが、それでも二十分で寿司屋に着いた。

彼はその寿司屋の常連らしく、仲居さんが「沢村先生、いらっしゃいませ。三階のいいお部屋をとってありますよ」と、笑顔で案内してくれた。私自身は彼と付き合うまでそんな場面に遭遇したことがないので、大事にされているようで気分がよかった。

「何を食べたい？」

彼が訊いたので、「私はこんな高級料理のお店に来たのは今日で二度目だから、分らないわ。お任せします」と正直に答えた。

「じゃあ」と言って彼は仲居さんに相談し、釜飯とカレイの煮つけ、赤だし、海鮮サラダ、それにデザートはイチゴのシャーベットを注文してくれた。料理は一つずつ出されて、仲居さんがその都度、説明してくれた。粗食に慣れていた私にとって、どれも珍しく、美味しいとしか言いようがなく、どの皿も綺麗に食べ尽くした。彼の皿も同じように食べ残しはなかった。

「きみの食べっぷりは見ていて気持いいね。お皿にたくさん残ったりしてると、美味しくなかったのかなと、気になるもんね」

「だって、どれも本当に美味しいんだもの」

私がそう言って笑うと、彼が言った。

「そんなところ、つまり素直で正直なところが、きみのいいところだ」

「ありがとう。豊かな家庭に育たなかったことが、かえってよかったのかな」

彼は黙って微笑んでいた。

「生徒のこと以外で、私に強力な印象を与えたのは、シスターと呼ばれる修道女の存在よ。カトリックの学校はどこも、そういう人がいるんだって。頭にベールを被り、白とグレイの質素な服を着た人たちでね、教科の先生にも、事務員にもいるの。その人たちは無報酬で働いていて、学校の敷地内にある修道院で暮らしてるの。これまでこんな人たちに出会ったことがないので、驚いたわ。どうやったら欲望を捨て去り、神様とともに歩むことができるのかしら？」

あんな禁欲的な生活、私にはできそうもないから、尊敬すると同時に不思議でならないの。

自分の価値観ではとうてい理解しきれない人たちを、私は不思議という言葉でしか表現できなかった。

「いろんな理由があったんだろうね。失恋したとか、家庭的に不幸だったとか、誰かの死を通して無常観に捉われたとか。あるいは神の愛に目覚めて、深い信仰を持ったとか。その人にとって、のっぴきならない理由があったんだろうね」

「私なんか本通りを歩いていても、ブティックの前ではあんな服が着たいとか、あのアクセサリーが欲しいとか、欲望の塊でしょ。あの人たちを見てると、あ、いけないと自分を制するのだけど、その場限りなのね」

「あの人たちは内面の生活がすべてだからあれでいいけど、みんなが灰色、黒、白の生活をしていては経済も回らなくなるし、美意識や向上心の面からも活力のある社会は保てなくなるね。欲望を持つきみでいいんだよ」

　彼にそう言われると、私はそうかなあと思うのだった。

「きみが授業を受けた宇喜多先生の妹さんは、下関の修道院でシスターだよ。先生も立派なクリスチャンで、ぼくは彼を常々尊敬してるけどね」

「へー、知らなかったな。あの先生は学生の面倒見がよくて、頼りにされてるわ」

「そのようだね。ぼくなんかと違って、ほんとにいい教師だよ」

「確かにいい教師ね。私たち学生から見ても、どちらかというと研究者よりも教師の色合いが濃い感じだったたな」

「きみの直観力はすごいね」

私は笑いながら言葉をつないだ。

「今年の新任は英語、理科、社会の三人なの。三人ともノンクリスチャンだから月二回、聖書の勉強会があって、ベルギー人の日本語ペラペラの神父様が放課後に一時間、教えてくれるの。私なんかキリスト教のキの字も知らなかったから、驚くことばかり」

「ずいぶん親切な学校だね。何をするにも聖書の知識はあった方がいいから、ま、しっかり学ぶんだね」

「そう思ってる。新しい知識が身につくことはいいことだし、それに、生徒たちが学ぶのなら、私もと思うの。生徒って、ほんとに可愛いのよ。今日も駅のホームで、列車が発車するまで手を振ってくれたわ。この仕事を選んでよかったと思うな」

「そりゃあいいことだね」

彼がそう言い終った時、ちょうどデザートが運ばれてきた。シャーベットは口直しには最適だった。

「そうそう、忘れないうちにお渡ししておかなくちゃ」

私は初月給で彼に買ったネクタイをボストンバッグから取り出し、手渡した。彼はその包みをすぐ開いた。

「ほう、備後絣だね。紺色が冴えていて、地味派手というか、柄もぼくの好みだね。きみは選び方が巧いね。ありがとう。この背広にも合うな」

そう言って彼はしていたネクタイを外して、私からのプレゼントと取り換えた。

「どう？　いいでしょ」

彼は得意そうに私の前に立った。

「よく似合うわ」と応えながら、私は嬉しくなって、「次はもっと期待してて」と言った。

食事を終えると、隣の喫茶店でコーヒーを飲んだ。陽が落ちると外は思いのほか肌寒くなり、それを察してか、彼が自分のトレンチコートを肩にかけてくれた。

「そのままうちに帰ってもいいよ。明日はご家族と過ごすのだろうから、明後日、きみがあちらに帰る前、二時に広島駅で会おう。コートはその時に持って来てくれたらいいから。お昼はやはりお母さんが手作り料理を娘に食べさせたいだろうから、駅構内の喫茶店でお茶とケーキにしよう。きみをホームまで見送るから」

「忙しい方に申し訳ないわ。夕方までにあちらに帰り着くには三時半の特急に乗ればいいので、ベスト・プランね」

「そろそろ出ようか。電車通りでタクシーを拾おう。ぼくは家の近くで下りるね。きみはそのまま、このタクシー券でお宅まで乗っていいから。日付と下車地点、つまりきみの家の住所は必ず記入して」

そう言って彼はタクシー券をくれた。

もう外は暗くなっていた。電車通りに出ると、いくらでもタクシーが走っていた。その中でこの会社は信用があるからと言って、彼が一台のタクシーを捕まえた。

車に乗ると、私たちは手をつないだ。彼に凭れている私の体に熱いものが伝わってきて、鼓動が音を立てているのが自分にも判った。

車が彼の家に近づくと、彼は私の手を握りしめ、その手と頰にキスした。

「じゃあ、明後日」

そう言って車を降りた彼が、手を振って見送ってくれた。

（三）

庭の水銀灯が闇の中に白い光を放射していた。私は車を降りる前に、タクシー券に日付と下車地点を記入した。

数段の緩やかな階段を上がると、玄関灯が石畳を照らしていた。引き戸の横のベルを押すと、小学校の教師をしている上の姉が「お帰り」と勢いのいい声で迎えてくれた。

居間に入ると、私はボストンバッグから土産物を取り出し、テーブルに置いた。そして「初月給をもらったので、気持だけ入ってるから」と言って、母に封筒を渡した。母は「嬉しいね。ありがとう」とすぐ封を切り、「仏壇に供えんとね」と言って立ち上がった。

「果物だけでも食べる？」

姉がイチゴを皿に盛ってきた。夕食は彼と食べて帰るからと家には手紙で知らせていたので、せめて食後の果物だけでもと用意してくれたのだろう。私はまたイチゴか、と胸の内で言いながら、結局、全部平らげた。母と姉が私を囲んで、新米教師の現状と新生活の報告を聞いてくれた。

私には姉が二人、兄が二人いるが、下の姉は少し前に結婚してアメリカに渡っていたし、上の兄は十年も前に家庭を持ち、転勤族なのであまり交流はなかった。下の兄は広島の東部、西条町に家庭を築き、月に一度母の顔を見に帰っていたが、その日は仕事の関係で帰れなかったそうだ。

このところ、母と上の姉の二人家庭だった。

私の話がひと段落すると、母が「今日はあんたが一番風呂。入っておいで」と促した。

風呂からあがると、私はしばらくテレビを見た。アパートにはテレビが無いので、久しぶりに珍しかったのだ。姉と母も風呂から上がると、私に付き合ってテレビの前に座った。しばらく一緒にテレビを見たが、十一時半になったので私は二階の自分の部屋に上がった。ベッドに横たわると、すぐ寝たらしい。

レースのカーテン越しに射す朝日に顔を照らされて、私は目覚めた。時計を見ると八時過ぎだった。私は慌てて服装を整えて階下に降り、洗顔と化粧を済ませた。

すでに朝食の用意ができていた。アパートの朝食よりはぐんと量の多い野菜サラダを食べながら「私は生野菜が本当に好きだね」と、トマトを口に入れた。

「ほいじゃけえ、元気なんよ。あんたのええところは食べ物の好き嫌いが無いところ。あっちでも、ちゃんと栄養を考えて食事をしんさいよ。ケチなことをして、体を壊したら元も子も無いけえね。ええね」

母が念押しするような口調をした。

朝食を済ませると、私は庭に出てみた。生垣のヒイラギが葉を青々と茂らせていた。割に広い庭は半分が母の菜園であり、残りの半分は花や灌木が雑然と植えられていた。つつじはつぼみが膨らみ、数日後にはピンクの花をたくさんつける気配があった。それらの間にひときわ目立つのが白い百合の花々で、鼻先に甘い香りが漂ってきた。去年より花があちこちで咲いているので、母に「また増えたね」と言うと、「何もせんのに、こんなに増えたんよ。姉ちゃんの話では、百合は球根だけど、胞子でも増えるらしいよ」と説明した。

私はふっと思い出した。学校の敷地のすぐ外に小さいけど瀟洒な平屋があって、その庭のあちこちに白百合が咲き始めていたのだ。二階の教室からも三階からも眺望できて、時々若い綺麗な女性が如雨露(じょうろ)で水をやっている姿を見ることがあった。

そして、彼女がぬいぐるみのような小さな犬を抱いてベンチに座り、眼下に広がる街を眺めている姿を何回か見たことがあった。後ろ姿が憂愁を帯びていて、同じ若い女として、私は彼女に関心を持つのだった。

働きに出ている様子はないので、一体、何をしている人だろうか。他の家族は見たことがないので、自分と同じように独り暮らしなのかもしれない。そのひっそりとしたたたずまいの中に若い美しい女が居ることが謎めいていて、不思議な家だと思っていたのだ。

生徒たちも休憩時間には窓から覗き見して、何かと噂を立てているようだった。

私は百合の花を二本手折って来て、床の間の花瓶に挿した。芳香が部屋じゅうに広がった。横隣の仏壇は扉が開いていた。父や戦死したという長兄の遺影が目に留まった。私はその前に移動し、手を合わせた。私が買って来たお土産と母に渡した封筒が供えてあった。お酒が好きだった父に、初月給で小瓶の酒でも買ってくればよかったと後悔した。

柿の大木が枝に新芽をたくさんつけ、青空にくっきりと浮いていた。これまでは田舎は嫌だと思っていたが、ひと月ほど市街地に住んでみて、私は田園風景の中にある我が家のよさを再認識した。

「久しぶりにこの周りを散歩して来るわ」

母にそう告げて、私はつっかけを履いて石段を下りて行った。家の前を流れている小川が、爽やかな音を立てていた。これまでもそうだったに違いないのに、私は気にも留めずに過ごしていたのだ。しばらくそのせせらぎに耳を傾けていると、リズミカルで、何か囁いているようにも聞こえた。

でも、こんなに川幅が狭かったかなあ、と私はいささか驚いていた。田んぼにはピンクの蓮華が絨毯を敷き詰めたように咲き、その向こうの山は艶やかな濃淡の緑で埋め尽くされていた。私はそよ風に乗って来る花木の匂いを胸いっぱい吸った。

農道を歩いて行くと、畑仕事をしていた近所のおじさんと出会った。

「あんた、遠い所で先生をしよるそうなの。お母さんが嬉しそうに言うとったよ」

「そうですか。月に一度は帰って来ますので、留守中の母をよろしくお願いします」

私は深々と頭を下げた。平素は女だけの家だから、何かの時には助けてもらいたいという思いもあったのだ。

私は改めて辺りを見回した。こんなにのどかで、自然に恵まれた所に、私の実家は在ったのだ。ひと月の不在は、これまで見過ごしていたことに気付かせ、無関心であったことを反省させてくれた。

昼食は一時前にとった。母が私の好物の巻き寿司を作ってくれた。食卓には具の多い味噌汁、黄色い沢庵、山盛りの野菜サラダも並んでいた。あれも食べよ、これも食べよ、と母に奨められて、私はついあれもこれも食べて、お腹が張って少々苦しいほどだった。

「野菜腹だから大丈夫。右を下にしてしばらく横になっとれば、一時間もすれば収まるよ」

私は母の言葉通りに、右を下にして横になった。睡眠は十分とったはずなのに、またうたた寝をしてしまった。

午後は自分の机に着いて、予習をした。高二の世界史と高一の地理。高校時代に習ったノートを参考にして、解りやすい板書の下書きを作ってみる。突っ込まれた質問を受けた時に、ちゃんと答えられるように地理辞典、世界史辞典をしっかり調べる。重いこの辞典を持って往復するのは大変だ。商売道具だから、来月の給料でもう一組買って、アパートと実家と両方に置いて、不便を解消するつもりだ。

結局、夕方まで予習にかかった。新米教師にとって知識はほんのちょっとしかないので、数年はこんな状態が続くのだろう。しんどい。でも彼がいつも言うように、しんどさの中にしか、値打ちのあることは生まれないのだ、と私も思うこのごろだ。

夕食は野菜の天ぷらとアジの刺身、野菜サラダとワカメの酢の物、そして昆布出しの吸い物だった。母は料理学校に行ったわけではないのに、意外と料理が上手だ。

食後、私は三十分ほどピアノを弾いた。ひと月も弾いていないので手が思うように動かなかったが、ソナチネの一番が何とか弾けた。このピアノは小学校の教師をしている姉が月賦で買ったものだが、私が将来母親になった時、「家族で合唱ができれば楽しいよ」と、姉の願望も込めて買ってくれたのだ。

姉とは歳が十四歳離れているが、大黒柱として弟や妹を進学させ、家族の面倒を見ている間に婚期が遅れてしまったのだ。見合い話もちょくちょくあったが、今の自由な生活を手放す気がなく、母と結構生活を楽しんでいるらしかった。

ピアノが済むと、私はらっきょうの皮をむいている母を手伝った。この時期、母は毎年土の付いたらっきょうを買ってきて処理し、甘酢漬けにする。私は漬け始めて一週間ぐらいが大好きで、母が送ってあげると約束した。

本カーテンを閉めて寝たので、朝陽が顔を射すことはなかったが、小鳥たちの囀りで目が覚めた。八時前だった。アパートでは目覚ましをかけるせいもあって、いつも六時半には起きている。実家では気が緩むのか、昨日も今日も目覚めは遅い。

食事を済ませると、私は新聞に目を通した。憲法記念日の今日は、その種の記念行事が多い。二週間前に昭和天皇夫妻が来広し、初めて原爆慰霊碑に参拝したという。その意味を問うコラム記事が一面に掲載されていて、そのことを知らなかった私は、予習に追われているとはいえ、猛反省した。アパートでも新聞を取っているのに、現実はじっくりと読めない日が多かったのだ。

昼食が済むと、私は帰り支度をした。一昨日のことを考えて、カーディガンを羽織った。母が夕食の分だといって、巻き寿司と沢庵を用意してくれた。世界史と地理の辞典は置いて帰ることにした。明日早速、同じものを本屋で買うつもりだったから。

「元気で行っておいで。窓も入口のドアも、鍵だけはちゃんと掛けるんよ。それから、風呂屋にはあまり遅い時間に行かんようにね」

そう言って、母と姉が石段の所まで出て見送ってくれた。私は郊外電車の停留所へと徒歩で向かった。忙しい彼を待たせてはいけない。そんな思いで、足を速めた。

電車は数分もするとやって来た。広島駅には約五十分で着くだろう。私は見知らぬ街でも見るかのように、車窓の右や左を見た。ひと月の不在が、こんなにもすべてを違ったものに感じさせるのか。この感覚は何なのだろうと不思議に思った。

彼は広島駅の改札口の近くで待っていた。

「長いこと、お待ちになった？」

「ううん、ぼくもついさっき来たばかり。じゃあ、この駅ビルの喫茶店に行こう」

そう言って彼は先導した。それは三階の奥まった所にあった。窓際の席に案内され、コーヒーとモンブランを注文した。大学時代はそうたびたび喫茶店などに入ることはなかったので、ここ四ヵ月で、自分の生活もずいぶん変化したなと思う。私は彼にトレンチコートを返した。

「初月給で買った服を着て会いたかったの。でも、十日ほど早すぎたかな。コートのお蔭で風邪を引かずに済んだわ」

そう言って笑うと、彼が言った。

「あの洋服の色、きみによく似合うよ。素敵だった」

「次に帰る時、もっとエレガントな出で立ちを試みるわ」

「それは楽しみだ。ただ、五月の終りから六月の第一週の一週間は松山の大学に集中講義で出かけるから、会えるのは六月の十二、十三日ごろかなあ」

彼は手帳を見ながらそう言った。

「私も五月の終りには中間テストがあって、採点で一週間は忙しいそうだから、そのころが丁度いいわ。でも淋しいな」

「生徒たちが淋しさを紛らわしてくれるよ」

「そうね」と言いながら、私は一週間の日延べはつらいなあと内心で言っていた。

「モンブランて、美味しいわね。山の形が無くなっちゃった」

「フランスアルプスのモンブランに似せて、こんな名前を付けるんだから、ケーキ作りもただ食やあいいってもんでもないね。芸術の創作に似てるかもしれないよ」

「そうね。ほら、美味しいからもう全部食べちゃったわ」

「これを作った職人が、そんな言葉を聞いたら、喜ぶよ」

すでに彼のケーキもなくなっていた。私はただ彼と一緒にいるだけで、幸せを感じていた。これまでこんな気持にさせてくれた人はいなかったので、不思議だった。私は、これが恋するということだろうか、と自問するのだった。彼が駅のホームまで見送ってくれることは嬉しかったが、多忙な彼の研究の時間を横取りするようで、私は申し訳ないとさえ思うのだった。

ホームまで彼は私のボストンバッグを持ってくれた。私が乗車する特急がホームに入って来ると、彼は繋いでいた手を強く握りしめて「じゃあ、また六月に」と囁いた。私はデッキで振り返って、目でサヨナラをして座席に着いた。彼が窓の外に立って手をゆっくりと振った。これから一ヵ月と少々会えないと思うと、不覚にも私の目から涙が零れた。

列車が走りだして彼の姿が見えなくなって、ようやく私の気持も落ち着いた。涙を拭きながら、この次からはホームでの見送りを断ろうと思った。映画の一シーンのような別れの場面は格好いいかもしれないが、却って気持を辛くすることがよく分ったからだ。

私は、遠ざかって行く街の風景を見るとはなしに見ていた。来る時はこれらの風景が心を弾ませたのに、帰る時は淋しさが胸に宿って、ただ過ぎて行くだけの風景になっていた。

しばらくすると車内販売のカートがやって来た。広島の土産物が並んでいた。私はアパートの管理人と道路を隔てた向かいに住んでいる大家さんにお土産を買うのを忘れていることに気付き、紅葉饅頭を二箱買った。初めての帰省だから、母がそうしたほうがいいと言っていたのを思い出したのだ。

まもなく私はうたた寝をしたようだ。時々舟をこぐ頭が窓に当たっては起きるのだが、またすぐ寝るということを繰り返していたらしい。そのことは寝ながらも感覚としては判っていた。

だが、「まもなくミハラー、ミハラに到着します」という車内放送で目が覚めた。通路には下車する人々が並んでいた。ああ、もう福山に近づいたんだ。私は乗り越してはいけないと緊張し、気持もしゃんとしてきた。そして、自分の居場所、つまり自分のお城に帰るのだと、ホッとする気持が生じていた。

車窓に大きな煙突の酒造会社が見えて来たので、糸崎を通過していることが判った。もうすぐ尾道だ。ならば福山まではあと一息。私の気持はまた高揚し始めた。アパートに帰ったら、まずは管理人と大家さんに今日のうちにお土産を渡そう。バス停の店で、明日の朝食の食パンとチーズ、サラダ用の野菜などを買って帰ろう。夕食は母が持たせた巻き寿司がある。

学校のことも蘇った。ティーチャー・ミーティングの八時二十分に遅刻をしないためには、朝は六時半に起きること。そのためには今夜は授業の予習を十二時で終えること。そんなことを考えていると、四人組のことが浮かんだ。それぞれ、どんな休日を過ごしたのだろうか。

丘の上のクリーム色の校舎、正面のロータリーを囲む花壇、黒いベールを被った修道女たち、まだ性格や人柄までは把握できていない同僚たち。そして、あの白百合の咲く家のことまで思い出して、明日からはまた気を確かに持って働くのだ、と私は覚悟するのだった。

アパートに帰り着いたのは六時だった。管理人と大家さんにお土産を手渡し、母の巻き寿司を食べていると、ドアが叩かれた。誰だろうと用心しながら少しだけ開けると、お向かいの、長距離運転手の木下兄弟の兄さんだった。彼は紙袋を差し出して言った。

「田舎に帰ったら、お袋が野菜をいっぱい持たせてくれて、食べきれないので、お裾分けです。一階の方々に配りましたので」

見ると、トマトが三個、キャベツが一つ、キュウリが五本入っていた。私は一瞬、こちらからあげるものが何もないので躊躇ったが、人の好さそうなその笑顔に接すると、

「大好きなものばかりです。ありがとうございます」と、素直に頂戴した。

初めて親元を離れ、恋人とも離れて、丘の上の私立学校の新米教師となった私の一ヵ月は、こうして終ろうとしていた。

（四）

「お早う」

丘を上がっていると、三年先輩の体育教師、大北恵美子が声をかけてきた。

「お早うございます」

私も応答した。

「今朝はええ顔してるなあ。お母さんにずいぶんと甘えて来たんやね」

「はい、そこそこに」と私は適当に答えた。

「淋しいのはよう判るけど、プロ意識を持たなあかんよ。明日は子供の日やね。あんたは今日休めば自分なりの五連休になるんだけど、ちゃんと出勤したから、偉いわ。去年入って来た国語の桑田

さんはこの日を休んで五連休にしたんやで　あんなことしたら　生徒に示しがつかんようになるからな。そこを考えんといかんよ」

「エッ……、桑田先生がそんなことを」

私はいくらなんでも、来た早々にそんな厚かましいことはできない。そんなことを話していると、学校に着いていた。

「お早うございます」

私は大きな声でそう言って、教員室の自分の席に着いた。ティーチャー・ミーティングの十分前で、ゆとりがあった。掃除のおばさんが先生方の机を大急ぎで拭いていた。さっきの話が気になって、桑田真理子の席を見ると、まだのようだった。隣の日本史の教師、梅崎春子が小声で囁いた。

「桑田さん、時間割変更して、今日はお休みなのよ。前以て今日の授業をしてるので、問題はないわね。私も変更してあげたの。あなたもそうすればよかったのに」

「そんな……」私は二の句が継げなかった。

ミーティングのチャイムが鳴った。音楽教師のシスター・セシリアがオルガンを弾くと、みんなで讃美歌二十四番を歌い始めた。

父の神よ　夜は去りて
新たなる朝となりぬ

われらは今　みまえに出でて
御名をあがむ

讃美歌を二番まで歌うと、校長のシスター・ベルナデットが聖書を読み始めた。

愛は寛容であり、愛は情深い。また、ねたむことをしない。愛は高ぶらない。誇らない。不作法をしない。自分の利益を求めない。いらだたない。恨みを抱かない。不義を喜ばないで真理を喜ぶ。そして、すべてを忍び、すべてを信じ、すべてを望み、すべてを耐える。

——コリント人への第一の手紙十三章、4節~7節より

私はキリスト教とは無縁の所で育ったので、初めてこんなセレモニーを体験した時は何が何だかさっぱり解らなかった。讃美歌もただみんなについて歌っていただけだ。だがひと一月もすると、雰囲気を理解できるようになった。校長はただ聖書を読み、その出処を示すのみだったが、私は休憩時間にそのページをもう一度めくってみて、前後関係から意味を理解するようになった。このコリントの愛の章は私をいたく感動させた。二十三年間の人生で、こんな考えをしたことが無かったからだ。

この日は、午前中は高一に地理を二時間、午後は高二に世界史を二時間教えることになっていた。

て来た英語科の神坂恵子が声をかけて来た。

「ねえ、ついでに私のも買って来て。今、生徒のノートを見てやってるから、手が離せないのよ。あなたと同じものでいいから。お金は後でね」

私は了解して、校舎からは少し離れた売店で、自分と同じサンドイッチと牛乳を買った。戻って来ると彼女はまだノートを見ていた。私は遠慮がちに「こんなのにしたからね」と声をかけ、彼女の机の上にそれらを置いた。彼女は「ありがとう」と一言いうと、ノートに目を戻し、また赤ペンで丸印や訂正文を入れていった。教科の違いはあるけど、それにしても熱心な先生だ、と私は彼女に一目置くのだった。


昼食を済ませて一息ついていると、四人組の川原芳枝が教員室のドアから覗いて、「椎名先生、ちょっと」と、手招きした。私は立ち上がって、玄関ロータリーの花壇の所まで出た。白百合の花のいい香りが微風に乗って漂ってきた。あとの三人がお付き人のように川原芳枝について来た。川原芳枝にはみんなを率いる親分的な傾向があった。

「あのなあ、今週の土曜日に先生のアパートに行くよなあ。その時、先生の分も弁当を持っていくからな。理沙の店で作ってくれるそうだから。でな、味噌汁みたいなものはできるかなあ」

「できるわよ。こう見えても自炊してるんだもの。材料は私が用意するから任しといて」

「それからなあ、ケーキ、これはうちの隣のケーキ屋が美味しいから、お母さんが持って行ってあげと言うて、頼んでくれた。そうそう、花も持って行くから、花瓶を用意しておいてよな」

「まあ、そんなに大がかりなことしてくれるの。恐縮ねえ」

私はいささか驚き、そしてそんなに大事にされることを内心で喜んでいた。


予習に追われる毎日だが、新しい知識が身に付くことは、好奇心旺盛な私にとっても嬉しいことだった。生徒と一緒に学んでいるといった感じだった。

六時間目は三時半に終り、勤務は五時には終了した。フランス人の校長は、教職員が五時以降も残って仕事をすることを好まなかった。クラブ活動も勤務時間内の事柄で、一般の学校のように、それで学校の名を上げようとは思っていないようだった。そんな訳で、五時を過ぎると学校はしんと静まり返っている状態だった。

こうして一日は終るのだが、黄昏時の空を眺めながら、私は沢村雅義のことを思った。この空は広島につながっていると思うと、胸が切なくなった。

学校から坂を下って行き、丘の下で福山駅行きのバスに乗り、駅で降りて沖野上町行きに乗り替え、田中橋で下りる。バス停の所にある店でその夜と翌朝の食材を買う。こんな繰り返しが私の生活である。

　その週の土曜日の午後、四人組がやって来た。前以て言っていたように、弁当やケーキ、花を持って来た。私はお椀を買って、人数分の味噌汁を用意した。殺風景な部屋に真っ赤なバラが十本飾られると、華やいだ感じになった。

「先生なあ、女だからやっぱし花は飾った方がええなあ」

　山野路子が部屋をぐるりと見回して言った。他の三人も同調した表情をしている。

「この弁当はな、理沙の家が出してくれた。ケーキはうちの母が持たしてくれ、お花は路子と和代からのプレゼントだよ」

　親分肌の芳枝が説明した。

「こんなにプレゼントして貰って、恐縮だわ。今度からは何も持たずにおいでよ。お菓子と紅茶ぐらいは私が用意するから」

「そういわれてもなあ、まあ、うちらが考えるから、任しとき」

　芳枝がみんなの顔を見ながら言った。四人組を取り仕切るのは芳枝らしい。

「子どもはね、あまりこんなこと考えなくていいのよ」

　私はそう言って、この話を締めくくった。

　彼女たちは先生の噂やキリスト教についての反発など、しゃべりにしゃべった。

「右の頬を打たれたら、左の頬をも打たせよだなんて、できっこないよ。なんでそんな暴力を振るうのかと、抗議すべきだよ、なあ」

芳枝がみんなに同意を求めた。

「そうじゃ。放蕩息子の話でも、何で遊びほうけた息子が帰って来ると、大ご馳走して歓迎せんといかんのかよ。父のもとで真面目に働いている兄には質素な暮らしをさせといて。兄が可哀想だよなあ」

中西和代がそう言うと、内田理沙が付け足した。

「ほんと、この話は納得できんな。お前はいつも父さんと一緒にいる。弟は何年ぶりに帰って来たんじゃないかと言うてもなあ、まじめに働いとった訳じゃない。放蕩しとったんだよ。私が兄なら、やっぱり納得できんなあ」

「まあ、おそらく世間とは逆転した見方をするところに、宗教らしさがあるんよ。処女降誕とか、心の貧しい人は幸いである、天国は彼らのものであるとか、何だかわけのわからない所がいっぱいあるけど、そいでも、そうかもしれんなあと思うこともあるよ」

そう言ったのは山野路子だった。

「聖書の話は納得できん事だらけ。処女降誕なんて、笑っちゃうよ。百合の花がマリア様の気高さを表す象徴だというけどよ、こじつけだよなあ。そいでも、中一から四年も教えを受けると、反発しながらも染まるよなあ。見えるものにではなく、見えないものに目を注ぐ。見えるものは一時的だが、見えないものは永遠に続くのである、なんて箇所は好きだなあ」

芳枝がそう言うと、

「そうじゃ。反発しながらも、やっぱりこの授業があってよかったと思うわ」と路子が肯定的な言い方をした。

私は正直なところ、そんな話は初めて耳にするので、黙って聞くしかなかった。何せ、キリスト教とは無縁の環境に育ったのだから。

校長面接の時、キリスト教の授業に悪意をもって妨害しないこと、キリスト教への理解があれば信者でなくてもいい、と言ってくれたので、私はこの学校を選んだのだった。

先生たちについても話に花が咲いたが、厳しくて人間性はいやだけど、教え方はいいとか、あの先生には恋人がいるとか、私は初めて聞くようなことばかりだった。彼女たちは夕方近くまでいたが、あくまで主役は彼女たちで、私は聞き役に終った。

「先生も恋人がおるんでしょ。絶対に秘密を守るから、私たちには言うてよ」

こう聞いてきたのも芳枝だった。あとの三人も目をぎらつかせて私の顔に見入っていた。私は苦慮した。そんな個人的なことは来た早々に生徒たちに言えない。困りあぐねて言葉を選びながら言った。

「私もお年頃だから、好きな人はいるわよねえ。でもどうなるかまだ分からないから、ここまでで、勘弁してね」

「どんなタイプかだけでも教えてよ」

芳枝の言葉に、答えざるを得なかった。

「研究者よ。広島にいるの。でも、どうなるか分らないので、これ以上は無理よ」

「そんだけ判れば、ええよなあ。あとは路子が想像するの、巧いから」

芳枝の言葉に三人も同意したようだった。

「あのなあ、先生、学校の塀の外に平屋建ての家があるじゃろ、白百合がたくさん咲いてる。私らリリー・ワンダーハウスと呼んどるけど、若い女が一人で暮らしとるんよ。時々、中年の男が来るの。どう思う？」

路子が訊いてきた。

「どう思うって……」

私が応えあぐねていると、理沙が急に饒舌になった。

「それはなあ、昔の言い方をすればお妾さん、今様で言えば、愛人なんよ。うちにはよう解るわ」

「そうよなあ、本通り界隈じゃあ、あんたのお父さんのこと、ちょっとした噂になっとるからなあ。奥さんが可哀想やと、うちの母さんが言うとった」

芳枝が同情した口調をした。

「お父さんはよく働く人だけど、一緒に苦労して店を大きくしたお母さんをないがしろにして、若い店員と出来てしもうて、支店を持たせたんよ。そっちにも子ができて、男だと。弟だなんて、ああ、いやだ。あの白百合の家も、きっと、そんなところだろうよ」

理沙は吐き捨てるように言った。私はそんな話に遭遇したことが無いので、ただ狼狽(うろた)えたが、教師なのだから何か言わないと、と気持が焦った。

「そうなの。娘としては嫌よねえ。同情するわ。そういうこともあるんだと、理沙さんはいち早く社会勉強したってことよ。とにかく、自分を大切にしてね。親の不祥事でグレる生徒がいるらしいけど、それで損するのは自分よね。嫌な思いをして、その上自分が損するなんて、ばかばかしいじゃない。だから、くれぐれも自分を大切にしてね」

そう言いながら、私は言ってることが自分でも分らなくなったが、自分を大切にせよと繰り返していた。

理沙はただ頷いていた。

「うちもな、あんたとことはちょっと違うけど、お父さん、ヘアスタイルの勉強だいうて年に三、四回は韓国に行くんよ。勉強もあるかもしれんけど、隠れた目的はキーセンだわ。男って嫌だね。私、只今、男に関心なしよ」

芳枝が、理沙の傷口を癒すような言い方をした。

「うちは今のところ仲良く商売しとるけど、これから先、何が起こるかわからんから、覚悟しとかんといかんなあ」

路子がそう言って理沙の肩を優しく叩いた。

私は改めて自分が世間知らずであることを痛感した。この子たちは心に悩みを抱えていてもじっと耐えて、笑顔を向けてくれているのだ。そう思うと、この生徒たちを抱きしめたいほど可愛いと思った。

この日、結局、四人組は夕方までいた。よほど居心地がよかったのだろう。

芳枝たちは新任教師を取り込んで、得意になっていたのかもしれない。その後、他の生徒たちが「川原さんたち、先生のアパートですごく楽しかったんだって。うちらも遊びに行ってもええ？」と尋ねて来た。度重なるそんな問いかけに私はいささか閉口して、全部を受け入れる訳にはいかなかった。

「私は新米教師だから、勉強しなきゃあいけないことが一杯あるのよ。毎日が自転車操業みたいで、大変なの。夏休みにはうんと予習しとくから、二学期まで待ってね」

私はこう言うしかなかった。実際、その言葉通り、毎日、夕食後からが予習との闘いだった。大学で習った知識などほんの少しで、毎日の授業にはあまり役に立たなかった。

中間試験も終り、全部で六クラス分の採点に忙しい日を送っていたが、あっという間に六月に入っていた。このところの忙しさで私は料理をさぼって、夕食は毎日〈陽気食堂〉で済ませた。ここのおじさんもおばさんも本当に笑顔がいい。私が丘の上の学校の教師だと知って、こんなことを言った。

「うちにも娘がいて、小学二年なんです。先生の学校にぜひ入ってほしいけど、成績が良くないと、難しいですよね」

「私も来たばかりでよく分りませんが、今から頑張れば、可能性ありじゃないでしょうか」

来た早々で、まだ私の学校とまでの愛校心は怪しいものだが、それでも私はこんな風に言われると、嬉しかった。

このころ、忙しいし、寝不足で体力も落ち、目覚ましが鳴っても起きられない日があった。朝食は抜くつもりで、ともかく身支度を整え、バス停に小走りしていると、傍に車がスーッと停まり、「先生、お急ぎのようですね。お乗りなさい」と声をかけられた。斜め向かいの証券会社に勤めている大山さんだった。

「ありがとうございます。お願いします」

「車だと学校まではすぐですよ。バスじゃあ、駅へ出て、乗り替えでしょ。遠回りですから」

「助かります」

大山さんは近道を知っているらしく、学校にはいつもより十分も早く到着した。ロータリーで降ろしてもらい、感謝の言葉を述べていると、生徒や教師たちがこちらに視線を向けて通り過ぎて行った。

教員室に入ると早速、一年先輩の国語科の桑田真理子が訊いてきた。

「どうしたん、ずいぶんハンサムな人に送ってもらって。恋人なの？」

「エッ、何をおっしゃいます。私と同じアパートの住人で、遅れそうになってバス停へと走ってたら、偶然出会って、送ってくれたの」

「なんだ。でも、顔もいいし、年恰好もよさそうだし、目撃者は誤解するなあ」

「まさか」私は声に出して笑った。

桑田真理子が言うように、このことはすぐ学校中に広がり、四人組が血相を変えて教員室にやって来た。

「先生、こないだと話が違うじゃんか」

四人が口をそろえて抗議した。

「だから、大いなる誤解なの。アパートの住人で、証券会社にお勤めの大山さんよ。彼のお陰で、今日は遅刻せずに済んだの。ありがたかったわ。いい人よ」

こう釈明して、私はやっと無罪放免になった。女学校ではこうしたことにも注意深くないと、噂の血祭りにあげられると、私はしかと自覚したのだった。


停留所で帰りのバスを待っていると、空がやけに綺麗だった。彼は、松山の大学に集中講義に行ったのだろうか。この前会ってから、もう一ヵ月が過ぎている。この茜色の空は、彼が見ても同じ色なのだ。会いたいなあ……。私はいっそう赤みをさしてきた空を見上げて、胸がジーンとしてくるのだった。

アパートに着くと、私は夕食の支度に取りかかった。米をとぎ、電気釜にスイッチを入れる。買って来た小魚の天ぷらを皿に盛り、野菜サラダを作る。味噌汁はインスタントだ。ご飯が炊けるまで待っていて、私は学校での出来事を思い出して腹を立てていた。

英語教師の神坂恵子のことだ。私が昼食を買いに売店に行くころを見計らっては、「ついでに私のも買ってきて」と頼むのだ。それ自体は小さな親切だからいいとしても、これまで一度もお金を払わないのだ。初めは忘れているのだろうと善意に解釈していたが、五回もとなると疑いたくなる。でも彼女は昼休憩も犠牲にして、生徒のノートを見てやる熱心な教師なのだ。そんな人が詐欺まがいのことをするだろうか。少額だから私は言いにくく、言いそびれてしまった。そんな私が悪いのだとは思うが、堪忍袋が限界に来ていた。

どうにも気持がおさまらないので、私は携帯ラジオをかけた。美空ひばりの流行歌がかかっていて、しばらく聞いていると、少しは気持が収まった。来週の土曜日には彼に会えるのだから、と思うと、慰められた。

食事を済ませ、予習をしていたが、九時になったので風呂屋に行った。往来はまだ人通りがあり、歩いて三分程度だから、怖くはなかった。家では毎日風呂に入っていたが、こちらでは一日おきにしている。行って帰るまでに、やはり三、四十分はかかるので、それだけ予習の時間がとられるからだ。

だが、風呂に入るとほんとに気持いい。神坂恵子のことも、「そんな悪い人じゃないはず。ただ忘れてるだけだろう」と寛大になっている。お風呂の効能は大きいと改めて思う。

帰って予習を続けていると、もう十二時近くになっていた。寝ようかなと思った時、向かいのホステスの松尾さんが帰って来た。彼女は店まで自転車で往復しているらしく、ブレーキのキーという音がするので、帰ったことがすぐ判る。今日は何かいいことがあったのか、アルコールも少し入っているのか、――松の木ばかりがまつじゃない、時計を見ながらただひとり　今か今かと気をもんで　あなた待つのも　まつのうち――、と流行の松の木小唄を歌いながらドアを開けた。

これも私の知らない世界。いろんな人がいることを私は改めて認識するのだった。

（五）

六月五日の土曜日は体育教師、大北恵美子が率いる体育祭だった。運動神経が鈍いからリレーはだめよ、と彼女に伝えていたので、私は玉入れやムカデ競争など、その能力がもろに見えないものに選ばれていた。だから恥をかかずに済んだ。

その次の週の土曜日に、私は予定通り彼に会った。ひと月ぶりの彼は清々しい夏の背広を着て、私があげた備後絣のネクタイを締め、ダンディだった。

研究室で落ち合い、そしていつもの料理屋に行った。やはり、いい部屋がとってあった。美味しい海鮮料理を頬張りながら、私たちはよくしゃべった。

彼は松山のこと、研究成果のことなどいろいろ話してくれ、私も学校のこと、私の大ファンである四人組のことなど話していると、時はあっという間に過ぎて行った。そして一段落した時に、私がその日感じた不思議な話をすると、彼は「へー、そんな先生がいるの。不思議な人だね」と頭を傾げた。

それはこうだった。

その日、英語科の神坂恵子が私と同じ特急で帰省するというので、一緒に駅までタクシーに乗った。下車するとき「大きなお金しか無いので、立て替えといて」と言ったのだ。駅前では鞆の浦のキャンペーンがあり、竹輪を売っていた。

「これ美味しいのよ。昼食はこれでいいね」と彼女が私の顔を見たので、私も「そうね」と応じた。

「立て替えてね。さっきと同じ理由」

こう言われると嫌だとは言えず、立て替えたのだ。ついでに竹輪を彼と実家にも買った。

そしていざ広島までの切符を買う時、また不審なことがあった。私は特急券を買ったのに、彼女は入場券を買ったのだ。何故かなと思って訊くと「同じ理由よ」と平然と答えた。

乗車すると隣り合わせに座り、二人で竹輪を二本ずつ貪った。お腹の中で膨れるのか、結構満腹感があった。しばらくすると、切符を確認する車掌がこの車両に入って来た。その時、彼女がお腹を押さえて、「竹輪のせいかしら。急にウンチがしたくなったわ」と言って、トイレへと立ち上がったのだ。

だいぶ経って彼女が帰って来た時は、車掌は次の車両へと移っていた。

「すごい下痢。これじゃあ家に帰っても、美味しいもの食べられないわ」と彼女は嘆いた。

「お気の毒に。お大事にね」

そう言って私は目をつぶり、ひと寝入りしたらしい。広島駅に到着すると「じゃあ、また月曜にね」と言って別れたが、彼女には男性が改札の中まで迎えに来ていて、仲よく改札を通り抜けて行ったのだ。

「不思議なお話は、これでおしまい」

私が話を打ち切ると、彼は大笑いした。

「そんなの、キセルって言うんだよ。その彼氏は恐らく二枚の入場券を買って改札の中に入って待ってたんだろう。彼女と会って一枚渡し、それで二人で改札を通り抜けることができたんだ。ぼくの知ってるやつにも、そんなのいるよ。月給をもらいながら、狡い人だね。でも、いつかきっとバレて、大変なことになるよ。きみも何とか理由をつけて、立て替えるのは辞めた方がいいね」

「そうよね。断れるかしら……。自信ないなあ……。キセルって、初めて知ったわ」

「きみは純真なんだから。そこがいいところでもあるけど。そうそう、こないだぼくにお金を借りに来た学生がいたでしょ。また来たから、今日は持ち合わせがないと言って断ったよ。ぼくは一度だけは受け入れてあげるけど、二度、三度は本人のためにならないから、断ることにしてるんだ」

「そう、そうよね。でも、神坂さんのようにあんなに生徒のノートを毎日、昼食もそこそこに見てやる先生はいないわ。どう考えてもいい先生だと思うんだけど……」

「きっとそうでしょう。けど、それとこれは別なんだ。一種の病気。とにかくお金を払いたくないという」

彼の話をそうか、そうなんだと聞きながら、なお私は得心できなかった。

その日、私は初めてブランド物、ピエール・カルダンのネクタイを彼にプレゼントした。「高かったでしょ」と彼は恐縮しながら、すぐに付け替えてくれた。

「備後絣もいいけど、これもとてもセンシブルだね。きみは選び方が巧いねえ」

その言葉は私の心をくすぐった。もっとステキなのをこの次は差し上げるわ。私は内心で言っていた。

研究で忙しい彼に、たわいない私の話は、本当は退屈だったかもしれない。でも会って話をすれば彼も楽しそうだし、二人ともよく笑い、私は嫌なことは忘れた。ただ、彼の病気の両親のことが気になったが、近所の医者が定期的に看に来てくれるし、昼間は、定時制高校に通っている女の子が家政婦として毎日来ているので、心配いらないというので、気になりながらその言葉に甘えて、お見舞いには二度しか行かなかった。

家に帰ると、母が私の好きな巻き寿司を作って待っていた。姉もクッキーを焼き、「持って帰るといいよ」と言った。待ってくれる人がいる。これまでは当たり前のことだったが、私はアパートで独り暮らしをしてみて、それがどんなにいいことか、実感したのだった。

鞆の浦の竹輪は、翌日のお昼に食べた。美味しいので、母も姉も「また買っておいで」と催促した。

いよいよ一学期が終った。ここ数日は副担任でも期末テストの採点や、学年の成績処理の手伝いなどで目まぐるしく忙しかったが、終業式を終えると、校舎はまた静かになった。他校とは違って、休み中のクラブ活動は奨励されていないようだった。

私は半年を無事に終えた新任教師として校長に呼ばれ、感想を聞かれた。予習に大変だったこと、生徒が受け入れてくれたこと、同僚たちが厳しく、そして優しく関わってくれたこと、キリスト教に接して、これまでとは違う価値観を理解できるようになったことなどを率直に述べた。フランス人の校長は白い縁取りの黒いベールから突き出ている顔を綻ばせ、ふんふんと言って聞いていたが、

「そう、分りました。あなたは教師に向いています。よく頑張りました。明日からは夏休み。家族の元へ帰って、十分に休息を取ってください。二学期、また頑張りましょう」と力強く言った。フランスでは学校スポーツは授業のうちでやるべきことで、放課後のクラブ活動は社会にお任せする、といった感じらしいのだ。

私は新聞を八月末まで止めてくれるよう、近所の新聞販売店まで行ってお願いした。郵便局にも行き、同じように八月末までは実家の方に転送してくれるよう手続きした。

夏休に入ってから、彼とは一週間ごとに会った。お茶とケーキの時もあったが、昼食を一緒にとることもあった。夜はできるだけ会うのを避けた。病気の両親がいることと、彼の研究を妨げたくなかったからだ。

川原芳枝たち四人組が七月の末に実家に遊びに来たいと言うので、オーケーを出した。もう一組、一学年下の子が祖母の家が広島市にあり、夏休の二週間はそちらで過ごすから、先生の家に行きたいと申し出があり、これも受け入れた。

その生徒の名は三浦里美で、四人組の二日前にやって来た。祖母の庭でたくさん獲れたといって、レモンを十個持って来てくれた。昼から来たので、そのレモンを使って冷やし紅茶を作り、ケーキを添えて出した。四人組よりも一つ下だからそれだけ幼く、可愛らしく、うぶな感じで、友達のことや両親のことなど、素直に話してくれた。祖母が被爆者ということで、八月六日には平和公園での慰霊式に行くと言っていた。

四人組は七月二十九日、木曜日にやって来た。快速列車に乗って広島駅で降り、それからローカル線に乗り替えて、十一時には我家に到着した。彼女たちは母が作った散らし寿司や、姉のクッキー、私が腕を振るったイチゴゼリーに大満足で、平素は親分的武骨さが垣間見える芳枝が、殊勝にも母と姉に「いろいろとお手数をおかけして申し訳ありません」と頭を下げた。そして続けた。

「ここ、前に小川があり、それにちょっと高台になってるから風がよう吹いて、涼しいなあ。蝉しぐれと言うけど、ほんまによう鳴いとるわ。時にはこんな所もええな」

「そうやなあ」と言いながら、路子が続けた。

「先生、浴衣は着んの？　着物も似合うと思うけどなあ。お母ちゃんに安くしてと頼んであげるけえ、着てみたら」

路子の思いがけない言葉に私の心が動き、母と姉に相談すると、いいことだからお願いしたらと言うので、頼むことになった。

「あんた商売気があるな。ほんまに安くせんと、あかんで」

芳枝はどこまでも親分的風格がある。みんなもそれを受け入れている。

帰りも快速と言うから、二時半に家を出た。四人には、それぞれ紅葉饅頭の箱を持たせた。時間を短縮するために己斐(こい)で郊外電車を降り、タクシーで平和公園へ向かった。私がこれから原爆資料館へ入ると宣言すると、予期せぬことだから四人は「いやー、怖いよう」と声に出したが、私は無理に連れて入った。快速の時間も考えて、三十分程度の見学だったが、出て来た時はみんな無言の行で、顔色も青ざめていた。相当にショックを受けたらしい。

「八月六日が間もなく来るでしょう。だからショックでも、見ておいてほしかったの」

「そりゃあ分かるけどなあ、不意だったし、やっぱりショックよなあ」

芳枝が真面目な顔で言った。

「そうじゃけど、暑い夏に熱風に焼かれた人々はもっと辛かっただろうと思って、目を背けちゃあいけんと言い聞かせて、見たんよ」

路子がそう言った。

「私も本当は目を背けたい。でも、路子さんと同じ気持。見ることがまずは大事だと、ね」

そう言って私がみんなの顔を見ると、「そうやな」と彼女たちも頷いていた。

広島の夏は八月が近づくと、新聞もラジオもテレビも、原爆や戦争と平和に関する記事や番組が多くなる。私の家は宮島に近い郊外にあるが、そこの墓地にも原爆の犠牲者や太平洋戦争の戦没者を祀る供養塔がある。お盆の墓参りの時は、自分の家の墓だけでなく、大抵はそこにもお参りする。あの日は実家がある寒村にも被爆者が命からがら逃げて来て、亡くなった人が多いと聞く。小学校が収容所となり、校庭が死者たちの焼き場と化したそうだ。私は小学校時代からそんな話を繰り返し聞かされて育った。

そんな訳で、私にはあの日の悲惨な出来事を繰り返してはならないとの思いが、人一倍強い。まだ、何をどうしたらいいか、具体的な方法論を編み出していないが、来年はせめて自分の授業の中で、そうした問題を考える試みをしてみたいと思っている。

彼も平和の問題には真面目にかかわっていた。どれだけの人的・物的な被害が出たのか、正確な記録を残すための、ヒロシマ被災白書づくりのメンバーにもなっていた。自分の歴史研究以外に、こうした人類の将来にかかわる平和の問題にも積極的に取り組んでいた。そんな前向きの姿勢が、私は好きだった。

先日会った時に、彼はこんなことを言っていた。

「去年は平和行進で宮島街道を広島市内まで歩いたけど、暑くて汗が目に入り、そのとき黴菌も入ったらしく、トラホームに罹ってね、二週間大変だった。それで今年は、行進は見合わせる。でもテレビなどの取材で五、六日は忙しいから、会うのはそれ以後だね」

それで、二人の都合のいい八月十日に会うことになった。

夏休中の私の生活は、教材の勉強を中心に組んだ。予習を十分にしておかないと、毎日の生活がそれに追われて余裕がなくなることは、一学期に経験済みだ。四人組は例外として、アパートに遊びに来たいという生徒たちに、今は予習に追われる生活だから二学期においでと言ってあり、せめて一月分ぐらいの授業ノートを作っておきたいと思うのだ。

そんな訳で特別なことが無い限り、午前中は教材の勉強、昼食後の一時間程度を休憩と昼寝、そして三時から夕方までを授業ノート作成に当てた。それ以外の時間は庭仕事、母の手伝いなど、自由に使った。

原爆の日は慰霊式典のテレビを家族と一緒に見て、静かに過ごした。私はアイスクリームが好きだが、この日は犠牲者のことを思ってアイスクリームは食べないことにした。

原爆忌が去って、広島の街もやっと静けさを取り戻した。そんな十日の午後一時、私は紙屋町のレストラン〈ミモザ〉で彼を待っていた。ウエイターが注文を取りに来たが、「まもなく連れが来ますので」と、注文を伸ばしてもらった。

建物の中がオープンの三層になっていて、螺旋階段で上がるようになっていた。一度彼と来たことがあり、気に入ったのでここで待ち合わせたのだ。一階の噴水が涼しげな音をたてていた。中二階にはグランドピアノが置いてあり、三十分おきに蝶ネクタイの男性ピアニストが演奏していた。ちょうど休憩に入っているようで、主のいないピアノが侘しげだった。待って十分になろうとするとき、彼が急ぎ足で階段を上がってきた。

「お待たせしました。出がけに急に来客があって、お中元を持ってのご挨拶だったので早々にけりをつけて急いで来たんだけど、やっぱり遅れちゃった。ごめん」

「いいのよ。いつもは早く来て待っててくださるんだもの。急ぎ足だったから、暑かったでしょう。上着、脱がれたら」

「そうね」と言って彼は上着を椅子に掛けた。淡いピンクのシャツに私があげたカルダンのネクタイのパープル系の色合いがよくマッチしていて、私は「素敵よ」と言っていた。

「きみのそのワンピースもなかなかいいよ」

「ボーナスを貰ったから、私としてはちょっと奮発したの」

そんな会話をしていると、またウエイターがやってきて、「注文、決まりましたか?」と訊いた。イタリア風のランチにした。夏野菜とハムのパスタ、ミネストローネという野菜スープ、それにレアステーキのミディアム。飲み物はウエイターが奨めてくれたジンジャーエール・カクテルにした。リキュールが入っていて、夏の飲み物としては最適だと言ったので。

ジンジャーでの乾杯は初めてだった。ウエイターが言うように、スーッとして涼感があり、もともとお酒に強い方ではない彼が、「これは、いいね」と肯定した。胃腸が丈夫で食欲旺盛な私は、どの皿も残さなかった。トマトが基調の赤いスープはオリーブオイルがやや強かったが、いろんな野菜が入っているので、美味しかった。

「満足でーす」私がおどけて言うと、彼も「ぼくも満足でーす」と真似た口調をして、二人して笑った。

私は、四人組がやって来たこと、原爆資料館に無理に入れたことなどを話した。

「福山から高い汽車賃を払って先生の家に遊びに来るとは、きみの人気も大したもんだ」

「エヘン、どうだ。大したもんだろ」

私がなお、おどけてみせると、

「面白いね、きみって人は」

そう言って、彼はクックっと笑った。

食事の途中でピアノが鳴り出した。演奏の時間となったのだ。食べながら聴くのだから、曲目は軽いものばかりで、流行歌がシャンソン風にアレンジされていたり、フォークソング調に演奏されていたりした。

彼はこの世界はさっぱり白紙状態で、私が、

「これは〔また逢う日まで〕、これは〔女の意地〕、これは〔雨が止んだら〕よ」と、教えてあげた。

「ああ、これは知ってるよ」

彼がそう言ったのは〔戦争を知らない子供たち〕だった。

「これ、まさに私の世代の歌ね」

「そうだね。ぼくは終戦の年に中学一年生だったから、太平洋戦争に突入した時は子供だった。だから戦争に責任はないけど、子供なりに戦争の悲惨さを見て育った。だから、この歌には抵抗感がある。甘ったれなさんな、と言いたい気持。だって同じ戦後生まれのきみは四人組に、嫌がってもああしたことを実行してるでしょ。きみは少なくとも、考えようとしている」

「そうかもね。でも、買い被りかもしれないわ。私も連中と同じように、甘ったれかもよ」

そんな話をしていると、三時になっていた。デザートが終って、デミタスコーヒーを飲むと、私は「そろそろ出ましょう」と促した。

彼が期限付きの論文を書いていることを知っていたので、そろそろ彼を勉強机に返してあげねばと思ったのだ。

昼間だからタクシーは使わずに市電で帰った。途中下車する彼に「またね」と言って、私はその

まま自宅の最寄り駅まで乗車した。

私の夏休は充実していた。予習も相当できたし、彼ともその後二回も会った。家族とも食事や手伝いを通じて、いろんな話ができた。福山に戻る日には、母がいつものように夕食用の巻き寿司を持たせ、「大家さんと管理人さんに手土産を忘れないように」と促した。

二学期が始まった。予習を十分にしてきたので、以前よりはゆとりがあった。生徒から早速、遊びに行きたいと申し出があり、九月は高一、高二、それぞれ一組にオーケーを出した。夏休みに彼と十分に会ったので、九月には帰省しなかった。

十月の半ばには中間テストがあり、それが済むと、生徒たちはすぐに十一月三日の文化祭の準備に取りかかった。十月もこんな状態だから、私は帰省するのを諦めた。

文化祭では、合唱部や演劇部は講堂での発表。書道部、美術部、写真部は教室での作品展示。新聞部は新聞を、文芸部は同人誌を作成して当日配布。歴史クラブや奉仕活動部などは教室で調べ物や写真などを展示。まさに文化部のお祭りで、運動部はもともと霞んでいるこの学校では、飲食バザーも保護者会が主催し、そのお手伝いということだった。私はなぜかバトミントン部の顧問で、平素は下校時間までの生徒の息抜き程度の活動しかしていなかった。

同じころ、彼も学会で研究発表をするために上京していた。私は、いい評価が得られますようにと祈っていた。

文化祭が終ったのは三時半。後片付けなどしていると、勤務時間の五時をオーバーしていた。文化祭には大勢の保護者や卒業生がやって来て、賑やかな一日だった。私は人に疲れ、料理をする気になれなかったので、その日は弁当を買って帰った。手作りしたのは、味噌汁だけ。

夕食を済ませて一息ついていると、電報が来た。彼からなのでびっくりして文面を読むと、「五日の帰り、途中下車して、五時半に福山駅でお目にかかりたし。次の特急で帰広す」とあった。五日は平日なので、勤務時間終了の五時にはタクシーを正門に待機させ、駅まで駆けつけることにした。

その日は少しいい服を着て学校に行った。生徒たちが多少好奇の目で見ていた。四人組も早速やって来て「何かいいことある？」と訊いた。私は「たまにはおしゃれがしたいの」と言って誤魔化した。

生徒たちがほぼ下校した五時、私はタクシーを駅へと走らせた。約束の時間より十分早く着いた。すぐ入場券を買い、私はホームの目立つ位置に立った。愛する人を待つことは気持を弾ませる、と私は改めて実感した。

特急がスーッとホームに入って来た。彼はすぐ私を見つけ、「やあ」と手を挙げ、「きみに急に会いたくなったので」と言った。

私たちは駅前の喫茶店に入り、私は予期せぬ邂逅を心から喜んだ。次の特急まで約一時間。移動も含めると、会っていられるのは実質四十分。学会でのいい評価を彼から聞いて、私は我がことのように嬉しかった。東京でのあれこれに耳を傾けているうちに、時間は矢のように過ぎ、また駅へと引き返した。

ホームで特急を待つことわずか五分。握手して別れ、私は彼の座席の窓へと移動した。見つめ合い、互いに手を振った。ベルとともに列車は動き始め、非情にもすぐ彼の顔を攫って行った。

翌日、生徒が大騒動していた。誰かホームの私たちを見ていたらしい。微妙な年頃の生徒を刺激するのはよくないので、私は親戚が用事で立ち寄った、と嘘を貫き通した。


また期末試験のシーズンがやって来て、採点や成績処理で忙しい日々が過ぎて行った。十二月二十二日が終業式で、続いてクリスマス礼拝も行われた。

私が、二週間少々の休日で、彼と、そして家族と交流を深める季節がまた到来するのだ。

実家に帰ると、路子の家から訪問着一式が届いていた。いい品を相当安くしてくれたようで、冬のボーナスで支払いを済ませた。

クリスマス・イヴは、彼とグランドホテルのレストランでディナーをとることになり、家族との会食は翌日、寿司屋でということになった。

イヴの日、私は予約していた美容院で本格的な着付けをしてもらって出かけた。ホテルのロビーで待っていた彼は、最初私だと気付かなかった。私が彼の名を呼びかけると、「驚いたなあ、女性は服装で大変身を遂げるんだね。和服のきみも素敵だよ。けど、ほんとにびっくりした」と驚きを隠さなかった。

サプライズが効きすぎたかなと私は内心で笑いながら、タートルネックのセーターを彼に渡した。彼がご馳走してくれるので、私の気持として。ほんとに楽しいディナーだった。

元日には私宛の年賀状がたくさん来ていて、返事を書くのに三日かかった。

短い冬休みは慌ただしくしているうちに終った。そして、一年の締めくくりとして三学期が始まった。

四人組が月に一度は遊びに来て、いろんな情報を提供してくれた。体育教師の大北恵美子が、この三月に結婚するという話には驚いた。十月に特急でたまたま隣に座った男性と意気投合して、ゴールインすることになったそうで、仕事は続けるという。この話を聞いた二日後に、教員会議で正式に婚約が発表されたので、私は四人組の情報力に空恐ろしいものを感じた。

そして、もう一つ、私を驚かしたことがあった。それは芳枝がもたらした情報だった。

「あのなあ、あのリリー・ワンダーハウスの若い住人のことだけど。うちの美容院に来たんよ。で、判ったことは、うちらの想像した通り、お妾さん。今様では愛人。でも本当に優しい、いい人だぞうよ。お父さん、美人だし、品もいいので、たちまちファンになったと言っとったよ。なんでそんなステキな人が、お妾さんや愛人と言われにゃあならんのかなあ……。それにあの人、妊娠五ヵ月目に入っとるそうや」

「へぇー……」

私を含めてみんな驚いて、しばらく二の句が継げなかった。静かな時を破ったのは路子だった。

「なあ、まるでマリア様みたいな人じゃと思わん？　結婚もしないのに子を産むし、あの家の庭に咲く白百合は、まさにマリア様の象徴じゃよ。リリー・ワンダーハウスは、あの人に最もふさわしい家やなあ」

私はただ黙って聞いていた。

それにしても、この子たちは何と優しく、思いの外、思慮深いのだろう。この一年間、私はこの子たちからほんとに多くのものを貰ったような気がする。

二月になると、この学校の中学入試が始まる。教職員が一丸となってその準備をする。クリーム色の校舎と西欧的な校風に憧れて、大勢の受験生がやって来るらしい。それで、校長から、みんな気を引き締めて入試に臨むように、と訓示があった。

私のような若輩も先輩教師と組んで面接官となり、学科テストの採点もした。合格率は三・五人に一人の割合で、面接した幼い顔の中に不合格者がいると思うと、胸が痛んだ。

入試も終り、三学期の期末試験も終ると、次年度の担任発表があった。私は高一の担任と決まった。これは四月の始業式までは守秘義務があり、親しい四人組にも悟られないようにしなければならない。

四月からは、自分のクラスの生徒や保護者との定期的な面談やホームルームづくりに、かなりの時間を要するだろう。四人組ともこれまでのように度々会って、楽しい時を過ごすことはできないだろう。彼女たちもそれぞれ自分の進路に向かうので、その準備で忙しくなるはずだ。芳枝は大阪の大学で工芸デザインを、路子は東京の大学で文学を、理沙は神戸の料理学校で西洋料理を、和代は京都の大学で服飾デザインを勉強したいという。それぞれが自分の進路に向って十分な準備をする日々になるだろう。

私もこれからは一人の教師として、クラスという一国一城を与えられるのだ。力をつけ、民を本当の意味で導くことのできる城主たる教師にならねばならない。そう思うと緊張するし、不安でもあるが、この道は自分で選んだのだ。ならば、この道をとことん極めてやろうではないか。私の胸にはこんな思いと彼への思いが重なって、夢が大きく膨らんでいくのだった。

ひとり暮らし、その後

（一）

——やっぱり隣が空き家でないってことは、いいな。人が住んでるだけで、安心感があるもの。

白石智子は心からそう思った。隣の借家は先住者が転居して行って、すでに半年、無人の館になっていた。このご時世、初老の独り暮らしの智子にとって、隣が空き家であることは防犯上も不安だ。夜、明りが灯っていないということは、それだけでも不気味だ。

昨日、中年の女が借家の庭を掃除していたので、智子は借り手がついて業者が掃除に来たのかと思って「誰か引っ越して来られるのですか？」と問うと、女は、

「ええ、この日曜日に、娘夫婦がこちらに引っ越しますので、私が掃除に来たんです。娘夫婦が改めてご挨拶にあがると思いますが、よろしくお願いします」と頭を下げた。

女の言葉通り、日曜日に引っ越しの大型トラックがやってきた。娘夫婦は二十代の終り、あるいは三十代の初めだろうか。赤ん坊がいるらしく、泣き声が聞えた。自分の孫は五歳なので、父親は息子より少し年下だろうか。

それにしても、息子はもう一年も実家に帰っていない。管理職になって忙しいとはいえ、智子の胸底には諦念に似た気持が横たわっていた。

その夕刻、借家の夫婦が「お近づきのしるしに」と言って粉石鹸を持って挨拶に来た。熨斗紙（のしがみ）に

書いてある名前を見て「岡村さんとおっしゃるのね」と言って、智子は二人の顔を改めて見た。背丈もあり、なかなかの美男と美女で、服装も垢抜けていたので、智子は何者かと詮索した。貰った夫の名刺を見ると、養護老人施設のケアマネージャーとあり、地味な仕事と外貌の落差に少々驚いてしまった。

「奥様は専業主婦でいらっしゃるの？」

智子が顔を見上げて問うと、夫人は即座に、

「いえ、私はSデパートの八階の画廊に勤めております」と応えた。

「素敵な職場ですね。何度か覗いたことがありますよ」

智子はその画廊を思い出しながら、こちらは風貌と仕事が一致しているなと思った。夫婦が揃ってわざわざ転居の挨拶に来るなど、最近はあまりないので、律義な人だなと智子は感心しながら言った。

「そうそう、ごみ出しの場所はそこを右に回った所です。それと町内会には入られます？」

「ええ」夫が即座に答えた。

「よかった。ごみ処理場のシートは町内会で購入してるので、入らないとシートの外にごみ袋を置かなくちゃならないでしょ。カラスがつついたり、雨や雪の日は濡れて、中身がバラけて大変なの。その掃除も本人がしなくちゃならないしね」

「そうですよね」今度は妻が応じて笑った。

隣に住んでいる手前、住人が代わるたびに、智子はこの程度はお節介なことを言うことにしている。ごみを覆うシートのことを言うとみんな素直に了解してくれ、この班ではこれまで町内会に入らない家はなかった。

夫婦は両隣りと前後の家を同じように回って、挨拶をしているようだった。当たり前と言えば当たり前だが、知り合いたちが引っ越して来た者が町内会はおろか、挨拶にも来ない、と嘆いているのをよく聞いていたので、この班は今のところ伝統的な価値観を共有できる、常識人の集まりだろうと思った。

岡村さんは朝七時過ぎにバイクで職場に向かうらしい。それから小半時して、夫人は車で出勤しているようだ。赤ん坊は職場近くの実家に預け、夫人の母親が面倒を看てくれると言っていた。平日の日中は従来通り誰もいない家だが、夕刻から明りが灯っていると安心感がある。

やはり隣に人が住んでいるだけでも、智子の気持も安らかになる。天気も晴れ、やっと猛暑の夏も終り、これからは爽やかな秋の日が続くのだろう。三匹いる猫にも餌をやり、ほっと一息ついてコーヒーを沸かす。一人でもちゃんとコーヒーサーバーで沸かし、一杯目はクリームと砂糖を入れる。二杯目はブラックで飲む。台所の続きのリビングでソファーに座り、スツールに脚を伸ばして、新聞に目をやりながら飲むのだ。

まるでその時を狙うかのように、猫のヒナとバロンが伸ばした脚に乗って来る。ヒナは脚の先に、バロンは太腿に。座る所はたくさんあるのに、なぜか人間の傍がいいらしい。少々重たいが、一人暮らしの智子には、その甘えが心地よい。ただ、新聞紙のざわざわする音が気になるらしく、しばらくするとバロンは降りて縁側へと移動する。モネは独立心が強いのか、人間に抱かれるのがあまり好きではないようだ。猫にもいろいろ性格があって、一様にはいかない。

智子はどちらかというと、猫よりも犬が好きだった。これは同級生の邦子の影響だ。母子家庭の邦子の母親は、県北の高校で家庭科の教師をしていた。遠方なのでアパートを借り、土曜の午後自宅に帰って、日曜の夕刻にアパートに戻る生活を続けていた。普段母親のいない邦子姉妹の淋しさを紛らわすためか、犬も猫も飼っていた。犬は文平という名だった。猫は黒毛でいつも丸くなってじっとしていた。

七年前、夫が肝臓がんで亡くなり、半身をもぎ取られたような淋しさを感じていた時、たまたま庭に入って来た子猫に智子は憐憫の情を覚え、飼ったのだった。それが雌猫のヒナだ。飼ってみるとその他の哀れな猫も視野に入ってきて、気が付けば二年間で三匹になっていた。

当時息子の研一は、東京の大手商社に就職して四年目を迎えていた。やっと仕事も軌道に乗り始めた頃で、実家に帰ることもままならず、母親が淋しさを紛らわせるために猫を飼うことに、大賛成してくれた。餌をやり、糞尿の世話をすることは煩わしいことであったが、やがて甘え、懐いてくる猫に智子も愛情を感じ、世話も鬱陶しいと思わなくなっていった。こうして、六十七歳の智子は猫と暮らして、もう七年になろうとしている。

インターホーンが鳴った。どちら様ですかと問うと、「この地域の民生委員の森脇です。今日は独り暮らしの家庭訪問をしております」と答えた。今年地域の班長を引き受けている智子は胸の内で「こんなに元気な私に何の用よ」とぶつくさ言いながら玄関を開けると、自分より五、六歳若そうな女が、にこやかな顔を向けた。

「お元気だとは思いますが、一応、六十五歳以上の独り暮らしの方を把握しておこうと思いまして、ご挨拶にあがりました」

「それはご苦労様です。私、今のところ病気もせず、ご覧のとおり元気でおります」

智子はそう応えながら、内心では少なからずショックを受けていた。広島市の職員だった頃から

「白石さんは年を取らないわね。若さの秘訣は何?」と羨ましがられていた自分が、民生委員の世話の対象となっていることに、やはり衝撃を受けたのだ。森脇さんは家族構成などを確認し、「何かあったら私の所に電話してくださいね」と言って名刺を置いて帰って行った。

昼食後少し休んで、近所のジムに行った。将来足腰が弱って車椅子や寝たきりになったら大変だと気づき、歩いて五分の所にあるジムに通い始めて、もう半年が経過している。きっかけは高校時代の同窓会にある。バレー部や陸上部で大活躍した友人たちが膝や股関節を痛めて杖をつき、腰も曲がって見るからに変な歩き方をしている姿を見てショックを受け、あんなになっては大変だと思って、すぐジムに通うことにしたのだ。それまではジムには全く関心がなかったのに、友人たちの

現実を見知ると、躊躇いもなく入会を決めたのだから、現実の力はすごいと思った。

智子が通うのは昼の部で、朝の十時から夕刻の六時まで。その間は筋トレ、プール、ダンス、サウナなど、自由に使えるのだ。智子は午後の三時間でほぼ全部をこなし、風呂にも入って帰る。だから、ジムの休みの木曜以外は家ではめったに風呂に入らない。

そのジムは、西日本では一番設備が完備しているという。インストラクターにはアメリカ仕込みの生きのいい若者が何人かいて、よそと違う新しいやり方を採用しているようだ。それにインストラクターは礼儀正しく、親切で丁寧に教えてくれる。そのうえ季節の節目に希望者を募ってスポーツ観戦や近隣の山への登山、日帰り旅行なども企画してくれる。こうした行事への参加によって、智子の生活もより快活になってきた。ジムには町内の人がかなり通っていて、スーパーマーケットなどで顔見知りに出会うと自然に言葉を掛けたりする。

ジムに通うことを息子に電話で伝えると、

「そうやって体を鍛えると、将来寝たきりなんかにならないから、いい選択だよ。それは俺にとってもいいことだからね」と、息子は手放しで喜んでくれた。

年寄りは猫背になりがちで、見た目だけでなく内臓にも悪いから、智子は背筋を伸ばす器具で意識的に筋トレをする。また足腰を鍛えるために水中ウォークを三十分、欠かさず行う。姿勢がよく足腰が丈夫だと、日常生活の範囲が広がり、旅行に出掛けても楽しみが倍加する。そう思うと、これらの訓練が一つも苦にならない。湯気が立ちのぼって、同席する者の顔も見えないミストサウナでは十分ほど瞑想し、最後に大浴場で汗を流して帰宅する。

こうして智子は木曜以外の平日の午後二時から五時前までをジムで過ごし、木曜の午後は新聞社が主催する日本画教室に通う。このところ県美展に三年連続入選しているので、絵に熱が入り、午前中に三時間、午後は一時間程度、仕事のように描いている。智子の生活は、おおむねそんな日程で営まれる。

「白石さんは熱心ですね。だから姿勢もよく、実年齢よりずっとずっとお若く見えますよ」

今日もジャズダンスが終ったあと、若い男性のインストラクターが声をかけてくれた。その言葉は智子の自尊心をくすぐる。リップサービスだとは思わない。智子は内心で「でしょう。だから私は、まだまだ民生委員さんのお世話にはなりませんよ」と言っている。将来はお世話になるかもしれないけど、今はまだ〈独り暮らしの支援を受ける老女〉などではありませんよ、と力んでいるのだ。

ジムを出ると、道路を隔てて斜め前にある大きなスーパーマーケットに立ち寄る。その二階に喫茶店があり、窓辺の席でコーヒーを飲む。注文するのはいつもブルーマウンテンだ。この時間が自分でも好きで、陽が陰り始めた外の風景を見ながら時刻はどんどん遡って行き、初恋の人と出会ったことや、失恋して深傷を負ったこと、そして夫と出会い、ようやく傷が癒えたことなど、追想に浸るのだ。その時間は心が膨らんで、幸せな雰囲気に包まれる。

小半時もするともう五時半だ。一階に下りて買い物をする。ある日、店員が何やら商品に丸いシールを貼っていた。見ると二割、三割、半額というシールだった。さっき買った同じ物がそんなに値引きされるとは……、これには智子も驚いた。そういえば、五時過ぎから客が急に増えているような気がする。理由がこれだったのだと知ると、自分も買い物は五時半頃から始めるようになった。すると月に数千円は浮くのだ。賢い消費者とはこういうことを言うのか。市の職員でお金には困らなかった智子も、六十歳を過ぎてやっとシビアな現実を認識したのだった。

買ったのは二割引の刺身と三割引のめざし、キャベツに人参、大根も食パンも二割引きだ。食パンは二斤買う。独り暮らしには多過ぎるが、冷凍室に保管すればかなり長いこともち、それで味が変わる訳でもない。

レジを済ませて出口に向かっていると、すれ違いざまに智子は「あっ」と声が出た。向こうも振り向き、

「お隣の白石さんでしたね」

と頭を下げた。

「こんなに早くお仕事から帰れるのです?」

「三交替制になっているので、今日は早く帰れる日なんです。で、妻が帰って来るまでに買い物ぐらいはしてやろうと思って」

「まあ、お優しい旦那様ね。羨ましいな」

「いえ、よく喧嘩します。で罪滅ぼしで……。じゃあ」と言って岡村さんは照れ笑いをし、奥に進

んで行った。背は高いし、顔のつくりはいいし、岡村さんはこのスーパーでも人目を惹く存在だ。そんな男と口を利くのは、智子もちょっぴり誇らしい。

玄関を開けると、ヒナがお出迎えだ。智子が「お出迎えありがとうね」と言って頭を撫でてやると一声ミャーオと鳴いて、キッチンへ向かう智子についてきた。モネもバロンも寄って来て、餌を待っている。六時過ぎだからお腹がすいているのだろう。智子は猫を最優先して缶詰を開け、中身を三等分して皿に盛り、ドライフードを添えて、それぞれの定位置に置くと、猫は一斉に食べ始めた。

やっと一息つき、自分の食事仕度に取りかかる。ご飯はタイマーをかけていたので、すでに出来上がっている。買ってきたタイの刺身を皿に入れ替え、ハムやゆで卵やチーズを入れた野菜サラダを作り、オリーブ油をたっぷりかける。インスタントの味噌汁に麩と青ネギを入れて熱湯を注ぎ、デザートにはリンゴを切る。そしてハーフサイズの赤ワインを開け、グラスに注ぐ。最後にクレイダーマンのCDをかける。心地よいピアノの音色に癒されながらワイングラスを持ち上げ、「今日も一日ご苦労様。カンパーイ」と声に出して一口飲む。甘酸っぱい香りが広がって、優しい気持に満たされる。一人でも結構幸せだよ、民生委員さんには当分ご用はないね、とつい口に出る。

息子は五歳と三歳の幼子を抱えて、マンションのローンを払いながらの生活で、親のことなど時々頭をかすめる程度だろう。将来は実家に帰ってくれればいいのだから、マンションなど買って苦労することはないと忠告したのだが、嫁の説得力が勝って、二年前に東京で３ＬＤＫのマンションを購入した。夫の退職金は長年の闘病生活で半減しており、それを足してやっても、二十五年の多額のローンを組んだので、生活は楽ではないだろう。

あの時点で智子は、息子の家族と将来一緒に住むなど、きっぱりと諦めたのだ。自分は息子を頼るまい。食べるだけの年金は出るのだし、多少の蓄えもある。住む家もある。これからは独りで伸び伸びと生きよう。楽しい日々を過ごして、年々若返るのだ。自分を犠牲にするなど、まっぴら御免だ。過度の贅沢は慎むべきだが、真面目に働いて得たお金を自分のために使うのが、どこが悪いか。自分が死んでなお残れば、それを息子が使えばいいのだ。

そう思うと、気持が随分と楽になった。息子とは疎遠になっても、職場の元同僚や、短大時代の友人、小中高の同級生、それにジムで親しくなった友人たちや日本画教室の仲間との交流を大事にするのだ。もっとおしゃれもしよう。婆くさいデザインや色彩は返上だ。持ち時間はそう残っていないのだから。

あの時心に決めたことを、智子はほぼ実践している。今日の出で立ちは白いパンタロンに小花のブラウスとブルーのカーディガン。歩幅も大きく、胸を張って軽やかな足どりで前に進む。いい雰囲気も悪い雰囲気も、結局自分で作るものなのだ。全ては自分が鍵を握っているのだ、と智子は改めて思った。

（二）

赤ん坊の泣き声がする。電灯も灯っている。それだけで心安らぐ。他人なのに、我が子が傍に戻って来たような気分になる。岡村夫人は赤い車を運転し、赤ん坊を乗せて実家を行き来している。きっと今が一番幸せを感じ、生活が充実しているのだろう。

猫たちの寝床は縁側に三個置いているが、そこで昼寝はしても、夜は智子のセミダブルのベッドに上がって来る。無論、体を拭いてやった後だが。最初に飼ったヒナが脇腹の右横に、バロンが左横に、抱っこが好きでないモネは足元で寝る。窮屈ではあるが、慣れればなんということもない。

息子はめったに帰ってこない代わりに、月初めと半ばに電話をかけてくる。時にはメールが来ることもあるが、母親の生活状況を訊き、自分の近況を知らせる程度のものだ。智子はそれでよし、としている。それ以上のことを求めると関係がねじれ、失望に終るのが判っているので、自分に折り合いをつけているのだ。嫁は子育てをしながら図書館にパートで勤めているので、結構忙しいのだろう。電話などめったにかけてこないが、これもよしとしよう。

昨日の日曜日、昼食を済ませて一休みしていると、隣の岡村さんの母親がやって来て、「息子夫婦がお世話になります」と言って、自分の畑で採れた野菜をたくさんくれた。大根も人参もジャガイモも綺麗に洗ってすぐ食べられるようにしてあり、その心遣いが嬉しい。県北で農業を営んでいるといい、いかにも人柄の好さそうな、笑顔のいい人だった。その顔に昔はなかなかの美人だった痕跡が見え、岡村さんの美形はこの母にありだと推察できた。

その日の二時に元同僚だった北山愛子が来ることになっていて、コーヒーカップを準備していると、インターホーンが鳴った。

玄関を開けると「先輩、お久しぶりです」と、弾けるような声が耳に刺さってきた。総務課時代の後輩で、三年前から課長になり、来年三月末に定年を迎えるという。

「もうそんな歳になるかねえ。早いわねえ」

智子は感慨深そうに言った。

北山愛子はテキパキと仕事ができ、その上優しいとあって、みんなに好かれていた。それなのに独身のまま現在に至っている。「引く手あまただったでしょう」と周りから言われているが、「チャンスは何度かあったけど、むざむざと逃してしまったバカ者です」と謙虚である。

「先輩は、モンブランがお好きだったでしょ」

と言って、ケーキの箱を差し出した。

「ありがとう。でも恐縮するな。心遣いは無用よ」

「ほんのちょっとの心遣いですから、気になさらないでください」

そう言っている間にも湯が沸き、智子はコーヒーを入れた。

「モンブラン、久しぶりだな。美味しいよ。私ね、その名が好きなの。万年雪をいただいて聳え立っているモンブランを想像するだけで、気持が大きくなるのよ。ネーミングが上手いね」

「そう。私は昔、大学の卒業旅行で麓まで行ってますでしょ。感動したあの時を蘇らせてくれるんです」

そんなことを話しながら、北山愛子が「ねえ、ご存じかしら？」とコーヒーカップを置いた。

「宇喜多部長が、再婚なさるの。それも私より十歳も若い部下だった女、と」

「えっ？　本当……、誰よ」

「同じ総務課の現役、原口美子(よしこ)さん」

「へえ……、あの恋多き女ね。一度結婚してたんじゃないかな。あの実直な彼と、どこが接点なんだろう……。大丈夫かなあ……。宇喜多さんは私より二歳下だから、十六歳も若い女と結婚するのね。彼、案外、隅に置けないわね……。私の負けだ」

言い終ると、北山愛子も「ほんとに。私はまたチャンスを逃がしちゃった」と笑った。

「ほんとよ。あんなに真面目で実直な男は、めったにいないわよ」

智子はそういって笑いながら、ふっと胸底に閉じ込めていた思いが這い上がってくるのに気付いた。短大時代に合同ハイキングで知り合った広大の工学部の学生を好きになり、二度デートしたことがあったが、自分が臆病だったために気持を告白できず、それ以上に発展しなかった。

卒業後、市の職員となって何となく過ごしていると、周りが「いい男だよ」とくっつけようと工作し、自分もそうかなと思って結婚したが、燃えるほどの愛情は湧いてこなかった。静かな、そこそこの愛情。大人の関係と言えばいいのだろうが、夫はひた向きに生きる人ではなかった。伝統と常識を大事にし、穏やかな生活を好む人だった。自分には過ぎた人だと思いながら、智子にはどこか満たされない気持があった。恋愛を望みながら果たせなかった、ある意味での敗北感が、何かの拍子にふっと頭をもたげるのだった。夫の方も同じように感じていたのかもしれないが。何か不完全燃焼を感じて、恋愛結婚をする人を未だに羨ましいという気持があった。

「恋愛結婚でしょう？」

「もちろん。部長は定年の年に奥様を胃ガンで亡くしてるから、親密な付き合いは多分、その後かな。いや、現役時代だったかも知れないけど……。ここ数年は毎週彼女が職場を退ける時間に中心街のデパートで待ち合わせし、十階の寿司屋でよく見かけると噂になってました。私も一度寿司屋で鉢合わせしましたよ」

「そうなのか……。男六十五歳は、まだ介護してもらうための結婚じゃあないよね。二人で短い〈老春〉をどうぞ、どうぞ、お楽しみください、だわ」

智子はやや投げやりな言い方をして笑った。

「部長は現役時代より、見た目もずいぶん若返っていますよ。何せ、奥方は五十に手が届いたばかりですもの」

「あなたも負けないように頑張ってよ」

「そう思うんだけど……。恋愛はリスクがありますね、ほんとに」

北山愛子は意味ありげな言い方をした。

「見合い結婚だって、リスクはあるわ。結婚して、こんなはずじゃなかったたって思うことだって多いのよ。ならば、たとえ一時でも、わくわくして生きた方がいいじゃない」

「それはそうですが……、私の三歳上で小学校の先生をしていた友人がいるんですが、その人のことを思うと、恋愛も大いに危険があると思います。彼女は定年後に山登りを始め、十歳上の仲間と出会って大恋愛し、お弁当も二つ作って、二人きりで毎週山に登っていたんですが、気が付けば退職金も何もかも無くなっていて、現在、貧乏暮しをしています。私は何度か、年を取っているとはいえ男と二人きりは危ない、気付いた時には身ぐるみ剝がされてることだってあるんだから、と忠告したんですが、聞く耳を持たなかったですね。ずっと独身だったから、男に対して免疫力がなかった、ということでしょう。これって、私への最大の警告になってますよね」

「へーえ、そういう友人がいるの。バカだねえ、大金は兄貴が管理してるから、自分の自由になるのは百万円までとか、何とか嘘でも言って、せめて被害額を百万円以内に留めればよかったのに」

「そうですよ。でも、昔から恋は盲目って諺があるぐらいだから、悪い人でも白馬に乗った王子様に見えるんですよ」

「そうか……恋愛に憧れる私も気をつけなくっちゃ。身ぐるみ剝がされちゃあ、いやよね」

そう言って智子は声に出して笑いながら、

「相手がお金の〝力〟と言ったら、どんなに好きでもさっと手を退けという教訓だね」

北山愛子が「お金の〝力〟ね」ともう一度繰り返し、二人で笑い転げた。

「先輩は今現在、独り暮らしですよね」

「そう、これが気楽で、伸び伸びできて、いいのよ」

「淋しくないですか？」

「あまり淋しいとは感じないな。息子の家族と一緒に住んで、何かと遠慮したり、トラブルが起こったりすると、面倒じゃない。それよりか自分がしたいようにして過ごした方がストレスも溜まらないし、クリエイティブだわ。自由は孤独と引き換えなのよ。その孤独が、私は嫌いでないということかな」

「そうですね。結婚して子供がいて、たとえ遠方であろうが、めったに会えないとしても、やはり子供が心の支えになってらっしゃるんですよ。私のように真正の独身で、子供もいない独り暮らしとは、訳が違うと思います」

「そうかもしれないけど、生身の人間が一緒に住むと、それはそれなりに煩わしいこともいっぱいあって、今のように人生を楽しめないと思うな。夫だって生きていれば七十六歳でしょ。どこかこか体調を崩して、妻は外出さえままならないと思うの。そりゃあ夫が亡くなった時は悲しく、淋しかったけど、誤解を恐れずに言うなら、今は夫のいない幸せ、伸び伸びできて、百パーセント自分を生きられるという幸せもあるのよ」

「エッ……」北山愛子は一瞬驚いた様子だったが、すぐに言葉を繋いだ。

「言われてみれば、そうかもしれないけど。やはり結婚して、子供がいる人の言い分だと思います。今の私は心のどこかにいつも将来に不安を抱えていて、先輩のように独り暮らし万歳とまで言えませんね」

「じゃあ、お見合いでもして、そこそこの男がいたら、結婚する?」

「そこそこじゃあ、だめですよ。さっき言ったことと矛盾するようだけど、ここまで独身で頑張ったんだから、夢中になる程好きな人に出会えば、のことですがね」

「だったら、気が付けば身ぐるみ剝がされていた、お友達の二の舞になりかねないわよ」

「そこなんですよ。人を見る目がよほど高くないと、人生の最後に大失敗ですよね。やっぱり淋しくても一人で頑張るしかないかな」

そう言って北山愛子は大笑いした。智子もつられて笑った。

「そうそう、先輩を見習って、私も絵を始めたんです。NHKの水彩画教室に土曜の午後習いに行ってます。定年までに助走しておかないと、ウソになったらいけないのでね。で、絵の具一式も買いました。まだ五回しか行ってませんけど、楽しいですね。その時間は我を忘れて過ごしていて、あっという間に時間が過ぎています」

「偉い! よくぞ気づいたわね。ぼやぼやしてると、一、二年はすぐ過ぎるから、そうやって自己規制するといいわ。あなたの水彩画が進んだら、私と二人展してもいいな。そんなこと思うと、楽しくなっちゃった」

「じゃあ、本気で頑張ります。大きな目標ができちゃった」

二人で興奮しながら、モンブランを食べた。智子が用意していたマンゴーも出した。

「こんな高級な果物、久しぶり。大好きです。甘酸っぱい味は、幸せを感じますね」

「大袈裟な。ここのスーパーで買ったのよ。でも、こんな小さなことに、案外、幸せってあるのかもね」

北山愛子も同感なのか、頷いていた。

気が付けば五時を回っていた。久しぶりに元同僚と会って、リラックスできたのか、時が経つのを忘れていた。

「気を付けて運転してね」

そう言って北山愛子を見送ると、智子はアコーデオン式の門を閉める。よほどターゲットにされない限り、行きずりの泥棒は明りが灯り、門が閉っている家には入らないとテレビで言っていたので、これだけは毎日守っている。

丁度その時、岡村夫人の赤い車が赤ん坊を乗せて帰って来た。夫人は車を停車させ、窓を開けて、にっこり笑って頭を下げた。確かに人好きのする美しい顔だ。こんなに早く帰るのを見たことがない。玄関前の駐車場で降りると、赤ん坊を抱いてまた頭を下げた。

「お仕事お疲れ様です。ほんとにかわいい赤ちゃんですね。お疲れでもこの顔を見ると、元気が出るでしょ」

そう声を張ると、夫人は嬉しそうな表情をして、首を振った。

キッチンに戻ると、智子は早速猫の餌に取りかかった。それまで縁側にいた猫たちがすぐ察知して、足下に集合して来た。それぞれの皿を定位置に置くと、一斉に食べ始めた。喜んで食べているのを見届けて、ようやく自分の食事を作り始めるのだ。

水に漬けていた昆布と高野豆腐を切り、油揚げを入れて煮る。豚肉のステーキを焼き、ホウレン草と茎わかめと擦り胡麻の和え物を作り、インスタントの吸い物に湯葉と青ネギを入れる。そして赤ワインをグラスに注ぐ。残りはもう一日分ある。独り暮らしだからハーフサイズでないと、三日間で飲み切れない。飲み切らないとワインは酢に変身するのだ。毎夜ワインを一ボトル飲み干すという女優がいたが、そんな無茶なことをするから五十代半ばで死んだのだ。智子はワイン好きだが、己の健康のためには一グラスを限度とする。そしてどちらかというと、白ワインよりもポリフェノールを含む赤を好む。

後片付けや猫のトイレの処理、簡単な掃除などで、一時間近くかかってしまう。すぐ七時がやって来て、ソファーに座ってテレビのニュースを見る。いいニュースはあまりないけど、新聞とテレビ、運転中はラジオが、社会の状況を知る手立てでもある。

日曜日はジムに行かないので、風呂を沸かす。去年、業者が二度にわたって太陽光発電にしたらと熱心に勧めた。五十がらみのその男もこの仕事を生業とし、女房子供を養っているのだと思うと、無下に門前払いをするのも気の毒になり、一応話を聞くことにした。電気代が安くなり、余った電気を売ればさらに安くなる、年間を通すと大変な得である、といろんな資料を広げて説明した。半信半疑で聞きながら、理解は一応できた。

独り住まいで、しかもほとんどをジムの風呂に入って帰るので、家での電気使用量はしれたものだ。だが断る理由を高齢者の独り暮らしだからなどと言うと、防犯上危ない。悪質な人間にどこでどう伝わり、ひどい被害に遭うやもしれないのだ。だからここは息子を利用し、「一緒に住んでいる息子夫婦がどうしてもだめだと言うので、申し訳ないけど、今のままでいきますから」と断った。すると業者は執拗に息子夫婦に会わせてほしいと懇願したが、「息子は短気で、人を選ばず大声で怒鳴り、頑固な性格だから、無理です」と強く言うと、ようやく諦めたのか、来なくなった。この件で業者の厚かましさ、いや強引さに懲りた智子は、訪問者が映るインターホーンに切り替え、知らない人や見知らぬ業者の場合、即座に断ることにしたのだった。

独り暮らしは防犯上困ることもあるが、それさえわきまえて用心すれば、オール・マイ・スペース、オール・マイ・タイムなのだ。湯船につかって誰にも遠慮なく大声で歌うと、ストレス解消にだってなるのだ。

（三）

次週の日曜日は、午後六時から町内会の班長会議があった。この会は月一度開かれ、班長は出席が義務付けられている。会長の挨拶で会は始まり、一時間少々で議題がこなされていく。ここで各班への配布物やお知らせが伝えられ、班長はそれぞれの家の郵便受けにそれらを翌日中に入れて行く。

智子の班は十五軒あり、うち二軒が借家だ。智子のお節介が功を奏し、二軒とも快く町内会に入ってくれた。だから智子は十四軒の郵便受けに配りものを入れ、町内会費を集め、時に応じてお知らせをして歩く。他に年に一度、町内パトロールと小学校の下校時に信号機の所に立って見守る仕事がある。それに防災訓練や防犯その他の研修会にも率先して出席し、赤い羽根や緑の羽根の募金活動もする。お盆前と暮れの町内大清掃にも、班長が先頭に立って参加する。大変とは思わないが、スケジュール的には結構忙しい。

いろんな事情で班長の順番が狂うこともあるが、次に班長になるのは七十七、八歳の頃だろうか。絶対に大丈夫とは言えないが、ここ数年は元気だろう。だがその先は生きているかどうか判らない。よその班では、独り暮らしで八十歳になりましたから、班長を免除してくださいとの申し出がよくあるという。平均寿命が八十六、七歳の時代、少々甘えてはいないか。免除を申し出ると、順番が早く回って、若い者は何度も係を引き受けねばならない。すると高齢者に対して愚痴と批難が出るだろう。智子は八十五歳までは健康を保持し、班長の順番が来る一、二年前倒ししてでも潔く引き受けようと思う。そのためにも、バランスのいい食事をとり、ジムで体を鍛え、目標に向かって日々努力したいと思っている。


夕食を済ませテレビのニュースを見ていると、電話が鳴った。息子からだった。

「来週の木曜と金曜、出張でそっちに行くから、家に泊まるよ。相談もあるし」

「了解。夕食は家で食べるの？　それから土日はどうするの？」

「夕食はお願いする。土日は東京に帰るよ。妻子が待ってるからね」

「はい、はい、解りましたよ。母さんも、土曜は用事があるから、ちょうどいいよ」

そう言って電話を切ったが、やはり息子が帰ることを喜んでいる自分がいた。平素は独りがいいと言っているが、それもまんざら嘘ではないが、北山愛子が言うように、遠くにいても、めったに会えなくても、息子の存在が心の支えになっているのだろう。子供を産んでいてよかったな、とその時は素直にそう思えた。


木曜・金曜の夕食を考えておかねばならない。息子は寿司が好きだから木曜はにぎり寿司がメイン、これは寿司屋で買おう。金曜は巻き寿司を自分が作ろう。あとは野菜サラダ、焼き肉、和え物、茶椀むし、吸い物を作ればよい。それからビールも用意しておくこと。これらをメモし、材料などは前日に買っておけばいいと思うと、気持が落ち着いた。

時には他者のために知恵を絞って料理を作るのもいいな、と智子は思う。夫と息子の三人で生活していた時は、妻であり、母親であるのだからそれは当然のこと、逃れられないことだった。だが七年も自分中心に生活していると、他者のために心と時間を使うことが意外に新鮮で、喜びになっていることに、智子は苦笑いした。

玄関の戸締りを確認していると、隣から女のヒステリックな声が聞えた。夫婦喧嘩かしら？　それにしては男の声は全く聞えない。一方的に女の甲高い声がまた響いた。あんな上品で綺麗な奥方がまさか……。何を言っているのかはっきりとは判らないが、「あの女と別れないいんですか」だけは聞き取れた。エッ……、今の声はテレビドラマかもしれない、と智子は自分の耳を疑ったが、どうも現実の夫婦喧嘩のようだ。美男美女の見るからに仲が良さそうな夫婦が、どうして……と智子には合点がいかない。その夜は、隣の喧騒が頭の中を堂々巡りし、なかなか眠れなかった。

小鳥のさえずりで目が覚めた。天井を見つめながら昨夜のことがまた脳裏に蘇ったが、夢だったのかもしれないと思った。あんな感じのいい夫婦が、まさか……と思えてならないのだ。

門を開けに行こうとして玄関を出た所で、奥方の赤い車が発進して行くのが見えた。それを見送りながら、いつもの時間より早い出勤だと思った。一晩寝ても怒りが収まらず、夫の顔など見たくもないのかもしれない。

猫に餌をやり、自分も朝食を済ませ、リビングで新聞を読んでいると、岡村さんがいつもの時間にバイクで出かけるのが見えた。自分は夫に熱愛を感じなかったが、激しく喧嘩をしたこともない。だから昨夜の奥方のように、夫に向けて大声を張り上げたことはない。息子を叱る時には、蛮声を張り上げることはあったが。あの上品で美しい女があんな声を張り上げるには理由があるはずだが、それでも、どうして……理解に苦しむ。それにはっきりと聞き取れた言葉が予想もしない内容で、智子の胸が騒ぐのだった。

十月も終りになると、庭のモミジが燃えるような紅色に変わり、ハナミズキの葉も赤味を帯びて、庭は華やいでいる。下草のツワブキの黄色い花も満開で、ワインカラーの菊もたくさん咲いている。生垣のツツジの間に植えた橙色のマリーゴールドは少し離れて見ると、まるで懸崖の菊のように見え、通行人の目を惹くらしく、「綺麗だねえ」という声が聞えるほどだ。金柑の実もたわわに実って庭に華やかさを添えているが、この時期の庭は春とはまた違う風情があり、盛りの時もほんのひと時だと予感させて、もの悲しさを誘うのだ。

あの喧騒が聞えてきた日から二日後の昼下がり、インターホーンが鳴り、「岡村です」と女性の声がした。映像を見るまでもなく、隣の岡村夫人だと判るので門まで出向き、「今日は早いご帰宅ですね」と応じた。

「いいえ、今日は職場を休んでおります。九月からお世話になりましたが、今日で私はこの家を出ることになり、お別れのご挨拶に参りました」と菓子箱のようなものを差し出したので、智子は「エッ」と小声を発し、一瞬言葉がつまった。が、唾を飲み込んで、ようやく言った。

「ま、そうですか。驚いて、動転しています。いい人がいらしたと喜んでいましたのに……。まだ二ヵ月にもならないのに、淋しいわ。こんな所じゃ何ですから、どうぞお入りください。お茶でも入れますから」とリビングへ招き入れた。

岡村夫人は椅子に座って静かにお茶を待っていた。横顔も美しい女だ。

「さあさあ、プチケーキも召し上がる？」

「いただきます」と言って、夫人は素直にカップを持ち上げ、口に運んだ。

「これ、アール・グレイですね。いい香り」

と微かに頰笑んだ。智子も一緒に飲み、ケーキを口にした。岡村夫人が「実は」と言って話し始めた。

「主人とは同じ職場のデパートで恋愛結婚したのですが、一年前にもっと地道な仕事がしたいと言って、老人介護施設のケアマネージャーに転職したんです。でも、私が妊娠中、主人は職場の先輩女性といい仲になりまして、どうしてもその女と別れないと言うので、離婚することになりました」

「エッ……本当？」

「ええ、その女は主人よりも十歳も年上で、小学生と中学生の女の子がいるそうです。彼女も最近離婚したようです」

「まあ……驚いて言葉がないですね。ご主人はとても好い人だと思いましたのに、信じられないわ……」

智子は先日の喧騒を思い出しても、なお信じられなかった。

「人が好いから、あの人は騙されてるんです。ここに転居したのは、環境を変えて二人で再出発しようと約束したからですのに、あの人は約束を破ったばかりか、居直って、女とは別れないと言ったのです。ま、女が強引過ぎて、断ち切れないのでしょうが……。だからこんな状況で子供を育てるなんて、できませんので、別れることにしたんです。仕方ないですね」

美しい顔は悲しみを湛えると、いっそう美しく見えた。

「で、お子さんはどちらが」と言いかけると、「もちろん私が引き取って育てます。仕事を辞めなくてほんとによかったです」と即座に答え、彼女の決意の固さが判った。

「ご主人、いい方のように思うけど……」

智子がまた呟くと、夫人は、

「その人の好さが、いけないのです。もう別れる決心をしましたので、前に進むのみです」と強い語調をした。

「そうね、こうなったら、うじうじせずに、明るく、前進するのがいいかもしれませんね。あなたほど顔よし、スタイルよし、考え方もしっかりしている女性は、このご近所をぐるっと見回してもいやしないんだから、自信を持って頑張ってくださいよ」

智子も力を込めて言っていた。夫人は初めてにっこり笑った。

岡村夫人が帰って行っても余韻が残り、智子はボーっとして何もする気になれなかった。


その夕刻、岡村さんがいつものようにバイクで帰って来た。手にはスーパーの袋を持っている。子を産み、働く妻を労わって、せめて買い物ぐらいと言っていた優しい夫は、見せかけだったのだろうか……。人は上辺だけ見ていては判らないものだ、と智子はつくづく思った。

門を閉めようとして外へ出ると、岡村さんの駐車場に赤い車に代わって、メタリック・グレーのワゴン車が止まった。女が嬉しそうな顔で出てきて、その手にワインボトルが握られていた。この女なのか……、薄暗がりで見たせいか、とても四十代には見えないけど、美人とも言えない。かと言って不細工でもないが、平凡な顔付だ。見てくれは夫人の方がよほどいいのに、どうして離婚までしてこの女なのか……。智子には合点がいかなかった。夫人が出て行くのをまるで示し合わせたかのように、嬉しげにやってきた女に、智子はどうしても好感を持てなかったし、岡村さんに対しても、騙されたような感覚に陥ってしまった。

翌朝、智子が生ゴミを出しに行くと、女が俯き加減にゴミ袋を提げてやって来た。顔が合うと黙礼し、逃げるように去って行った。明るい時に垣間見た顔はやはり四十代の顔で、髪形や服装で歳をカバーしているようだった。そして「人の旦那を寝取ったのは、この女か」と、悪意に満ちた目で見ている自分に智子ははっとした。

次の日も次の日も、この女の車が日暮れ時から朝まで駐車場に停車していた。それだけでも、智子は嫌な気分になり、胸が疼いた。実家に戻っているとはいえ、プライドを傷つけられたあの美しい夫人は、赤ん坊とどんな生活をしているのだろうか。そう思うだけで、暗い気持になるのだった。

明かりはついているものの、赤ん坊の泣き声はしない。それがやはり淋しい。他人の事なのに、ここ数日の隣の椿事は智子に精神的に打撃を与えた。ジムに行っても、絵を描いていても、大袈裟に言えば何をしていても頭を離れず、困っていたが、息子が帰って来るので夕食を作らねばならず、やっと呪縛から解き放たれた。


「ただ今。おれ」

インターホーンから息子の声が耳を打った。ただ今と言われたことが妙に嬉しかった。智子はすぐ玄関を開け、「お帰り」と応じていた。息子は早速上着を脱ぎ、智子が用意していた普段着に着替えて、言った。

「長い会議で、今日は疲れたな。風呂、沸いてる?」

「そう言うだろうと思って、沸かしといたよ」

「じゃ、先に入ってから、食事にするから」

「パジャマも出しておいたから」

「用意いいねえ」

息子はそう言うと、浴室に向かった。智子は夕食の最後の仕上げをし、ボトルのビールを冷蔵庫から出して、栓抜きを添えて食卓に置いた。

間もなく風呂から出てきた息子が食卓に着き、ビールを開けて中ジョッキに注いだ。「母さんも、どう？」と訊いたので、「少しだけ」と言って、グラスを差し出した。

「母さんの健康を願って、乾杯！」

「ありがとう。研一の健康のために、カンパーイ」

「ああ、美味（うま）い」

息子は喉を鳴らして飲み干した。三匹の猫が続きのリビングのソファーに寝そべって、こちらを珍しそうに見ていた。

「あいつらは、もう夕食済んだの？」

「ああ、あんたが帰る前に食べさせたのよ」

「それで満腹して、いい顔してるんだ。捨猫だったとは思えないよ」

「うちに拾われて、運のいい子たちだよ。やっぱり、何事も運、不運があるねえ」

「そうだね。母さんにはきっといい運がついてるんだよ」

息子はそう言うと、またビールを注ぎ、美味そうに飲んだ。

一息つくとにぎり寿司にも箸をつけ、「美味い、美味い」と言って全部平らげた。その様子を見ていて、食欲盛りの高校時代の息子を思い出し、歳月がずいぶんと流れたのだなと実感した。どれも残さず食べてくれ、智子は、料理の作り甲斐あり、と満足していた。ここ数日、隣の件で心を痛めていて、久しぶりに気持が軽くなっていた。

息子が「あのねえ」と切り出した。

「何よ」と応えながら、こういう時はご用心だぞ、と心して耳を傾けた。

「典子が乗ってる車、もう十年近くになるから、買い替えようと思ってね。最近よくエンスト起こして、何度かＪＡＦを呼んだのよ。幼稚園に子供を送迎して、図書館に通うには、やっぱり車がないと不便でね。思い切って買い替えようと思うんだけど、ローンを組むと、家のローンと二重になって、そうとうきついのよ。そこで、半分でも無利子で母さんの手持ちを貸してもらえないかなと思って」

「貸してもいいけどさ、交通機関が便利な東京で、車に乗らなきゃならんの？」

「便利がいいようで、そうでもないんだ。電車を降りて出口までかなり距離があるし、乗り換え駅だって、ずいぶん遠くまで歩くようだしね」

「分かったよ。半分じゃ、間に合わないのと違う？　百二、三十万用意しようか」

「ありがたい。頭金の五十万円は典子のバイト代の貯金で何とか用意できるから。母さんの援助、助かるよ。持つべきは、母なりだね」

「母ならみんなそうだとも限らないよ。この母は、特別なんだから。手切れ金、いや解放金、あるいは謝礼金だと思ってるから」

「え？　どういう意味……」

「伝統的な考えから言えば、共働きの息子夫婦の子守ぐらい、親はしなきゃあならんところでしょ。それから解放されて、こうして自由に羽ばたかせて貰ってるんだもの」

「ああ、そういうことか。変な母親だね」

そういうと、息子は声を立てて笑った。


息子が東京に帰って行った夜、嫁からお礼の電話が掛かってきた。

「返済は宝くじでも当たった時でいいから」

智子がそう言うと、

「じゃあ、せっせと宝くじを買いましょう」

嫁はそう言って、高らかに笑った。


数日後、ジムでのプログラムを終え、いつものようにスーパーで買い物をして帰途に就いていると、後ろでバイクが止まり、「白石さん」と男が呼びかけた。岡村さんだった。

「重そうですから、荷物をこれにお乗せください」

そう言って後ろの荷台を指差した。

「お言葉に甘えてもいいかしら」

「どうぞ、どうぞ」

岡村さんはここ数日の家庭騒動などなかったかのように、愛想がよかった。

「タイムサービスで安くなっていたので、ついあれもこれもと手に取っていると、こんな荷物になっちゃって。自分の体力に応じて買えばいいのに、バカですよね」

岡村さんは笑いながら「玄関先に置いておきますから」と言うや、バイクを発進させた。

あんなに親切で笑顔もいい人なのに、奥方以外の女に手を出して、彼女とは別れないと言って、あの綺麗な奥方と離婚するなんて……、智子にはどうしても理解できないのだ。暮れなずむ空を見上げながら、智子の口から思わず溜息が零れていた。——猫の心も判らないけど、人間の心はもっと判らないな、と。

（四）

気が付けば、もう十一月も半ばを過ぎている。七十近くになると、歳月は飛ぶように過ぎて行くように感じられる。若いころは一週間どころか、一日がなかなか過ぎなかった。科学的に考えると、地球の自転とともに刻まれる時間に年齢による長短はないはずで、やはり大いなる錯覚なのだ。

庭のもみじもハナミズキもすっかり葉を落として寒々とした裸木となり、淡いピンクの山茶花と、ワインカラーの菊がわずかに花を咲かせている。庭に赤や黄色が無くなると、こんなにも淋しい風景となるのだ。

昨夜息子から電話があり、新車の乗り心地が良く、典子が喜んでいる、という報告だった。ただそれだけの電話だが、智子の心は満たされていた。

「今年もクリスマスケーキはイヴに間に合うように、こっちから送ってあげるから。典子さんに伝えといて」

「了解」息子の声と同時に受話器が置かれる音が聞えた。

猫のバロンが食欲がなく、鼻水を垂らしていたので、夕刻ではあったが獣医のもとに連れて行った。ケージに入れられ、車に乗るのは嫌なのか、到着するまでの十数分間、ずっと鳴いていた。冬の前触れがあるころは猫も風邪を引くらしい。注射を打ってもらい、一週間分の薬を貰って帰宅した。

玄関にはヒナとモネがお出迎えで、ケージから出すとバロンは勢いよく走り回り、病気はどこへ行ったかと思うほど、元気になっていた。智子は急いで餌を作り、食べさせ、自分の食事を準備した。

冷蔵庫にはぎっしり詰まる程、食材が買い貯めてある。今夜はカレーと、ワカメと豆腐の和え物、ハムとゆで卵入りの野菜サラダ、それにコーンスープだ。智子は料理が上手とは言えないが、この程度のものは短時間で作ることができる。これでも栄養のバランスは考えているつもりだ。

夕食を済ませてリビングでテレビを見ていると、インターホーンが鳴った。門まで出てみると、このないだの民生委員の森脇さんだった。独り暮らしの高齢者のために月一度、第三土曜日にお食事会があるので、よかったら出て見られませんかという誘いだった。町内会から補助が出るので、会費は一人三百五十円。食事だけでなく、いろんなボランティア団体のコーラスや手品、弦楽器演奏などが催されるので評判がよく、いつも四十人前後が参加するという。

「婦人会が献立を考え、塩分は控えめだけど、美味しくするためにいろいろ工夫を凝らしてるんですって。出席されるようでしたら、明後日の午前中までに私にお電話くださいね」

森脇さんはそう言うと、案内状を置いて帰って行った。彼女も係としての義務があって、こうして高齢者の家にわざわざ来てくれるのだろう。だが、今現在の智子はすべての面で自立できているので、こんな会合には出たくない。民生委員の親切心はありがたいけど、まだ他者のお世話だってできる体力も知力もあり、年齢だけで保護してあげる人だと思われるのは嫌で、プライドが傷つくのだ。智子はこの件ではしつこいほどこだわって、口の中でまだぶつぶつ言っている。

——確かに同じ年齢でも、体力も知力も弱り、孤独にも耐えられない人はいる。そんな人には保護や支援が要るだろう。だが、私はまだ大丈夫。外観からも判るでしょ。毎日の料理だって自分で献立を考え、材料を整え、息子に美味しいと言って貰えるものが作れるんだよ、と。

十二月に入ると、ジムのロビーにもクリスマスツリーが飾られ、スーパーではツリーに加えて、クリスマスソングがエンドレスに流れるようになった。人の往来も多くなり、何かと気忙しくなった。

「忘年会、出てくださいよ」

顔見知りの野崎さんが、ジムの忘年会に誘った。野崎さんはこのジムに通って、もう七年になるという。つまり開設当初からの会員で、新人には何かと親切だ。インストラクターの助手のような存在で、毎日、終日ジムで過ごしているらしい。手取り足取りして教えてくれるのでありがたい反面、鬱陶しくもある。先日も、昼時にスーパーで出会うと、お茶でもと言って、スーパー内の喫茶店でコーヒーをおごってくれた。智子が「割り勘で」と何度も言うのに、「何の、これしき」と強引にも彼が代金を払ったのだ。小半時ほど雑談したのだが、聞き捨てならない言葉を耳にして、戸惑ってしまった。

「息子夫婦と一緒に暮らしているとはいえ、やはり嫁には遠慮ですなあ。家内がもう数年でも生きていてくれたら、こんなに淋しくはないと思いますよ」

ああ、それで終日をジムに入り浸っているのかと理由が判り、同情はしたが、微妙な何かを感じて、智子は警戒心を抱くようになった。若いころから恋愛への憧れはあったが、やはり生身の人間の心情は、時に狂気に変わり得るので、遠ざけたいと思うのだった。

年賀状も書かねばならない。二十五日までに投函しないと元旦に届かないというので、智子は昨夜パソコンに向かって文面を考え、例年のごとく印刷も自分でする。昼間、半時ばかりかけて刷り終えた。枚数は小・中・高・短大時代の友人や、職場で交流した人々、趣味活動で親しくなった友人たちへ百二十枚。せめて宛名と住所は手書きする。そして文面の下に一行のメッセージ欄を作り、ここにも相手に応じて短いけど手書きする。明日から二日間で書き上げるつもりだ。

年賀状は虚礼だと言う人もいるが、長い人生で知り合って交流した人々の動静が、これでわずかながらも判る。年賀状が来なくなれば、病気か、老人施設入りか、亡くなったかだろう。

去年、元同僚から「古稀を迎えたので、年賀状は今年限りにさせてもらいます」というのがあった。なんて情けないことを言うのか。自分から老い急ぐことはないのだ。九十歳にでもなればそう言ってもおかしくはないだろうが、まだ七十歳で社会から隠遁しますと言っているようで、智子は嫌だなあと思う。自分は、病などの異変がない限り、九十歳までは頑張るつもりだ。

智子はパソコンでインターネットは時々見るし、急ぎの用の時には息子にも友人にもメールを打つ。この程度のパソコンの操作は十分こなせるが、どちらかというと肉声の電話や、手書きの文章の方が温か味を感じて好きだ。ああした機械が生み出すものは人間味を感じられない、と一切を拒否する人がいるが、智子はその頑なさも好きではない。イギリスの産業革命期に機械破壊運動があったというが、新しい時代は好むと好まざるに関らず、波濤を立てながら到来し、世の中を変えるのだ。そして新しい諸種の問題も起こり、人類はそれを乗り越えながら、時代は前に、前にと進んだのではなかったか。

そんなことを考えながらパジャマに着替えていると、北山愛子から電話があった。時計を見ると九時前だった。宇喜多元部長が先月末に教会で身内だけの結婚式を挙げ、入籍も済まされた、という報告だった。自分は現役だし、花嫁となる原口美子から結婚式の件を聞いていたので、一応お祝いの熨斗袋を渡したという。

「部長の息子さんと娘さんのご家族が参列なさったそう。こぢんまりとしたフレンドリーないいお式だったようです」

「そう。それはおめでたい事ね」

「ですよね。でも私、自分が急に精神不安定になって……、やっぱり心の底に、結婚願望があったんですかねえ。もうこの歳で、現実は独りで生きて行こうと決意してるんですが、揺れがありますね」

「揺れねえ……。私も経験してみて、結婚ってそれほど大したことじゃないって、今にして判るのよ。一つだけいいことは、子供を持てたことかな。もう子供は産めないけど、あなたはあなたらしく生きたらいいのよ。課長なんだから、自分にもっと自信を持って」

「そうでしたね。先輩に言われて、目が覚めました。私たちの水彩画教室、来年三月半ばに県立美術館の県民ホールで発表会をするので、いい絵を描かなくちゃあね。観に来てくださいよ。会期中はまだ残り少ない現役中ですから、最後の花を咲かせなくちゃあ」

「そうそう、歳をとると、どうしても控えめというか、一歩退いちゃうでしょ。それはだめね。過剰なぐらいの自信を持った方が、前に進めるのよ。お互いに〈我が一番〉と、思っていましょうよ」

「先輩とお話して、元気をもらいました。私なりに頑張ります」

そう言うと、北山愛子は張りのある声で電話を切った。強い女でも、やはり泣き所があるのだ。智子は結婚を否定はしないが、それほど重要なことでもないような気がしている。でも、それは経験したから言えることなのかもしれない。

有志による忘年会はジムが休みの木曜日に、近くのレストランを借り切って行われた。この日は昼間部のメンバーの有志三十二人が円卓を囲んで、まずは昼食会がもたれ、缶ビールとウーロン茶で乾杯した。

食事が終ると、それぞれが用意した千円程度のプレゼントを音楽に合わせてぐるぐる回し、音が止まった所でプレゼントも止め、そのテーブルの人が貰うというものだ。智子が用意したのはハーフサイズの赤ワインで、当たった人は大喜びしていた。智子が手にしたのはチーズで、夕食の野菜サラダに入れるのにちょうどいいと喜んだが、包み紙の端に〈野崎より〉の文字を見つけて、気持がサッと引くのが判った。

プレゼント交換が済むと、余興に移り、芸ある者はそれを披露した。カラオケも十人まで可という条件で、歌が得意らしい野崎さんが一番乗りし、〈星影のワルツ〉を歌って拍手喝采だった。

二時間ばかりの忘年会が終ると、智子はレストランから逃げるようにして、自宅に向かった。野崎さんに摑まったら大変だと警戒したのだが、背後でその人から声を掛けられた。

「そのチーズはフランスのカマンベールだから、美味しいですよ」

「そうですか、ありがとうございます」

振り向いてそう言いながら、智子はいっそう足を速めた。

帰宅すると、岡村さんが駐車場でバイクを拭いていた。今日は遅出で、これから勤めに行くという。智子は咄嗟に思いついて、

「貰い物のチーズ、食べきれないので、お裾分けしてもいいかしら？」と言って、二箱とも差し出していた。早くチーズと別れたいと思ったのだ。

「大好きですから、いただきましょう。でも、悪いなあ……」

「悪くなんかありませんよ。こないだ荷物を運んでいただいた、心ばかりのお礼だと思ってくださいな」

「ありがとうございます」

そう言うと、岡村さんはバイクを始動させて職場へ向かった。後ろ姿を見送りながら、智子はまたも呟いていた。

——いい青年なのに、どうしてあんな顔よし、スタイルよし、性格もよさそうな奥方と離婚した

のだろうか、と。

時は飛ぶように過ぎて行く。諺にそうあるように、このところ数日があっという間に過ぎて行った。気が付けばクリスマス・イヴ。ケーキ屋から息子たちに送ったクリスマスの豪華なケーキが届いたことだろう。年に一度だから、少々値段も張り込んだ。

昼食を済ませてテレビニュースを見ていると、バイクの音が響くので外を見ると、岡村さんではなく、郵便配達の人だった。郵便受けに何か入れられたので出て見ると。息子の嫁の典子さんからスカーフが届いていた。袋の中には二人の孫の写真と手紙も入っていて、メッセージカードには孫がたどたどしい字で「おばあちゃん　クリスマスおめでとう」と書いていた。たったこれだけの文だが、やはり嬉しい。気持がパッと明るくなる。

智子は早速スカーフを肩に掛けてみた。抽象的な図柄で、色合いがちょっと地味だが、まあ文句は言うまい。好みが多少違うだけで、彼女の善意は十分伝わった。お礼の電話をかけようと思って受話器に手が触れた時、電話が鳴った。

「お義母さん、豪華なケーキが先ほど届きました。子供たちも大喜びです。ありがとうございました。私の方も気持ばかりですが、プレゼントをお送りしましたので、今日ぐらい届くと思います」

「ああ、今届きましたよ。ステキなものをありがとう。おちびちゃんのメッセージ、感動したわよ」

「そうですか。一生懸命、書いてましたから。お祖母ちゃんが喜んでたよ、と伝えましょう。寒くなってきましたので、お体にはくれぐれも気を付けてください」

そう言って嫁は電話を切った。お正月には帰省するという言葉がなかったので、今年も帰っては来ないのだろう。それならそれでよし。一人でのんびりと、楽しく過ごすことを考えよう。

ジムも年末の二十八日から明けて三日まではお休みだ。この一週間、自主筋トレをしておかないと、体がなまってしまう。それとサウナも休みなので、自宅の風呂を沸かさないといけない。すでに年賀状も投函し、お正月用食材も買い揃えた。門柱にはしめ縄も取り付け、玄関の表扉には町内会から配布された印刷のしめ飾りも貼り、下駄箱の上には鏡餅も飾った。大晦日には一日かけて自分用のおせち料理も作った。用意万端、いつ正月が来てもいい。

正月の三箇日(さんがにち)は、朝はお雑煮、昼は吸い物、夜はスープか赤だしを作れば、あとはおせち料理で何とか間に合う。テレビは番組を選んでみること。垂れ流し的に見てはバカになる。好きな本を読み、美術館にも行こう。自転車漕ぎや、ストレッチなどは平常通りやればいい。独り暮らしの正月は案外、気楽なものだ。

紅白歌合戦を見終えて、風呂に入る。登別(のぼりべつ)温泉の入浴剤を入れて、温泉気分に浸る。もう時計の上では、新年に突入している。去年は自分にとっては大過なく、無事に過ごせた一年だった。平凡と言えば平凡な生活。そんな中で二大サプライズは、隣の岡村さんの離婚と、宇喜多元部長の再婚だった。どちらもまだすっきりと理解できている訳ではなく、人の心の不思議さに今も戸惑っている。

ジムの大風呂もいいけど、我家の風呂は素裸でも誰の目も気にせずともよいので、同じリラックスと言っても、深さが違う。夫は穏やかな人だったけどローマ人のように風呂が大好きで、毎日沸かさないと機嫌が悪かった。ということは、職場の、いや妻に対するストレスが相当あったということか……。そうであったのなら、ごめんなさい。今さら詫びても仕方ないけどと苦笑しながら、智子はいつになく優しい気分で、這い上がる湯気に身を委ねていた。

突然、隣家から女の悲鳴に似た喚き声が響き渡った。静まり返っている真夜中のこの時間に、一体、何が起きたのか……、智子は息を潜めて聞き耳を立てた。

「……私とのことはどうなるのよ……。二人の子供も捨てて来たのよ……」

喚き散らす言葉から、かろうじてこのことだけが聞き取れた。女はただ喚くだけではなく、泣いてもいるようだ。喚き、声をあげて泣く。また喚く。その繰り返しだが、あまりにヒステリックだから、何を言っているのか断片的にしか判らない。離婚前に一度だけ岡村夫人が大きな声を上げたことがあるが、今回はその比ではない。前もそうだったが、この度も男の声は一切しない。岡村さんはこの荒れ狂う声に、ひたすら耐えているのだろうか。あの親切な好青年がどうして……、自分が岡村さんだったら、こんな深夜に泣き喚くような女に辟易し、愛も恋も一瞬にして覚めるだろう。

しばらく身を乗り出して聞き耳を立てていたせいですっかり肩が冷え、智子はまた湯船に首まで浸かった。新しい年が始まったばかりだというのに、何と縁起が悪いことか。今年は、どんな不幸が待ち受けているやもしれないな。毎日を警戒して過ごさないとね。誰に言うともなく、智子はひとりごとを言いながら長風呂から出た。

やはり眠れない。真夜中の喧騒で興奮し、数を数えたら眠くなると誰かから聞いたことを思い出し、一から数えてみても効果なし。首の後ろを揉むと眠気がさしてくるという伝承も実行してみたが、これも効き目がなく、ついに寝るのを諦めた。

対面する本箱から『芭蕉と旅』という本を取り出してきてページをめくると、〈野ざらしを心に風のしむ身かな〉という句が目に飛び込んできた。説明によると、――野ざらしは野に捨てられた髑髏（どくろ）で、野にわが骨をさらすことがあってもと心に思いながら、秋風のしむ身で旅立つというのであり、悲壮感を含む句だ、とある。

生々しい男女の諍い（いさかい）の対極にあるこの句は、独り暮らしの智子の心に入り込み、いっそう眠れぬ夜の孤独を深めた。が、野ざらしを覚悟でなお秋風のしむ身で旅立つ冒険心こそ生き甲斐だ、と言っているようでもあり、凡庸な日々を送っている智子にとって、一種のカンフル剤になり、思わず言葉が出ていた。

――よし、夏の県美展で高い評価を得られるよう、自分も覚悟を決めて頑張ろう、と。

（五）

頬に温かさを感じて、目が覚めた。七時には暖房がつくようセットしていたので、温風が頬に当っていたのだ。三匹の猫は足元に身を寄せ合っている。そこが一番温風の恩恵を受ける所だからだ。時計の針が九時前を指していたので、智子は慌ててベッドを抜け出し、カーテンを開けた。

隣の駐車場にはメタリック・グレーの車がいつものように停車していた。昨夜のことを思い出し、あんな大声を張り上げても、女はこの家に留まっているのだと思うと、憐れでもあり、厚かましい女かも知れないとも思った。子供まで捨てて来たので、帰る場所がないのかもしれない。

ふと女の子供たちのことに思いを馳せた。空中分解した家に、父親はいるのだろうか。中学生と小学生の姉妹がクリスマスも、大晦日も、元旦も、母のいない家でどんな思いをして過ごしているのだろうか。可哀想に……。

智子は旅などで家を空ける時には、餌を十分用意して、近所の猫好きの主婦に三匹の猫の餌と糞尿の世話を頼む。無論、一日いくらと猫シッター代を払って。それでも旅先で気になり、一度はスマホで様子を訊くのだ。猫に対してさえそうなのに……、ましてやお腹を痛めた我が子なのだ。恋に狂うと言っても、ひどすぎる。それでも母親か、と智子の胸の内には怒りが渦巻いている。

洗面と化粧を済ませ、服を着替えた。年の初めのケジメとして、いつもよりは綺麗な格好をしよう。ピンク系のシルクのスーツの下には白いフリルの付いたブラウスを着て、ルビーのペンダントとお揃いのイヤリングをつける。身支度を終えると、先ずは猫たちに餌をやる。

遅い朝食を済ませると、智子は外に出て郵便受けを覗いた。中にはいつもの何倍も分厚い新聞と、輪ゴムでくくられた年賀状が所狭しと入っていた。それらを抱えてリビングに戻ると、智子は年賀状を一々見ていく。ほとんどが出した人で、短い文面を読みながら、元気でいることに安堵する。

高校の同級生の小原昌子は、月末にデパートでキルティングの即売展示会をするという。短大が同期の水野里香はグループの書道展に出展するので、観に来てほしいと添え書きしている。俳句を詠んでいる小学校の同級生、田辺文喜は地区大会で入賞したという。みんな、やるじゃない！私も絵をがんばらなくちゃ、と智子のやる気はどんどん膨らむ。最後の一枚は、同僚だった宇喜多部長からだった。印刷の文面には、再婚して第二の人生を歩み始めたので、今後ともよろしくとあり、空欄に「あなたのパワーにあやかりたい」と手書きしていた。

本人からこんな知らせを受けると、やはりお祝いをあげた方がいいだろう。善は急げだ。何がいいかとあれこれ考えたが、あの歳では生活で必要な物はほぼ揃っているだろうから、物品ではなく、メッセージカードに「お二人でお食事に行かれる時の足しにしてください」と記して、熨斗袋に一万円札を二枚入れ、郵送することにした。

すぐにも絵筆を執りたかったが、他に五人ほど年賀状を出してない人から来ていたので、その返信を出すことを優先した。すぐ書きあげて、ポストへと急いだ。この日ポストに投函すれば、三日、あるいは四日には届くだろうと思ったからだ。

途中で思いがけず岡村さんに出会った。深夜の喧騒を密かに知る者として、何となく気まずくて、目を合わせないようにして、年賀の挨拶をした。岡村さんも伏せ目がちで、手にはコンビニの袋を持っていた。中身は食べ物らしく、智子はあれっと思った。女はおせち料理を作らなかったのか。あるいはスーパーで、出来上がりのおせちを買ってこなかったのか。それともあの喧騒で女の正体を知り、岡村さんは嫌気がさして、女の作った物など口にしたくないので、こうして正月早々、買出しに行ったのか。そんな詮索に捕われながら、智子はポストに到着し、投函した。

戻ると、早速エプロンをかけてアトリエに入った。夫が旅立った後、和室を洋室に改装し、壁の半分を絵の具や胡粉（ごふん）など画材の棚に、もう半分を画集の棚にしたのだった。

この部屋に猫は入れない。膠（にかわ）で溶いた絵の具皿に毛が入るとまずいし、皿をひっくり返されても困るからだ。端渓の硯に水を差し、墨を磨って、色紙に《飛翔》と書いた。これが今年の目標で、壁に掲げた。この歳になっても、それなりに高く羽ばたきたいのだ。公募展の大きさは三十号から五十号まで。やはり見栄えがするのは大きい方で、机には下絵が描かれた五十号のパネルが乗っている。智子は昼食後、すぐに取り掛かれるように、サイドテーブルに絵の具や胡粉を準備した。

猫たちにとっては盆も正月もない、平常通りに餌を食べ、陽のあたる場所で昼寝をし、時に飼い主の膝に乗って甘える生活だ。でも、それが智子にとって、大いに癒しになっている。存在するだけで誰かを慰めたり励ましたりできる、猫にはそんな得意技が備わっているのだ。一時前後に猫はキッチンにやって来て、座っておやつを待っている。乾燥フードのカリカリとイリコを少々皿に入れてやる。いかにもおいしそうに食べている姿は、こちらをほっこりさせる。

こうした後で自分も昼食をとり、少しだけ休憩してアトリエに入る。ここからは絵に集中して色を塗って行く。タイトルは《花の語らい》、白百合を中心に初夏の花たちが繚乱している情景を、セミ・アブストラクトで描くのだ。アネモネ、スイトピー、矢車草、ひなげしなど好きな花たちに、この世に在ることの楽しさ、喜びを語らせていくのだ。


三箇日の中日に、息子から電話があった。

「新年おめでとうございます。今年もよろしく」と挨拶すると、嫁と代わった。息子と同じような言葉に続いて、

「インフルエンザが流行ってますので、くれぐれもお気をつけて下さい。ちょっと子供たちと代わりますから」と言って、幼子に受話器を渡したようだ。

「おばあちゃん、あけましておめでとうございます。今年もクリスマスケーキを送ってくださいね。おいしかったよ」

たどたどしい言い方だが、智子は十分に嬉しい。やはり血のつながりというものは、相手を無条件に受け入れさせるのだろう。遠くに住んでいても、めったに会えなくても、一本の電話で瞬時に一体化できるのだ。北山愛子が言うように、自分は独り暮らしでも、このつながりの上に、安心して乗っかっているのだと思った。

正月休みも終り、成人の日も過ぎると、あっという間に一月も後半に入っていた。ジムも休みが明けて十日が過ぎた。正月で少々増した体重を元に戻すために、智子は休まずに通っていた。

初日に野崎さんがわざわざ智子の所にやって来て、「明けましておめでとうございます。本年もよろしくお願いします」と挨拶したので、智子も挨拶を返しながら、避けたい人が近づいてくるのを快く思えなかった。野崎さんは周りを見回して、さっと袋を智子に渡し、小声で「元日に宮島の弥山に登りましたので、これはお裾分けです」と言った。智子は「そんなお心遣いは無用ですのに……」と応じながら、返すのも失礼だし、どうしたものかと迷ったが、一応受け取ることにした。

ジムには四、五十代の人が多く通う中で、数少ない高齢の同世代だから、私に話しかけやすいだけのこと。智子はそう自分に言い聞かせるのだが、生身の男性が一方的に親しくしたがっているのが直感的に判り、やっぱり鬱陶しいのだ。もう三十年も前になるが、職場の先輩が言った言葉が思い出された。

――妻を亡くした年寄りはね、淋しがり屋が多いから、気を付けないとね。こちらが普通に対応しても、ましてや笑顔で対応したら、それこそ勘違いして、すがりついて来るのよ。一種のストーカー、用心してね。

若いころから恋愛に憧れる智子だが、憧れはやはり観念の箱の中に閉じ込めておくべきかな、と思う。蓋を開けると、パンドラの箱のように大変なことになるのだと痛感した。

そんなことが頭をかすめただけでなく、班長会と重なったので、ジムの新年会にはこのたびは欠席することにした。

班長会では、各班のごみ捨て場に組立式ゴミ箱を設置するかどうかが中心議題だった。収拾日の早朝に各班でゴミ箱を組み立て、収拾が終ってそのままにしていては道路交通法に抵触するので、ゴミ箱は元通りに崩して隅に立てて置くというもので、市がただで配布してくれるという。それはいいことだが、それらの煩雑な作業を誰がするのか。またゴミ箱には屋根がないので、雨や雪の日には今のようにナイロンで覆わないと濡れる。これでは却って二度手間だという意見が強く、否決された。三月で班長など係の任期が終るので、次会には次期班長の名前を会長まで提出するようにとのことだった。

新しい班長といえば、順番からすると岡村さんだ。借家で、来たばかりで、しかも勤務時間が日によって違う岡村さんが、意外にすることが多い班長を引き受けてくれるだろうか。これまでは借家の人は二、三年で転勤して行くので大目に見てあげよう、との長老の言葉で班長を免除していたが、智子は岡村さんに一度投げかけてみて、できないと言えば、免除すればよいと思っている。

夕食を済ませ、猫と遊んでいると、電話が鳴った。元同僚の宇喜多部長からだった。

「お祝い、ありがとう。お言葉に甘えて、クレセントホテルでディナーをいただきました。絵を頑張ってるんでしょ。ぼくも新しいことを始めましたよ。シャンソンを歌う会に入り、フランス語も勉強できて、ボケ防止にいいですね。家内と代わりますから」

そう言うとすぐに新妻から「お久しぶりです」と、弾けるような声が鼓膜を打ったので、少し受話器を遠ざけた。

「私もいろいろありましたけど、優しい、いい人と出会って、最高に幸せでーす」

まるで若い娘のような口調をした。そのトーンに、歳の差婚はいいスタートをしたのだろうと推測した。


先週の日曜日、珍しく隣の駐車場にメタリック・グレーの車がなかった。しかし月曜日からはまた車は戻っていた。朝のごみ出しの時も女と鉢合わせることがあり、智子の方から「お早はようございます」と挨拶すると、女も俯き加減で小さく「お早うございます」と返し、逃げるように去って行った。

週が明けると智子も次期班長のことが気にかかり、一度岡村さんを訪ねてみようと思った。夕暮れ時になっても女の車がないので、チャンスとばかり、岡村さんの玄関チャイムを押した。ドアが開けられ、岡村さんがどうぞと中に招き入れた。智子が遠慮がちに、

「順番からは岡村さんが次期班長なのですが、来られて間もないし、勤務が日によって違うようで、引き受けてもらえるかどうか……」と口ごもっていると、

「いいですよ。みなさんが順番に引き受けていらっしゃるのなら、ぼくもやります。町内会員とし

ての義務ですから」と、あっさり引き受けてくれた。

「ほんと、嬉しいな。ありがとう。胸のつかえが下りました」

借家住まいの転勤族だから、町内会に入るだけが精一杯だろう。何だかだと理由をつけて断るかもしれない。そう思っていただけに、智子は予想外に事がうまく運んだことがほんとに嬉しく、自分でも恵比寿顔をしているのが判る。

玄関を出る際に、ふと下駄箱の上の写真立てに目が行った。岡村さんと女がどこか海を背景に、仲良さそうに並んで写っていた。智子の目がそこに留まっているのを彼も気づいたのか、困惑したような顔をしていた。

智子の口から咄嗟に言葉が飛び出していた。

「最近、赤ちゃんの泣き声が聞えませんね」

その場の空気を転換させるために、言ってみればカモフラージュするための言葉だったのだ。岡村さんはなお困惑して「あのォ……」と、苦渋の声を詰まらせた。

「ああ判った、判った。じいちゃん、ばあちゃんが孫が可愛くて、手離さないのね。独り占めしてるんだ」

それだけ言うのに冷や汗をかいていた。

「そう、そうです」

岡村さんも智子の言葉にしがみついた感じで、上ずった声をあげた。

「そう、そう、今日ついでに申し上げておきましょう」

平素は捕まえにくい岡村さんだから、用事を全部済ませておきたいと思ったのだ。

「四月の第一日曜日の六時から、町内会の総会と班長会があります。正式な案内状は後日お持ちしますが、これにには出席してくださいね。班長は各家の郵便受けに、いろんな配布物を入れて行かなきゃいけませんでしょ。だから三月中の岡村さんのご都合のいい日に、この班の十五軒の家の位置を確認するために、お連れして差し上げますよ」

「お願いします」

岡村さんはそう言って頭を下げた。

我家に戻りながら、智子は気掛かりな問題をクリアしたことにほっとしていた。班長としての仕事はほぼ終った。――ご苦労さま、よく頑張りましたね、と自分を労いながら自宅の玄関を開けた。

猫の餌を作りながら、智子はまた岡村さんのことを考えていた。あんな年増女と関わってステキな奥さんと離婚するなんて……、きみはどうかしてるよ。唇からやはり非難めいた言葉が出てくる。でも、自分と対面した青年は真面目で、物分りがよくて、誠実そうに見えるのだ。この落差を埋めるのは、とても難しい。ああ、人間って、多面的で、一筋縄ではいかないなあ。智子は思わず溜息をついていた。

（六）

昔の人は、的確なことを言ったものだ。一月はいぬる、二月は逃げる、三月は去る、と。二月も残すところ後二日になった。

冬枯れた庭のリラやハナミズキに、小さな新芽が出ているのに気付き、智子は「春はそこまで来ているのね」と呟いて、見回した。紫陽花にもブルーベリーにも、ほんのりと色づく新芽がついていて、この時期、智子は生命の逞しさに心打たれるのだ。あと一月もすれば、庭はまた華やかな絵模様に変転するのだろう。

縁側のガラス戸から猫たちが智子をじっと見ている。バロンが「ニャーオ」と鳴くと、モネもヒナも鳴いて体を浮かせた。庭に出たいのだろう。のどかで、心がふわっと膨らむ風景だ。画家のレオナルド・藤田ではないが、次の絵は、この猫たちにモデルになってもらってもいいなと思う。

三月に入ると、絵に時間をとられて、ジムに行くのは一日おきになった。野崎さんが、「昨日はお見かけしませんでしたが、どうされたかと気になりまして」と訊いてきた。

「実は期限付きの日本画を描いていまして、ジムを休んで時間を確保しないと間に合いそうもないので」

智子がそう応えると野崎さんは「へー、そりゃあ、お見それしました。ぜひ見せてくださいよ」

とますます接近したがる風なので、智子は「うまくいけば、八月に県立美術館で観ることができますよ」と打ち切るように言った。野崎さんとはこれ以上深入りせずに、単なる友情の域に留めたいので、少々冷たいかなと思いつつも、智子はこれでよしと目をつぶった。

日本画は油絵のようにタッチで描くのではなく、筆の太さをいろいろ変えて丁寧に、何度も塗らねばならない。つまり時間を取るのだ。こんな画法が自分には合っていると思うが、五十号のような大きな絵だと一枚仕上げるのに、三、四ヵ月はかかる。公募展の締切りまで、あと三ヵ月を割ったので智子はやや焦り気味だ。班長の後任も決まったし、これからは絵に集中しなくちゃあ、と智子は強く自分に言い聞かせた。

数日後、野崎さんが「いくら根を詰めているとはいえ、時にはガス抜きが必要でしょう」とお茶に誘ったが、智子は「ほんとに時間がないので、ごめんなさい」と、丁寧に断った。あからさまな言動をして孤独な彼を追いこんではいけない、と解っているのだが……、できるだけ出会わないように気を付けて、暗にあまり接近しないでほしいと、判ってもらうしかないのだろう。

数軒先の栗田さんの息子が二十三回目のお見合いで、ようやく縁談が決まったそうだ。息子より五つ年上で、智子もよく知っている青年だ。後数ヵ月で四十の大台に乗るから、善は急げ、ということで式場に連絡を取ると、四月早々に一つだけ空いている日があり、挙式をその日に決めたという。智子はよかったなと思いながら、傍目には幸せそうに見えた岡村さん夫婦の離婚がちらついて、複雑な気持だった。

何かお祝いをしてあげないと、と思いながら、無粋ではあってもやはりお金にしようと思った。こちらがいいと思った商品も、相手には不要品かもしれないから、好きなものを買う時の足しにしてくれたらいいと思うのだ。十年ぐらい前までは班内の冠婚葬祭や入院時にはお返し無しという約束で、一軒当たり五百円を集めて回っていたが、いつのころからか死亡の時だけになっていた。だから結婚は、個人でお祝をするしかない。

栗田夫人は智子と同世代だ。顔を合わせる度に、歳なのに結婚しない息子を嘆いていたので、さぞ喜んでいるだろうと思い、陣中見舞いのつもりで、早速イチゴと熨斗袋を持って訪ねた。

「息子も後三ヵ月で四十歳でしょ。これまで何度見合いをさせても、どうもうまくいかないので、悩みの種でした。同級生にも独身がたくさんいるらしく、悠長に構えてましてね、私も主人もお手上げでした。けど、今回はどういうものか、あんな息子でも相手方がとても気に入ってくれて、ほっとしました」

よほど嬉しいのか、栗田夫人は笑うと皺の中に目があるような顔をして「さあ、どうぞ、どうぞ」と智子をリビングに招き入れ、紅茶とクッキーを出してくれた。そして相手方の写真を三枚持って来て、テーブルに置いた。

「実物はもっと綺麗な人よ。優しさが顔に滲み出てるでしょ」

そう言う栗田夫人の顔には、皺がいっそう刻まれていた。皺は悲しみや苦労の跡だと思っていたが、喜びの印でもあると、智子は改めて認識し、「そうですね」と応えながら、内心では「荒波が押し寄せて来ても、乗り越えてね」と写真の彼女に言っていた。
結婚とは、育ちも環境も違う者同士が夫婦となり、家庭を築き、子をもうけ、社会人として完結して行くことだ。自分も通って来た道だが、その三十数年を振り返ってみて、やはり不思議な気がする。どの家に生まれ、どんな親に育てられ、どんな人と結婚するか。それらには運、不運があるような気がする。

自分は夫に熱愛は感じなかったが、まあまあの結婚生活だったように思う。伝統や慣習を大事にする穏やかな夫に支えられて、息子を産み、愛し、何とか現在に辿りついたのだ。もっと違う人生があったかもしれない。だがそれは、もはや元には戻れないロスト・タイムなのだ。この今こそが、唯一の現実であり、残り時間はこれまで生きて来たそれよりずっと、ずっと、短いのだ。自分は時という永遠の儚さの只中に置かれ、形も刻々と崩れていくのだ。そう思うと、智子は「ああ、私は自分が愛しい」と声に出して言っていた。そして自分を抱きしめたい衝動に駆られた。

公募展の締め切りがあと二ヵ月少々となり、このところ智子はジムにも週二度しか行ってない。昼を挟んで、午前の三時間と午後の三時間程度は絵に集中する。夜は、絵は描かない。電燈の光の下で塗ると、朝これはちょっと違うといって、塗り直すことになりかねないからだ。
アトリエに入ると先ずは膠を溶き、胡粉を擦り、絵皿に顔料を混ぜ合わせて思うような色を作る。そして筆を洗う水を替え、太さの違う筆を何回か替えながら丁寧に塗っていく。日本画は油絵のようにタッチでは描けない。油絵のキャンバスに代わるパネル板を机の上に水平に置いて、色を塗って行くのだ。時々台の上に立てて、離れて観る。全体から見てバランスがとれているか、構図に矛盾するところはないか、とチェックするのだ。

時には参考のために、画集を出して観ることもある。あれこれやっていると、長時間アトリエにいる割には、前に進んでいないこともある。すると気持が焦ってくる。

こんな状況の中で猫の世話もせねばならず、イライラすることもある。が、ひたすら飼い主を信じて甘えてくる猫に母性のような情を感じ、彼らと戯れることでむしろ癒されていることが多い。

ある時、友人に「猫の面倒だけでも大変なのに、何故絵を描くの?」と訊かれたことがある。先ずは観るのが好きだったけど、やがて自分も描きたいという欲求が吹きあげてきたからと応えると、「どんなふうに描きたいの?」と問いが返ってきた。自分が絵を観て感動し、慰められ、励まされたように、自分の絵も他者にそれらを与えることができれば、と心を込めて描くのだと応えると、友人は「あなたって、ほんとに奇特な人ね」と、笑った。

今描いている《花の語らい》は花の形も大切だが、色調がもっと大切だ。色のハーモニーが人を心地よくさせ、風が揺らめいて香りが漂ってくるようでないと、人の心を打つことはできない。分かってはいるのだが、これが思うようにならない。

バイクが隣の駐車場で止まった。その音で岡村さんだと判る。今日は朝からの勤務だったのだろう。デパートという、ある意味で華やかな職場を捨てて地味な介護施設に移るとは、元来が真面目な人なのだろう。その人がこれから、あの年増女とひどい喧嘩をしながら、本気でやって行く気なのだろうか……。

昨夜はメタリック・グレーの車は停車していなかった。女も夜勤だったのだろうか。そんなことを思ってガラス戸の外を見ると、ちょうど女の車が帰って来た。智子も絵筆を置いた。猫の餌と自分の夕食を作る時間になっていたからだ。

アトリエを出ると、猫たちがお待ちかねだった。「遅くなって、ごめん、ごめん」と詫びながら台所に立つと、三匹が行儀よく座って待っている。その姿がまた可愛い。それぞれの皿に口を入れていかにも美味しそうに食べる姿は、いつものことながら、こちらの気持をほっこりとさせる。

自分の食事は、ローストビーフに野菜サラダ、それに豆腐とわかめと刻み葱の和え物、卵焼き、そしてコーンスープだ。独りでも、できるだけ手抜きしないように努めている。残りの人生を好きなことをして快適に過ごすには、健康が一番。そのためには日々の食事に気を配ることが肝要だから。

夕食を済ますと、ソファーに座ってテレビを見ながら少し休む。この時が猫の甘え時でもあり、膝に乗って居眠りをするのだ。智子も疲れてよく転寝(うたたね)をする。目が覚めて時計を見ると十一時過ぎ、テレビはつけたままなんてこともよくある。慌てて風呂に入り、あれこれ片付けていると午前一時を回っていて、眠りに就くのも容易ではない。

このところジムには三日に一度ぐらいしか行かないので、自宅の風呂によく入る。ボタンを押せばお湯がでて、時間が来たら自然に止まり、リビングにいても「お湯張りが終りました」と放送される。智子は幼い頃に五右衛門風呂を薪で沸かした経験があり、何と便利な時代になったかと驚くばかりだ。

ただ、何でもコンピューターやロボットが人に代わってやってくれる時代に育つと、人間はバカになりはしないだろうか、と不安を覚える。周りを見回しても、便利になったぶん人間が賢くなったという実感はあまりなく、むしろダメになったとの思いの方が強い。これは自分が年老いたから感じるのか、現実がそう感じさせるのか、智子にも判らない。

数日ぶりにパソコンを起動してメールを開けると、数通のメールに交って、北山愛子からも来ていた。着信は二日前だった。

その後お元気にお過ごしでしょうか？

以前、先輩がメールはあまり好きではない、と言っていらしたので控えていたのですが、何せ、仕事で馴れているものですから、申し訳ありません。四月に私の退職祝いをしてくださるということでしたが、しばらくご遠慮させてください。独身で頑張ってきた自分に何か褒美をと考えていたところ、旅行代理店で何気なく手にしたパンフレットの文字が、目に飛び込んできたのです。

《南仏プロヴァンスとパリ十日間の旅》が、あなたを癒しの世界にお連れします。

これは私にとって殺し文句でした。南仏やパリは仕事の多忙な私には遠すぎて、この十年間は近場の韓国や台湾、香港にしか行ったことがなかったのです。退職するとフリーになる。そう思うと、この大きな誘惑に負けて、前後を考えずに「行こう」と決めました。

出発は四月八日です。とりあえず、急いでパスポートを取る手続きをしました。フランスには憧れていても知識はほとんどないので、これから関係の本を読み、旅に必要な物を整えなければなりません。で、先輩には旅から帰ってお目にかかりたいと存じます。

折角のお申し出を延期してくれなど、厚かましい限りですが、どうぞ我儘をお許しくださいませ。本当にごめんなさい。

北山愛子

三月八日
白石智子先輩へ

ほう、彼女、シャレた事をやるじゃないの。プロヴァンスには、私だって行ったことないんだよ。ああ、行きたいな。でも、公募展の締切が迫っているのに、十日間も絵から離れることはできやしない。やっぱり無理だね。智子はそう呟きながら、羨ましいと思った。自分は、退職前後は夫の闘病生活に付き添い、毎日が必死で、海外旅行など考えられなかった。彼女は親も他界し、独身だから自由に羽ばたくことができるのだ。家族を持つと、しがらみがあるのは仕方ないよね。助け合い、慰め合い、時には自分を犠牲にするのが家族だもんね。呟きは、諦念に近かった。

智子はしばらくメールを見つめていたが、「そうだ」と声にしていた。公募展に入選したら、それこそ自分へのご褒美として、シャンソンに歌われた枯葉の季節に、私もそのコースを旅しよう、と。思いつけば、いろいろ楽しいことがある。年金生活者には過度な出費はできないが、これぐらいなら何とかなりそうだ。オルセーやルーヴルなど美術館には観たい絵が山程あるし、日本画を描いている者としては、参考になる風物もたくさんあるだろう。

三月も半ばを過ぎた。岡村さんが十九日の火曜日に、班員の家を連れて回っていただけないかと申し出た。精々一時間以内だろうから、いいですよと応じた。

その夜のことだった。迫りくる南海トラフに対応すべくテレビ番組があり、智子も気になるテーマだから観ていたが、やはり後半あたりから眠ったらしい。目が覚めた時はお笑い番組に代わっていて、画面の右下には十一時五十三分と提示されていた。よく寝ていたことに驚き、すぐ風呂のスイッチをオンにした。数分もすると「お湯張りが終りました」と放送が入り、浴室へと急いだ。

湯船に入っていい湯だなと手足を伸ばし、今日一日を振り返っていると突然、女の金切り声が窓を振るわせて鼓膜に届いた。また喚き散らしている。何を言っているのかはっきりとは判らないが、「私の立場はどうなるのよ」とか、「子供も家も捨てて、出て来たんだよ」とか「いつになったら、入籍してくれるのよ」などと、かろうじて聞き取れた。

泣き、喚き、束の間静かになったと思うと、また同じようなことを喚き散らしている。男の声は一切しない。岡村さんはなぜ黙っているのか。少しは応えてやればいいのに……。智子はゴミ出しの時に女と何回か顔が合っているし、その子供たちのことを思うと、女が少し可哀想になり、岡村さんに男らしい態度を取ったらどうなの、といつになく批難めいた気持になっていた。

翌朝、メタリック・グレーの車は停車したままだった。岡村さんのバイクは早朝に出かけたのに、女の車は昼になっても同じ位置に留まっている。あれだけ泣き喚くと疲れたに違いない。悲しくて起き上がれないのか、あるいはふて寝をしているのかもしれない……。

午後になっても女の車は停車したままだった。仕事も休みなのかもしれない。

夕方、岡村さんが帰って来た。手には膨らんだレジ袋を持っている。いつものようにスーパーに立ち寄ったのだろう。この時間、本来なら妻が夕食の準備に取りかかり、その傍で夫が赤ん坊をあやしているのだろうに……。レジ袋を提げ、俯き加減で歩く男の背中に智子は哀愁を感じて、吐息を漏らしていた。

庭に出て、プランターに植えたクレソンを採っていると、何やら諍いらしい声が耳を突いた。女の金切り声だけでなく、珍しく男の怒声も聞える。

「……何を言ってるんだ。いい加減にしろ」

「私は一体、あなたの何なのよ。家政婦じゃないんだから！　答えなさいよ」

「ぼくは、十月の終りからきみと一緒に暮らしている男だ」

「そんな、見当違いなことを言うな！」

女は激怒して命令口調になり、床に皿でも投げつけたのか、ガチャンと割れるような音が響いた。しばらく沈黙が続いた。智子は聞き耳を立てなくても聞えてくる怒号に体が固まり、ただじっとしていた。遮蔽物がないだけに、風呂場で聞くよりよく聞えた。

「どうしていつも、そんな蛮声を張り上げるんだ。そのため昨夜は眠れなかったし、今だって仕事で疲れて帰って来てるんだぞ」

「蛮声だなんて、よくもそんなことが言えるわね。その原因は誰が作ったのよ。声を張らずともいいようにしたらどうなのよ」

「だから初めから、よく考えてから結論を出そうと言ってるじゃないか。離婚してまだ半年にもならないんだよ。それに、こうたびたび大声を張り上げられちゃあ、嫌気がさす」

「原因があって、声が大きくなってるんでしょ。子供も家も捨てて来た私の犠牲を、何だと思ってるんだ。ふざけるんじゃないよ。ああ……」

女が悲鳴をあげた。岡村さんが何か行動したのか、女は「何するんだよ」と叫び、抵抗しているふうだった。

智子は身構えた。新聞沙汰の事件が起こったら大変だ。その前に自分が間に入らなきゃ、と思ったその時、岡村さんのパンチがきいた声が飛んだ。

「出て行け！」

同時にドアが開く音がして、女が飛び出した。そして中から鍵がかかる音がした。

「開けてよ、開けなさい、開けろ！」

女はそう叫んで、ドアを力任せに叩き続けた。智子は、体が魔法にかかったように強張って動かない。こんな経験は初めてだ。

女も力尽きたのか、ドアの前にしゃがみ込んでいた。どれくらいそうしていたのだろう。長かったようにも思えるが、案外、短かったのかもしれない。

やがて内側からドアが開き、岡村さんが「入れ」と命令した。智子もやっと呪縛から解かれて、忍び足で家に入った。しばらくすると、女の車が走り去って行った。

その夜は、夕刻の大喧嘩が振り払っても、振り払っても脳裏に蘇って、ほとんど眠れなかった。やっと隣の空家にいい人が入ってくれたと喜んだのに、こんなにハラハラさせられ、夜も眠れないようではストレスも溜まって、体によくないだろう。運が悪いなあ、智子の口から嘆声が零れるのだった。

あの日から四日経つが、女の車は一度も来ない。別れたのだろうか、と智子は胸の内で何度も呟いていた。あんなに激しい喧嘩をしたんだもの……。でも、夫婦喧嘩は犬も食わないと言うじゃない。男女の仲は判るもんですか。そういえば、私は夫婦喧嘩をしたことがない。些細なことで私が喧嘩ごしに対応しても、争い事が嫌いな夫は相手にしなかった。あんな蛮声を張り上げるのはどうかと思うが、三十年連れ添って喧嘩をしたことがないというのも何だか変だし、淋しい気がする、と。

岡村さんは何事もなかったように、毎日勤めに出ている。男というものは夫婦喧嘩ぐらい、すぐ乗り越えられるのだろうか。あの女はその後、どうしているのだろう。

それから一週間しても女は戻って来なかった。その日の午後、インターホーンが鳴り、岡村さんが、班員の家に連れて回ってほしいと言ってきた。智子はちょうど絵筆を置いて休憩しようと思っていたので「今からでもいいですか？」と問うた。岡村さんから「お願いします」と答えが返って来たので、智子はコートをひっかけ、門へと急ぎ、「お待たせしました。じゃあ行きましょう」と促した。

一軒一軒立ち止まりながら、栗田さんのご主人は、団地の中央広場にあるビルで歯科医院の院長をしていて、四月早々に息子さんが結婚すること。小山さんは四十代、夫婦で魚市場に勤めていて、脚の悪いおばあさんが二人の小学生の孫の面倒をみている。宮迫さんは県立高校の先生で、中学生と小学生の息子がいて、奥方は団地内の学習塾で英語を教えている、などと一軒一軒表札を指しながら、判る範囲で家族構成や職業などを伝えた。

岡村さんは智子が渡した班の地図に、得た情報をメモしていた。ついでに近くの砂防ダムにも案内し、油断は禁物だが、この団地には五つの砂防ダムがあるので、土砂災害はある程度防げるのではないか、など説明した。

家に帰り着くのに四十分ほどかかっていた。

「班長会の時はできるだけ勤務日を代わってもらって対処しますが、どうしてもだめな時は、どこへ連絡すれば……」

「班長会の上に五人の理事がいます。この班を統括する人は堀越さんという方ですが、この人に電話してください。この人は元県庁マンで、とても面倒見のいい人ですよ」

「分かりました。そんなことのないよう、できるだけ頑張ってみます」

「そうまで無理をしなくても……。風邪引いて熱があったら、欠席せざるを得ないでしょ。そんな風に考えたらいいのよ」

「ああ、そうですね」

岡村さんはそう言って笑い、

「お時間とっていただき、ありがとうございました。こんな係は初めてですが、チャレンジしてみます」と、深々と頭を下げた。

こんなに礼儀正しく義務感の強い人が奥さんと離婚し、年上の女と同棲して、また別れる気配があるなんて……。人って判らないもんだな。この年になるまでそんなことが判らないなんて、私も相当愚かだよと内心で呟きながら、智子はつい言っていた。

「あのォ……私が間に入って、元の奥様と赤ちゃんを連れ戻しましょうか」

「エッ……」と岡村さんは不意を突かれてしばらく絶句したが、

「もう少し考えさせてください。彼女もよく考えた末に出した結論ですから……。でも、親でもないのにこんなことまで心配してくださるとは、ほんとに嬉しいです。ぼくも少し頭を冷やさないと、と反省しています」と、言葉を絞り出すように言った。

岡村さんの額には汗が吹き出していた。またお節介をしてしまった。このお節介おばさんにも困ったものだ、時期限定の完成させねばならない絵があるというのに。

「彼女は、ぼくが話し合いを申し込んでも、きっと拒否するでしょう。ぼくが人として、ひどいことをしたのですから。白石さんが間に入ってくださるなら、話し合いに応じてくれるかもしれません。でも、もう少し時間をください」

「そうね、三月はもう終るから、四月の末ぐらいでどうかしら。一月もあれば、あなたも今後のことを現実の問題として、具体的に考えられるでしょ」

智子は、夫人が家を出る時に挨拶に来て、離婚の経緯を自分に話してくれた件は、伏せておいた。

「ところで、はっきり聞いておいた方がいいと思うけど、メタリック・グレーの彼女とは別れたの？」

「ええ、きっぱり。一緒に暮らしてみて、あまりにも食い違いが多いことが判り、これ以上は無理だと……」

「そう。彼女とはゴミ捨て場で時々顔を合わせる程度だったけど……。可哀想だとは思うけど、岡村さんがそんな気持ならら仕方ないですね。ともかく、四月の終りには話し合いが持てるよう、奥様に連絡を取ってみますから。時間はたっぷりあるので、何を話し合うか、よくよく考えておいてくださいね」

そう言って引き上げようとして智子は「そうそう、大事なことを忘れてました。奥様の住所と電話番号、メールアドレスを教えてくださいな」と紙切れを差し出した。

岡村さんは紙にそれらを書いて渡すと、「すみません」と何度も頭を下げて、自宅へと引き上げて行った。その後ろ姿を見送りながら、智子は厄介なことに足を突っ込んだなと、苦笑した。そして時間も結構とられるだろうから、絵の完成を急がなくては、と改めて覚悟するのだった。

あとがき

人生には不如意なことがある。時としてそれは己一人の問題ではなく、社会、ひいては世界という広い範囲で。それがこの度のコロナ禍であろう。それも一年半が過ぎ、さらにいつ収束するやも知れぬ事象であれば、なおさら不安と鬱屈に陥る日々を余儀なくされる。私事でも念願のフランス南東の旅が中止となった。世界的流行(パンデミック)だから、これまでのように旅先を変えればいい、とはいかないのだ。旅は私にとってエモーションの源泉であるのに……。

そんな悔しい思いをしながら、中世のヨーロッパで疫病が——黒死病と呼ばれたペストが大流行したことが脳裏をよぎった。医学も情報も未発達な時代、遺体が路上のあちこちに転がっていたという。このように死はすぐ隣にあり、人々はどんなにか恐怖に慄(おのの)いたことだろう。それゆえ、森林の中や田舎の別荘などへ避難した。その閉ざされた空間の中で、たとえばイタリアのボッカチオは「デカメロン」を執筆した。赤裸々な人間模様を描いたこの作品によって、神中心のキリスト教的価値観から人間の自由を求めるルネッサンス運動が幕開けしたのだ。

人間とはこのように逞しい存在だ。ならば感染予防に細心の注意を払いながら、自分なりにやるべきことをやって有為な時間を過ごすべきではないか。こんな小市民の自分に大したことはできないだろうが、コロナ禍に戦々恐々としているだけでは意味がない。そう思って、まずは既刊の拙著の一冊を英訳してみることにした。むろんプロの訳者がいるわけだが、初校、再校と送られてきた原稿を前にして、辞書と首っ引きの四苦八苦の日々が続き、己の力不足を今更に痛感させられたが、何とか志は貫くことができた。そして今回の十四冊目の本に取り組むことになった。同人誌に発表した四編だが、かなり古いものもある。「夕ヒチからの手紙」は旅で知り合った人との精神的交流からヒントを得、「命の日々」は身内の死から考えさせられた諸々を、「あの一年」は若き日の生きる喜びを、「ひとり暮らし、その後」は身辺雑記風に編み出してみた作品だ。

この間、三人の親しい友を亡くした。二人は同年の女性で、癌、パーキンソン、歩行困難など複合的病に罹って介護施設の世話になっていたが、コロナ禍のために面会も許されず、ひっそりと旅立っていった。彼女たちの病状は数年にわたり、その死はある程度予測できたが、もう一人の友は見た目が元気だったので、心臓病による急逝は衝撃が大きく、今もって信じられない状態だ。こうした友人たちの死により、私には諸行無常だけが現世(うつしよ)の真実だ、と改めて感じる昨今である。

そこへアフガンでタリバン復権という歴史の転換が伝わり、狂信的な宗教集団による厳しい女性差別が想定されて、私は憂鬱な日を迎えることになった。歴史で学んだギリシア・ローマ以来、少しずつ獲得してきた人権や自由は、やはり普遍的価値として、二十一世紀の今日、地球上のいずこにおいても人類共通の宝として、生きる基盤にしたいものである。

ともあれ、コロナ禍の中で十四冊目が刊行でき、私にとっては慶事である。巻末を借りて鳥影社の北澤晋一郎様、丸山修身様、帯を書いてくださった勝又浩先生に心から感謝申し上げたい。

二〇二一年八月三十日

葉山　弥世

初出一覧

タヒチからの手紙　「広島文藝派」31号（二〇一六年）

命の日々　「広島文藝派」12号（一九九八年）

あの一年　「広島文藝派」29号（二〇一四年）

ひとり暮らし、その後　「水流」27号（二〇一九年）
（「喧騒、また喧騒の中で」より改題）

〈著者紹介〉

葉山　弥世（はやま　みよ）

1941 年　台湾花蓮市生まれ
1964 年　広島大学文学部史学科卒業
1964 年より 2 年間、福山暁の星女子高校勤務
1967 年より広島女学院中・高等学校勤務
1985 年　中国新聞主催「第 17 回新人登壇」入賞
1986 年　北日本新聞主催「第 20 回北日本文学賞」選奨入賞
1996 年　作品「遥かなるサザンクロス」が中央公論社主催、
　　　　平成 8 年度女流新人賞の候補作となる。
2000 年　広島女学院中・高等学校退職
「広島文藝派」同人（広島県廿日市市）「水流」同人（広島市）

著　書：『赴任地の夏』（1991 年）『愛するに時あり』（1994 年）
　　　『追想のジュベル・ムーサ』（1997 年）『風を捕える』（1999 年）
　　　『春の嵐』（2001 年）『幾たびの春』（2003 年）
　　　『パープルカラーの夜明け』（2006 年）『城塞の島にて』（2009 年）
　　　『たそがれの虹』（2011 年）『夢のあした』（2013 年）
　　　『かりそめの日々』（2015 年）〈以上、近代文藝社刊〉
　　　『花笑み』（2017 年）『ストラスブールは霧の中』（2019 年）
　　　『タヒチからの手紙』（2021 年）〈以上、鳥影社刊〉

タヒチからの手紙

定価（本体 1500 円 + 税）

乱丁・落丁はお取り替えします。

2021年11月 6日初版第1刷印刷
2021年11月12日初版第1刷発行
著　者　葉山弥世
発行者　百瀬精一
発行所　鳥影社 (choeisha.com)
〒160-0023 東京都新宿区西新宿3-5-12トーカン新宿7F
電話 03-5948-6470, FAX 0120-586-771
〒392-0012 長野県諏訪市四賀229-1(本社・編集室)
電話 0266-53-2903, FAX 0266-58-6771
印刷・製本　モリモト印刷

© HAYAMA Miyo 2021 printed in Japan

ISBN978-4-86265-924-8 C0093

葉山弥世 著　好評発売中

ストラスブールは霧の中

人は一途な愛に燃えているとき最も美しく輝くのかもしれない。葉山さんの小説を読むといつもそんなことを教えられ、考えさせられるが、この一冊にも純粋な愛に生きた男女の美しくも哀しい物語が集められている。それらを語る作者達意の文章は超上等なワインの味を思わせる。

（文芸評論家・勝又浩）

花笑み

いつも〝大人の物語〟で読者を魅了する作者だが、「花笑み」は、両親の離婚以来会うことのなかった息子と母、そういう不幸な人生の上に咲いた奇跡のような物語だ。こんなに手放しでいい気持になった読書体験は最近では珍しい。この仕合せな気持ちこそ文学のありがたさだと改めて思った。

（文芸評論家・勝又浩）

各一五〇〇円＋税

鳥影社

JN057747

Machigai shokan!

間違い召喚!

追い出されたけど上位互換スキルでらくらく生活

カムイイムカ

Kamui Imuka

illustration.

にじまあるく

Main Characters
登場人物紹介
レン
本名・小日向蓮。冴えない青年だったが、
鍛冶・採取・採掘のスキルを得て
仲間達と気ままな人助け旅を始める。
ファラ
レンが召喚された街のギルド受付係。
容姿端麗、実力も兼ね備えた元冒険者で、
普段は意外と男勝りな口調になる。
ウィンディ
魔物に攫われかけたところを救われ、
レンとパーティーを組む弓使いの少女。
陽気だが、お調子者が過ぎるところも。

ルーファス
ちょっと強面の元冒険者。
ある理由から投獄されていたところで
レンに出会う。斥候役が得意。
エレナ
ドワーフと人間のハーフの少女。
祖父の営む鍛冶屋でレンに出会う。
エイハブ
レンが召喚された王城の衛兵で、
酒好きだが気のいいイケおじ。
無一文で追放されたレンを気にかける。
レイティナ
大きな屋敷のメイドとして、
レンに掃除の依頼を出したお淑やかな女性。
しかしその正体は……？

第一話　追い出されて自由な生活

「……本当にこの者が勇者なのか？」

「はい、そのはずですが……」

まるで中世のお城の中のような広間。真っ赤な絨毯と、その両端に控える甲冑姿の兵士達。

そして正面には、いかにもといった風体の王様が鎮座しており、困惑した表情で隣にいる女性に問いかけていた。女性はかなり若く、赤いドレスとサラサラの金髪が特徴的だ。王女だろうか。

「そうか……だがマリー、あの者からはその……なんだ」

「――高貴さ、ですか？」

マリーと呼ばれたドレスの女性が、王様に助言する。

「そうそれじゃ！　あの者からは全く感じられんぞ」

おいおい、聞こえているぞ。

でも僕――小日向連は、呆気に取られて突っ込むこともできなかった。

話の内容から察するに、僕はラノベによくある〝勇者召喚〟というものに遭ってしまったらしい。

しかし、僕は運のない人間だ。

こんな幸運に恵まれるなんて何かおかしい、僕が勇者なはずがないのだ。

◇

二十歳独身、会社員。自分で言うのもなんだけど、僕はうだつの上がらないダメ男だった。

向上心や気力も湧かず、そして人一倍運も悪かった。

特にその日は、いつもの何倍も運が悪かったと思う。

カラスの糞（ふん）は降ってくるわ、黒猫は目の前を集団で横切るわ、挙句（あげく）の果てには急な残業で、最終電車まで逃してしまった。

「はぁ、今日もついてない」

僕は公園のベンチに座って、ため息まじりに言葉を漏らす。

そこでふと目を瞑（つむ）ってしまったのがいよいよ運の尽きだった。わずか数分で、僕は寝息を立ててしまう。

すると、不意にポケットから何かが抜き取られた。

目を開けると、高校生くらいの少年が僕の財布を持って走り去っていくのが見えた。

「な！　待て！」

当然僕は追いかけた。自慢じゃないが足には自信がある。

泥棒の少年は逃げながら僕を睨んでくるが、徐々に距離が縮まっていく。

あと少しで追いつく――と思った、その時。

僕は突然光に包まれて、見知らぬ赤い絨毯の上にいた。


そうして、気付いたらそのマリーとかいう女性と、見るからに王様っぽい人に、高貴さがないだの何だの、失礼なことを言われていたのである。

「マリー、鑑定をしてみよ」

「はい」

赤いドレスを翻して、女性が近づいてくる。そして鋭い目つきで、僕を間近で見つめてきた。

すると彼女の目が赤、青、緑と色を変える。鑑定とやらをしているようだ。

しばらくするとマリーは王様のもとに戻り、ひそひそと耳元で何かを囁いた。

「何！　それは本当か」

王様が叫ぶ。やはり何かの間違いがあったのだろうと察して、僕はため息をつく。

「あの者は何も持っていない、役立たずだと申すか！」

「はい」

王様達の話している内容に、愕然とする思いで僕は俯いた。

そうだ、運の悪い僕が、人々から慕われる勇者になんて選ばれるわけがない。

「では、この者は何故ここに」

「それは本人に聞いてみましょう」

マリーは再び僕の前まで歩いてきて、俯いている僕の顎（あご）を掴（つか）んで顔を上げさせる。

「あなた、ここに来る前は何をしていたの？」

「……誰かに財布を盗（と）られて、取り返そうと追いかけたんだ。そしたらここに」

「そうですか……王様、残念ですが、やはりこの者は無関係です。この者が追いかけていたという別人が、勇者だったようですね。恐らく召喚の魔法陣が発動した一瞬、本人がその地点にいなかったために、一番近かった人間が送られてきたのでしょう」

知らなくてもいいような残酷な事実を突きつけられた。

まさかあの盗人（ぬすっと）が勇者で、僕はただの巻き込まれだったなんて。僕、これからどうなるんだ。

◇

僕は固唾（かたず）を呑んで事の経過を待っていた。

あの後、マリーと王様がまたひそひそと話をして、僕は兵士達にこの個室へと連れてこられたのだ。以降、ずっと閉じ込められたままでいる。

「これからどうなるんだ。何も知らない世界でチートもないなんて……」

こういう異世界召喚ものでは、普通は何かしらのチートが用意されるものだと思っていたんだけど、自分の運のなさに嫌気が差す。

あのマリーとかいう超絶美人は僕を鑑定した後、何も持っていないと断言した。

僕が読んでいたラノベでは、チート能力を得られなかった異世界人は、必ずと言っていいほど追い出される。たぶん、僕もそうなるだろう。

そうなる前に、自分が本当に何も持っていないのか確認しておきたい。

「あーあ、異世界チートなんて夢だったのかなあ……折角なんだから何か出てくれよ！　そうだ。ラノベでは確か……ステータスオープン！」

ラノベの知識がどこまで通用するかわからないけど、試しに叫んでみた。

すると本当に出た。目の前に、ホログラムのようにしてステータス画面が現れる。

レン　コヒナタ

レベル　1

【HP（体力）】40　【MP（魔力）】30

【STR（筋力）】9　【VIT（生命力）】8

【DEX】（命中性）8　【AGI】（敏捷性）11
【INT】（知力）7　【MND】（精神力）7

レベルが1なのはまあいいや。他のパラメータも、0とか1がないのはありがたい。

でも他人のステータスを見ていないから、これで高いのか低いのかわからないな。

となると、肝心なのはスキルだ。何かチートはないのか！　チートは。

僕はスキル欄に目を移すが、何も表示されていない。

「やっぱり何も見えない……でもおかしいな。何もないにしては枠がでかいような……」

ステータスの欄に比べて、スキル欄は不自然なほど空白の部分が広かった。

そこで僕はふと、ホームページなんかでよく、ネタバレだからと文字と背景の色が同じにされている例を思い出した。

その直感は合っていたようだ。目を凝（こ）らして、改めてスキル欄を見てみると……。

スキル
アイテムボックス【無限】　鍛冶の王【E】
採掘の王【E】　採取の王【E】

「あったあった。スキルだ！　チートかどうかはともかく〝王〟なんてついてるし、相当なものじゃないかな。まあ、戦いじゃなくて明らかに製作系だけどね」

監禁されている身なので大声は出さないようにしつつも、僕は感動を隠せない。

日本では不運なことばかりだったが、こっちでは違うようだ。

さて、スキルがあるとわかったのはいいが、これを使って快適に異世界で暮らすためには、今のままではまずい。

勇者を召喚したということはたぶん、魔王かそれに準ずる何かがいて、その戦いに巻き込まれる恐れがあるからだ。

まあ、国家同士の戦争という可能性もあるけど……どちらにしても戦闘なんて僕はまっぴらです。

「このまま、スキルは隠そう。綺麗なバラには棘があるとかいうしな」

誰の格言かわからないけどそんなことを聞いた気がするので、マリーという美人には警戒しておくことにしよう。えこ贔屓なんてしません。そもそも僕は、モテないしね。

そんなことを考えていたら、マリーが兵士を連れて現れた。

「残念ですが、あなたにはこの城から出ていってもらいます」

「えっ！　そんな、僕はこの世界でどうやって暮らせば……」

僕は心にもないことを言って、怯えるふりをする。

やった、このまま外に出してくれれば自由な生活ができるぞ！

「あなたの今後なんて知りません。まったく、苦労して魔石を集めて、やっと召喚ができたというのに何故あなたのような……さあお前達、この者を城から摘み出してちょうだい」

「ハッ！」

「ちょ、流石にお金も何もないままは困りますって。路頭に迷って野垂れ死にますよ」

追い出されてもいいとは思ったけど、いくら何でも無一文で着の身着のままというのは想定外だ。

だが僕が今更何を言っても無駄らしい。

「だから、あなたの今後なんて知りません。こちらは戦力が揃わなくてイライラしているのですから、この場で殺されないだけいいと思いなさい！」

苛立った様子で、マリーは部屋から出ていった。


マリーがいなくなった後、兵士達は一つため息をついて、僕を城の外へと連行していく。

すると城門に着いたところで、兵士の一人が僕に歩み寄ってきた。

「あんたには悪いが命令なんでな……これは俺からの情けだ。取っておけ」

そう言って、彼はこっそり僕の手に硬貨を握らせる。

「え？　ありがとう、良い人ですね。お名前を聞いても……？」

「ん？　ああ、俺はエイハブだ。なに、あんたのこれからを考えたら不憫に思っちまっただけだ」

エイハブと名乗ったその兵士は、三十歳くらいのイケメンおじさんだった。よく見ると他の兵士も明らかに美形が多く、この異世界にはイケメンしかいないのかと思うほどだった。

「この後、僕はどこへ行けばいいんでしょうか？」

「そうだな。生きていくにはまず金が必要になる。何かしら仕事をしなくちゃダメだろうな。勇者じゃないにしても、冒険者になればいいんじゃないか？　新人でも街から出ずにやれる仕事はあるしな。大体掃除とかの雑用だろうが、飯代くらいにはなるさ」

「そうですか……とりあえず、それしかないですよね」

お金の基準も世の中の仕組みもわからないので、ひとまず定番の冒険者ギルドにいって色々聞くしかないな。

「エイハブさん、ありがとうございます。王女様や王様は不親切でしたけど、良い人もいるってわかって良かったです」

「王族や貴族以外は大抵良い奴ばかりだよ。あまり気にしないでくれ。俺も異世界人と話せて良かった。頑張れよ、生きていればいいこともあるさ」

別れ際に深くお辞儀をしてお礼を言うと、エイハブさんが温かい言葉をかけてくれた。

優しい彼に比べてマリーなんて、勝手に召喚しといてあなたの今後なんて知りません、だもんな。あの性悪女（しょうわる）、雷にでも打たれてしまえ。

とはいえ、他人の不幸を願っていてもしょうがないので、エイハブさんに言われた通り冒険者ギルドへ向かうことにした。

王城は丘の上に建っていた。城門からまっすぐ坂を下っていくと辺りはすぐ城下町になり、やがて噴水広場に出る。冒険者ギルドはその広場に面して建っていた。

文字や言葉は召喚時に補正がついたのか、すんなり読めて話せるみたいだ。街の名前は、テリアエリンというらしい。

よかった、流石に金なし言葉なしでは詰むところだった。流石は勇者召喚というべきかな。

僕は観音開きの扉を開けて冒険者ギルドに入った。中には横に長い受付があって、三人の受付係が座っている。

折角なので一番好みの女性のもとへ向かった。僕より少しだけ年上な印象の、サラサラ長髪の金髪さんです。とても美しい。

でも、さっき決めた通り贔屓(ひいき)はしない。美人局(つつもたせ)とかハニートラップなんて引っかからないぞ。

「こんにちは。ご用件は何ですか？」

「初めまして。冒険者登録をしたくて来たんですけど、僕みたいな人でも大丈夫ですか？」

「えっと、変わった服を着ているんですね……。だけど大丈夫ですよ。冒険者登録は誰でもできますから」

そう、僕は召喚された時のまま、背広を着ていたので実はかなり浮いていた。

だけどこの美人な受付係さんはそれを気にも留めず、すっごい笑顔で対応してくれた。やばい、さっそく惚れそうです。

丁寧な案内に従って冒険者登録を済ませ、あっという間に冒険者カードをゲット。ランクはFランクと書いてあった。

「では、レンさん。ランクの説明をしますね。冒険者と依頼にはそれぞれにF、E、D、C、B、A、Sとランクがあります。基本的には自分と同じか一つ上くらいのランクの依頼をこなすものだと思ってください。依頼を複数こなせば昇格できます」

「結構シンプルなんですね……Sランクとかになったら凄そうだ」

「現在Sランクの冒険者は存在しませんが、Sランクの依頼はあります。これは国の要請で出されるものが大半ですね」

なるほど、国の一大事がSランクの依頼ということか。

「これには、複数の冒険者が集まって対応しなくてはいけません。場合によってはFランクの人でも受けなければならないことがあります」

まるで軍の予備隊みたいな制度だけど、この世界の情勢はわりと安定しているんだろうか？

周りを見ると獣人などの変わった種族の人々も普通に生活しているようだし、国や種族の戦争はない世界なのかもしれない。

「あの木製の掲示板に貼られた紙が依頼で、国からの要請は隣にあるガラスケースに入った掲示板に貼られます。今はありませんけど、他にも重要な依頼の場合はあちらに掲示されます」

説明を聞きながら僕は、とりあえず国からの依頼は当分見なくてもいいか、と思った。マリーとか王とかのために働くと思うと嫌だしね……。

「Ｆランクの依頼は街の掃除が大半ですが、どうしますか？　なりたての冒険者の方だと、ゴブリンなどの討伐に行く人もいるようなんですが……」

「掃除！　やらせてください」

食い気味に僕は答える。なんと平和な仕事だろうか。逆に初手からゴブリンは危険な香りがする。

「……そうですよね。武器になりそうなものを持ってないですしね」

ちょっと哀れみの目で見られてしまった。でも、美人のそういう顔もいいと思います。

「えっと、じゃあこれとこれとこれで」

「え！　三つもやるんですか？」

「だって一軒家の庭と、お店の床と、あと排水溝の掃除ですよ。これなら夜までには終わるんじゃないかと」

「そうでしょうか？　こちらとしては助かりますが、依頼の失敗が続くと冒険者カードの剥奪（はくだつ）もありますので注意してくださいね。はい、依頼登録しました。行ってらっしゃい」

僕はお辞儀をして冒険者ギルドから出る。依頼を受けると場所がカードに登録され、ステータス画面のマップにも表示された。

これなら迷わずに依頼主のもとへ辿り着ける。こういうところは元の世界よりもハイテクだ。

◇

一件目の依頼は、とあるお宅の庭掃除。

ずっと中腰の作業だったので結構疲れた。だけどそんなに広い庭でもなく、作業自体は簡単だったので一時間もかからなかった。

報酬と所要時間からして、どう考えてもゴブリンの討伐より割がいいんだけど……他の冒険者は、掃除というだけで嫌がって受けない、ということなんだろうか。

ちなみに依頼主はおばあちゃんで、息子さんも旦那さんも亡くしてしまったらしい。だから掃除にも手が回らなかったのだとか。話を聞いていて僕まで悲しくなってしまった。

この世界には戦争はないけど街の外は魔物がいて、ちょっと街道を外れると危険がいっぱいなんだってさ。何それ怖い。

とりあえず、こうやって色んな人から話を聞いて、この世界のことを勉強しなくちゃいけないな。

依頼の報酬は、ギルドに行って報告しないともらえないシステムになっている。

なので、二件目にはおばあちゃんの家から直行。

こちらは飲食店をやっていたのだが、このお店の女将(おかみ)さんも旦那さんを亡くしていた。僕よりは年上だけど、元の世界の基準で見たらかなりの美人さん……陰のある雰囲気に、図らずも少し惹かれてしまう。

しかし、仕事モードの僕はせっせと床を掃除していく。その間、女将さんは厨房で仕込みをしていた。滴る汗が何とも言えない色気を……っていかんいかん！

そんな感じで一生懸命、煩悩を振り払いながら床掃除をしたら綺麗になった。モップはないので全部雑巾拭き。とても疲れました。

でも、大げさなほど感謝されたので悪い気はしなかった。

そして、三件目の依頼。

ギルドから坂を少し上った辺りにある家だった。坂を利用した排水溝があり、そこに落ち葉やゴミが詰まってしまったらしい。

なんと、ここでも依頼主は旦那さんを亡くした女性。

何なんだこの街は……この世界の男は結婚すると死んじゃうのか？　だとしたらあまりにも報われない世界だ。わけがわかりません。

色々と邪推してしまうけど、今は仕事モードにスイッチオン！　黙々と排水溝を掃除します。

排水溝が詰まると、雨水が溢れるだけでなく臭いが凄いことになってしまうという。

今日はまだヘドロみたいにはなっていなかったけど、大変だなあ……。元いた世界なら下水は地下に行くけど、こっちの世界はそういう技術はなさそうだもんな。しみじみ地球の文明が恋しい。

ともあれ三件目もトラブルなく終わった。

さて報酬だ。日が傾き始めた頃に冒険者ギルドに帰り着き、さっきの受付のお姉さんのもとへ。

「え？　本当に終わったんですか？」

「はい、カードで確認してください」

三件それぞれで依頼主に認印をもらったカードを渡す。受付のお姉さんが、魔法陣の描かれた板に接触させて記録を確かめていた。まるで駅の改札みたいだ。

「確かに、依頼完了ですね。お疲れ様でした！　こちらが報酬です」

受付のお姉さんは僕に革袋を三つ差し出してきた。その中には銅貨と思われるコインが入っている。

「三件分で銅貨70枚ですね。袋は一つにまとめますか？」

「じゃあ、お願いします。あの、それで……お恥ずかしいんですが、これはどのくらいの価値のものなんですか？」

「え？」

うーん、この歳でお金の価値を聞くのは最高に恥ずかしい。だってこの世界では常識だもんね。田舎者以下の質問だよな……。

でも、受付のお姉さんのびっくりした顔と呆れ顔はとてもいいものでした。

「あー、もしかして、エルリックの国の方ですか？　あちらは少し変わった制度を使用していますからね。わからないのも無理はないですよね」

「……は、はい」

そう言われたらハイと答えるしかありません。

「そうだったんですね。ではその服もエルリックで流行っているのですか？　良くお似合いで、カッコいいと思っていたんです」

「あ、ありがとうございます……」

浮くばかりだと思っていた背広は、意外にもカッコいい括りに入るらしい。

「この硬貨は、世界中で発行されているものです。鉄貨、銅貨、銀貨、金貨、それに白金貨と位が上がります。鉄貨1枚で1リル、銅貨1枚で10リルの価値があります。リルというのも、世界共通の通貨単位で……あ、これは知ってますよね」

「……はい」

もちろん初耳だ。

「あとは銅貨１００枚で銀貨1枚、銀貨１００枚で金貨1枚、というレートになっています。硬貨の枚数が多くなると、両替したり、小切手にする場合が多いですね」

受付のお姉さんの説明に頷きつつも、僕は元の世界の知識から順応するのに精一杯だった。

「まあ、中にはアイテムボックスというスキルや、同等の魔道具が存在して、全部現金で持ち歩ける場合もあるんですが例外ですね。そのほとんどは王族が保有しています。これはアイテムボックスを使う人がいると、大量の硬貨が一気に市場からなくなったり、その逆が起きたりして混乱を招くからだそうです」

まあ、確かにいくらでも入る袋はみんな欲しいよね。銀行口座とか電子マネーみたいなものだし……って、僕もアイテムボックス持ってるんだった。あまり表立って言わない方が良さそうだ。

とりあえず、お金の価値と単位はわかった。これで異世界チュートリアル終了、ってところかな。

「続けて他の依頼を受けられますか？」

「そうしてもいいんですけど、そろそろ泊まる所を確保したくて」

「なるほど。今日の報酬くらいですと、素泊まり一晩といったところですが……」

ふむ、ご飯なしはちょっときついな。

「ご飯付きだといくらの宿屋がありますか？」

「そうですね、大体銀貨1枚あれば足りるかと……朝晩二食付きのところもありますよ。紹介しましょうか？」

「ぜひ！」

僕が食い気味に言うと、受付のお姉さんは頬を赤くして少し後ずさる。

その後、冒険者カードに宿屋の住所を登録してもらい、結局もう一件別の掃除依頼を受けてから、冒険者ギルドを後にした。

第二話　王のスキル

ギルドから坂を下って、目的の宿屋に向かう。

テリアエリンの街は小高い丘を覆うように築かれていて、下に行くほど階級も下がっていくらしい。

といっても最下層でもそこまで街並みに変化はなく、あまり差は感じなかった。

王やマリーはあんな人達だったが、一般市民は違うらしく、差別や迫害もないように見える。

しかし、流石にこれだけ大きい街だと家や仕事のない人も出てくるみたいで、少し路地裏を覗(のぞ)けば座り込んでいる子供やゴミを漁(あさ)っている人がいた。あまり見たくない光景である。

紹介された宿屋は一階が食堂になっていて、予想していたより綺麗な外観だった。

一番安いと聞いていたのだけど、単に立地が街の中心から遠いからというだけみたいだ。

扉を開くと、幼女が迎えてくれた。僕を見ると近づいてきて、手を引っ張り受付っぽいカウンターの前に連れていく。

「おかあさ～ん」

「はいはい、どうしたのルル？　ってお客さんかい？」

召喚されて良かったことの一つかもしれないが、女将さんはまたも美人だった。少し恰幅はいいが懐の広そうな、僕のストライクゾーンを外れないお方である。

「すみません、一晩泊まりたいんですけど」

「はいよ。泊まるだけなら銅貨60枚だけど、朝晩二食付きで銅貨80枚だよ」

「それが、手持ちが心許なくて。今から依頼を済ませてくるので、予約だけってできます？」

「ははは、お客さん面白いね。うちは予約なんかしなくたって泊まれるよ。でも、わかった。少しくらいお金が足りなくても来てくんな。その時は、素泊まりの料金で朝晩つけてあげるよ」

女将さんは豪快に笑ってそう言ってくれた。やっぱりここでも街の人は優しい印象を受ける。しかし、受付や厨房に他の人の姿はない。もしかしてここも旦那さんが……？

「おきゃくさん、またくるの？」

「ああ、ちょっと働いてくるんだ。それが終わったら、ここに泊めてもらうから待っててね」

「うん、わかった～」

ルルちゃんという娘さんの頭を撫でてあげると、気持ちよさそうに目を細めていた。

小さい子って本当に癒しをくれるなあ……。いや、別にロリコンではないけども。

「すみません、申し遅れました。僕はレンといいます」

「私はネネ、この宿屋は【龍の寝床亭】だよ。この子はさっき聞いたろうけど、ルルね」

女将さんはルルちゃんの両肩に手を置きながら、名前を教えてくれた。

さて、日が暮れる前に依頼を済ませてこよう。


四件目の依頼場所は、噴水広場の冒険者ギルドの近く。

依頼主の家は、見事な庭園のあるお屋敷だった。

家の扉をノックすると、メイド服の女性が出てきて案内してくれた。

髪型はポニーテール、少し大人びたクールな表情で、これまた美人でございます。

掃除を頼まれたのは、庭園にあるブドウ畑だった。みっしりと垣根のように木が生い茂り、大粒の実がなっている。

「今は庭師に休暇を取らせていて、代わりの者が畑を管理していたんですが、どうも土に掛ける魔法の加減を間違えたようで……」

「なるほど」

こんな立派なお屋敷で掃除の依頼なんて変だなあと思ったら、そういうことか。

どこから手を付けようか迷ったが、とりあえず豊作過ぎて地面に落ちてしまっているブドウを拾い、籠に入れていくことにした。

すると一房拾い上げた瞬間、耳慣れない声が頭に響いた。

〔【採取の王】のレベルが上がりました【E】↓【D】〕

「え？」

何が起こった？　僕はブドウを拾っただけだ。それも落ちていたものだから、収穫したわけでもない。

「どうしました？」

無表情のまま、メイドさんが僕を見て首を傾げている。

今のシステム音声みたいな声は、僕にしか聞こえなかったみたいだ。後で確認するとして、とりあえず今は依頼を済ませよう。

「すみません、何でもないです。ブドウの回収だけで大丈夫ですか？」

「あ、できれば雑草も抜いていただけると助かります。落ちてしまったブドウもまだ捨てないので、雑草とは分けておいてくださいね」

むむ、もしやブドウはお酒とかにするのかな。もしそうなら飲んでみたいな……。

大粒のブドウを眺めていると、そんな雑念が湧いてしまった。

今日のお宿のためにもよっこらせ、なんて心の中で歌って掃除していたら、一時間ほどで終わった。

これで銅貨40枚とは……つくづく、他の冒険者達は何故やらないんだと疑問に思う。

映画みたいに呪文一つで片付けや掃除ができる魔法はないみたいだし、確かに多くの人は面倒だと思うのかもしれないけど、僕としては、これで仕事になるなら全然構わない。

汗を拭いてメイドさんのもとに報告に行くと、彼女は「お礼です」と僕に綺麗なブドウをまるごと一房くれた。

何だか悪いと思ったけど、メイドさんは有無を言わさず押し付けてくる勢いだし、それを断れるほど僕も強くない。結局ありがたく受け取ることにした。

でも、なんであんなに押しが強かったんだろう？　渡してくる距離もやたら近かった気がする。表情がクールなお方なので心が読めません。


その後、お腹は減っていたけどすぐに冒険者ギルドに立ち寄り、報酬を受け取った。

宿に向かう頃には、すっかり日が落ちていた。

この世界も、どうやら四季はあるらしい。街路樹の落ち葉から察するに秋口くらいなのかな。

ということは、そう遠くないうちに冬がやってくる可能性が高い。やばいね。

今のうちにお金を稼いで、衣食住を整えておかないと悲惨なことになりそうだ。冬に路上で暮らすなんて考えたくもない。

そうして今後を憂いているうちに【龍の寝床亭】に着いた。僕が扉を開くと、ルルちゃんが迎えてくれる。

可愛過ぎるので高い高いをしてあげたら、とても喜んでくれました。

「おかえり。悪いね、相手してもらっちゃって。亭主がいた頃はあの人が遊んでたんだけどね」

夕食の支度をしてくれていたらしいネネさんが、厨房から出てくる。

やっぱり旦那さんがいないだと！　この街の男どもはどんだけ危険な生き方をしてるんだ。でもその謎を聞く度胸はないので笑顔で通す。

「あら、荷物はそれだけかい？　ずいぶん少ないね」

「まあ、色々ありまして」

召喚された時、僕は財布とスマホしか持っていなかった。財布は盗まれて、スマホは電源を切ったままポケットの中。鞄は公園のベンチに置いてきちゃったんだよね。

そして手には銅貨の入った袋と、いただいてきたブドウだけなので、まあ実質それだけが荷物だ。

「あ、そうだ。このブドウ、依頼先でお礼にもらってきたんですけど、いりませんか？」

「いいのかい？　ありがとう、ご飯代はまけさせてもらうよ」

「え！　いやいや、いただき物ですし悪いですよ！」

そんなつもりはなかったんだけど、ネネさんはいいのいいのと手を振って笑った。

美味しそうだからご飯の後にみんなで食べようってさ。なんて良い人なんだ。

「しかし、レン。あんた……変わった服を着ているね。カッコいいけど、動きにくいんじゃないのかい？」

「別に走ったり跳んだりはしないいし、それほど悪くないですよ。水も弾く高性能スーツですし」

ネネさんは「そうなのかい？」と首を傾げて、厨房に戻っていった。ルルちゃんもそれを真似して首を傾げた後、ネネさんの後を追いかけていく。

なんとも微笑ましい親子だった。

◇

ネネさんに出してもらった食事（とブドウ）をいただいた後、自室に向かう。

さっきのシステム音声も気になるし、明日からどうするかも考えなくてはいけない。

ひとまずステータスを確認して、何かやれることがないか探ることにした。

「ステータスオープン」

レン　コヒナタ

レベル　1

【HP】40　【MP】30

【STR】9　【VIT】8

【DEX】8　【AGI】11

【ＩＮＴ】　７　　　　【ＭＮＤ】　７
スキル
アイテムボックス【無限】　　鍛冶の王【Ｅ】
採掘の王【Ｅ】　　　　　　採取の王【Ｄ】

まずあの「Ｅ↓Ｄ」というシステム音声は、やっぱりスキルのレベルアップを告げていたみたいだ。その辺のものを拾っただけでも、スキルを使った扱いになっているのか。

そこまで考えて、ふとアイテムボックスが気になった。

受付のお姉さんの話を聞いたのもあって、人前でアイテムボックスを使うのは避けていた。特に何を収納した覚えもないので、空っぽのはずだけど……。

「アイテムボックスオープン」

ステータス画面の横に、新たに小さなウィンドウが開いた。

——何も入ってないはずのボックス内には、大量のアイテムが入っていた。

【世界樹の葉】　１７０　　　　【世界樹の枝】95
【清らかな水】　２５０（瓶入り）　【清らかなブドウ】20

【砂金】300

何だこれ？　どういうこと。誰かおせえて！

といっても天の声は舞い降りないので、自分で考えるしかない。落ち着いて思い出してみよう。

今日、僕がしたことは何だ？　庭、排水溝、ブドウ畑の掃除。確かに、葉っぱや水やブドウがあったエリアではある。

しかし、わからん。何で〝世界樹〟とか〝清らか〟とかの肩書きがついているんだ？　それに砂金に至っては、排水溝の泥とか畑の土を掬った程度で、金自体を見た覚えはないぞ。

「採取の王が仕事をした……ってことかな？」

自分の手で回収した物の、上位互換アイテムが採取できるスキル、としか考えられない。

ゴミは捨てたし、ブドウも分別して依頼人に渡したけど、それらが採取されたことになっているのか。

これが本当なら凄いことだけど、グレード上がり過ぎじゃないか？

だって〝世界樹〟だぞ。少しでもＲＰＧやファンタジーに触れた人なら、誰しも聞き覚えがあるだろう。葉をすり潰したり、煎じたりして飲ませれば死者でも復活しそうだ。

「砂金があるなら鍛冶の王も使ってみたいけど、ある意味怖いな」

採取の王がこれだけのチートとなると、鍛冶の王もそれに近いスキルの可能性がある。

金の上位品ってプラチナ？　お金の心配なんていらなくなりそうだ。

……いやいや、そんな楽観視している場合じゃない。誰かに知られたら命の危険がある。

早いうちに身を守るものを作った方がいいかもしれないな。

よし、明日は鍛冶できる場所を探そう。

「砂金かあ……今まで見たこともなかったよ」

小市民な僕はアイテムボックスから砂金を取り出して、しげしげと眺める。

ちょっと力を入れたら、予想以上の柔らかさで粘土みたいだった。

面白いのでずっと指先でコネコネしていたら、何故か金色が剥がれてきた。

「あれ？　なんだ偽物か……良かったような悔しいような」

ある程度柔らかい金属だとは聞いていたけど、流石にここまで柔らかいわけがないよね。

でも、子供の頃持っていた練り消しなんかと一緒で、こねるのは何となく気持ちいい。

偽物でもまあいっかと思い、続けていると……。

「あーあ、白くなってきちゃった……ん？」

指先の金属が、おかしな感触に変わる。粘土みたいだったのが少し固くなって、さらに輝きが強くなった。

「何かがおかしい……鑑定ってできないのかな？」

とか思っていると、またあの音声が流れた。

（【鍛冶の王】の結合スキル、【鑑定】を使用します）

持っていないはずの鑑定が勝手に行われた。結合スキルなんて初めて聞いた。

そして画面に表示された鑑定結果に、僕は唖然（あぜん）とする。

【オリハルコン】

「はい？」

開いた口が塞がらない。もうこの際、金を簡単にこねられてしまったことはいいとして、なんでそれだけでオリハルコンになるんだ。

「こねることが〝鍛冶〟になってるのか……？　いや違うな、鍛冶の王で触った金属が、上位互換されるのか。この調子だと採掘の王もそんな感じなのかも」

今度、石でも叩いてみるか。もちろん、誰もいないところでね。

「とりあえず、何か小さいものでも作ってみようかな。粘土みたいに扱えるからリングとか？　逆に刃物なんかはこの柔らかさじゃ無理だろうし。鍛冶道具をどこかで借りれないか調べないとなー」

ゆくゆくは討伐系の依頼も受ける予定だから、武器や防具も必要になる。

「さてさて、何が出るかな」

テーブルの上に砂金を百粒ほど出して工作。指輪と腕輪とネックレスを作ってみた。

ネックレスは螺旋（らせん）を描いた感じのデザインになって、なかなか傑作っぽくなったぞ。

腕輪と指輪は普通のリング型だけど、アイテムとしては結構上位なようです。

【オリハルコンの腕輪】 ＶＩＴ＋３００
【オリハルコンの指輪】 ＶＩＴ＋３００
【オリハルコンのネックレス】 ＳＴＲ＋２００　ＶＩＴ＋５００

単純な造形からは想像もできない能力値アップである。

ただ、まだ僕もこの世界のステータスの水準を知らないので迂闊に喜べない。今は大抵のパラメータが一桁だけど、レベルが上がった後の数値次第ではガラクタになりかねないからだ。

それでも、場合によってはこの世界ではあり得ない数値のＶＩＴを手に入れた可能性がある。

「とんでもないね」

チートではないかもなんて思ってたら、すっごいチートだった。

ごめんよ王スキル三人組。これからは侮りません。

◇

翌日、身支度を整えてギルドに向かう。

「おはようございます」

「ああ、レンさん。おはようございます。今日もお掃除しますか？」

目立つ服を着ているからか、受付のお姉さんは僕を覚えてくれていた。

「はい、ぜひ。ちょっと今日は鍛冶屋さんからの依頼を探してるんですが……」

「鍛冶屋……大丈夫ですか？　掃除の依頼でも、鍛冶屋だと特にきつくて実入りが少ないですけど」

「大丈夫です」

今日は朝から働けるので、めいっぱいやっていくぞ。

まずは、鍛冶屋の掃除の依頼を受けて、鍛冶場を使わせてもらえないか交渉するのが目標。

もし利用料が必要になったら、結局宿代をまけてもらって余った銅貨もあるし、何とかなるだろう。砂金を出せば一発だと思うけど、まだ表に出すのは怖い。

そして行きがけに、手ごろな肩掛けの鞄を買った。

アイテムボックスがあるから僕自身は手ぶらでいいんだけど、ボックスの中のものを出す時にどうしても不自然なので、外見だけでも装えるようにと思ったのだ。

これで砂金を出そうが何を出そうが、鞄の中から取り出した風にできるのでひとまず問題ない。

ということでやってきました、鍛冶屋さん。作った武器や防具もここで売っているみたいだ。

扉が開きっぱなしだったのでそのまま入ると、オーバーオール姿のお姉さんが店番をしていた。

頬杖をついて、何やらふて腐れている様子。

「おはようございます。冒険者ギルドの依頼を受けて来ました」

僕が挨拶すると、お姉さんは立ち上がって僕の腕を掴み、無言で地下に引っ張っていった。ちょっとびっくりしたけど、どうも僕に怒っている風ではなさそうなので黙ってついていく。

地下の工房へと階段を下りていく間に、さっそく熱を感じた。

外から見た時にはちゃんと建物に煙突があったのだけど、それだけでは熱を排出しきれずにこっちからも熱が昇ってきているようだ。

工房に着くと、そこにはファンタジー世界の常連、ドワーフのお爺さんがいた。赤熱した剣を、ハンマーで叩いている。

「おじい～、掃除してくれるって冒険者が来たよ」

「あぁ、そうかい。じゃあ煙突を掃除させてくれ。早う排気せんと、剣に悪い熱が移りそうじゃ！」

僕の顔も見ずにそう言ったドワーフさん。不愛想なお爺さんといった感じか。

まあ、ドワーフはよく鍛冶にしか興味がないとか言われてるし、それほど気にならない。先入観があって逆に良かった。

ということでその辺にあったブラシを借りて、地下の熱を逃がすための煙突を掃除します。

暖炉のような床から伸びる煙突と違い、換気扇みたいに天井から出ている。下から掃除するのは難しそうだったので、一度建物の外に出て、煙突についているハシゴを伝って上っていった。

気のせいか昨日より体が軽く、意外と余裕だね。装備によるステータスアップが影響していそうだ。

てっぺんまで上がると、陽の光が目に刺さる。

「眩しい……結構高いなー」

丘陵に沿って作られた街が、朝日に照らされているのがよく見える。

しばらく景色に目を奪われてしまったが、気を取り直してブラシで上から掃除していく。煤汚れは結構頑固だけど、洗剤なんてないので水で流すしかない。

……水か、そうだ！　アイテムボックスの清らかな水を使えば、掃除も楽じゃないのか？

僕はボックスから、瓶に入った清らかな水を取り出した。

適当に汚れにぶちまけると、みるみる落ちていく。真っ白とはいかないが、ブラシをかければそれなりになる。普通の水ではこうはいかないだろう。流石上位アイテム。

ちなみに瓶はまた別のことに使えそうなのでボックスに戻した。たぶん、これだけ造りの良い瓶なら売れるだろうからね。

かなりの時間を費やすと思われた煙突掃除も、清らかな水のおかげであっという間に終わった。

「お兄さん、凄いね。掃除マスター？　煙突掃除はこんなに早く終わらないよ、普通」

オーバーオールのお姉さんは感心して僕を見る。さっきはふて腐れていただけに、こうやって褒められると気持ちが良いです。

ああ、そうだ。それよりも交渉をしなくちゃ。

「あの……鍛冶場をお貸しいただくことって、できます？」

「ん、お兄さん、鍛冶の志も持ってる感じ？　それならあっちの作業台を使っていいよ。ただ、掃除をしないと使えないけど」

なるほどね。その代わりタダなのかな？

「使用料とかはいらないから、素材は自分で用意してね。私は売ってあげてもいいんだけど、大体おじいが使う分だから、おじいに怒られる」

横目でお爺さんをちらりと見て、お姉さんは苦笑した。

「ありがとうございます！　素材は自分で用意できるので大丈夫です」

「――ふん、素人（しろうと）が鍛冶をやろうというのか。まったく、若いもんはそうやって軽々しく考えるからいかん」

鍛冶という言葉に反応したドワーフのお爺さんが、何やら不満を述べつつ振り向いた。

すると突然目を丸くして、僕をまじまじと見る。空想の存在だと思っていたドワーフを間近で見られて感動だけど、ソッチの気はないので無反応を貫（つらぬ）いておこう。

「おぬし……なるほど」

何かに納得したように頷くと、お爺さんはまた鍛冶の作業に戻った。

何がなるほどなのかわからないけど、まあいいか。次の掃除とご飯を済ませて、また戻ってこよう。


「ふ～ん、おじいが一目見ただけで使うのを許すなんてね。相当気に入られてるよ、君」

「そうなんですか？」

工房を後にして階段を上る間、お姉さんはそう言ってきた。

「細い腕だし、普通の冒険者には見えない格好だし、私にはわからないな～。でも、これからちょくちょく来るってことなら、ちゃんと自己紹介しておこうかな」

受付まで戻ると、お姉さんは僕に向き直った。

「私はこの鍛冶屋【龍剣】のオーナー、ガッツおじいの孫のエレナだよ。おとうもおかあも死んじゃってるから、おじいだけが私の肉親なの」

「そ、そうなんだね……僕はレン・コヒナタ。レンって呼んでください」

いきなり結構重たい境遇を聞いた気がするけど、流して普通に自己紹介を返した。

もし彼女があえて明るく言ったのなら、ここで僕が暗くなってしまうのは良くない。

後でまた来ますと伝えて、僕は【龍剣】を出た。

最初は昼食を挟んでから次の依頼場所に行こうと思ってたけど……まだ時間があるし、昼食の前に依頼を済ませてきちゃおうかな。

◇

「あ〜、仕事の後の食事は美味しいなあ……」

【龍の寝床亭】に帰り着いて、昼食をいただいている。

二件目の依頼先は、昨日最初の庭掃除をしたおばあちゃんの家だった。今度は新調した家具の運び込みをやったんだけど、「また来てくれたのかい」って喜んでくれたのが嬉しかった。

何だかこの世界に、自分の居場所ができたような感覚になるけど、まあ、まだこれからだよね。

ともあれお金を稼いだおかげで、こうしてご飯にありつけるわけだ。

ちなみに食事はビーフシチューならぬ、オークシチュー。パンを浸して食べています。

オークとの初対面がこんな形になるとは思わなかったけど、やはりこの世界にもああいうモンスターはいるみたいだ。

食べた感じは、鶏肉のように噛み切りやすい豚肉といったところ。脂身があるので旨味も抜群。

「美味しそうに食べるねえ。作った甲斐があるよ」

「お兄ちゃん面白ーい」

涙を流して食べている僕を見て、ネネさんとルルちゃんが笑っている。でも、本当に美味しいんだからしょうがない。なのに何でこの宿屋は繁盛していないんだろう？

「食事もベッドもいいのに、何でこんなに空いているんですか？」

「まあ、一番街の外れにある宿屋だからね……みんな中心部の、高い所からの景色が好きなのさ」

笑ってはいるけど、ネネさんは俯いていた。その姿を見るとやっぱり、何か手助けできないものかと思ってしまう。

「昨日のブドウ、まだあるんですけど、いりませんか？」

僕はアイテムボックスにあった〝清らかなブドウ〟をネネさんに向かって差し出した。ネネさんは一瞬嬉しそうにしたけど、またタダで貰ってしまうのは悪い、と言って遠慮する。

「じゃあ、僕の今日の宿代ということでどうでしょうか？」

「……いいのかい？　昨日もらったものより上物（じょうもの）みたいだし……たぶん、市場で売れば銀貨1枚は下らないと思うよ」

ええ！　そんなに高いの？　流石、料理上手のネネさんだ。食材のことはよくわかるみたい。

だが僕も男だ。一度出したアイテムは戻さない！

「いいんですよ。貰い物ですから」

正直に言えば、貰い物ですらないのだ。拾ったブドウも、それはそれで籠に入れていたわけだし。

なのにアイテムボックスには同じ数だけ、ブドウの上位品が入っている。

簡単に言えば二倍アイテムを拾っているということ。人にあげても僕に何の損もないのである。

「本当にいいのかい？」

「えっと、そこはネネさんにお任せします」

「はは、ありがとうね。じゃあ、今度はブドウエールでも作るかね」

ネネさんはそう言ってブドウを持って厨房に入っていった。

「お兄ちゃんありがと！」

ルルちゃんが抱きついてきた。僕的にはこれだけでブドウ代はチャラになる。でも、決してロリコンではない。


美味しいご飯を食べて、鍛冶屋に戻ってきた。

エレナさんは初めて会った時とは違い、とてもいい笑顔で迎えてくれた。

「おじいが褒めてたよ。あんなに早く終わったのに、最高の仕事をしていきやがったって」

エレナさんは指でガッツさんの太い眉を真似ながらそう言った。

真似した顔も可愛いな。こんなにお茶目な人だったのかと驚くばかりだ。

「来たか。ハンマーは息子の物を用意しておいた。使ってやってくれ」

「ええ!?」

ガッツさんが渡してきたハンマーを見てエレナさんが驚いている。

息子さんの形見だと思われるハンマーは年季が入っていたが、とても綺麗だった。受け取っていいものか迷ってしまう。

「使っていいんですか？」

「道具ってやつは使わんと拗ねるからな。こいつも本望だろ」

僕の疑問にガッツさんは優しい笑顔で答えた。

何というか、恐縮してしまうな。でも、期待してくれているみたいだし頑張ろう。

まだ驚いて戸惑っているエレナさんをよそに、僕は鍛冶場の床や作業台を掃除していく。ここで親子仲良く剣や防具を打っていたのかと思うと、少し感傷的な気分になった。

掃除の要領はさっきと一緒だ。清らかな水を全体に撒き、ゴシゴシとブラシで磨いていくだけ。

「わあ！　もう綺麗になってる」

しばらくして、様子を見に来たエレナさんが歓声を上げていた。それもそのはず、掃除技術の向上でさらに速くなったのだ――っていうのは嘘で、鍛冶場での作業効率が鍛冶の王の効果で上がっているからだった。

さっきは煙突に上がっていたから気付かなかったけど、鍛冶場にいるとあらゆる作業が速くなっているみたい。

よし！　これで鍛冶の準備は完了。さあ、やるぞ。僕の鍛冶チート生活のスタートだ！

第三話　実績と経験を積みます

早速武器を製作する。

まずは、昨晩のうちにコネコネして砂金から変換しておいた、二百粒分のオリハルコン。取り出す時はちゃんと鞄から出しているので、エレナさんに見られても大丈夫。オリハルコンということには仰天してたけど。

エレナさんの視線を感じつつ、僕はオリハルコンを金床(かなとこ)に載せる。

お借りしたハンマーとヤットコ鋏(ばさみ)を使い、熱を与えつつ叩いていく。

僕も男の子として人並みに武器への興味は持っていたが、流石に剣を一から打つ知識はない。いわゆる日本刀というものなら三種の鉄を重ねて打つらしいんだけど、今回はオリハルコンのみ。

仕方ないので、シミターみたいな片刃の薄い剣を目指したいと思います。

トンテンカンテン。何となくのやり方はわかるけど、打ったことは一度もないので見よう見まねで打っていく。

すると、数回打っただけで段々狙い通りの形になってきた。多分、鍛冶の王がいい仕事をしているんじゃないだろうか。

何せ打つ時に出る光が、明らかに火のそれではなく青白いのだ。どう見ても、自分の実力以上のものができている。素人にこんな立派な武器は打てないよ。

と言っている間に剣ができ上がりました。


【オリハルコンのショートソード】ＳＴＲ＋５００　ＡＧＩ＋３００

シミターにしようと思ったんだけど、勝手にショートソードになってました。スキルのレベルが足りないのだろうか。

「うむ、思った通り凄い武器を打ちやがるな。儂の作るものをゆうに超えている」

気が付くと後ろにガッツさんが立っていた。そのまま隣へ歩いてきて、身震いしながら僕の剣を手に取る。

「オリハルコンということもあるが……なんという圧だ」

ガッツさんは剣から目を離せない様子。剣と一緒に僕の手も掴んでいるので動けません。

「おじい、レンが困ってるよ。放してあげて」

「おお、すまない。つい夢中になっちまってな」

ようやく放してくれた。エレナさんのお陰でウホッという展開にならずにすみました。

「しかし、オリハルコンなんぞ、どこで手に入れたんだ。儂も欲しいぞ」

「ちょっとした伝手で手に入りまして……」

まさか砂金から錬成しました、なんて答えるわけにはいかない。

「ふむ、言えないか。まあ、物が物だからな。仕方ないだろう。今度また、手に入ったら言い値で買うぞ」

「ちょっとおじい、オリハルコンを買えるほどの貯金はないよ！」

「だが相当な貴重品だぞ。これで武器を作れば必ず高値で売れる！」

止める間もなく、エレナさんとガッツさんが言い合いになってしまった。

オリハルコンの相場はインゴット一本で金貨10枚だという。

昨日、依頼の行き帰りに市場や商店で物価を見てきたけど、リンゴ一個で銅貨1枚くらいの相場だった。かなり雑な目算ではあるが、金貨10枚というと、元の世界で言うと高級車が一台買えてしまうくらいの値段になるのだ。

それを出してでも欲しいと思ってしまうほどの価値が、オリハルコンにあるということか。

「これからもお世話になると思いますし、余ったオリハルコンは差し上げますよ」

「何！　まだ持ってるのか！」

僕はアイテムボックスに残っていたオリハルコンを取り出す。あと五十粒くらいはある。短刀ほどの大きさしか作れないとは思うけど、他の金属と混ぜれば充分使えそうだ。

「この量なら盾の方がいいな。魔法伝達力がミスリルの倍……くっくっく」

ガッツさん、何かやばいスイッチが入っちゃいました。

「ごめんね。ああなっちゃうと止まらないから。それよりも本当にいいの？」

「いいですよ。ガッツさんに使われた方が、オリハルコンも本望だと思いますし」

エレナさんは申し訳なさそうにしているけど、僕も大事なハンマーを貸してもらった恩がある。

今はさっきのガッツさんの言葉をそのまま返すべきだと思った。

「そっか。レンはいい人だね……でも、貰いっぱなしじゃ何だから、店の商品をいくつか持っていっていいよ。剣だけじゃ外の魔物に勝てないでしょ」

これは思わぬ幸運かもしれない。確かに今後、外に狩りに行くようになることを考えたら、防具は欲しいよね。外は危険がいっぱいなのだ。

「じゃあ、防具をいくつか見繕ってもらえるとありがたいです」

「はいよ。私が選んであげる」

おお、美人に選んでもらうなんて元の世界でも味わったことないぞ。

最終的には、鉄と革でできた軽量な混合鎧にした。これでやっと、こっちの世界らしい服装になる。

だけど背広やワイシャツを売るのはもったいなくて、着替えた後はアイテムボックスにしまった。元の世界との数少ない繋がりだし、いつか使える時がくるかもしれないからね。

初めて作った武器はこんなにカッコよく見えるものなのか。

宿に戻ってからというもの、僕は自室でオリハルコンのショートソードを構えてみたり、眺めたりしていた。うっとりして顔がちょっとにやけてしまう。

「お兄ちゃん変なのー」

そんな姿をルルちゃんに見られてしまった。どうやら夕飯ができたので呼びに来たみたい。

明日からまた掃除をしていこう。街の人には良くしてもらったから、恩を返さないとね。

食堂に行くと、意外と言ったら失礼なのだけど、何人もお客さんが入っていた。

「レン、ブドウエールはとても好評だったよ。もっと手に入らないかね？」

忙しく動き回りながら、ネネさんがそう言ってきた。どうやら、外で路上販売をしてきたようだ。買った人がおかわりを求めてきたんだけど、足りなくて売り切れちゃったみたい。

そこから【龍の寝床亭】の料理も少しずつ口コミが広がっているようだ。確かにここまで人気になるなら、僕としても宿の名物にしてあげたい。

「じゃあ明日、ちょっと交渉してみますね。たぶん、卸してくれるはずですよ」

「そうかい、それは助かるよ。お金は弾むからね」

そんなやり取りを大きな声でするものだから、食事をしていた周りの客から歓声が上がった。

明日材料を仕入れて明後日販売だとネネさんが言うと、もう拍手喝采。これは僕がブドウを手に入れられなかったら、暴動が起こりそうだ。

僕はネネさんと約束をして食事を済ませた。

自室に戻ると、寝る前に一つやることがあった。

「このショートソード……綺麗だけど目立ち過ぎる。色を変えよう」

白銀に輝くオリハルコンのショートソード。このままだと人目を引いてしまうので、普通の鉄のショートソードのような色に変化させようと思ったのだ。

これも鍛冶の王のスキルで簡単にできた。剣を指でなぞると、色が変化していく。すっかり鉄にしか見えなくなった。

「これでよし！」

お腹もいっぱいだし、今日は早々に寝ることにしよう。

混合鎧のままだと窮屈なので、脱いでワイシャツに着替える。やっぱり捨てなくてよかった。

寝間着を借りてもいいんだけど、この世界の服はまだどうにも着慣れないからね。

◇

翌日、例のブドウ畑の掃除の依頼を受けてお屋敷に向かう。

「レンさん、また来てくれたんですね」

あのクールビューティなメイドさんに迎えられました。こういう人が笑顔を見せるとたまらなく魅力的だ。

「今回は、ちょっとお願いがあって来ました。実はここのブドウを、泊まっている宿屋の女将さんにあげたらブドウエールを作ってくれたんです。それが大変好評になっちゃって……なので、正式にそこの宿にブドウを卸していただけないかな～と……」

僕の話を聞き終えると、メイドさんは少し考えて、頷いてくれた。

書類を用意するということでお屋敷に入っていったので、僕はブドウ畑を掃除しながら待つ。

まだ前回から間もないというのに、地面には複数のブドウが落ちていた。魔法の加減を間違って土に掛けたと言っていたが、まだ効果は続いているらしい。

すると、十分もしないうちにメイドさんが戻ってきた。

「用意できました。行きましょ」

「え？　でもまだ、掃除が途中ですよ」

「これだけ綺麗になっていれば大丈夫ですよ」

メイドさんはそう言って僕の腕に自分の腕を絡ませた。頭が僕の肩に寄りかかってきて、とても甘い匂いがする。

こんな美人なメイドさんに甘えられるなんて。僕の不運はどこに行ったんだと思うくらい幸せです。

まるでデートであるかのような足取りで【龍の寝床亭】へと向かう。

途中、僕の動きがぎこちないのに気付いて、メイドさんが小さく笑った。

「ふふ、そんなに緊張しなくてもいいのに」

「緊張しない方が無理ですよ……」

生まれてこの方、女の人と腕を組んで歩いたことなんてないんだから。

「――レンさんには、みんな感謝してるのよ」

不意に敬語が抜けた喋り方になるメイドさん。

「この街は差別や迫害はないけど、生活に困っている人は多い。貴族もあんな感じだしね。冒険者も、やっぱり人の家を掃除するよりはモンスターを狩った方が箔が付く」

でもあなたは違った、と彼女は付け足した。

「だから私は、結構あなたのことを気に入っているのよ」

「きょ、恐縮です……でも、本当にそれだけで？」

「ふふ、それだけで、だよ」

腕を組む力が強くなった。どうやら、僕は色んな意味で有名になっていたみたいです。

確かにどうせなら人助けしたいとは思ったけど、お金と素材のために掃除や手伝いをしていただけでもある。少し心が痛みます。

「名声とかに欲のない人って冒険者に少ないんだよ」

メイドさんはそう言ってまた微笑を見せた。そういうものなのかな。

宿屋に着くと、すぐにネネさんとメイドさんが交渉に入った。

「これでブドウエールを作ってもらっていいでしょうか？」

真剣な目で言うメイドさん。商売として卸すからにはちゃんと味を確かめたいようだ。

ネネさんは頷いて厨房に向かった。しばらくして、木樽のジョッキを持って戻ってくる。

メイドさんはその中身を見るとわずかに顔をしかめた。種を抜いてすり潰したブドウがたっぷり入っているので、エールは紫がかった色になっている。確かにちょっと見た目は良くないかもね。でもワイングラスに入れるわけでもないし、味さえ良ければ男衆（おとこしゅう）には人気が出ると思うんだけどな。

意を決した様子で、メイドさんはエールを口に運んだ。

すると、一口かと思いきやそのまま一気飲み。かなり美味しかったのか、飲んだ後プハァーと男らしい声を上げる。

「美味しいですね。これは外に出すべき飲み物です」

「本当かい？　じゃあ……」

「はい、交渉成立です。お代は稼いでからでいいですよ。商人ギルドには私が言っておきます。誰かに取られるのは癪（しゃく）ですからね」

どうやらこのメイドさん、只者（ただもの）ではなかったようです。

「改めまして、レイティナ・エリアルドと申します。今後ともよろしくお願いしますね。特にレンさん、これからもよろしくね」

家名付きの名前を名乗った彼女。聞いてびっくり、あのお屋敷の主人らしいです。

何でメイド姿なのかと尋ねたら、メイド姿で接客すると相手の本性がわかるから、らしい。

外見や立場だけで態度を変える人っているもんね……わかるような気はする。

こうして【龍の寝床亭】の名物が生まれた。これでネネさん達は枕を高くして寝られるだろう。

良かった良かった。

◇

ブドウの交渉から三日。あれからも僕は毎日、街の依頼を色々受けています。

掃除だけじゃなくて、スキルを活かせる修理系の仕事や、飲食店の手伝い、宅配便みたいなこともやった。

……決して外が怖いわけじゃない。ほら、オリハルコンの短剣だってあるし。ね?

「レンさんおはようございます。今日もいい天気ですね」

「ああレイティナさん……お、おはようございます」

メイドさん改め、レイティナさんのお屋敷にもこうして足を運んでいる。

でも毎回レイティナさんがすぐ近くで僕の掃除姿を見てくるようになったのは、どういうことだ。お屋敷に来たのは、ネネさんとの取引の後、これからもよろしくと念を押されてしまったから。断じて美人さんを見て眼福にあずかろうと思っていたわけではない。ちゃんと新規の依頼ではおじさんやお爺さんの手助けにも行きましたよ。

冒険者ギルドに報告に行く時は、レイティナさんに腕を組まれてしまい歩きづらい。本来、男としては最高のシチュエーションなんだけど、実際やってみるとそんな感想が漏れる。

とはいえ、腕に時折当たるお胸はとてもポヨポヨしていて、大き過ぎず小さ過ぎずといった感じで大変頬が緩みます。

その状態で冒険者ギルドに入ったものだから、いつもの受付のお姉さんの視線が痛いです。いかがわしいことはしていないので許してほしい。

「レンさんいらっしゃいませ。今日はどういったご用ですか？」

何だかとげとげしい。僕の担当になってくれたらしいのだけど、まだ、名前も聞いてないいんだよね。

「えっと、掃除が終わりました。四件分です」

「はい、確かに……。あの、レンさんは討伐などの依頼は受けないのですか？」

「あー……武器も防具も揃ったので、いつか行きたいとは思っているんですが……」

「じゃあ、行った方がいいですよ。いつまでもFランクでは男として体裁(ていさい)が悪いです」

うん、とってもとげとげしい。だけどまあ、受付のお姉さんの言うことも確かだよね。

そろそろ街を出て外を見て回ろうか。いつまでも宿屋でお世話になるのもどうかと思うし。

ネネさんは「息子が一人増えたって構いやしない」と言っていたけど、それじゃダメだよね。あの宿もお客さんが増えてきたし、ずっと僕が客室を一部屋占拠してしまうのは申し訳ない。

まあ、忙しさ自体はレイティナさんの手配で店員さんが増えたから大丈夫なんだけど。

「レンさん、危ないことはしないで。私が養ってもいいし」

「ええ！」

レイティナさんは僕のことを何だと思っているんだ。僕はヒモになる気はないよ。

……だけど押し付けられたお胸のせいで思考が揺らぐ。レイティナさんは惚れやすすぎだよ。掃除してもらっただけでそんなこと言っちゃダメでしょ。

「レンさん、あなたはいい人です。だからこそ、Ｆランクで終わるような人間ではありませんよ」

いつの間にか受付の外に出てきていたお姉さん、僕の空いてる腕にしがみついてお胸を当ててくる。大きさでは受付のお姉さんに軍配が上がる。

しかし、そういう耐性がない僕は両方に意識が行ってしまう。情けないけど、しょうがないよね。

「……二人とも離れてください！」

心のどこかで惜しいとは思いつつも、何とか二人を引き剥がした。このままでは鼻血で湖を作ってしまう。

一度冷静になってもらおうとしたのだが、僕が怒ったと思ったのか二人ともしゅんとしている。

「いや、怒ったんじゃなくて、僕の意見も聞いてほしいだけです。とりあえずレイティナさん、お言葉は大変嬉しいんですが、僕はヒモになる気はありません」

レイティナさんは僕の言葉に不満そうである。

「そして、受付のお姉さん」

お姉さんは、僕の言葉を聞くや否や、掴みかからんばかりの勢いで声を上げた。

「レンさん！　私の名前はファラです！」

「あ、すみません……」

僕は気を取り直して話し出す。

「コホン。じゃあ、ファラさん。Ｆランクでも大丈夫そうな討伐依頼をください」

「はい、わかりました！」

名前を呼ばれたのがよほど嬉しいのか、ファラさんはスキップをして掲示板に向かった。

そして一瞬で依頼書を掴んで持ってくる。内容は、近くの森のゴブリン退治だった。

「Ｆランクの初めての依頼ですので、私が同行します」

「「え？」」

僕とレイティナさんが驚く。そんなことってあるの？

先輩冒険者とかならわかるけど、受付係同行のクエストなんて聞いたことないぞ。

「ファラさんのレベルはおいくつなんですか？」

「私は50ですよ」

さらっと凄いことを言われた気がする。

「50って、Ａランク冒険者のベテラン並みじゃないですか！　何でそんな人が受付係やってるのよ……」

レイティナさんの反応で、相当な実力者だということが一発でわかりました。

僕はまだ魔物を狩ったことがないので当然レベル1。なんか、逆にファラさんの持ってきた依頼が安全なのか心配になってきた。

「そんな人が同行するって……ゴブリンって、もしかして強いんですか？」

「いいえ、一度に多数を相手にせず、飛びかかってくるのにさえ気をつければ勝てます」

まるでゴブリンを何体も屠ってきたかのようなアドバイスだ。

「じゃあ、何で同行を……？」

「だから、言っているでしょ。初めての討伐依頼ですからと」

それでも僕がブツブツ言っていたら、ファラさんが僕の頭にげんこつを落とした。

そして「四の五の言わずに行くわよ」と言って、僕の首根っこを掴んで奥の部屋に引きずっていく。

流石の迫力にレイティナさんは唖然として見送っていた。

お互いに装備を整えて、ギルドの前で集合。

「じゃあ、行こうか」

どうやらファラさんは本気のようで、鎧と大剣を装備してやってきた。鎧は僕の防具よりさらに動きやすさ重視といった感じで、革がメインの軽鎧だ。

受付係としての姿じゃなくなったからか、ファラさんはタメ口になっていた。

ちょっと男勝りな喋り方のファラさん、鎧も相まってとんでもなくカッコいいです……。

街を出てからは、僕が先頭を歩いた。初めてのおつかいに行く子供みたいな気分だ。どうなるんだろう……。

ほどなくして森に到着。歩いて二十分ほどと近く、ここからテリアエリンの街も見える。

ギルドの仕事も忙しいだろうに、ファラさんは新人の僕を心配して来てくれたのだ。喜んでいいのか悪いのかわからないけど、気持ちとしてはとても嬉しいです。

「この中にいるんですね？」

ファラさんに質問をすると頷いている。

森の奥は見通せないほど鬱蒼（うっそう）としている。やっぱり定石（じょうせき）通り、中にはうじゃうじゃと色んな魔物がいるのかな？　洞窟（どうくつ）とか、罠とかもあって。

「ゴブリンはとても頭が悪い。ただ、数が多いので気をつけるように。私は危なくなるまで見ていることにする」

ファラさんに促されて僕は森へ踏み込んだ。

すぐ後ろにファラさんがいるので、ある程度は安心だ。

ゴブリンのステータスはレベル1の僕と同等みたい。だけど、僕は、鍛冶チートで防具も武器も性能を爆上げしているので、ダメージは受けないはず……って油断しちゃダメだ。しっかりと一発で仕留めよう。

「いた！」

気配を感じて茂みから覗くと、岩壁に空いた横穴の前を二匹のゴブリンがうろついていた。

初っ端から二匹を相手にするのはまずいかと思っていたら……。

「いや～～‼」

「何だ？」

ゴブリンとは違う、もっと大柄な魔物が現れた。それも、人間の女の子を担いでいる。

「あれは冒険者……それにオークまでいるじゃないか！　でも、色が違うし、体格も違う……」

オークらしき魔物は、そのまま洞窟に入っていった。色が違うということは、亜種とかそんな感じだろうか？

「ど、どうします？」

「レンには荷が重い。私が前衛をするから、背後を頼む」

ファラさんの言葉に頷く。初陣だけど、背後くらいは守ってみせます。

「やっ！」

茂みから駆け出すや否や、二匹のゴブリンを一刀のもとに両断するファラさん。

「行こう。オークは巣穴に獲物を持ち帰るとまず、食事を済ませてから繁殖行動を行うことが多い。今ならまだ食事をしているはずだ」

「奇襲のチャンスってことですね」

流石レベル50のファラさん、頼もしいな。躊躇うことなく、大剣を構えたまま洞窟に入っていく。遅れないようについていこう。


洞窟に入って五分もすると、ゴブリンが数匹いる部屋が見つかった。ファラさんは何やら粉塵の入った瓶を取り出すと、手榴弾のように部屋に投げ込む。

瓶の割れる音がした後、少しするとバタンという物音がした。部屋を覗くとゴブリン達が痙攣して倒れていた。痺れ薬だったらしい。

「こういったものも常備しておくと便利だよ。物音を立てないことが、洞窟攻略の第一歩だ」

ファラさんは微笑んでそう話した。僕の緊張をほぐしてくれているのかな。こんな時でもチュートリアルを忘れないのは凄い。

痺れて動けなくなったゴブリンを仕留めていく。

そこで気付いた。僕は今初めてゴブリンを倒したのに、既にアイテムボックスに何か収納されている。粗悪品の服と棍棒（こんぼう）だ。

つまり、ファラさんが倒した分のアイテムも、僕のボックスに入ってきているのだ。

ぼろ布と棒きれでは需要がないように思えるが、鍛冶の王スキルがあるからコネコネすれば何かに変わるかもしれない。

そして今、この部屋にいたうちの一匹が鉄装備も落としてくれた。アイテムボックスに自動で入ってくるものとその場にドロップされるもの、二倍の量をゲットできるみたいだ。

採取の王が、魔物のドロップにも影響を与えていたり、ファラさんが倒してもそれが適用されていたりするのはありがたい。しっかりと確認したいけど、今は人命がかかっているので後回しだ。

「ここが最奥か。いたな」

ファラさんは鋭い目つきで最奥の部屋を覗く。

そこには獣の肉を喰らっている先ほどの色違いオークと、杖を持ったいかにも「魔法使います」っていう感じのオークが立っていた。

部屋の端には鉄の檻（おり）がある。そこにはさっき連れ込まれた軽鎧の女性が震えながら座っていた。

「チャンスを待つ。準備をしておいてくれ」

「はい」

緊張してきた。……でも、食事中が一番チャンスっぽいのだけど。

魔法使いを警戒しているのかな？

「……今ならいけるんじゃ？」

「奴が繁殖行動を取る時が一番のチャンスなんだ、ギリギリまで待つしかない」

ええ！　ということは、あの人が汚(けが)されるってこと？　ダメでしょ、それじゃ手遅れだよ。

「食事に夢中な今がチャンスじゃないんですか？」

「いや、魔法使いの方が警戒をしているだろう？　罠の魔法が設置してあるかもしれない」

「罠の魔法があるならいつ行っても同じですよ。それにそんなもの自分の家に作るでしょうか？」

普通に考えたら、味方のいる拠点に罠は張らないはず。でも、馬鹿なゴブリンが割り込んできて、オークの獲物や食料を奪っていく……っていうこともあるのかも。

「レンの言うことも一理あるけど……待って。魔法使いが動いた」

魔法使いが最奥の部屋から出ようとこちらに歩いてきた。

魔法使いを倒せば力押しで勝てると、ファラさんは出てきたところを狩ることを提案。僕も同意し、息を潜めてその時を待つ。

しかし、その時は来なかった。

ゴゴゴゴゴゴゴ!!

「なっ！」

地面がせり上がり、最奥の部屋への道が塞がれてしまった。どうやら、声が外に漏れないように塞いだようだ。ゴブリンが寄ってきてしまうのだろう。

「くっ、レンの言った通り、あの時が最大のチャンスだったか」

やばい、塞いだということは、事に及ぶつもりだよね。

こうなったら隠していてもしょうがない、鍛冶、採取の他に残った、もう一つの王の出番だ。

「任せてください。僕が掘ります」

「え？　掘る？」

さっき手に入れた鉄装備のうち、籠手を取り出す。

少しコネコネしてスコップの形に形成。両手で持って、壁に横穴を掘っていく。

採掘の王の効果で、掘った土はアイテムボックスにも入っていった。驚いたことに、掘った位置より五センチほど深く……つまり、スコップの範囲以上に掘れている。

もう、自分でも何を言っているのかわからん。

「ええ！　なんで鉄がそんなに柔らかいんだ？　それに石や岩もあるから掘るなんて無理だろう！　って、掘れてる……」

ファラさんは唖然として僕を見つめる。僕は構わず掘り進める。

一分も経たずに穴は開通した。

「いや～！　オークなんかに抱かれたくない!!」

今、まさにオークに鎧をひん剥かれていた女の子が叫ぶ。覆いかぶさるオークの顔を必死にのけぞってよけている。

咄嗟に僕は手に持っていたスコップを投げつける。頭にガツンと命中したが、オークは余裕ある動きで立ち上がり、こちらに敵意を向けた。

「大きい……」

後から横穴を通ってきたファラさんが、オークを見て呟く。さっきまで遠目にしか見ていなかったから実感しなかったが、確かに大きい。三メートルはあるだろうか？

レベル50のファラさんが狼狽えるのだから、標準的なオークと比べても大きいことが窺える。しかし、そんなふうに感心している場合ではない。

魔法使いのオークから、炎の魔法が放たれてファラさんを直撃。

「うっ」

僕とファラさんのどっちが厄介かすぐに判断した魔法使いは、ファラさんを狙った。

あの魔法使い、頭はいいけど……警戒をおろそかにしちゃダメだよね。

「この!!」

『ギャ！』

オークが続けて魔法を使おうとした隙を狙って、ショートソードを突き刺した。もともと足には自信があった上に、ステータス強化がついている。この距離ならば一瞬だ。

人型の生き物を倒す罪悪感は、さっきの痺れていたゴブリンにとどめを刺した時に捨て去った。

「レン、先にあの女性を頼む！　こいつは私が……！」

ファラさんの方を見ると、骨でできた棍棒を持った色違いオークと鍔迫り合いをしていた。

僕は言われた通り女性へと駆け寄り、ボックスにしまってあった背広を掛ける。ゴブリンの粗悪品の服よりましかと思ったんだけど、素肌に背広では露出が凄い。目のやり場に困る。

「ぐっ！　すまないレン、援護してくれ！」

「あ、はい！」

ファラさんが手こずるっていうことは、僕では危ないんじゃないかと思ったんだけど……。

「やぁっ!!」

僕の攻撃に気付いたオークは、ファラさんを突き飛ばして僕の攻撃をガードしたものの、僕の方が……いや、僕の剣が、とても強かった。

『!?　ボホ～～!!』

なんと骨の棍棒ごとオークの頭を両断。オークは二つになった顔で、変な奇声を上げて絶命した。

「「……どういうこと？」」

助けた女性とファラさん、両方が唖然として僕を見つめる。

「おっと、たまたま、会心の一撃が発動しちゃった～……」

僕は急いで弁明の言葉を口にするが、その場は白けに白けて言葉をなくした。

「……まあ、言いたくないならそれでいい。とりあえず街に帰ろうか」

ファラさんはそう言って、女性を連れて先に外へと向かった。ファラさんの優しさが身に染みます。

街に帰り着くと、ファラさんが女性を家まで送るので、冒険者ギルドで待っていてくれと言われた。

市場の屋台でお昼を済ませた後、ギルドのロビーで暇を潰していると、受付係としてのファラさんが戻ってきた。

「おめでとうございます。レンさんは今からEランク冒険者です」

「え、昇格ですか！」

「はい！」

あの男勝りな話し方から一転、いつもの丁寧な口調。

「実は、レンさんにゴブリン討伐を持ち掛けた時点で昇格の話はあったんです。さっきのオークのことで、私は一気にDランクまでの昇格も提案しましたけどね」

ファラさん曰く、あの色違いのオークはそのさらに上位種に当たる、オーガになりかけの個体だったらしい。

もしあのまま放置されてオーガになったら、魔物を引き連れられるようになっていた。それがやがてスタンピードという魔物の集団暴走を引き起こし、街を危険に晒すそうだ。なにそれ怖い。

でも、今回のおかげで僕のレベルが大きく上がりました。

レン　コヒナタ
レベル　1　↓　5
【HP】40　↓　90　　【MP】30　↓　80
【STR】9　↓　45　　【VIT】8　↓　40
【DEX】8　↓　49　　【AGI】11　↓　59
【INT】7　↓　35　　【MND】7　↓　35
スキル
アイテムボックス【無限】　鍛冶の王【E】
採掘の王【E】　採取の王【E】↓【D】

そして、アイテムボックスの中もこんな感じ。

【世界樹の葉】300　　【世界樹の枝】195

【清らかな水】400（瓶入り）　【清らかな土】300
【清らかな岩】100　【粗悪な服】20
【粗悪な棍棒】20　【粗悪な鉄のショートソード】1
【粗悪な鉄の盾】1　【粗悪な鉄の鎧】1
【粗悪な鉄の具足】2　【粗悪な鉄の籠手】1
【鋼のスコップ】1　【オーガの牙】2
【オークの杖】2　【オークのローブ】2

レベル5まで上がってわかったけど、今のところ1レベル上がるにつれて5～10ほど各ステータスが増えるみたいだ。アイテムもそのまま手に入るものとボックスに入ってくるもので二倍の報酬になる。

それ以外にも、ステータスの概念が浸透していたり、魔物は死んでもすぐ霧散していったりと、何だか本当にゲームの中のような世界だ。

僕はそんなことを思いながら【龍の寝床亭】に帰り、自室へ。

さあ、お楽しみの製作タイムである。

第四話　増えていく仲間

「さてさて今度は何が出るかな」

　自室で色んなものをボックスから出して、コネコネしております。

　まずは清らかな土。コネている間は相変わらず粘土みたいだけど、どんどん粘り気が強くなって、最終的に固くなる。そして、光沢を帯びたと思ったら銀色に輝き始めた。

「土が銀になった……」

　どういう上位互換だと思った。鉄じゃないかとも思ったが、鑑定の結果は見事に【銀】。

　流石にこの調子で銀を生み出してしまうと相場が崩れてしまう。市場には少しずつ放出しよう……。

　スコップがあるので、自分で使う分にはその辺の土からいくらでも手に入るしね。

「次は岩ですな」

　岩をコネコネ。土と一緒で、一旦軟らかくなってから、どんどん固さが増していく。そして、鍛冶屋【龍剣】で見覚えのある物体へと色を変えた。

「ミスリルだね……」

ただの岩——正確には清らかな岩だけど、それがオリハルコンに次ぐ希少金属のミスリルになる。いよいよファンタジーって何だという感じになってきた。砂金より手に入りやすい岩でこうなるんじゃ、ミスリル装備が作り放題です。

一周回って、金がオリハルコンになったことには納得してしまう自分がいた。

ついでにわかったことが一つ。

鍛冶スキルで一度上位互換したものは、再びコネコネすることはできないみたいだ。

……まあ、そうだよね。何回も上位に変換できたら、何でもかんでもオリハルコンになっちゃうもんね。いや、一回の変換でミスリルってだけでも充分おかしいけど。

ちょっと今日はもう驚き疲れたので、他のドロップ品は次の機会にしましょう。粗悪品の服とかは、鍛冶じゃないからこねられないと思うけど……。

とりあえず作ったミスリルはガッツさんの鍛冶屋に卸そうと思い、明日、足を運ぶことにした。

◇

翌日、鍛冶屋【龍剣】に到着。

するとエレナさんが迎えてくれて、すぐに地下に連れていかれた。

工房では何やらガッツさんが、一心不乱にハンマーを振るっている。盾を作るつもりらしく、先日渡したオリハルコンが円状に打たれていた。

邪魔をしたら悪いのでガッツさんに話しかけるのはやめ、エレナさんにミスリルの件を伝える。

「わあ、オリハルコンの次はミスリルか……結構あるの？　インゴット三十本くらいなら買えるけど、それ以上だったら商人ギルドに卸した方がいいよ。あんまり大量の品を直接お店に卸してると商人に目をつけられて、何も買えなくなっちゃう」

ええ、何それ怖い。商人ギルドってそういうことしてくるの？

仕方ないのでとりあえず、ミスリルを上限量いっぱいまでエレナさんに売却。

結果は金貨3枚になりました。高いんだか安いんだかわからん。

続いて商人ギルドへ。冒険者ギルド同様、各地の街に置かれていて、物価の相場を決めているのもここ。ギルドの相場を破って大量の売買をすると、商人として生きていけなくなるらしい。

おまけに指名手配のようになってしまい、他の店でも買い物ができなくなる場合すらあると……まあ、敵に回すと魔王よりも怖い、というところかな。

商人ギルドは、真っ白い宮殿みたいな建物で気位（きぐらい）の高さが窺える。何だかさっき怖い話を聞かされたせいで、魔王城のような威圧感があります。

「いらっしゃいませ……どういったご用件で？」

圧倒されていた僕の動きが挙動不審だったのか、受付の青年は怪訝（けげん）な顔で僕に問いかけてきた。

「えっと、卸したいものがあるんですが……」

「そうですか……ただ、お言葉ですが今は商品の在庫が充分でして……」

うわ！　あからさまに断ってきた。どうしよう。

「でも、商人ギルドで買い取ってもらわないと直接お店に卸すことになって、ルール破りになってしまうんじゃないんですか……？」

「……」

僕の言葉は聞こえているはずなんだけど、青年は自分の作業に戻ってしまった。

さて、困りました。

他に取り合ってくれそうな人がいないか見回していると、見覚えのあるおばあちゃんが近づいてきた。

「あら？　コヒナタさんよね？　今日はどうしたの。商人ギルドのお掃除？」

あ、そうか。初めて掃除したお宅のおばあちゃんだ。

名前は聞いていなかったけど凄く高そうな服を着ているあたり、とても権威のある人に見える。

「どうしたの？　困っているようだけど」

「えっと、あの人に買取を断られてしまって……」

「あら……？」

おばあちゃんはそれを聞くと、笑顔ながらもすっごく怖い顔になり、例の青年の肩を叩く。

「あんたもしつこいな～……って、あ、あなたは……」

「あらあら、いつからそんなに偉くなったのかしら。あなたは人を見る目がないようですね」

青年はがたがたと足を震わせ始めた。今にも泣き崩れそうだ。

「さあコヒナタさん、奥の部屋へ。あと、あなたは降格と謹慎処分ね」

サーッと青年の血の気が引く音がした。無慈悲にも警備員が青年を外へ引きずっていく。少しかわいそうな気はするけど、話も聞かずに門前払いしたんだし自業自得ってことで。

「すみませんねコヒナタさん、あのような無礼な者に対応させてしまって」

「いえ、こんな僕に優しくする方がおかしいんですよ」

「そんなことはありません。あなたのような優しい人、そうそういませんから。……それに知ってるんですよ。ほぼ毎日、人手の足りない店や、困っている人の依頼を受けていたことを」

最初はお金欲しさだったけど、依頼主のもとを回るうちに、助けたいという気持ちの方が大きくなっていたんだよね。このおばあちゃんに全部気付かれていたと思うと恥ずかしい。

「別に僕は、暮らすためのお金が欲しかっただけで……」

「ふふ、そういうことにしておきましょう。では仕事の話をしましょうか」

おばあちゃんはそう言ってソファーに腰かけ、契約書を机に出すと鋭い眼差し（まなざ）しになった。

結論から言うと、思っていた金額の倍で売れました。

インゴットを見せた途端、あんなに鋭い眼差しだったおばあちゃんが目を丸くして、眼鏡をかけたり外したりしながら鑑定していた。それくらい質が良かったらしい。

そして、一つ一つ純度を確認する手間が省けたと、買い取り額を上乗せしてくれたのだ。

「はい、これで完了。納品はこのギルドの裏手でお願いしますね」

「え？　全部見ないでサインしちゃっていいんですか？」

「コヒナタさんを信用していますから。改めまして、私はアルベイル・ニブリス。ここのギルドマスターをしています」

「あ、はい、ニブリスさん……」

「ふふ、やっぱり名前を知らなかったんですね」

「あっと、ごめんなさい！」

勢いよく頭を下げる。ニブリスさんは「私の正体を知らないで近づいたってことが好印象だったんですよ」と言った。

ギルドに来てからは薄々凄い人だという予感はしていたけど……恐縮するばかりだ。

それから僕は言われた通り裏手に回る。アイテムボックス持ちだとバレたくないから、鞄にそのままインゴットを入れているんだけど、流石に重たい。

いちいちこういう細工をするのも面倒になってきたし、ゆくゆくは他の街にも行きたいから、近いうちに馬車を買わないとな。

ギルド裏手は、搬入口のような感じになっていた。馬車を直付けして荷下ろししている人や、その確認をするギルド職員で混雑している。やっぱりああした方が便利だよなあ。

「納品ご苦労様。ニブリス様から聞いているから、少しずつで大丈夫ですよ」

「助かります……じゃあまた明日の朝にでも納品しに来ますので」

窓口で係の人に、ひとまず手に持てている分だけミスリルインゴットを手渡す。

すると僕の所持金は金貨４枚ほどにまでなった。……あれ、もう馬車買えるんじゃないか？

「ではまた明日」

係の人にそう挨拶してギルドを後にした僕は、さっそく馬車を売っているお店を探す。

すると商人ギルドのすぐ近くだった。なるほど、商人の必需品だもんね。

値段はピンキリ。車体だけでも銀貨80枚から金貨５枚といったところ。奮発して金貨２枚は出すことにした。

というのも、それくらいのものからは盗難防止にセンサーのような魔法が施されているらしいのだ。

基本的に馬車って荷台は吹き抜けになっているから、こういうのはありがたい。

贅沢を言えば、野営の時に虫に刺されたくないので、虫除け機能もあるといいんだけどね。

「コヒナタさま、馬はお持ちですか？」

店員の女性に購入を伝えるとそう尋ねられた。

「持ってないですね……って、ん？」

何で僕の名前を知ってるんだ、と思ったら、この人も見たことがある。

「よかったら、こちらの馬をお使いになりませんか？　私の夫が世話をしていた馬なんです。あなたなら大事にしてくれそうですし、夫もこの馬も報われます」

「……もしかして、掃除の依頼でお会いしたことがあります？」

すると女性は頷いた。

「ふふ、すみません。自己紹介をしていませんでしたね。私はシール。ニブリス様からもお話は伺ってるんです。個人的にお世話にもなりましたし、何か恩を返せればと待ってたんですよ」

そんな風に微笑みかけられたらクラッときます。

この街の人達はみんな優しすぎるよ。マリーや王様も、心から見習ってほしい。

「……ダメでしょうか？」

シールさんは目を潤（うる）ませる。卑怯（ひきょう）だ……これでは断れない。

僕は「じゃあ、ありがたくいただきます」と頷いた。

するとシールさんは、ぱあっと顔を輝かせて、あっという間に馬を馬車に繋いで、鞍（くら）もかけてくれた。手伝う間もない早業（はやわざ）に、僕は呆然と突っ立っていた。

「あなたには感謝しているの。もちろん仕事ぶりも素晴らしかったけど、それだけじゃなくて。あなたは礼儀正しいし、気遣いもできる人です。おかげで私まで励まされました。ありがとう」

楽しんで掃除をしていただけなのに、そんなところで人を元気づけていたのか。なんか嬉しいな。

「依頼じゃなくても構いません、また来てくださいね」

シールさんは深くお辞儀をして、見送ってくれた。


無事に馬車と馬を手に入れて、宿屋【龍の寝床亭】に帰ってきた。

馬車は街の出口に置く場所があるのでそこに停めてきた。ちゃんと門番の兵士にお金を掴ませたので大丈夫だろう。この世界はこういうチップのようなものが大事みたいだからね。

「おかえり、今日はお客さんが来てるよ」

「お〜い！」

ネネさんが指差した食堂の片隅には、見慣れない女性がいた。

誰だっけ……と思いながら、正面に座る。そのお客さんはニコニコしながら見つめてくる。すっごい友達みたいな距離感で、ちょっと身構えてしまう。

「あれ？　まさか、覚えてない？　この服を返しに来たんだけど……なんか凄くちゃんとした服だし、申し訳ないと思って」

女性はしょんぼりしながら、鞄から綺麗に畳まれた黒い服を取り出した。

「あ！」

この世界では見間違えようもない、僕の背広だ。ということは、洞窟で救出した冒険者か！

「改めて、ありがとうございました。あなた達が来なかったらどうなっていたか……。本当に感謝しています」

女性は、緑の髪をツインテールにして弓を持っている。狩人（かりうど）なのかな？　昨日は持っていなかったけど。

「あの時は狩りに夢中で背後を配ってなかったんです。捕まって早々に弓も落としてしまって……まさか、ゴブリン達の中にオークが混ざってたなんて思わなかった」

ションボリしている狩人さん。一方的に話を進めていくもんだから、僕は黙ってブドウエールを口に運ぶばかりである。座る前に頼んでおいたのさ。

ブドウエールは大人になりたての人にも優しい飲み物として大人気になっていた。エールの苦みを抑えてちょっと甘めなテイスト。

もちろん、玄人（くろうと）受けもいい。度数が低い割に味が濃いめなので、強いお酒の合間に小休止代わりに飲むらしい。

いやはや、レイティナさんとネネさんに感謝だなあ。

「あの……聞いてますか？」

おっと、上の空なのがばれた。僕はペコペコして話を続けてもらう。

ネネさんに唐揚げを一皿、と口パクで注文を伝える。ネネさんは手で大きな丸を作って厨房へ向かった。ちゃんと伝わったかな？

「それで、その～……私とパーティーを組んでくれないかな？　というお願いに来たんです」

「パーティーか……」

正直なところ、あんまり複数で行動したくないというのが本音だ。

だってアイテムボックスとか、王シリーズのスキルとか知られたくないし……。

だけど、この人に悪気はないだろうからあんまり邪険にするのも気が引ける。

彼女は「嫌ですか？」と上目遣いをしてきた。

うっ、ついさっきもシールさんに似たようなことされたぞ？　何なんだ、この世界の女性は。みんな学校でそういう戦術でも習うのか？　ちょっと卑怯だよ。

「とても嬉しいお誘いなんだけど、僕は今のところ、誰ともパーティーを組むつもりはなくて……」

「でも、あの時は組んでたじゃないですか。やっぱり胸ですか？」

「ぶふ！」

いやいや、ファラさんは確かに狩人さんより大きいけど違います。あの時は仕方なく、げんこつ落とされた結果そうなっただけであって。

「そうじゃないよ……色々と、人に知られたくないことがあるから」

「……それはあの剣技のことですか？」

「え？」

何か誤解しているようだ。狩人さんはまるで勇者を見るような目で僕を見つめている。

あの変異しかけのオークを、一撃で倒したことを言っているのだと思うけど、あれは剣技と言っていいんだろうか。剣が凄かっただけだしなあ……。

「剣を振ったのはあれが初めてだよ」

「ええ⁉　だって、剣筋が見えませんでしたよ」

え、そうなの？　ファラさんは何も言わなかったけど……ってかこの人も、あんな状況で冷静に見過ぎだよ。

「……わかりました、また出直します。でも諦めませんからね？」

そう言って彼女が腰を上げたところへ、タイミング悪く料理が運ばれてきた。

何を勘違いしたか、テーブルに皿を並べながらウインクしてくるネネさん。

……ちょっと待って、なんで料理が二人分に増えてるんですか。

それを見た狩人さんは喜んで座り直した。やっぱり、大事なことはしっかり声に出して伝えるべきだね。学びました。

「あ、そうだ。私はウィンディ。是非(ぜひ)、ウィンって呼んでくださいね」

「…………」

あ、これは黙認したと思われてる……まずはちゃんと断っておこう。

「まだ、ちゃんと決めたわけじゃないけど、とりあえず今日はおごるってだけだからね。だから、パーティーのことは期待しないでね」

ああ、男らしく断ろうと思ったけど、可愛い女の子が喜んでいるのを白けさせられるほど僕の心は強くなかった……。

「何これ！　うまー!!」

ウィンディは僕の苦悩をよそに、絶品の唐揚げに感動していた。いや、お礼の一言もないんかい。

最終的に、その美味しさを理由にして、彼女は泊まり先までここに移してしまった。

軽くストーカーされた気分だ。絶対にウィンなんて呼ばないぞ。

◇

翌朝。

「お兄ちゃんおはよ～、ごはんできたよ」

「おはよーレンレン！」

「…………」

ルルちゃんと一緒に、当然のようにウィンディが入ってきた。

朝から美人を拝むのは確かに目にはいいんだけど、ノックくらいしようか……。

「あ～レンレンは挨拶しないんだ～、ダメな人だねえ。ねールルちゃん」

「ねー」

半日でルルちゃんを懐柔したウィンディ。誰にでも明るく振る舞って壁を作らない人柄、恐るべし……。

「そんなに警戒しないでよ。私だって一度は断られたんだから、しばらくは大人しくしてますよ～……ニヤリ」

しばらくは、って。それに言い終わったあとのニヤリは何なんだ。

いちいち突っ込んでいたらキリがないので、僕は諦めて二人について行く。

食堂に着き、いつもの席に座ると、当たり前のように前の席にはウィンディが。

「一切の躊躇がないね……」

「え？　だってわざわざ別の席に座ることもないでしょ？」

何食わぬ顔で話すウィンディ。この世界でこんなに押しが強い人は初めてなので困惑する。

「はいよ。レンの好きなサンドウィッチだよ」

ネネさんが、オークの肉で作ったハムを挟んだサンドウィッチを持ってきてくれた。そして、当たり前のようにウィンディにも同じ料理が。

「ネネさ～ん……」

「はは、レン。なんて顔してんだい。まったく、モテてるんだから素直に喜びな！」

恨めしい視線を向けると、ネネさんに肩を叩かれた。

確かに好感を持たれたことは嬉しいけど、あまりにも一方的じゃないか。

まだやっと軌道に乗ったばかりのチートを、ほとんど使えなくなるのも困る。採取や採掘の王は使ってもばれないけど、鍛冶の王は無理だ。

今既にあるオリハルコンのショートソードは見た目を偽装してあるが、これから作る武器は相当こっそり作らないといけなくなる。

命の恩人に悪意を持つような子ではないと思うけど、極力そういった危険は避けたいんだよね。

「ネネさんもそう思いますよね～」

「ね～」

ネネさんを味方につけようとするウィンディと、彼女の真似をするルルちゃん。

ルルちゃんの真似っこはとっても可愛いのだが、あんまり続けているとルルちゃんまでウィンディになってしまう。

僕的には阻止したいので、高い高いしてルルちゃんの意識を逸らします。キャッキャと喜んでいるので成功だ。

「……まさかレンレン、幼女趣味？」

僕に変態のレッテルを貼るようなセリフが飛んできた。これだよこれ、ちょっと幼女と戯(たわむ)れたら幼女好きとか、ロリコンとか言う人がいるんだよな。

まあ、そのうちウィンディもルルちゃんに癒されてメロメロになるだろう。しばし我慢だ。

「じゃ、ごちそうさまです。掃除行ってきますねー」

「あいよ、いってらっしゃい」

「いってらっしゃ〜い」

「へ、掃除?」

ネネさんとルルちゃんはいつもの通り送り出してくれたが、ウィンディは僕の日課を知らないので疑問だらけのようだ。


「おはようございます。レンさん」

「はい、おはようございます……」

冒険者ギルドに着いて、受付のファラさんと挨拶を交わす。僕の声がどんよりしているのは、宿を出てからというもの、背後に気配と視線を感じるからである。

「ん? あれってこの間助けた女の子じゃないですか。どうしたんです?」

「あっと……助けたことで知り合って……というか、彼女から目を付けられまして。パーティーを組まないかと誘われて、断ったんですけど、こんな感じに」

僕に気付かれているのをわかっているのかいないのか、ウィンディは数メートル離れた観葉植物の裏からこちらを窺っていた。

まあ誰でも気付くよね。いくら髪の毛が緑色でも、観葉植物に隠れるのは不可能だぞウィンディ。

「それで、今日も掃除を?」

「あ、はい。まずは商人ギルドにミスリルを納品してくるので、それからいつもの掃除を」

「そうですか。毎度助かります。でもあの子……大丈夫ですか？　私が注意しますよ？」

ファラさんは忠告してあげようかと握りこぶしを作った。いやいや、怖いですよ。

僕は首を横に振って断る。ファラさんの評判が落ちそうだし、ファラさんには綺麗な受付係のままでいてほしいから……。

「いってらっしゃい」

いくつか依頼を受けた後、ファラさんに見送られてギルドを後にする。後ろをついてくるウィンディをどうにか撒けないかと思ったんだけど、無理だった。斥候職としても重宝されるという狩人には敵わない。

……何でそれでオークに捕まったんだ？

そんなことを考えながら、撒くのは諦めて素直に坂を下っていく。街の入口の馬車置き場から、自分の馬車を引いてくるためだ。

馬車の運転なんてしたことないから、今度練習しないとな……。

馬車のところに着いて、インゴットの積み込みを始める。

「え！　それ、レンレンの？」

今朝から呼ばれているそのよくわからないあだ名には、もう突っ込む気にもなれない。このままルルちゃんにも定着してしまう日も近いだろうな、とため息が出るだけだ。

「ちょっと、レンレン？　聞いてる？」

「……聞いてるけど、何か用ですか？　ウィンディさん」

「ちょっと何、そのよそよそしい話し方は……それよりも、何で馬を引いてるの？　馬車に乗らないの？」

「できたらやってるよ。やったことないんだ」

するとウィンディがニヤッと笑った。しまったと思った時には、既に御者席にウィンディが乗っていた。

「私、こう見えても色々できるんだよ～。どう？　パーティーメンバーに」

くっ、確かに欲しい。元々、御者はお金で雇うことも考えていたのだ。

しかし、このニヤリ顔で言われては、素直にＯＫを出すのもちょっと癪である。それに、僕のスキルのこともあるし。

「ちょっと～、私の何がダメなのさ？」

「……なんかこう、口軽そうだから」

「レンレンそんな風に思ってたの!?　すっごいショック。私、どちらかというと口堅いんだからね？」

どう見てもそうは思えないんだけど……。

そんな思いを込めて怪訝な顔を向けると、ウィンディは頬を膨らませて憤る。

「信じないならいいもん。今日からレンレンの馬車は私が操縦するからね。実力を見せてやる」

思わぬ結果になってしまった。まあ、御者になれる人がいるのは確かに助かるわけだが。

僕は得したんだ。そうさ、得したのさ……。はー、どうしよう。

ウィンディはちょっと口が軽そうだけど、少なくとも悪い子ではないみたいだし、お願いすれば外にはバラさないよね。そう何とか自分を納得させたのだった。

第五話　秘密の共有

ウィンディの操縦はすこぶる快適で、うたた寝しそうになっているうちに商人ギルドへ着いた。

くそう、助かる。助かるなあ、これは……。

「どう？　御者は必要でしょ？」

「……そうだね。今日からお願いするよ」

「そうでしょそうでしょ、ならパーティーに……え？　いいの？」

見ているこっちが笑ってしまうような、呆気に取られた顔になるウィンディ。

「何言っても付いてきそうだし、御者が必要なのもよくわかったしね……。知らない人を雇うよりはウィンディの方がいいのは間違いないよ」

「う〜〜！　やった〜〜！！」

僕の言葉にウィンディは飛び上がって喜んでいた。そんなに喜ばれると何だか恥ずかしい。

でも、こうなった以上、チートについてちゃんと共有しないといけないいな。

今日の夜にでも言ってみるかな。どんな顔するだろう。楽しみなような、怖いような。

彼女に馬車を窓口に横付けしてもらいながら考える。

ウキウキで手綱を握っているウィンディの顔を見ると、大丈夫なような気がしてきた。窓口に着いて僕が荷台に向かっても、まだ御者席で喜んでいる。

「おはようございます、レンさん」

「あれ？　ニブリスさん。朝はニブリスさんが担当なんですか？」

「ふふ。いえ、レンさんが来ると聞いて、今だけ代わってもらったんですよ」

ニブリスさんは笑う。話しながら指さした方向には昨日の係の人もいて、他の商人の荷下ろしを手伝いつつ僕に手を振ってくれた。

忙しいだろうけど和気あいあいとしていて、何だかほっこりする。

「昨日卸していただいたレンさんのミスリルは、とても好評でしたよ」

ニブリスさんは荷台に回ってインゴットの本数を数えながら、そう言ってくれた。

そんなに待ち望まれると照れてしまう。

「本当に全部あのミスリルインゴットなんですね。では金貨11枚になります」

「え？　ちょっと多いんじゃ？」

「良いものを卸してくれた方には、色を付けてあげたくなるものです」

「でも、それでニブリスさんが怒られたりしませんか？」

「ふふ、大丈夫ですよ。我々としても、次の利益を生むための投資なんですから」

ニブリスさんは僕にそう言って金貨の入った革袋を差し出した。僕は丁重にお礼を言って受け取る。流石に金貨2枚も多くもらうのはかなり気が引けたけど、ニブリスさんの厚意を無駄にするのはそれ以上に胃が痛い。

「ありがとうございます。こんな僕に色々と目をかけてくれて……」

「こんなって、コヒナタさんはもう街の有名人ですよ。みんなを助けているじゃないですか。もっと自分を評価してあげてください。もったいないですよ」

ニブリスさんは優しい笑顔で僕を褒めてくれる。本当に大したことはしていないんだけど、結構有名人になっていたようです。恥ずかしいな〜。

「ふふ、じゃあ、取引はこれで完了ですね。また、うちにお掃除に来てくださいね」

ニブリスさんは手を振ってギルドへ戻っていった。

とても温かい言葉をくれたニブリスさん。この街の人達はみんな優しい人ばかりで元の世界のことなど忘れてしまいそうだ。まあ、忘れてしまってもいいと思い始めてるんだけどね。

ウィンディには馬車を置き場へ戻しに行ってもらい、その間に僕は鍛冶屋【龍剣】へと向かう。

また煙突が汚れたということで、掃除です。

「あ～来た来た！　待ってたよ」

エレナさんが迎えてくれた。エレナさんは僕の手を取るとすぐに地下工房へ引っ張っていく。

「も～、おじいが熱中するもんだから、あっという間に煙突が凄いことになっちゃって……」

エレナさんは呆れ声で言った。何でも、煤が落ちてくるほどの汚れ具合らしい。

上階でも聞こえていたハンマーの音は、工房に着くとさらに大きくなった。ガッツさんが額の汗を拭いながら、火の前でオリハルコンの盾を叩いている。

「おじい、あれから一睡もせずに、食事の時以外ずーっと作業してて……身体壊しちゃうよ」

「えぇ！」

オリハルコンを渡したのっていつだったたっけ？　あれから無休って……オリハルコンって加工が難しいんだろうか？

「おじいはレンのよりも強いのを作ると張り切ってるの。何度もやり直してるんだけど超えられないみたいで、意地になってるんだよ」

あんな一時間もかからないで作ったものを超えるために、そこまで命を削らなくても！

もしかしてあの武器、そんなに特別だったのだろうか？

僕の知識では、普通のＲＰＧとかだとパラメータの強化だけじゃなくて、属性への耐性とか、プラスアルファのものがあって初めて特別と呼べると思ってたんだけど。

……っていうか、そもそも見比べるものがなかったんだから気付けないよ。

「とりあえず、掃除に入りますね」

「は～い」

エレナさんは妙に楽しげに話す。そんなに掃除してもらうのが嬉しいのかな？　綺麗好きな人なのかもしれない。

なんて気になりつつも、また煙突のてっぺんへ。僕的には前回と同じくらいの汚れに感じるが、毎日見ている人からしたらあの時以上なのだろう。

特に苦戦もせずに、清らかな水で一掃しました。

降りてきた僕に、エレナさんがタオルとオレンジジュースを渡してくれた。

「相変わらず早いね～。はい、これ」

「ありがとうございます。ん、美味しい」

僕はタオルで顔を拭き、ジュースを口に入れる。酸味が疲れに効く……ありがたい。

「何じゃ、来ておったのか」

ガッツさんは手を休めて、僕らを見た。さっきも隣を歩いていたのだが、気付いていなかったようだ。

「レンよ。これを見てくれんか？」

ガッツさんは今まで打っていた盾を僕に見せる。

【オリハルコンのサークルシールド】ＳＴＲ＋１００　ＶＩＴ＋２００
ああ、と僕は少し後ろめたい気持ちになる。

改めて僕の作ったショートソードの数値を思い出すと、その差は歴然だった。

【オリハルコンのショートソード】ＳＴＲ＋５００　ＡＧＩ＋３００
武器と防具だからＳＴＲ値に差があるのは当然だとしても、僕が作ったものより下位装備になっていることは、残念ながら確かだった。

「……やはり、弱いか？」

ガッツさんは悲しそうな顔でそう尋ねる。

僕ははっきり言うべきか悩んだ。しかし、職人であるガッツさんに取り繕っても意味はないだろう。僕は心を鬼にして、本当のことを告げた。

「きついことを言うようですが……僕が作ったものの半分にも満たないかと……」

「そうか……お前なら本当のことを言ってくれると思ったよ。ありがとう」

ガッツさんは、何か憑き物が落ちたような表情になった。

「まだまだ儂は鍛冶屋としての腕が上がるということだな」

その声に、沸々と闘志が燃えているのを感じた。

そしてガッツさんは握りこぶしに力を入れて、僕とエレナさんを交互に見ると口を開く。

「エレナ、レンと夫婦になれ。おじいの命令だ」

「「ええ⁉」」

何を言うかと思えば、突然爆弾を放り込んできた。

目を丸くする僕をよそに、エレナさんは顔を真っ赤にしてガッツさんの胸倉を掴む。

「ちょ！　ちょっと！　急に何言うのよおじい！」

「ほっほっほ、エレナも満更でもないようなことを言っておっただろ」

さらに慌てふためくエレナさん。一瞬目が合うが、すぐに視線を外し地下から出ていってしまった。

「ガッツさん、からかわないでくださいよ」

「からかいだと？　儂は本気じゃぞ。鍛冶の神に好かれとるレンの血筋がほしいんじゃ」

そんなこと言われてもこれは召喚チートだから、遺伝するとは考えられな……って、そもそもエレナさんに僕なんて釣り合わないよ。

「まあ、レンは競争相手が多そうだがな。ともあれ、本人が気付いとらん今のうちだと思うんじゃがのう。うちのエレナもウブじゃからな～」

もう、何を言っているのかわからない。掃除も終わったのでお暇(いとま)しよう。

「じゃあ、ガッツさん。また来ますね」

「おう、またな」

地下から戻ると、エレナさんが店番をしながら頬杖をついてふて腐れていた。やっぱりからかわれて怒っているみたいだ。ガッツさんも程々にしてあげてほしい。

「なんかすみません、エレナさん。また」

「………」

無言で手を振るエレナさん、何だか顔が怖い。

「も～レンレン、待ちくたびれたよ！」

鍛冶屋から出るとウィンディが現れ、すぐに腕を組んでくる。

これでもかなり早く済ませた方なんだけどな？

そう思っていると、何だか寒気が……。

後ろを振り返ると、店の中からエレナさんが、すっごい睨んできています。

僕は別に何も言っていないのに……ガッツさんのせいだ。

ウィンディに腕を掴まれながら、次の依頼先へと向かった。

今日受けた残りの依頼は、全部排水溝の掃除だ。

『排水溝……ですか？　ああ、確かに依頼は来てますね』

『この間、雨が降ったじゃないですか。だから、詰まっている所があちこちあると思うんです』

『相変わらず人の気付かないことに気付きますね。みんな助かってますよ』

これは、今朝のギルドでファラさんと交わした会話。

一昨日の夜くらいに、結構強い雨が降ってたんだよね。季節的にも落ち葉が多くて、この間みたいに詰まってしまっていてもおかしくない。元の世界でもよくあった。

「レンレンは仕事熱心だね～」

街中を徒歩で目的地に向かう最中、ウィンディが茶化してきた。無視してちょっと早足でいくぞ。

「ちょっと～レンレン～」

ふっふっふ、今度は撒いてやったわい。

◇

その日の夜。僕は宿の食堂でウィンディに怒られていた。

「何で先に行ったのさ～。あの後大変だったんだよ～！」

どうやら一旦僕を追うのを諦めて、僕を探しながら自分の依頼をこなしたようだ。通常ならば街中の依頼は受けないのだが、わざわざ配達の仕事を受けたらしい。

僕のどこがそんなにいいのかわからない。ファラさんに付きまとえばいいのに……。

「やっとレンレンのパーティーに入れてもらったのに、一緒に行動できないなんてダメだよ」

「あれー、パーティーに入れるなんて言ったっけかなー」

「ううひどい、私の体が目当てだったのね！」

誤解されるような言葉を言わないで！　ルルちゃんが険しい目で僕を見ているじゃないか。

「はいはい、さり気なく胸を強調しないでください。エレナさんやファラさんの方があるでしょ」

「しどい！」

ウィンディがどこかから出したハンカチを噛みしめながら悔しがっている。

彼女も決して胸はないわけではないんだけど、二人と比べるとね。

「……まあ、冗談はさておいて。ウィンディ、この後特に用事はない？」

「ん？　あとは寝るだけだよ」

「そうか。じゃあ、ちょっと僕の部屋に来て。見せたいものがあるんだ」

「え、なになに」

僕はただ秘密を共有しようと思っただけなんだけど、ウィンディは嬉しそうにしている。

そして、ネネさんはその様子を見て「ほ～」と顎に手を当ててニヤつき、ルルちゃんも真似している。そっちは可愛いけど、ネネさんの方は何を勘違いしてるんでしょうか。

「あのね、今後のために、知っておいてほしいことがあるだけだから！」

「ええ～、レンレンの秘密ってこと～？」

身体をくねくねさせているウィンディ。うーん、やめようかな。

「ごめん、何でもないや」

「あ、嘘です、もう黙ります！」

お口にチャックを閉めてウィンディが無口になった。

ため息をついて席を立つと、ウィンディも無言でついてくる。なんというかホント、極端だなあ。

部屋に入り、僕はベッドに座る。ウィンディは流石に並ぶのは忍びなかったのか、床に腰を下ろした。

「これから見せることは口外（こうがい）しないでほしいんだ。今後一緒に行動してくれる仲間だから見せるってことを覚えといて。言ってる意味わかる？」

「私がレンレンのつ……じゃなかった、親友ってこと？」

つ、って何だよ、と思いつつ僕は頷きながら「友達ね」と言うと、彼女はまた嬉しそうに体をくねらせている。緑のツインテールが揺れて、まるで犬の尻尾みたいだ。

「わかった！　誰にも言わない！」

顔を近づけて意気込むウィンディ。僕はそれを宥めてから、いくつかアイテムを並べ始めた。

「これってあの時のゴブリン達の？　それにオーガの牙まで……ってことは、あの色違いのオークはほぼオーガになりかけだったってこと？　それを一撃って、やっぱりレンレンは……」

あれは多分、ファラさんがダメージを与えてくれてたから倒せたんだよ。だってファラさんはそれほど驚いていなかったしね。ウィンディの早とちりさ。

僕は鍛冶の王を発動させた。布はやはり反応しなかったが、牙や鉄装備は変化していく。

「え？　え〜〜……」

鉄は鋼に、牙も何か強そうな見た目になった。

「何これ？　なんなの？　夢を見ているのかな？」

ウィンディは若干引きつつも、目を白黒させながら自分の頬をつねる。

しばらくしてから夢ではないと理解して、現実を受け入れるべく、鋼になった鎧を触り始めた。

「やっぱり、この強度は鉄じゃないよね。それにこの牙もハイオーガの牙になってる。っていっても私は鑑定持ってないから正確にはわからないけど……これがレンレンの秘密？」

僕が頷くとウィンディは興味深そうに考え込んだ。そして、自分の弓を僕に手渡す。

「これは自分で作ったものなの。ランクで言うとEランクの弓だけど、私にとっては最高傑作。これを変えてみて」

僕は信じてもらうために弓を受け取り、弓の弦を外して触り始める。木と鉄で構成されたウィンディの弓は、次第に輝きを増して形状を変えていった。

結果、でき上がったもののランクを見ると、Cランクまで上がっていた。やっぱり、装備品は鍛冶の王が本気を出してしまうようで余計にレベルが上がっている……。


【スモールボウ】↓【グレートスモールボウ】


「……めっちゃ手に馴染む……たぶんCランク以上だ、これ……」

触っただけでランクを読み取ったウィンディ。彼女も冒険者として経験を積んでいるのが窺える。弓の弦を張り直し、弦を引く動きは手慣れていて、なかなか様になっている。

「凄い、凄いよレンレン！　これならいくらでも魔物と戦えそうだよ」

「それは良かった」

「レンレンが隠したがるのはわかった。こんなことが外にばれたら大変なことになっちゃうよね」

でしょでしょ。だから黙っていてね、ってことさ。そしてここからが本題。

「ウィンディが御者になってくれたおかげで、少し遠出ができるようになったでしょ？　前々から気になっていた、カルザ鉱山っていう場所に行こうと思うんだ」

「ほえ？」

急な話題に、ウィンディが変な声を上げた。

採掘の王のチートを存分に使える鉱山。ウィンディを助けた時に壁を掘った感触が忘れられないのである。本物の鉱山を掘ったらどんなお宝が手に入るか楽しみだ。

◇

次の日、僕は鉱山の依頼を受ける前に早朝に掃除依頼を済ませた。

依頼人はレイティナさんだ。

「何日かいなかったみたいですけど、どこかに行ってたんですか？」

「う～ん、レンさんには言っていいかしら。お城にちょっとね」

気持ち小声になりながら、彼女は言った。

お城だって？　ってことはまさか、レイティナさんって王族の関係者？　もしかして、僕の召喚の件も知っているのだろうか……。

「どうしたのレンさん？」

「あ、いえ～何でも～」

下手に喋ると墓穴を掘りそうなので口を噤む。

「私の友人のマリーったら、この何日か顔を見せないのよ。何やら噂ではミスをしてしまったらしいの。それで投獄されているって」

「ええ……」

もう一度驚いてしまった。ミスをしたことは知っている。驚いたのは投獄という言葉と、レイティナさんがマリーと結構親しそうにしていることの方だ。

「ほんと、宮廷魔術師なんて、なるものじゃないわね」

「大変なんですね……」

マリーって宮廷魔術師だったんだ。あんな綺麗なドレスを着て偉そうにしてたから、てっきり王女かと思ってた。

しかし投獄されてるなんて、ホントかな。

それってつまり、勇者を召喚できなかった罪に問われているわけでしょ？　魔王だか戦争だか知らないけど、戦力が欲しくて勇者を召喚しようとしたのなら、牢に入れている場合じゃないよなぁ。

「大丈夫かしらね」

「そうですねー……」

僕は曖昧な返事しかできなかった。早朝からフルで頭を回転させたので何だかめまいがする。

その後、レイティナさんに鉱山に行くことを伝えると一緒に行きたいと言いだしたので、早足で逃げた。

屋敷の主ともあろうお人が、そんなホイホイ街の外に出ちゃいけません！

ということで、その後冒険者ギルドで銅の採掘依頼を受けて、馬車で出発して、現在に至る。

「レンレンはさ〜、鉱山で穴掘るの？」

「穴って……鉱脈ね。そりゃあ掘るよ？」

「じゃあ、その鉄装備は全部スコップにするつもり？」

御者席のウィンディは、僕の手元で今まさに鋼に変えられている鉄装備を指して言った。

彼女を洞窟で救出した時に、たまたま倒したゴブリン達からドロップしたものだ。

そうだよと僕は肯定する。

だって、壊れるかもしれないもんね。ゲームでもこういう道具は複数持っておくのが基本だ。

「……どうかした？」

「いや、その……私って弓使いでしょ？　だから〜……」

言葉尻を濁すウィンディ。なるほど、弓で戦うなら矢が欲しいってわけね。

「それならそうと早く言ってよ。もう仲間なんだから遠慮しない」

「流石レンレン、やっさし〜」

にまにました顔を見ていると、やっぱりやめようかな……という気分になってくるが、こんなに喜ぶならまあいいか。

ということで、馬車の中では矢の製作をすることにした。

ゴブリンからドロップした木製の棍棒の先端に、清らかな岩をくっつけてコネコネ。

すると何ということでしょう、棍棒はいくつもの矢になり、清らかな岩も鏃となって大地の魔力を帯びております。

鑑定結果がこちら。

【大地の矢】ＳＴＲ＋50　ＤＥＸ＋100　ＡＧＩ＋20
　地属性・着弾地点に岩の棘〈ストーングレイブ〉を発動させる。

ふむ、チートの面目躍如というか……岩をくっつけただけで地属性魔法が付加されてしまった。

それにステータスアップのおまけつきか。複数作ってみたけど効果の重複はないみたいだ。流石にそこまでアリだったら反則だよな。いやチートだからそもそも反則だけどさ。

結局、棍棒二十個から二百本できました。

「できたよ。はい」

「え～こんなに？　……何だか、普通の矢より力強いような気がするね」

「ほうほう」

どういう矢ができたのか説明すると、目を輝かせて試してみたいと言う。

いやいや、無駄撃ちはいけません。放った矢の先に人がいると危ないでしょ、と諭す。まるで親が子供に言い聞かせているみたいだ……。

そうして馬車に揺られること数分。

「あれ？　正面から何か来るよ」

「え？」

矢とは別の製作をしていた僕は、ウィンディの声で荷台から顔を出した。

土煙を立てて何かがこちらに向かってくる。

「もしかしてトレインかな」

トレインってなんだ。もしかして、魔物とかから逃げるうちに次々と別の魔物を引っ張ってきてしまい、たちまち電車のように列を成してしまうというやつ……？

「やばい？」

「うん、やばい」

まだトレインは遠いので、呑気に僕とウィンディは話す。

今のうちに戦闘の準備をしておこう。

第六話　レン、召喚士になる？

武器を用意して、馬車を街道からどけておく。

もし戦闘で馬に何かあったらシールさんに申し訳ないからね。

弓使いのウィンディは後方からでも戦えるので、御者席で馬車を守ってもらうことにした。

僕は一人、土煙に向かっていく。土煙の正体はすぐにわかった。

羊の魔物が誰かの馬車を追いかけていたのだ。馬車は太った商人さんが一人で操縦している。

僕は御者席に飛び乗った。

「護衛はどうしたんですか？」

「うわっ！　誰だね君は！」

商人さんは驚いて僕を怪しんでいる。

「僕はEランク冒険者のレンです。それで護衛は？」

「Eランク……私は隣町へと行商に行った者です。少しでもお金を稼ごうと護衛を雇うのをケチったら、この有様で……」

「なるほど、ではお一人なんですね」

商人さんは頷いて涙目。これに懲りたら護衛はちゃんと雇ってもらわないとね。

このまま街や村にでも雪崩れ込んだら大変だ。

「じゃあ、あの羊は僕に任せてもらっていいですか？」

「え！　Eランクではワイルドシープの相手は危ないですよ」

「大丈夫ですよ」

僕は止めようとする商人さんを尻目に馬車から飛び降り、土煙を立てる羊達の前へ。

剣を引き抜くとそれが合図となって、ウィンディの矢が飛んできた。群れのど真ん中に着弾し、岩の棘が出現して羊達を混乱させる。

先頭にいた一番大きな羊に、僕も清らかな岩を投げつける。群れはあっという間に統率を失い、何頭かは既に岩の棘によって横たわる肉塊になっていた。

ウィンディの援護はここまで。あとは僕が戦闘訓練がてら剣を振るいます。

羊達の攻撃は、正面からの突進がほとんどなので素人の僕でも動きが読めた。

リーダー格の羊をマタドールよろしく躱して足を斬りつけると、綺麗にすっ転ぶ。

すぐにとどめを刺し、さあ残りを狩るぞと思ったものの、リーダーがやられただけで残りは退散していってしまった。

ステータスアップのおかげで、敵の行動が遅く感じるのが非常にありがたい。元々運動は得意たけど、さっきみたいな闘牛士の真似事なんてできなかったからね。

アイテムボックスを覗くと、羊を解体したものと思われるアイテムが追加されていた。

複数あるので、ウィンディが倒した分も入っているのだろう。アイテムボックスと採取の王の効果はパーティーでも同様に働くようだった。

【羊の肉】4　　【羊の毛皮】5

【羊の戦角】2　　　　　　　　　【羊の角】10
【ワイルドシープジェム】4　　【マイルドシープジェム】3

むむ、ワイルドシープは聞いていたが、マイルドというものも混じってたのか。たぶんウィンディの弓で死んだのだろう。折角なのでマイルドシープのジェムを調べてみよう。


【マイルドシープジェム】

稀(まれ)にマイルドシープからドロップする召喚石。消費するとマイルドシープを使役することができる。一度使役するといつでも呼び出すことができる。

また、ジェムは魔物の種類に関わらず重ね合わせることで強化が可能。

強化すると、通常種、上位種、亜種、最上位種とランクが上がる。


使役ってことは、まさかの召喚士になれるのか！　これほどワクワクすることはない。

ステータスの存在を知った時からゲームみたいだとは思っていたが、さらにそれらしくなってきた。

スマホゲームのガチャなんかと違って、同じ魔物のジェムを重ねなくていいってところが最高だ。

元の世界ではあれに一体いくらつぎ込んだことか。今持っているお金でも足りないくらいだ。

ぶり返すガチャ欲を何とか追い払って、狩った羊をどうするか考える。

ただの動物じゃなくて魔物という点は元の世界と違うけど、この世界でも羊は重宝される生き物だろう。毛は装備やクッション、日用品にも使えるし、肉は食用に、骨や角は武器にもできる。

商人ギルドに売ることを考えたら、ここで身を捌いて素材にしておくべきなんだけど、正直なところ乗り気じゃなかった。

だって血って嫌じゃん……まあ、倒した時に既にたくさん出ていたけども。

ゴブリンなんかと同じく、魔物なので死体は放っておけば霧散する。アイテムボックスにはある程度素材も入ってきてるし、放置してもいいけど……と悩んでいたら、横合いから声がかかった。

「冒険者様、その羊をいただいてもいいでしょうか」

さっきの商人さんだ。目をウルウルさせていてなんだか鬱陶しい。

「別にいいんですけど、護衛を付けていらっしゃらなかったんですから、タダというのは……」

「当然です。本来なら私の命が失われたかもしれないのですから！」

商人さんはそういって揉み手をしながら銀貨を何十枚か出してきた。

「はい、護衛料一人分と、羊の買い取り金、合わせて銀貨30枚です！」

「は、はあ……」

冒険者ギルドで依頼を受ける際に、何度か護衛の依頼書も見たことがある。

でも、そこでの相場は銀貨10枚から。街から街への長距離の護衛ならもっと高いはずだ。

それを差し引くと、羊の価格が随分安くなるんだけど……この人、買い叩こうとしてないか？

「おじさん、ダメだよ。こんな時に値切っちゃ」

そこへ割り込んできたのが、馬車を引いてきたウィンディ。

「私はDランクだけど、護衛料金の相場くらい知ってるよ。それにレンレンをランクで侮ってたら痛い目見るよ。ニブリス様に言っちゃうからね」

「ええ！　あのニブリス様のお知り合いなんですか？」

商人さんが突然怯(おび)えだした。流石ギルドマスターだけあるな。

ウィンディがニブリスさんを知っていたのも驚きだが、それを聞いた後に商人さんが改めて払ったのが金貨1枚だったのも驚いた。まさか本来の半分以下で買おうとしていたとは……。

僕が白い目を向ける間もなく、羊を受け取るや否や商人さんは逃げるように去っていった。

「ふぅ。稼げると判断したら見境ない商人って多いんだから、気をつけてよレンレン」

「そうなんだね……。でもニブリスさんってやっぱり凄い人なんだね。あそこまで怖がるなんて」

「え、今更？　流石レンレンだね」

ウィンディは笑いながらそう言った。呆れられたみたいだけど、まあいいや……。

色々ありましたが無事に鉱山へ到着。

依頼は銅鉱石の採取なので、そっちは手早くこなしてジャンジャン別の鉱物を掘ろう。

このカルザ鉱山は、昔ドワーフが掘ったと言われている。

だが彼らが移住した後、坑道がそのまま魔物の棲みかになってしまったらしい。僕が受けてきた依頼も、鉱山自体にはまだ資源があるが、危険なので採掘してきてほしいという内容だった。

空はもうオレンジ色がかっているけど、山に入ってしまえばどのみち暗いので構わない。

「私はゴブリンとスライムの討伐を受けてきたから、警戒も兼ねて一緒に行動でいい？」

「オッケー」

大地の矢は狭い坑道の中だと危険なので、もう少し下位の素材で作った石の矢をあげた。

下位といっても聖属性が付加されていて、魔物相手だと凶悪な性能らしい。聖属性なのに凶悪とはこれいかに。

「よし、じゃあ行こうか」

準備は万全。ウィンディと一緒に鉱山へと入っていった。

◇

坑道内は、天井を支える丸太と、トロッコ用に敷かれたレールが延々と奥へ続いていた。

進むとすぐに蜘蛛の巣が顔にかかる。視界を確保しがてら松明を点けて、火で焼き払って歩いていく。

「スパイダー系の魔物がいるみたいだね。でも、作ってもらった矢があればデッドスパイダーだってイチコロだよ」

ウィンディが弓を携えてそう話す。デッドスパイダーって何だと思ったら、お尻の方に髑髏(どくろ)の模様がある大きな魔物らしい。

そうそういないみたいだけど、Bランクの魔物なんだってさ。毒を受けたら一分も持たないとか言ってる。何それ怖い。

確か解毒効果もあったし、世界樹の葉を煎じておこうかな。落ち葉掃除の度にアイテムボックスに入ってきて大量に余っているので、こういう機会に使ってしまいたい。

坑道を進むにつれ、岩の色が変わっている鉱脈っぽいものが現れるようになった。

何が採れるかわからないし、とりあえず進むついでにサクっと掘っていこう。

ちなみにつるはしは作らなかった。スキルのおかげでスコップでも代用できるからだ。何なら剣でも掘れるが、流石にビジュアルが変なのでやめた。

スコップ片手に採掘すると、やはり採取の王が働いてくれた。銅やら銀やら、さらには金まで出る。

岩の色からしても、せいぜいここにあるのは鉄か銅くらいだと思う。そこから金が出るとなると、銀を掘り当てたら普通にミスリルなんかも出てきそうだな。

銅はあっという間に依頼の必要数に達したので、もう少しレアな鉱物を探したいところだ。

「レンレン、こっちも依頼は終わるよー」

その辺にいたゴブリンを狩りながらウィンディが言う。

魔物も結構出てきているのだが、僕は面倒なのでスコップで倒してしまっている。

一方のウィンディはちゃんと隠密状態から弓で狙撃していた。矢が思った以上の強さで、ゴブリンの頭が吹き飛んでいます。

ウィンディが言うには、清らかな岩の効果で邪な存在である魔物を消し飛ばしている……ということらしい。よくわからないけど、ウィンディが生き生きしているので良しとしましょう。


さらに深くへと足を進めると、空気が重くじめじめしてきた。とても嫌な予感です。

やがて開けたエリアに出た。かつていたドワーフのものらしき住居は見えるが、人はいないようで、明かりは灯っていない……だが、壁は所々光を放っていた。

あれはミスリル鉱石だ。ほのかに青い光が家々を照らし……そして、魔物も照らしていた。

シルエットは人間よりだいぶ大きいけど、蜘蛛タイプ。まだこっちに気付いてないみたい。

「一匹やると一斉に反撃してくるから、通路に引き付けて迎え撃とう」

ウィンディの提案に僕は頷く。

早速、ウィンディが矢を放った。蜘蛛達がこちらに気付き、嫌な音を立てて駆けてくる。カサカサって音が、耳障りなことこの上ない。

「ひぃ、気持ち悪い」

「私もこの音は苦手だぁ……」

僕らはそんな悲鳴を上げながら後退し、狭い通路に蜘蛛を引き付けた。

蜘蛛達は一斉に襲いかかってきたが、通路への入り口につっかえてしまう。

「は～い縦に並んでね～、よっと！」

ここでウィンディの弓が冴(さ)える。魔物を消し飛ばす清らかな岩の矢は、複数体の蜘蛛を貫通できるのだ。脚だけしか残らない辺り、相当な威力だ。

「よっ！　ほっ！　はっ！」

次々に矢を放つウィンディ。蜘蛛達は通路に入るなり撃破され、アイテムを僕に貢(みつ)ぎに来たかのように簡単に消えていく。アイテムボックスの中身を見るのが楽しみだね。

とはいえ、僕だって何もしていないわけではありません。

「はいはい、こっちに並んでねー」

ウィンディの前に出て列の整理です。ウィンディの射線を避けつつ、剣で牽制(けんせい)して並ばせないといけないので結構大変。

でも、まとめてウィンディの矢が貫通していくのを見ると何だか爽快です。

ただ、油断していると危ないんだよね。

「レンレン気を付けて、そいつポイズンスパイダーだよ！」

ウィンディの警告が聞こえた時には遅く、今までの蜘蛛と違う、拳大の小さな蜘蛛が腕に噛みついていた。大きい蜘蛛に紛れていて気付かなかった。

「おっと、やばい解毒しないと」

「レンレン、大丈夫!?」

ウィンディが慌てて駆け寄ってくる。噛みついてきた奴は倒したけど、毒を喰らってしまい流石にちょっと狼狽えた。でも僕には特効薬がある。

「うん、ちょっと気持ち悪いけど……水飲んだらすっきりしてきた」

「そ、そう……びっくりしたぁ」

清らかな水を飲んだらすぐさまスッキリ。何なら毒を喰らう前より目がぱっちりです。

改めてステータスをよく見たら、毒と混乱状態に効くらしい。めちゃくちゃ便利じゃないか。

これからも排水溝を綺麗にいたします、ありがとう。

「ふ～、終わったかな？　レンレン、私にも水ちょうだい」

「おつかれ、はいどうぞ」

僕が解毒している間に、残りはウィンディが掃討してくれた。うん、段々パーティーを組んでて良かったと思えてきたぞ。

清らかな水を手渡すとウィンディはあっという間に飲み干した。ダイナミックな飲み方で結構だけど、盛大にこぼしてます。水に濡れた肌がちょっといやらしい。

「レンレン、何見てるの？」

ニヤニヤしながら話すウィンディ。わかっているのに質問してくる辺り、何とも言えない恥ずかしさがある。

リアクションを見せたら負けな気がしたので、僕はぐっと耐えて無言で先に進んだ。

「わかったよ～、からかってごめんってば。……で、どれぐらい手に入ったの？」

ウィンディが謝って追いかけてくる。僕は「どれぐらいだろ」とボックスの画面を開いてみせた。

【蜘蛛の糸】８２０　　【蜘蛛の脚】５１５
【蜘蛛の目】２１２　　【ジャイアントスパイダージェム】１３２
【ポイズンスパイダージェム】89　　【ミスリルスパイダージェム】21

「うわあ大漁だぁ」

ウィンディから漏れた第一声は、うめき声に近かった。僕も同感。

種類も豊富だが量もすごい。具体的に言うと糸、脚、目は全部百単位で手に入った。ジェムもミスリルスパイダー以外はえげつない量だ。どうしよう。

◇

蜘蛛達のいた広い空間に戻り、さっき見えたミスリルの鉱脈を採掘しにかかる。

「おっかさんのためならよーっこらせ」

「レンレン何それ〜」

こう、いかにも鉱山労働っぽいことをしているとついつい口ずさんでしまう。ウィンディは、わけもわからずに笑ってる。

「おっかさんってファラさんのこと？　言いつけちゃおうかな〜」

「えー、そんなわけないでしょ。でたらめだからやめて？」

ファラさんは確かに素敵な大人の女性だけども、おっかさんなんて呼んだら怒るに決まってる。

報告されたら最悪だ、どうにか口封じを――。

「あ、ちょっと私はその辺の魔物探してくるね」

「え？　ああ、行ってらっしゃい」

ウィンディはそそくさと奥へ行ってしまった。何かを感じて逃げたな。流石狩人だ、勘が鋭い。

仕方ないので採掘再開。既にいくらか掘ってるんだけど、やはり上位互換されたものが凄かった。

何とオリハルコンとダイヤが出ました。一振りでまとめて出た時は思わず飛び上がったよ。

もちろん僕の頬は緩みっぱなし。まさか、近場でこんなに良いものが取れるなんてね。

そして、鉱物以外にもう一種類【ゴーレムジェム】なるものが取れた。

これは嬉しい誤算だ。土の中に埋まってしまったゴーレムでもいたのかな?

回収した素材は帰り道か宿屋でコネコネするとして、今はとりあえず片っ端からアイテムボックスに入れていく。


そして所持数が尋常じゃなくなってきた頃、ウィンディが駆け寄ってきた。

「レンレン、いた! いたよ!」

「何が?」

「デッドスパイダー!!」

おう、そんな強敵がいたのか。

しかし、レベルも上げたいと思っていたので倒すのもいいかもな。

「まさか行くつもり!?」

「え? そんなに危険?」

「だって、ビッグデッドスパイダーもいたんだよ。ランクだけならどっちもBだけど危ないよ」

「じゃあ、大丈夫だよ」

僕はズカズカと奥へと進む。一方ウィンディはとても怯えている様子。やっぱり、名前に「死」とついているだけあって、冒険者からは恐れられているようだ。

蜘蛛はさておき、普段は能天気なウィンディがこうも怖がっているのはちょっとおかしかった。

さっきは清らかな岩の矢を絶賛して勝てるようなことを言っていたのに、こういうところはちゃんと女の子なんだね。

「おっと、いたな」

坑道をさらに下ったところで、さっきと同じような開けた空間に出る。そこにデッドスパイダーとやらを確認した。糸を出す部分に髑髏があるので間違いない。複数いる中には、例の上位種らしき特大の個体もいる。さてどうしようか。

「ウィンディ、何かいい作戦はある？」

「ええ!?　私？」

とりあえずウィンディに聞いてみたが、何もないみたい。代わりに僕の考えを伝えてみると、彼女は親指を立ててみせた。

僕は早速アイテムボックスから、とある種類の石を取り出して砕く。それに松明の燃えかすを混ぜたらコネコネして完成だ。

さあ、これで何ができたかはお楽しみ。準備は整った。

「行くよレンレン」

「やっちゃいなさい」

僕の合図で、ウィンディが一番大きな蜘蛛へ大地の矢を放った。

複数の蜘蛛が岩の棘に貫かれて悶(もだ)えている。特大の奴はというと、外皮が固いのか持ち上げられるのみで、あまり効いていない。

こちらに気付いた蜘蛛達が一斉に壁や天井を這って向かってきた。

「行け！　ゴーレム！」

『ゴッ！』

次の瞬間、三メートルはある巨大な土の人形が、僕らの前に召喚された。

これが作戦その一。さっき入手したジェムで作り出したゴーレムだ。その図体で僕らがいる坑道の入り口をガードしてくれる。

ゴーレムはDランクの魔物でそれほど丈夫ではないのだが、それは普通のゴーレムの話。

そうです。ジェムを掛け合わせて上位種に強化しておきました。ゴーレムの体はより固い清らかな岩になっていて、聖属性を纏っている。蜘蛛にとっては天敵に等しい。

まだまだジェムを与えることはできるので、ゆく先々は亜種にしてみてもいいな。もちろん現状でも地属性と聖属性、二つの属性を持っているので充分強力だし、かなりレアな魔物になっている。

蜘蛛達はゴーレムにたたらを踏んで、少し距離を置こうとする。

『キシャ～！』

そこへ痺れを切らした一番大きなデッドスパイダーが、不甲斐ない味方の蜘蛛を蹴散らし、ゴーレムに飛びかかった。

ゴーレムの体に牙が突き刺さる。ゴーレム自身に毒は効かないが、牙から垂れた毒液が周囲に毒の霧をまき散らす。

「うわぁ。こりゃ、あんまり戦いたくないな」

「だから言ったんだよ。早く次を！」

「わかってるよ」

さっき石で工作したアイテムを取り出す。砕いた石は硝石。そして木炭のような可燃物と混ぜたものをこねたら——なんと爆弾ができちゃったのである。

それをゴーレムのすぐ後ろに配置して、ゴーレムを下がらせる。

『ゴッ！　ゴッ！』

デッドスパイダーに抱きつかれながらも、こちらの命令に従って後退するゴーレム。何だか酔っ払いを介抱する人みたいになってるけど、たぶん彼自身は大真面目だから笑うのは堪えた。

そしてついに、有象無象の蜘蛛達を引き連れたゴーレムが、爆弾の上を通り過ぎた。

「今だ！　ウィンディ！」

「よっと！」

ウィンディが、大地の矢ではなく火矢を放つ。

ドドドドドドド!!

大爆発が起こった。ゴーレムに危害の及ばないギリギリの至近距離。

煙が晴れると、蜘蛛達は粉々になっていた。

しかし、ビッグデッドスパイダーは身体の半分が吹っ飛んでも、まだゴーレムに噛みついている。

「残党を狩るよ！」

ウィンディはあっという間にそのビッグデッドスパイダーを仕留め、爆発を逃れた蜘蛛達を見つけて矢を放つ。ゴーレムをうまく盾にしつつ次々と射貫いていき、まさに狩人の面目躍如といった立ち回り。楽しそうで何よりです。

一分もせずに、周囲の魔物達は全滅。ウィンディの射程から逃れられる魔物は一匹もいなかった。

「やった～、レベルアップ！　レンレンのおかげだよ～」

「おめでと。何かもう今でも充分強そうなんだけど、ウィンディはレベルいくつなの？」

「ん？　これでやっと20だよ」

「高っ！」

僕なんて、今回で12なのに。

っていうかこの世界の経験値、少な過ぎるんじゃないか……？　鉱山に入ってから百匹近くは倒したけど、これじゃあ先が見えないよ。

死んだらゲームみたいに復活はできないから慎重にならなきゃいけないのに、あんな強敵と戦ってこれだもの。

不平不満は色々あるが、経験値は少なくてもアイテムはたくさんだからもういいや。

ということでドロップアイテムはこんな感じになりました。

【蜘蛛の糸】９５０　　　　　　　　【蜘蛛の脚】７１２
【蜘蛛の目】２３０　　　　　　　　【ジャイアントスパイダージェム】１６８
【ポイズンスパイダージェム】１２５　【ミスリルスパイダージェム】31
【デッドスパイダージェム】１

そして、何かいかつい盾が出てきました。鬼の顔のような形状をしていて、性能はこんな感じ。

【デッドシールド】ＳＴＲ＋50　ＶＩＴ＋３００　ＤＥＸ＋２００　ＡＧＩ＋50　即死耐性

僕の作ったオリハルコン製の装備よりパラメータの上昇値で言うと物足りないが、即死耐性は凄いな……。

これだけの装備を落としたということは、やはりあの特大の蜘蛛はここのボスだったんだろう。

ボスを狩れる力があればこの世界で有利になれる……ってことなのかも。

でも裏返すと、ボスを倒せなければいつまでも強くなれないってことだ。過酷だなぁ。

鉱山はボスのいた広間が最下層だったらしく、さっきと違い特に鉱脈も見当たらなかったため、そろそろ撤収することにした。

ジェムで召喚した魔物はジェムに戻せるようなので、ゴーレムもそうしておいた。外ならまだしも、流石に図体が大き過ぎるからね。

ちなみに一度使役した魔物のジェムは、アイテムボックス内で色が変わる仕様らしい。

外はとっくに日が落ちていて、やっと坑道から出たのにまた真っ暗だった。

日帰りは諦め、火を熾して野営することにする。

早速だけど、ジェムから蜘蛛の魔物達を召喚しておいた。移動する時の音が音だけにあまり動いてほしくないけど、探知が使えるらしいので暗闇では最高の護衛になる。

「レンレンってやっぱ凄いね」

「え？　何が？」

「だってアイテム作りだけじゃなくて、テイマーとか召喚士みたいなことができるんだもん……」

感心してくれるのはいいけど、ウィンディは何か勘違いしているような気がする。僕はただの……何だろう、強いて言えば鍛冶士とか？

確かに色々やってるから、自分でも定まってないけどね。たぶん街の人に聞いたら掃除屋さんとか言われそうだ。

「レンレンのおかげで夜襲の心配しなくて済むからいいな～。臨時のパーティーとか組むとさ、狩人だからって私が見張り番になることが多いんだよね」

「へえ……一人で夜番はきつそうだなあ」

「でしょ～？　大変なんだから」

でも、やっぱり狩人としての技能はこういった時に役立つんだね。

ちなみに蜘蛛は、獲物を見つけたら動くように命令してある。蜘蛛達がどこかへ駆けて行ってしばらくすると、アイテムボックスにドロップアイテムが入ってきた。

「じゃあ、おやすみ」

「おやすみ～」

馬車の中で横並びになって寝る。初めての野営は安心して眠れたが、カサカサというあの嫌な音だけは何とかしたいな、と思うのだった。

第七話　マリー再び

翌日、野営から起きたらすぐに、テリアエリンへの帰路についた。

「レンレン、ジェムから出した魔物って何でも言うこと聞くの？」

道中、僕はゴーレムが気に入ったので馬車の前方を歩かせていた。それを見てウィンディは疑問に思ったようだ。

「今のところは特に受け付けない命令はなさそうだよ」

「じゃあ、肩に乗っても大丈夫かな？」

なるほどね。ゴーレムにはウィンディも味方だと言ってあるので大丈夫なはずだ。

ウィンディが馬車を停め、乗せてーと言いながらゴーレムに駆け寄る。

『ゴッ！』

するとゴーレムは器用に屈(かが)み込み、ウィンディを肩に乗せて立ち上がった。

「わぁ、高ーい」

ウィンディはご機嫌に天を仰いだ。

ゴーレムも一緒に空を見ている。ちょっとだけど、人間らしさが見え隠れしている気がした。

「前方には何かいる？」

「う～ん、来た時に遭遇したような魔物はいないみたい」

鉱山から下ってきて以降はずっと平原なので、見晴らしがいい。それに狩人をしているウィンディは遠目が利く。高い所は彼女にうってつけの場所なのだ。

「じゃあ、のんびり行こうか」

馬車はゴーレムの腰に結んだ紐で引っ張られていて、馬はただゴーレムについて行くだけ。馬も疲れないし一石二鳥だ。

「ご、ゴーレム馬車……」

時折すれ違う他の馬車からはそんな声が聞こえたが、僕は製作に夢中なので聞かなかったことにします。昨日出会った商人のような行商の馬車だけでなく、ゴーレムを見てはしゃぐ子供の声が聞こえたりもしたので、乗合馬車なんかも行き来しているのだろう。

「やっぱり合成ってできないのかなぁ」

今までの物をかけ合わせたりできたら最高に面白いのにな、と思う。

しかし前に予想した通り流石に二重三重の上位互換はできないらしく、スキルで作ったもの同士を合わせてこねようとすると見えないバリアに阻まれるのだ。

この世界の理に反しているのだろうか？　なんて難しく考えていると、久々に頭の中でシステム音声が聞こえた。

（【鍛冶の王】のレベルが上がりました【E】↓【D】）

「あ、鍛冶の王のレベルが上がった」

ステータス画面から説明を読んだところ、レベルが上がったことでできることも増えたらしい。

その一つが、ちょうどさっきまで疑問に思っていた、かけ合わせである。

これにより粗悪品であったゴブリンの服のかけ合わせが可能になり、金属とコネコネすることで色々な武器を作り出せるようになった。

例えば、この銅。銅とコネコネすると銅の槍に、また銀とコネコネすると銀の槍に……といった具合だ。かけ合わせだと、グレードアップはしないみたい。

でもこれだけでも面白い。コネる金属の量によって、持ち手の部分が金属になるか布っぽくなるかが決まったりするのだ。他にもそうした配合の量次第で、性能や強度も変わるらしい。

「ともかく、これで普通の店に卸せる品が作れそうだ」

これまではどうしても、ものが良すぎて逆に市場に出せないことがほとんどだった。

変に目立ちたくないというのもあって、ニブリスさんに頼んで匿名で、ごく少数を売らせてもらっていた。でもこれでその手間もかけずに済みそうだ。

そうこうしているうちに、テリアエリンの街が見えてきた。

ゴーレムは目立ちそうだったのでしまうことにする。ウィンディは文句を言っていたけど、御者席に座らせた。本来の自分の仕事をしてください。

「レン・コヒナタだな？」

「え？　はい」

門に着き、馬車から降りたところで、門番の兵士達が僕を取り囲んだ。

「王様がお呼びだ。すぐに城まで連行する」

「ええっ！」

問答無用で両腕を掴まれる。もしや、スキルを持っていることがばれたのか。どうしよう。

「ちょっと何すんの!!」

「君は来なくていい、王様にはあくまでこの男を連れてくるようにと言われているからな」

止めようとするウィンディを引き剥がし、強引に引っ張って城へ向かう兵士達。ウィンディは怒りを露わにしていたが、王様の命令と言われては平民に手出しはできない。

何だかまるで犯罪者みたいだ。街の中央を抜けていったので、色々な人に見られてしまった。

何でこんなことに……。

◇

城の前に着くと、見たくもないあの女が立っていた。

「お久しぶりですね。レン・コヒナタ」

僕をいらないと言って放り出した宮廷魔術師、マリーだ。

相変わらず綺麗なドレスでとても美しいけど、好感はとても持てない。

強制的に召喚された挙句、あんな扱いを受けたからね。そりゃ顔も見たくないさ。

「あなたは私達に嘘をついた。そうよね？」

「…………」

マリーは険しい顔で僕に近づく。彼女が兵士に合図をすると、僕は跪かされた。

「あなたは特殊な能力を持っていた。どんな能力ですか！　さあ、言いなさい！」

会って早々に僕を罵倒するマリー。折角の綺麗な顔が台無しである。

「マリー様、とりあえずお城の中に」

「!?　そうね」

兵士の声に、彼女ははっとして周りを見た。城の使用人や、僕が連れて行かれるのを見て心配そうについてきた街の人達が見ていたのだ。

マリーは顔を赤くして城に入っていく。僕は再び兵士に引っ張られ連行されていった。


城の中に入ると、手持ちや鞄の中の所持品を没収された上で、前回とは違う部屋に通された。

いわば牢屋だ。

湿気が強く、水が天井から滴っている。日本の夏のような湿度に少し懐かしさが湧いたが、すぐに気持ちを切り替えた。

「今日からここがあなたの部屋よ。本当のことを話す気になったら出してあげる」

マリーは顔を歪めてそう言い捨てると、牢屋を出て行った。僕はため息とともに床へ座り込む。

こりゃ相当恨まれてるな。投獄されていたというのも本当なのかもしれない。

ただ正直に話したところで、向こうに僕を解放する気はないだろう。

だって、そこら辺の木の枝を取るだけで世界樹のアイテムになるんだもん。こんなチートを、王や貴族が手放すなんてありえない。僕が逆の立場なら利用する。

それにしてもマリーは、どこで僕の秘密を知ったんだ。

誰から洩れたのだろうか？　あるいはマリー達によって、吐かされたのか。

「レイティナさん……それにニブリスさん？」

マリーと知り合いだったレイティナさん、それに僕が作ったアイテムを直接卸していたニブリスさん。この二人が可能性としては高そうだけど、断言はできない。【龍剣】のエレナさんやガッツさん、それにファラさんも、僕の謎には薄々気づいていたみたいだし。

とにかく、良くしてくれた人達を疑うのは悲しいから製作でもしていよう。

「……兄ちゃん、何か食べ物があったら分けてくれねえか？」

すると、向かいの牢屋から声がかかった。

長い銀髪で冒険者風のおじさんだ。以前出会った衛兵のエイハブさんより、わずかに年上だろうか。

その顔は真っ青で、今にも倒れてしまいそうになっている。身体もやせ細っていたので、ひとまずアイテムボックスからパンを取り出して渡す。

鉱山へ出かける前、ネネさんからもらったものだ。もちろん鞄の中を経由して出したので怪しまれることもない。おじさんは涙してかぶりついていた。

「兄ちゃん、いい奴だな……何でこんなところに放り込まれたんだ。あの女が、あんな怖い顔で怒るなんざよっぽどのことだぜ」

「僕は何もしてないですよ……」

ただ望まれない召喚に巻き込まれて、見えないスキルを持ってしまっただけだ。それも、盗人の勇者を呼ぶための召喚にね。

「あんたも大変だな」

「おじさんはどうしてここに？」

「俺は……少し前に魔物の群れのスタンピードから逃げちまってな。それからずっとここさ」

あらら、敵前逃亡ってやつか。この世界でも結構重い罪なんだね。死刑よりはいいけどさ。

「なあ、外のみんなは元気か？」

おじさんは暗い声で聞いてきた。

「ん、みんなって街の人ですか？」

「ああ、そりゃそうさ。敵前逃亡した身でもな、街を守りたかったのはみんなと一緒なんだよ。ただその時戦った男達は、結構な数が死んじまった」

この街にやけに旦那さんを亡くした女性が目立ったのは、そういう理由だったのか。

「俺にもっと力があれば、くじけない心があれば、少しは違ったのかと思うよ」

「仕方ないですよ、誰でも死ぬのは怖いんです。あと、街の人達は元気そうでしたよ」

僕はハンマーとミスリルを取り出しながら話す。

音に気を付けつつ叩くと、ミスリルは青白い光を放ち、辺りを照らした。

「なら良かった……おお、あんた、鍛冶士なのか」

「ええ、まあ。マリーの狙いはこれですよ。言わないでくださいね」

どうせ、アイテムボックスにしまってしまえば取られることもないので、製作に精を出す。何もしないいんじゃ、時間がもったいないもんね。

それにいざとなったら、ゴーレムやスパイダーズを召喚すればすぐに脱出できるだろう。

ただ、大騒ぎになって死傷者が出るような事態にはしたくないだけだ。

「すげえな……俺はルーファス、あんたの名前は？」

「僕はレンです。よろしくお願いしますね」

僕が自己紹介を返すと、ルーファスさんはニカッと笑って寝そべった。僕も自分の作業に専念することにした。


翌日。僕は暇を持て余しつつ、時折製作をしながら、ルーファスさんと雑談をしていた。

「ははは、そりゃすげえな」

鉱山で爆弾を使った話をすると、ルーファスさんは大笑いする。

ルーファスさんはベテランの冒険者で、ランクもCまで行ったらしい。

だけどある時、左腕の肘から先を切断することになってしまって、街の衛兵になった。そしてスタンピードがあった際に戦えず、敵前逃亡してしまったと。

「しかし、そのジェムも見事なもんだ」

魔物を召喚できるジェムを見せると、目を輝かせたルーファスさん。やっぱり冒険者の血が騒ぐのだろうか？

「……シッ！　誰か来たぞ」

不意にルーファスさんが鋭い声で言い、牢屋の隅に離れていった。

僕もすぐさま、出していたアイテムをボックス内に戻す。

しばらくすると、カツンカツンと足音が近づいてきた。湿った牢屋では不気味に感じる音だ。

「さあ、コヒナタ。言いたくなったでしょ？　食事抜きで一日経った。どうなの？」

足音の主、マリーは僕を見下ろしながらそう言った。

僕は自前の食べ物があるので大丈夫なんだけど、いかにも弱ってますと体育座りしてマリーを見やる。

「ふふ、いい気味ね。あなたのせいで私が泥を被らされたのよ。あなたは良いわよね。優れた能力を使ってみんなに媚びへつらって。レイティナまであなたにほだされているし。……でも、もうおしまいよ。ここに一生閉じ込めるか、奴隷にしてやるんだから」

マリーはそう言って踵を返す。

彼女の足音が遠ざかっていくのを確認したら、ハンマーと鉱石を取り出し、製作製作！

「……お前、凄いな。あんなたんか切られて、すぐそれかよ」

「別に肝が据わってるわけじゃないですよ。気にしてないだけです。無一文で投げ出されたんだから、やりたいことやって何が悪いのさ」

最初に少しでも良識ある対応をしてくれていれば、今の僕の気持ちも少しは違っていたのにな。

「逃げないのか？」

ルーファスさんは何か察したのか、僕にそう聞いてきた。だけど、王城には何の罪もない使用人や、エイハブさんみたいな良い人もいるんだ。あまり騒ぎにしたくない。

「逃げたいけど、傷つけたくない人を傷つけることになるかもしれないですから」

無理に脱走したら、街の人にまで迷惑がかかるかもしれないしね。

特に【龍の寝床亭】のネネさんには長いことお世話になった。

たぶん、今も兵士が僕の部屋を調べているだろう。本当に何もないから、ネネさん達に危害は及ばないはずだけど、捜索が入ったことで変な噂が立たないといいな……。


日暮れ頃になって、再び足音が聞こえてきた。

「また、来客か？」

ルーファスと僕は自分の牢屋の奥に隠れる。

暗くてよく見えないが、兵士と女の人が僕の牢屋の前で立ち止まった。

「レン、俺だ。エイハブだ」

「え？　ホントだ、お久しぶりです」

驚いて近づくと、確かにその兵士はエイハブさんだった。そして、女の人の方は……。

「レンさん、すいません。私がマリーに話してしまったせいで」

シュンとして俯くレイティナさん。彼女は事の詳細を話してくれた。

僕が鉱山に出かけている間、投獄されていると思っていたマリーから連絡があったそうだ。急いで王城に駆けつけたら、マリーは僕の情報を尋ねてきたらしい。

レイティナさんが僕のことを面白おかしく話していると、マリーは顔を真っ赤にして怒り、立ち去ってしまったと。

恐らく自分がコケにされていると思い込んだのだろう。被害妄想で投獄されたんじゃたまらないな。

「……それでな、レン。レイティナさんとも話したんだが、お前を逃がそうと思っているんだ」

「え？」

唐突に、エイハブさんは凄いことを言ってきた。

衛兵がそんなことしていいのかと当惑していると、エイハブさんは小さな声で続ける。

「レンにはこのまま、もう二日ほどこの牢屋にいてもらう。ああ、飯は任せろ。マリーの部下に金を持たせて俺が持ってくる」

「え？　ご飯はいいですよ。僕は自前の物があるので。無駄遣いしないでください」

エイハブさんの言葉に答えながら僕はポケットからパンを取り出す。むしゃむしゃ食べている僕を見て唖然とする二人。

「なるほど。マジックバッグを持っているんだな。お前の担当の冒険者ギルドの受付係から聞いたが、デッドスパイダーまで倒したというじゃないか。さてはそこでドロップしたか」

エイハブさんは「まあ、倒したと聞いた時は嘘だと思ったがな」と付け加えて話す。

ボス級の魔物がいるエリアには、そういうレアなアイテムが落ちていることが多いそうだ。ゲームのように宝箱が置かれているわけではないからか、見落としがちらしい。エイハブさんは勘違いしているけど、僕の場合はデッドシールドがそれだったのかもね。

ファラさんに聞いたということは、僕が捕まってからウィンディが報告してくれたのかな。僕を助けるためにあの二人も動いてくれているようだ。

「よし、ひとまず飯はなしで大丈夫だな。じゃあ、二日後に決行だ。夕方のこの時間にまた来る。鍵もこっちで確保するから……って、それどうやった!!」

エイハブさんは話を途中で打ち切って、目をまん丸くした。

その視線の先には、無残にねじ切れた鉄格子。

昔の脱走の達人みたいにお味噌汁で錆びさせた……というのは冗談で、僕が鍛冶スキルでコネコ

ネしてちぎったのだ。こねた部分だけ、ご丁寧に鋼に昇格している。

そして、最後の一本をこねると鉄格子は丸ごと外れた。僕の方にのしかかってきたので重い。

鉄格子が外れたままではマリーが来た時にまずいので、いそいそと再度コネコネして格子を繋げておく。そんな僕を見て、エイハブさんは大きくため息をついてから呟いた。

「……鍵を盗んでくる必要もなくなったな。これ、俺達いらなかったんじゃないか？」

「ええ、そうね」

二人揃ってしょんぼりしている。自分達で助けると意気込んでいただけあって、僕がすでに逃げられる状況になっていることにショックを受けたようだ。僕は慌てて二人を励まします。

「僕は二人が来てくれたから出るつもりになったんです。牢屋の外の準備はお二人にしかできないですし、お二人のおかげですよ」

「おお、そうか！」

「そうですよね！」

うん、あっさり立ち直ってくれたから良かった。

二人はルンルンとスキップしそうな勢いで牢屋から出ていく。周囲の人に怪しまれそうだが、大丈夫だろうか？

「なあレン、俺も連れていっちゃくれねえか？」

ルーファスさんが奥の方から出てきてそう言った。

「俺も強くなって、誰かを守れる男になりてえんだ。この左手さえあれば、あんなことにはならなかったのによ」

悔しそうに壁を叩くルーファスさん。

「……魔物とは戦えそう？」

「ああ、俺はもう逃げない。何匹いようが斬り掛かってやる！」

僕は脱走した後のことを考えていた。

きっと、テリアエリンの街にはもういられないだろう。馬車か何かで他の街へ逃げることになる。だけど相手は王や兵士達だ。追っ手を放たれたら、撃退するか逃げ続けなければいけない。そんな旅に巻き込む人数は、やはり減らしたいと思った。ウィンディもそうだけど、ルーファスさんも、万が一のことがあったらお金をあげてでも突き放した方がいいのかもな……。

あんまり塞ぎ込んで考えるのも良くないので、計画の日まで僕はいつも通り製作をしていた。その間、話し相手はルーファスさんだけということもあり、結構仲良くなった。

試したのは鍛冶系の製作だけではない。世界樹の葉を清らかな水で煎じてみたら、【世界樹の雫】というとんでもないものができた。ルーファスさんに飲ませてみると……。

「お、俺の左腕が‼」

トカゲのしっぽのように、なんと腕が生えてきたのだ。ちなみにアイテムの効果はこんな感じ。

【世界樹の雫】飲んだ者のあらゆるケガを治す。また、穢(けが)れた大地を清らかにする。

「しかも、うめぇー！」

ルーファスさんが叫んでいる。僕も飲んだけど、とても美味しいです。リンゴジュースのような喉ごしでラフランスみたいな香りが鼻を通っていく。

何とも言えないが、食レポの達人ではないのでこれで許しておくれ。

第八話　脱走

ついに計画の日。

ルーファスさんと二人でパンを食べていると、牢屋に足音が聞こえてきた。

この間より人数が多いと思ったら、エイハブさんとレイティナさんに加え、ウィンディもいた。

「レンレン！　無事だった!?」

「あ！」

待ったをかける間もなく、ウィンディが涙目で鉄格子を掴む。

いつでも出られるよう、鉄格子は今朝からほぼ外した状態になっていた。それがウィンディの重みに耐えられずにへし折れ、僕の方に倒れてきた。

慌てて牢屋の壁際まで逃げて下敷きになるのを回避。牢屋中に鉄格子のやかましい音が鳴り響いた。

「え、何で鉄格子倒れたの？　えっ？」

混乱しているウィンディに、ちょっといたずら心が湧く。

「ウィンディ、太った？」

「そ、そんなことないよ！　……ないよね？」

泣きそうな顔になったので笑いながら種明かしをすると、ウィンディは僕を罵倒しながら胸をポカポカと叩いてきた。ちょっとやりすぎちゃったかな。

「二人とも、再会を喜んでいるところ悪いが急ぐぞ」

「あ、ちょっと待ってください。あっちの人も連れていくので」

「ん？」

すぐにルーファスさんの鉄格子も壊す。中からのそりと出てきた彼を見て、エイハブさんはギョッとした。

「敵前逃亡のルーファスか……」

「そう言ってくれるなよ」

悲しげな顔になるルーファスさん。やっぱりみんなに知られているみたいだね。レイティナさんも知っているらしく、少し心配そうな顔をしている。

「あの時は心が弱くて、腕もなくて戦えなかった。だけど、今は違う。レンに腕まで治してもらった。俺はレンのために死んだっていい」

いやいや、僕なんかのために死なないで。もったいないから。

っていうか、そういう言葉は男の僕じゃなくて、女性に言ってください。

「ということなんでルーファスさんも反省してますし、見逃してください」

「まあ、レンがそう言うならいいか……って、こんなことしている場合じゃない。早く行くぞ」

エイハブさんは駆けていった。僕らもそれに追従する。

牢屋を出ると、久しぶりの陽の光に目を刺された。眩し過ぎて開けていられないくらいだ。

すると僕の手をウィンディが掴み、引っ張ってくれた。いかん、ちょっとカッコいいと思ってしまった。

「エイハブ！　おい、どこに行く気だ！」

門兵から声をかけられたが、エイハブさんは僕らを連れて無言で走り抜ける。僕を助けてくれたのはいいけど、やはり無理をしていたみたいだ。この後どうするつもりなんだろう？

「待てー‼」

城下町に入る頃には、後ろからマリーの部下達が追いかけてきた。僕らはひたすら走り、坂を下って馬車のある門へ向かう。

そこへ思わぬ助っ人が現れた。

「あ～ら。ごめんあそばせ！　うちの馬がお水を飲みたいらしいのよ」

「あらあら、そちらもなのね。私の馬もよ！」

「くそ、早くどかせ！」

シールさんとニブリスさんが、セリフ棒読みの演技で馬車を道に広げ、追っ手を妨害する。

僕が何度も頭を下げてお礼を伝えると、二人は手を振ってくれた。

だがやがて、別の追っ手が追い付いてくる。騎兵だ。あの速度じゃ街の外まで逃げ切れない。

「おっと～、熱したハンマーが！」

「あらあら、こっちは熱したフライパンだよ！」

またもや助っ人が現れた。鍛冶屋のガッツさんと、散々お世話になったネネさん。

アツアツのフライパンやハンマーを当てられ、堪らず暴れた馬が騎兵を振り落とす。

「何をするか無礼者！　王命に逆らうものは厳罰に処すぞ！」

「ああ？　厳罰だと？　この大人数をか！　ならやってみろ！」

「そうよそうよ！　偉そうにすんな！」

振り落とされた騎兵が武器を抜こうとするが、集まってきた街中の人々に囲まれ気圧(けお)されている。

取り囲んでいるのは、見覚えのある人たちばかりだ。仕事中に飲み物を差し入れてくれたおばさんから、飲食店の手伝いでアドバイスをくれた青年まで。

何だか胸が熱くなる。でも、僕はこの街を離れないといけない。もうちょっといたかったな。

「みんな、ありがとう！　テリアエリンの街は最高でした！」

みんなは無言で僕に手を振った。僕は目元を拭って、門へ急いだ。


「事を荒立ててすまない。この街のことは頼んだぞ」

「はい！　エイハブさんの分まで頑張ります」

ウィンディが馬車を準備する間、門番の若い兵士にエイハブさんが話している。

別れの挨拶のようだけど、エイハブさんもどこかに行くのかな？

「俺もお前について行くぞ。なんたって俺は王に反旗を翻したからな。このままここにいたら死刑になりかねん。ま、レイティナが何とかすると思うがな」

「え、ええ!?」

僕は唖然とした。まさか、僕のためにそこまでの決意をしていたのか。

「ごめんね、レンさん。私が口を滑らせてしまったせいでこんなことに」

一方、レイティナさんはまだ悔いているようだった。

「いえ、それ以上にレイティナさんにはお世話になりましたから。逆に、これ以上この街にいたら外に出たくなくなってたかもしれないですし」

みんなに会えなくなるのはとても寂しいけど、せっかく異世界に召喚されたんだから、旅はしたいと思っていた。どうせなら楽しもう。

「はいはい、みんな、早く乗って～」

準備を終えたウィンディが馬車の御者席からみんなを急かす。

レイティナさんに「またいつか」と別れを告げ、エイハブさん、ルーファスさんとともに乗り込む。

すると、何故かそこには見知った女の子がちょこんと座っていた。

「え、エレナさん？」

「……おじいが『レンの嫁になったら帰ってこい』って」

「ええ!!」

びっくりすることだらけである。ガッツさんのあのからかいは本物だったってことか。

でも、僕にはもったいないよ。どうしよう。

「はは。レンはモテモテだな」

「その声は……まさかファラさん？」

「やあ、元気そうだね」

鎧を着て、冒険者の恰好になっているファラさんが現れ、にこやかに笑う。

「不思議そうにしているね。私はたまたま、よその街のギルドに呼ばれて、たまたま知り合いの馬車がいたから乗せてもらうだけだ。別にいいだろう？」

そんなわけあるかーって突っ込もうかと思ったけど、やめておいた。

そうして全員が馬車に乗り込み、エイハブさんの「いいぞ、出してくれ！」という声で馬車が走り出す。

僕、ウィンディ、ファラさん、エレナさん、それにエイハブさんとルーファスさん。

すっかり大所帯になってしまった。

大勢を巻き込みたくないと思っていたのに、不思議と悪い気はしない。

こうして、僕の脱走劇は街の人達の手によって成功に終わった。

後日、王様は民衆や他の貴族によって糾弾（きゅうだん）され、やがて別の人に王位が渡ったという。

それが何とまさかのレイティナさん。彼女はテリアエリン元国王の姪（めい）で、隣のレイズエンド国王の娘らしい。

レイズエンドとテリアエリンは元々一つの国で、最近になって分国されたのだとか。兄弟がそれぞれ国を治めていて表向きは友好関係にあるため、国境の検問などは設けられていないそうだ。

ちなみにマリーはというと、宮廷魔術師の地位には復帰したそうだけど、どうなることやら。

まあ、レイティナさんがいるなら安心だ。

【これまでの入手アイテムとステータス】
レン　コヒナタ
レベル　5　↓　12

【HP】90　↓　146　　【MP】80　↓　129
【STR】45　↓　90　　【VIT】40　↓　85
【DEX】49　↓　84　　【AGI】59　↓　76
【INT】35　↓　54　　【MND】35　↓　54

スキル
アイテムボックス【無限】　　鍛冶の王【E】↓【D】
採掘の王【E】　　採取の王【D】

アイテムボックス【無限】内訳
【世界樹の葉】450　　【ミスリル】100
【世界樹の枝】250　　【オリハルコン】20
【清らかな水】320（瓶入り）　　【サファイア】4

【清らかな土】280
【清らかな岩】80
【オーガの牙】2
【オークの杖】2
【オークのローブ】2
【羊の肉】4
【羊の毛皮】5
【羊の戦角】2
【羊の角】10

【ダイヤ】5
【硝石】50
【プラチナ鉱石】2
【蜘蛛の糸】950
【蜘蛛の脚】712
【蜘蛛の目】230
【鋼のスコップ】1
【デッドシールド】1

モンスタージェム
【ゴーレムジェム】1
【ポイズンスパイダージェム】125
【ミスリルスパイダージェム】31
【デッドスパイダージェム】1

【ワイルドシープジェム】4
【マイルドシープジェム】3
【ジャイアントスパイダージェム】168

第九話　次の街へ

テリアエリンを出た僕らは、街道沿いを当てもなくまっすぐ進んでいた。

街が遠ざかっていく。つい最近、鉱山へ行く道で見たばかりの光景なのに、とても感慨深い。

この世界での初めての街。街の人達にも良くしてもらったし、僕の第二の故郷だと思う。

離れることになったのは悲しいけど、後ろを振り返ってばかりいても仕方がない。こうなったかこうなったからには、旅することを楽しまなくちゃ、テリアエリンの人達に悪いよね。

「まさか、レンが鍛冶士になってたとはな。それもとびきりの」

いつも通り製作を始めた僕に、馬車の護衛をしてくれているエイハブさんが感心したように言う。

「いや、鍛冶士よりは鉱夫兼職人って感じじゃないか……？　採掘スキルも持ってるんだぞ」

一方、馬車の中で僕の向かいに座るファラさんは、呆れたような声だった。ゴブリンの洞窟に潜った時のことを知っているからだ。

ここにいる面々には、つい先ほどスキルのことを話したところだった。

ずっと秘密を明かすのには消極的だったけど、脱走する時みんなが僕のために危険を冒してくれたのを見て、決心がついたのである。

「何だっていいじゃねえか。俺らはおかげでこうしていい武器を持てるんだ」

そこへ割り込んだのがルーファスさん。僕から今でき上がったばかりの短剣を手渡されると、満足そうな表情を浮かべた。

「それにしても本当にいいのかよ？　ボスモンスターからしか手に入らねえような武器をもらって……」

「いいんですよ。すぐ作れるものですし、みんな僕のために命を張ってくれたんだから」

同行しているみんなには、それぞれお礼の品を渡していた。エイハブさんにはハルバードのようなタイプの槍、ウィンディにはオリハルコンと世界樹の枝で作った弓とかね。みんな喜んでくれたから僕も嬉しい。

一方で、レイティナさんには別れ際に一つお願いをしてきた。

街の人達にもお礼を配ってほしいと、世界樹の雫を渡せるだけ渡してきたのだ。街中を掃除して得たものは街に返さないとね。

当然、レイティナさんはとても驚いていた。世界樹はエルフに守られていて、人族が目にすることはまずないそうだ。ごく一部の王族は、そこから採れた枝や葉だけ見たことがあるらしいけど。

ドワーフがいた時点でいるだろうなとは思ったけど、会ってみたいな……エロフ、じゃなかったエルフ。

「レンレン、なんかいやらしいこと考えてる？」

「え？　何でもないよ」

「ふ〜ん」

御者席から、ウィンディが鋭い勘で僕の煩悩を指摘してきた。

何故ウィンディに咎められなくてはいけないんだ！　僕は自由なはずだぞ。

「二人はどんな関係なの？　いつも仲良さそうだけど」

「「え？」」

エレナさんが突然そう聞いてきた。僕とウィンディは顔を見合わせるが、ウィンディが顔を赤くしてそっぽを向く。

「え〜恋び」

「恩人と御者！」

ウィンディが変なことを言いそうになったので即答しました。

ふくれっ面で睨まれたけど無視です無視。ウィンディは確かに可愛いんだけど、性格のせいでどうにも子供に見えてしまうんだよな。

もうちょっと大人っぽい人がいい――例えばそう、ファラさんみたいな。

「ん？」

立て膝で座っているファラさんが、僕の視線に気付いた。

気まずくなってしまうので、何でもないですという念を込めて首を横に振っておく。

「……そうなんだ。ってことは、まだ大丈夫かな」

一方、エレナさんは、僕の答えを聞いて何やら呟いていた。彼女自身のためにも、ガッツさんの言っていたことをあんまり真に受けないでほしい。

「エレナさん。その、別にガッツさんの言っていたことを守る必要は……」

「うっ、やっぱり迷惑だよね……」

エレナさんがドヨ～ンと負のオーラを漂わせた。

「いやいや、迷惑ではないんだけど。そういう問題はやっぱり急いじゃいけないというか」

「ははは、レンは本当にモテるな」

僕が当惑していると、ファラさんが笑う。そこへエイハブさんが馬車に乗り込んできた。

「羨ましいもんだな。俺も混ぜてくれよ」

エイハブさんは外で護衛をしてくれていたけど、前後が開きっぱなしの馬車なので話は筒抜けだ。

「エイハブさんだってモテたんじゃないんですか？」

「お、そう思うか。よし、俺の武勇伝を語ってやろう！」

僕が話を振るや否や語り出したエイハブさん。

するとファラさんが「護衛を代わろう」と苦笑して馬車を降り、ルーファスさんも「新しい武器をもらったし俺も行くか」と降りていった。

街を出てからは、ファラさんとエイハブさん、そしてルーファスさんの三人が交代で護衛や斥候をやってくれている。ついでに狩りも。

特にルーファスさんは、まだみんなとの距離を縮められていないからか、よく馬車の外にいた。短剣使いなので斥候役が得意、ということなのかもしれないけどね。

でも今このタイミングでそそくさと降りたのは……エイハブさんの武勇伝から逃げたのかも？

「御者って暇～。レンレンは操縦覚えないの？」

エイハブさんの語りが一段落した頃、ウィンディのぼやき声が聞こえてくる。

彼女の考えは手に取るようにわかる。僕に操縦を覚えさせて、自分も狩りに加わりたいんだ。

でもまあ、ここはその策に乗ってやろう。いや、ただ単に僕が御者をやってみたいだけだけどね。

——結論から言うと、僕の操縦は下手くそで、街道を蛇行しまくりでした。

馬が僕を睨んで、鼻息荒く憤りを露わにするレベル。そんなに怒らんでもいいじゃないか……。

◇

街を飛び出してから一週間、ルーファスさんも少しずつみんなと打ち解けてきた頃。

馬車はようやく次の街に着いた。レイズエンド国にある、エリンレイズ。

前の街と同様、外周をぐるりと壁に囲われている。この世界ではこれがスタンダードらしい。魔物もいるし、そりゃそうだよね。

でも、道中で所々にあった小さな村はそうもいかないらしく、簡易的な木の柵がある程度だった。

仲間のみんなに聞いたところでは、ゴブリンとかによく壊されて、魔物が増えると夜も眠れない日々を過ごすらしい。そして、そんな村に派遣されるのが冒険者、というわけだ。

しかし、あまりにも長い道のりだった。おかげで製作祭りだったが、途中で素材がなくなってしまってそこら辺の落ち葉や枝を採取したり、エイハブさん達の狩りに同行したりしていた。

みんな長旅で疲れているかな、と思ったが、どうやら全然そんなことはないらしい。

「私は冒険者ギルドに行くけど、みんなはどうする？」

街の入り口で馬車を預け、大通りに出たところで、ぐっと伸びをしながらファラさんが尋ねる。

「俺もついてくぞ。冒険者として登録し直さなきゃいけねえからな」

「私は武器屋を覗きに行くよ。もしかしたら掘り出し物があるかも」

「私もウィンディさんと武器屋にいこうかな。おじいの武器がどれほどか見たいし」

「俺は酒場だな。せっかく衛兵なんて堅い職業から足を洗ったんだ、羽を伸ばすさ」

各々、もう決めていたようです。ファラさんとルーファスさんはギルド、ウィンディとエレナさんは武器屋、エイハブさんは酒場ね。

じゃあ僕は、みんなで泊まれそうな宿屋を確保しに行こうかな。

そう思った矢先、何やら揉め事の声が聞こえてきた。

「どうか、あと一日、あと一日待ってください！」

「フォッフォッフォ、いいですともいいですとも。何日でも構いませんよ。領主様は寛容ですからねぇ」

目を向けると、通りの隅で必死に頭を下げる少女がいた。それと向かい合っているのは、修道服のようなものを着た白髪の男性。

司祭か何からしく身なりは綺麗で、一見普通の人だ。でも目つきがどうにも嫌な感じ。

それだけで何かを察しているのか、行き交う人々も二人から目を逸らしていた。

「お金はいつでも結構ですよ。領主様もそう言っておられます……ですが、延ばせば延ばすほど、金額は上乗せしてもらわなければ。それを嫌と言ったらお父様がどうなるか、おわかりですかな？」

「そんな……」

へたり込む少女の顎を持ち上げ、顔を近づけていく男。少女はすっかり青ざめてしまっている。

「放しなさい！」

僕が踏み出すより先に、ファラさんが二人の間に割って入った。

「ん？　なんですか、あなたは？」

司祭らしき男は、怪訝な顔をファラさんに向ける。だがその容姿を見て、わずかに口角を持ち上げたのがわかった。ファラさんも同じことに気付くと、男を睨み返す。

「あなたはこの子の友達ですかな？」

「知り合いではないけど、子供にこんなことをする人間は見過ごせないからね」

「部外者なら話に入ってこないでいただけますかな。これはその子の親との契約ですので」

男はファラさんに詰め寄る。それでも彼女は譲らない。

「なら、どういった話か説明してもらおうか。正当な契約なら、どこでも話せるだろう？」

ファラさんの追及に、男は少し考えて口を開く。

「その子のお父様にお金を貸したんですよ。それはそれは大きなお金をね」

なるほど、お金の貸し借りか。そういうのに教会が絡んでいるとなると、悪い予感がする。

「いくらだ？」

「今日が期限の分は、金貨10枚ですよ」

「違う！　8枚だよ！」

すぐさま少女が訂正する。

「……これでいいんだな」

しかしファラさんは、男を睨んだまま金貨を10枚取り出して渡した。男前過ぎる。

「フォッフォッフォ。素晴らしい、見知らぬ人を助けるとは。見たところ街の外から来たお方のようですが……どうです、私のもとに来ませんか？　この街での地位は約束しますぞ」

「返済は済んだんだろ。二度と声をかけるな」

「フン。まあ、いいでしょう。神は寛容です」

名前も知らない人と暮らすなんて考えられないよ。っていうか、ファラさんが正義の人すぎるよ。僕なんて見ているることしかできなかったのにさ。

男が立ち去ったのを見届けると、ファラさんは少女へ向き直った。

「あなた、大丈夫だった？　あの司祭みたいな男は何者？」

「ありがとうございます……あれはカーズ様です。この街の司祭をしておられます。わけあって私とお父さんは色々なところからお金を借りていて、それをあの方が一手にまとめて引き受けてくれたのですが……」

あの司祭、弱みにつけ込んで少女を自分のものにしようとしたんじゃないだろうか。

少女はファラさんの差し出した手に捕まって立ち上がり、話しだした。

「自己紹介が遅れました。私はファンナです。あなた様のお名前は？」

気付けば少女の目はキラキラしていて、ファラさんを見つめている。

まあ、男でも惚れそうになるのに、女の子がこんな助けられ方したら惚れないわけないよな。

ファラさんが名前を名乗ると、少女が彼女の腕を掴んだ。

「あの、私のお父さんは宿屋をやっているんです。お礼と言っては何ですが、どうぞ皆さんで何日でも使ってください」

少女はファラさんを見つめながら話を続けた。完全に王子様か何かを見る目だ。

みんな予定を変更して、二人についていくことにしたのだった。

ファンナちゃんに案内されてやってきたのは、大きな宿屋。

外観はかなり立派だけど、掃除が行き届いていない。いかん、これじゃ姑みたいだ。

ファンナちゃんについていくと、寝室でベッドに横たわる男性がいた。

「お父さん、ただいま！」

「おかえり。おや、その方達は？」

僕らを見てお父さんがお辞儀をする。お父さんは、ファンナちゃんから僕らのことを聞くと、さらに深く頭を下げた。

「ありがとうございます。お金はすぐに用意しますのでどうか!!」

「お父さん……」

何かを誤解したお父さんが血相を変えて謝る。どうやら、お金を貸している側の人間だと思われたようだ。ルーファスさんがちょっと人相悪いからな、しょうがないね。

「……では、あなたに返さなくていいのですか？」

「はい、私は目の前に困っている人がいたら助けたいので。ただの自己満足ですけどね」

ファラさんが諸々の説明をすると、お父さんはホッと胸をなで下ろした。

彼女がイケメン過ぎて、僕ら男達の立つ瀬がないです。

「お父さん、それでね。ここを自由に使ってもらおうと思っているの。今はお父さんも怪我してるから、宿としても経営できてないでしょ」

「そうだね。そのくらいしか、今の私達に返せるものはないしな」

しょんぼりとしているお父さん。何だかかわいそうだな。

建物は立派だし、土地も結構な広さを持っているようなのに、何でお金がなくなっちゃったんだ？

疑問をお父さんに聞くと重い口を開いてくれた。

「それが……ここの領主に睨まれてしまって」

ハインツと名乗ったお父さんは、これまでの経緯を話していく。

「昔はこの宿屋も繁盛していました。その時はとても幸せで、せっせと働く毎日でした。でもそんなある日、妻のリラを娶りたいと言って、領主がやってきたんです」

うわ、何だか嫌な予感。

「私はもちろん断りました。するとそれから私達に、連続して不幸が起こるようになりました。最初は小さなことです、仕入れた品が腐っていたとか、鼠が増えたとか。でも決定的なことが起きて、領主の仕業だと確信しました……商人ギルドで贔屓にしてくれていた人が突然亡くなったんです」

やっぱり、きな臭い。どんなに怪しくても、殺されたかどうかはわかってないのね。

経験があるわけじゃないけど、こういう輩は真正面からじゃなくて少しずつ追い詰めてくるんだよな。

「それから一層、嫌がらせが増えました。風評を流されたり、ゴミが置かれるようになったり。それで商人ギルドとの取引もやめざるを得ませんでした。……ああ、そうだ。ファンナ、宿屋の掃除を頼むよ」

「……はい」

ハインツさんの言葉を聞いて、俯き気味にファンナちゃんは外へ出ていった。あんまり聞かせたくない話になるのかな。

「それから間もなくして、私の妻は死にました。医者からは流行病だと言われましたが、気苦労から重くなったのだと思います。私とファンナはどうにか宿屋をやっていこうと頑張ったのですが……今思えば、あの頃私に金を貸してきた者達も領主の手下だったんだと思います。契約書とは違う金利がかけられていて、とても返せるものではなくなっていました」

八方塞がりだ。さっきの金貨10枚も、あれで全額じゃないみたいだったし。

またカーズ司祭や他の手下が来るかもしれない。妙に大人しく引き下がると思ったら、そういうことか。

「……これは許せないね」

「ふむ、確かに見逃せん」

ファラさんとエイハブさんが憤りを露わにする。僕も、一気に借金を返してやれれば……と思ったけど、事情を聞く限り、お金だけ返せば解決する問題でもなさそうだ。

「話は終わったか？　じゃあ俺は冒険者ギルドに行ってくるぞ」

「ん、ああ。私も行くよ」

するとルーファスさんとファラさんが、最初の予定通りギルドに出かけていった。

「じゃあ、俺は酒場だな」

「私とエレナちゃんは武器屋に」

「おじいの作った武器、卸せるかな～」

エイハブさんは酒場へ、ウィンディとエレナさんも武器屋へと出かけていく。

「……すみません、皆さんには気持ちのいい話ではないですよね。どうぞ、街を出るまでこの宿をご自由に使ってください」

申し訳なさそうな顔になるハインツさんに、僕は答える。

「確かに聞いていて楽しい話ではないですね。――でも、みんなはそれを嫌がって話を切り上げたわけじゃないですよ？」

「え？」

みんな、それぞれ情報を得るために向かったのだ。

エレナさんなんて、馬車に積んでいた武器や防具を売ってお金に変えようとしている。この街に来る道中でちょっとコネコネしちゃったけど、まあこれはバレてないはず。

とにかく、みんなファラさんに感化されたんだろうね。僕もだけど。

「僕らに協力させてください。……とりあえず、この水をどうぞ」

「え？」

僕が渡した水を飲んだ途端、ハインツさんの体は輝き、血色が良くなっていく。そう、道中で手に入れた世界樹の雫を飲ませてみました。

「何ですかこれは！　怪我をする前よりも身体がよく動く……ああ、子供の頃の火傷痕まで」

おっと、世界樹の雫はオーバースペックだったようだ。古傷まで回復した上に肌がつやつやしてる。生まれたばかりの赤ん坊みたいだね。

ルーファスさんに飲ませた時にそうならなかったのは、欠損があってその修復が優先されたからかな？

「元気になれば、反撃できるでしょう？」

僕は僕にできることをやるぞ。

思ったよりもこのお宅は土地が広い、これはやりがいがあるな。

宿屋が道に面していて、その奥にハインツさんの家があるのだが、さらにその奥には池と大きな木があった。まるで庭園である。

「この庭は妻が作りました。宿の名物だったんです。何とか私とファンナで維持していましたが、それももう……」

「大丈夫ですよ、ここは僕が綺麗にしますから。ハインツさんはファンナちゃんと一緒に、宿屋の掃除をお願いできますか？　怪我も治ったんだし、ファンナちゃんに見せてあげてください。喜んでくれますよ」

ハインツさんを宿屋に向かわせると、僕は久々の掃除をすべく腕まくりし、庭園を見回した。

木は見上げるほどの大きさだ。三階建てほどの高さがあるだろうか、見事の一言だ。

木を囲って広がる池の中には、根っこが至るところに巡っている。

吸い寄せられるようにして木に近づく。触ってみると、ほんのり温もりが伝わってきた。

「まるで人肌みたいに温かい。よっぽど大事に育てられたんだね」

（――ええ、すごく大事にしてくれた）

「!?」

突然、僕の独り言に答える声が聞こえた。

頭の中に直接話しかけてきた女性の声は、とても悲しそうだった。

（リラはとっても優しくて、私に毎日話しかけてくれた。いつも、輝いていて。空の太陽と一緒に私を照らしてくれるようだった）

どうやら、木が僕に話しかけてきたらしい。

（だけど、しばらくしたらリラは来てくれなくなった。ハインツやファンナが来るようになって……二人には私の言葉は届かなかった。だけどあなたはどういうわけか、魔物と心を通わせる術（すべ）

を持っている。もしかしてと思って声をかけたの）

　魔物と心を通わせるなんて、そんなスキルは身に覚えがない。心当たりがあるとすれば、ジェムでゴーレムやスパイダーズを使役したからか……。

「君にとっても、リラさんはかけがえのない人だったんだね。でも、僕にわざわざ話しかけてきたのは……多分、それ以外にも伝えたかったことがあるからだよね？」

（ええ、ハインツの怪我の原因を私は見てた。悔しくて悔しくて……それにリラが死んだのも、今思えばあの領主のせいだったんだと思う）

　大きな木はこの場にずっといて、家や宿屋で起きたことを全て見ていたようだ。悔しさで体を揺らす姿は穏やかではない。

（これまで、私にできることは何もなかった。でも、今は違う。あなたが私の言葉を聞いて動いてくれる。そうでしょ？）

「そうだね。まさか、こんな友達ができるとは思わなかったけど」

（友達になってくれるのね、ありがとう。私には、まだ名前がないの。だからあなたが付けて）

「え？　僕が？」

　自信はないけどしょうがない。大きな木じゃ呼びにくいしね。

「じゃあ……リラさんが大事にしていた木……いや、大樹……リージュってどうだろう？」

（リージュ！　とてもいい!!）

リージュの声が大きくなり、突然木の周りが光る。

そして、光が収まると、そこに少女が立っていた。

「あなたに名をもらったことで、この世界に自分を刻むことができた。……精霊になったの。これで私はリラの仇が取れる」

リージュはそう言うと、足元から植物を召喚して怒りを露わにした。僕は慌てて止める。

「ちょっと待って。怒るのはわかるけど、今、僕達で何とかしようとしてるんだ。それに協力してくれれば大丈夫だから。きっと面白いことになるから期待してて」

リージュは不服そうだったが、少し考えた後に頷いてくれた。

情報収集に出た仲間達が帰ってくるまで、ひとまず庭園の掃除をしながら、僕は彼女に色々と話を聞いた。精霊は人間と契約することで初めて、実体を得られるんだそうだ。

精霊は姿を見せないのが普通らしく、後でリージュをみんなに会わせたら大層驚いてました。

第十話　領主の伯爵

その日の夜。エリンレイズの街にとてもいい匂いが漂い始めた。

「いらっしゃいませ、いらっしゃいませ～。新装開店の【ドリアードの揺り籠亭】の名物！　羊鍋だよ！」

宿屋は建物自体が結構劣化していたんだけど、鍛冶スキルでちゃっちゃと直しました。

もちろん掃除もバッチリ。姑が十人来ても綺麗だとお墨付きをもらえそうです。

ちなみに、ギルドや酒場に情報収集に行ってくれたみんなは、残念ながら確かな情報は得られなかったらしい。まあ貴族が相手となると、そう簡単には尻尾を掴めないのも仕方ない。

なので、その日の夜に僕らはまず、この宿屋を救う手を打ったのだ。

「この匂いからは誰も逃げられん!!」

ブドウと羊から採った油、それにトマトと塩で味付けした特製鍋だ！　酸味と塩気のバランスに、羊の油がアクセントをつける。もちろん、羊の肉とも最高にマッチ。

宿屋の一階にある食堂の厨房から、窓全開で調理し、うちわで匂いを表の通りに送る。

しばらくすると、香りを嗅ぎつけた人々がぞろぞろと宿屋に集い始めた。

「ウマソウダ～、ヨコセ～！」

まるで飢えたゾンビじゃないかと思うくらいの勢いだ。ハインツさんが扉を開けると、みんな我先にと席に着く。いつの間にか外にも行列ができていて、みんな息も荒く凄いことになってる。

当然僕やハインツさんだけでは人手が足りず、みんなにも手伝ってもらった。

「お待ちどうさま！　最高の水と最高の羊鍋ですよ！」

葉物やパプリカで色鮮やかに演出された羊鍋。葉物といっても日本の白菜みたいな品種はなかっ

たので、庭の畑で採れた野草を入れてみたらちょうど良い具合になった。

野菜は全部、リージュのいる庭の掃除中に手に入れたものだ。全部、清らかシリーズなので、市販のものより二段階ぐらい美味いはず。

「鍋ももちろんだが、何だこの美味い水は！　心が洗われるようだ！」

「心なしか体も軽いぜ」

「水ウマ、鍋ウマ、そして、〆(しめ)の粥(かゆ)もウマ！」

やっぱり何かゾンビっぽい人がいるようだけど、満足して無事浄化されたみたいだ。

魂を連れていかれている……と言ったら言い過ぎだけど、青ざめて顔色の悪かった客も、清らかな水を飲んだら元気になっていた。

この日を境に、宿屋【ドリアードの揺り籠亭】は大繁盛していく。

あっという間に羊肉が足りなくなり、ファラさん達に狩りを頼んだくらいだ。お店は残った僕やウィンディ、エレナさん、ハインツ親子で何とか切り盛りした。

それと、マイルドシープをジェムから召喚すると、それももう一つの名物になった。

「モフモフ！　モフ！」

「次は私～」

「ずるいぞ。俺が先に並んでたのに！」

「まあまあ、羊は逃げませんから」

アイドルの握手会のように僕は列を整理する。

マイルドシープは人の膝までくらいの手頃な大きさで、モコモコである。

なので、お客さんが抱き締めたり枕にしたりと大好評になったのだ。いわば招き猫ならぬ招き羊。

エサやり体験として銅貨1枚で野草を売っているので、ちょっとした収入源にもなる。

もっと召喚しようと思ったんだけど、どうやら、一種類当たり召喚できるのは一匹までのようだ。

なんだかけち臭いな。

◇

さらに後日。

お客さんの要望で、マイルドシープのぬいぐるみを作製中。なかなか納得のいくものができない。

剣や防具と違ってぬいぐるみなので、鍛冶のスキルも頼りにならないのだ。

ちなみに、宿屋のマスコットと化したマイルドシープには、マクラという名前を付けた。

理由は安直で、僕の枕にしたいからです。ウィンディに取られそうだったけど死守しました。

ぬいぐるみができたらウィンディにもあげよう、と思いつつ、店番の合間に試行錯誤。

すると突然、招かれざる客がやってきた。

「お邪魔するよ」

「⁉　コリンズ伯爵……」

ハインツさんの反応から察するに、この人が例の領主らしい。

シルクハットをかぶった伯爵は、席につくと帽子を脱ぎテーブルに置いた。そして一つため息をつくと、ハインツさんに目配せをして何かを要求する。

するとハインツさんは悔しさを表情に滲ませながら、貨幣の入った革袋を渡した。

「これが今回の税と、お借りしていたお金の一部です」

「ふむ、多いな。そんなに繁盛しているのか？」

「はい……コヒナタさんのおかげで」

「ほう」

ハインツさんの言葉を聞いて、感心した風に僕を見やる伯爵。

とても嫌な感じの、金づるを見つけたような目だった。

「ぜひ、紹介して欲しいものだね」

「僕は結構です」

僕の拒絶にコリンズ伯爵は苦い顔をした。でも、すぐに取り繕って料理を注文する。

周りのお客さんの顔つきを見るに、どうやら他の市民からも好かれている領主ではなさそうだ。

運ばれてきた鍋を見て、何やら偉そうに眺めた後、羊肉を口に運ぶ。

「……何だこれ！　ウマ！」

自分の地位や身なりも忘れて、コリンズ伯爵は汗をかきながら、汁が跳ねるのも気にせず鍋を平らげていく。

「何だこれは！　何だこれは！」

不味（まず）いと言われるよりはよっぽどいいんだけど、あまりの勢いに僕達はドン引きです。ちょっと心配になる。

スープを最後の一滴まで飲み干したコリンズ伯爵。ホッとため息をついて、ポケットからハンカチを取り出して口を拭き拭き。今更、貴族ぶっているけど、食堂の面々はみんな引いています。お客さんも自分達のことは棚に上げて引いてる。君達も相当だったよ。

「ふ、ふむ、確かに繁盛するわけだな。では次の税は今日受け取った総額と同じくらいを期待しているよ」

「え⁉」

「何か不満かな？」

今回は税金に加えて、返済金も支払っている。つまり、次の税金が上がるということだ。

「コリンズ伯爵、ちょっとそれはないんじゃないですか？　ハインツさんだけ税を上げるなんて」

僕はたまらず声をかけた。流石に我慢できないよね。

「ふむ、この鍋は君が作ったのかな？　とても美味しかったよ。君は私の家のシェフに採用だ。光栄に思いたまえ」

「は？」

嬉しいわけがない。この人の頭は大丈夫か？

「お言葉ですが、僕は冒険者です。シェフにも、あなたの所有物にもなる気はありません」

「ほう……では、あの娘達をいただこうか。あの者達でも作れるだろう」

今度はウィンディとエレナさんを指さして、悪びれた様子もなく言う。頭がぶっ飛んでますね。

怒っているのは僕だけではない。ファラさんもエイハブさんも、段々殺気を隠さなくなってきた。

「あんまり僕らを舐めないでください」

「……まあ、いいだろう。今日のところは、さっきの鍋に免じて引きあげよう」

コリンズ伯爵は薄気味悪い笑みを浮かべて、外へと出ていった。食事代も払わずに、だ。

「やけに諦めがいいが……税は本当に上げるつもりだな」

舌打ちをして、エイハブさんが言った。

「ええ……それに今も見張られていると思います。伯爵はこの街の絶対的支配者ですから」

ハインツさんは俯いて答える。

羊鍋の匂いと評判は街中に広がっているけど、貴族は市民とそうそう話さないし、街での移動も馬車が多い。こんなに早く変化に気付くのは、誰か部下に監視させている証拠だ。

「このまま繁盛してくれれば、お金の方は何とかなりそうですが……商人ギルドからの横槍があるかも」

◇

ハインツさんの懸念は、まるで予言のように的中した。

「食材も薪(まき)も生活用品も全部ダメ！　どのお店も私達には物を売れないって」

伯爵が来た次の日から、買い物担当のウィンディが疲れ切った声を上げて帰ってきた。

既に取引を打ち切られているハインツさん達の代わりに、最近はずっと僕らが買い出しに行っていたんだけど、それももうダメみたいだ。

やはり商人ギルドは敵に回ってしまっているらしい。

「まさか、僕らもブラックリスト入りになるとは思わなかったな」

「何だかすいません」

ハインツさんは申し訳なさそうに頭を垂れた。いやいや、ハインツさんは悪くないよ。

「僕らは大丈夫ですから。それはともかく、長い間まともに買い物できなかったんですよね？　僕らがここに来るまでは、どこで食べ物を手に入れていたんですか？」

「旅の行商人に、街の外で売ってもらっていたんです。しかし、その人達も私の事情を知ると吹っかけてくることが多くて、相場無視の値段でした。でも、生きていくのに食べ物は必要ですし」

「お父さん……」

テリアエリンのニブリスさん達とは違って、こっちの商人達は腐っているか、権力に弱いようだ。

まったく碌でもないね。

「じゃあ、僕は冒険者ギルドに行ってきます」

「レンレン、何かいいこと思い付いたの？」

「え？　ただの街掃除だよ」

久しぶりに、街のお掃除に行く。

冒険者ギルドには、掃除やら修理やら、街に奉仕するような仕事が溢れてる。

宿屋の認知度はかなり上がったから、あとは僕らに味方してくれる人を作らないとね。

掃除の依頼はテリアエリンと似たものが多かった。排水溝や道の清掃などなど。

そして、畑の雑草抜き。この畑が狙いだった。

清らかシリーズの野菜や果物は、はっきり言ってこの世界では非常識なレベルで美味しい。

みんな、料理を食べればグルメ漫画みたいなリアクションを取ってしまうし、清らかな水を飲んだだけでビールを飲んだかのような声を漏らす。

敵側のコリンズでさえ、ああなってしまうのだから効果覿面（こうかてきめん）なのは明らかだ。

今度はもっとパワーアップした料理を作るつもり。フフフ、この街を料理で支配してやる。

「畑掃除、楽しいな〜」

そんな野望を抱きながら掃除をしている僕は、傍から見たら不審者だと思われるくらいウキウキしていただろう。

監視をしていたコリンズの密偵達は首を傾げっぱなしだったに違いない。報告しないわけにもいかず、ありのままを伝えてコリンズも首を傾げている様が目に浮かぶ。

ちなみに、幸いにも尾行・監視されているのはほとんど僕だけらしく、ファラさんやエイハブさんなどの面々に特に異常はない様子だった。

「しっかり働いてくれて助かるよ」

街外れにあるトウモロコシ畑。一緒に畑仕事をしながら笑顔を向けてくれたおばちゃんに、僕はいえいえと首を振る。

この辺りは時々魔物も来るらしい。よく冒険者を雇って、掃除と警備を兼ねて仕事をしてもらっているそうだ。僕にとっても、魔物を狩れるのは一石二鳥なのでありがたい依頼である。

『キシャー!』

「おっと、早速魔物が来たみたいです。ゴーレから離れないようにしてくださいね」

「あいよ。本当にありがとうねえ」

そうそう、僕は掃除中にスパイダーズとゴーレムを召喚している。

ゴーレムの「ゴーレ」という名前はウィンディが付けたいと言ってきたものだ。

鉱山以降、ウィンディはゴーレのことが気に入ったようで、よく自分を肩車させている。

街の中じゃなかなか出せないので残念がっていたけどね。ちなみに街の中で出す時は、飼い慣らしてあることを示すために、魔物達の頭に帽子をかぶせるようにしている。

「レンレン、依頼終わったから先に帰るね～」

畑の近くを、別の依頼帰りのウィンディが通りかかる。

「ああ、じゃあミスリルスパイダーを出すからこれを持っていって」

そう言って僕は、ミスリルスパイダーを召喚。それからボックスに入っていた畑の野菜や果物を出し、ラクダよろしくスパイダーの背に載せる。

僕の帰りはまだもう少し遅くなるので、アイテムボックスを持っていないウィンディに宿屋の食材を持って帰ってもらうのだ。街の外にはコリンズの目もないと思うので大丈夫だろう。

「はいはーい、じゃあね」

ミスリルスパイダーと荷物を半分こしながら帰っていくウィンディ。

僕の魔物達は、一種類につき一匹という以外は、召喚制限がない。なので同じ種類でなければいくらでも出せるのだ。

今召喚しているのは、まず畑の近くの魔物を狩りに向かったジャイアントスパイダーとポイズン。

それにおばあちゃんを守っているゴーレと、今出したミスリルスパイダー、あとは宿屋にマイルドシープがいる。

デッドスパイダーも出せはするんだけど、流石に見た人全員が怖がったので控えている。

「ああ……庭から出るのはいつぶりかしらね」

おっと、忘れていた。ドリアードのリージュもここに来ている。彼女は僕のいる所と宿屋に飛べる転移持ちになっていた。精霊だけあって、魔物達とは違う力を持っている。

「暇だし、私も魔物退治してくるわ」

「わかった。リージュが行ってくれるんなら、僕は掃除に専念しようかな」

こんな数日を過ごしているうちに、僕は掃除好きの召喚士なんて噂されるようになった。事実とは少し違うけど、やっと冒険者っぽくなってきたかな？

「……蜘蛛大好き男とも呼ばれてるけどね」

「レン、手が止まってるよ～」

「あ、すいません」

独り言を言っていたら、おばちゃんに怒られてしまった。仕事はちゃんとやるのでご心配なく～。

遠くからゴブリンの断末魔の叫びが聞こえる場所で、ゴーレムと一緒に畑仕事。なんてファンタジーなんだ。

そしてそれを気にしなくなっている僕。ますますこの世界に馴染んできたような気がする。

今回の畑仕事で新しく得た入手アイテム

【清らかなトウモロコシ】18　　【清らかなキャベツ】20
【清らかなジャガイモ】31　　【清らかなニンジン】50
【ゴブリンジェム】5

◇

「おお！　今日も掃除しがいのあることをしているね」

コリンズが訪れてからというもの、宿屋【ドリアードの揺り籠亭】の前には、毎日色んなゴミが捨てられている。今日も大量で何ともアイテム回収が捗るのだった。

僕の採取の王は物を回収した時にそれとは別の、少し上位のアイテムがボックスに収納される。

掃除道具を使って、あくまで捨てるために拾ったものも、その対象になる。

なのでこういったゴミも箒やちり取りで回収すると少し良くなって、こんな感じにアイテムボックスに回収される。

りんごの芯　↓【りんご】　　オレンジの皮　↓【オレンジ】
腐った卵　↓【卵】　　くず鉄　↓【鉄】

折れた端材　↓　【木材】　　　腐った牛乳　↓　【牛乳】

ふむ、あとの汚れは蜘蛛に任せよう。ジェムで召喚したみんなは食事をしなくても大丈夫なんだけど、食べることもできるのでこういう時に掃除してもらっているんだよね。

さてさて、アイテムも回収したし、今日も掃除という名の食材集めに行くぞ。

「レンレンってやっぱすごいね」

「尊敬できるんだかできないんだか……」

ウィンディとエレナさんはため息をつきながらその姿を見ていた。二人とも複雑な心境のようだ。

宿屋の経営はハインツさんの料理で右肩上がりになっている。

なんと言っても、ワンランク上のアイテムが入手できるのが強い。それにどんな食べ物も新鮮なまま貯蔵しておけるアイテムボックス。なんと心強いスキル達だろうか。僕にはもったいないね。

そうして【ドリアードの揺り籠亭】は朝からずっと賑やかなまま、夜を迎える。

しかし、コリンズも黙っていなかった。いくら汚しても綺麗にされて、どんなに妨害しても商売を続けている宿屋に痺れを切らしたみたい。

食堂が閉まった深夜。暗闇の中、機敏(きびん)に動く複数の人影が宿屋に近づいてくる。

合図とともに窓から侵入しようと手を掛けた男が、異変に気付く。

「なんだこりゃ」

窓には糸が絡まっていた。その糸はもちろん、僕の蜘蛛達のものだ。

そこへ僕の一番の魔物デッドスパイダーが現れる。罠を用いて獲物を狩るデッドスパイダーは、こういった防衛の方が向いている。

「ギャ〜〜！」

世間で散々恐れられているデッドスパイダーを目の当たりにして、男は失禁して気絶。

他の刺客達も蜘蛛の糸に絡め取られ、さらにリージュが召喚したツタで捕縛された。

リージュは自分が全部やりたかったとぼやくが、まあ戦果は山分けってことでいいんじゃないかな？

「それで？　君達は何をしにここへ？」

「…………」

捕縛した刺客達を、手分けして尋問することになった。

僕は先頭にいたらしい男を担当。あとファラさんとエイハブさんでもう一人、ルーファスさんが最後の一人を単独で尋問するって言ってた。

多分、見せたくないことをするんだと思う。投獄されている間に、そういう経験もあったみたい。

まあ、多少やり過ぎても世界樹の雫があるから大丈夫。

ちなみに掃除している時に世界樹の枝も葉も大量に入手しているので、いくらでも作れます。木のない世界なんてないからね。貯まる貯まる。

「お仲間さんはすぐに口を割ると思うよ。他のみんなは、僕ほど優しくないからね」

「…………」

外套をかぶった男はなおも黙秘。尋問なんて経験ないからよくわからない。どうしようかな。

「トウモロコシ食べます？」

「…………」

「いらない？　毒なんて入れてないし美味しいよ」

清らかなトウモロコシは生でも美味しい。一粒一粒がまるで濃厚なコーンポタージュのようだ。

ゴクッ！

あんまり美味そうに食べるからか、外套の男は生唾を呑んだ。

「はい、どうぞ」

トウモロコシを切り分け、口元まで持っていくと、我慢できず男はかぶりついた。そして、目を見開いて食していく。尋問で男にあ～んをする羽目になるとは思わなかったな……。

「はいはい、落ち着いて～。水もどうぞ」

尋問とは名ばかりの何かだけど、男は徐々に心を開いていく。清らかシリーズの食べ物をあげた甲斐がありました。

「心が洗われるようだ……この野菜は君達が作っているのか？」

「いや、この街で採れたものだよ。それを僕らが……まあ、下処理したんだよ」

嘘は言ってない。ちょっとチートしちゃってるけどね。

「そうなのか。この野菜を妻や子供にも食べさせたい……いや、街のみんなに……！」

男は急に目を輝かせて立ち上がった。手は拘束されているので上げられないが、そうでなければ拳を振り上げていたのではないかと思うくらい、熱がこもっている。

「あなたは商人なんですか？」

「……恥ずかしながらそうだ。だが収入は芳しくなくてな。昔は冒険者をしていたから、こういう仕事も請け負っていた。好きこのんでやっているわけではないがな」

俯いて話す男に後悔の色が見えた。貴族から仕方なく依頼を受けたのだろう。

「コリンズは何で執拗にこの宿屋を？」

「私は末端だ。理由は聞いてない……ただ、この家に侵入して食料や金品を盗んでこいとしか」

「知っている人は、今回の刺客の中にいるのかな？」

「いる。さっき、一人で尋問すると言った男に連れて行かれた者だ」

何かこの人、凄い饒舌になったな。流石清らかシリーズ、人の心も清らかにしてしまうらしい。

「じゃあ、もう帰っていいよ」

「え!?」

腕の縄を切ると男は唖然としていた。ある程度聞きたいことも聞けたし、黒幕じゃないし、この人からはもう悪意を感じなくなっていたので解放しようと思った。

宿屋の裏口から送り出すと、何度も振り向いて「ホントにいいの？」みたいな顔をしながら帰っていった。最後はお辞儀もしていたので大丈夫だろう。

「あとの二組は終わったかな？」

ひとまず、さっきの男が言っていた、ルーファスさんの尋問部屋に向かう。

「グアア！」

「他にはないか？」

ルーファスさんのいる地下室から、尋問……というか、拷問されているような声が外に漏れ聞こえる。わざわざ地下に行ったのは、みんなに恐怖を与えないようにしたかったんだね。

中に入ると、椅子に縛られた男が指から血を流していた。

「こっちは終わったよ。そっちはどう？」

「早いな。こいつはコリンズと商人ギルドの橋渡しをしていたらしい。毎日ゴミを玄関に捨てていたのもこいつだ」

「え！　じゃあもう、明日からはゴミがないの？　残念だなあ」

ルーファスさんは完全に呆れている。縛られていた男は痛さでそれどころじゃないみたい。

「まったく……それで？　ここに来たってことは、何かこいつに聞きたいんじゃねえのか？」

「あ、そうだった」

僕は橋渡しをしていたという男に話しかける。

「コリンズは、何でこの宿屋に執拗に嫌がらせするの？」

「……コリンズ様は、ハインツの妻であるリラが好きだった」

それは聞いた。妻にしようとしたけど、ハインツさんが断ったんだよね。

「ということは、妬みでやっていたってこと？　でも、リラさんが死んじゃってからも続けているじゃないか」

「コリンズ様は、ハインツがリラを殺したと怒り狂っていたんだ。だから、ハインツをこの街から追い出そうと……金で雇われた私達はそれを助けていた。でも、もうしない、だから命だけは！」

男は急に涙を流して訴えてくる。

コリンズは、ハインツさんを逆恨みまでしていたってことか。リージュが見ていて、怪しいって僕に教えてくれたけど、直接コリンズがリラさんの死因に関わっていた、ということでもないみたいだね。

でもハインツさんの言っていた、リラさんの気苦労というのは本当だろう。普通はこれだけの仕打ちを受け続けていたら耐えられない。

それに気付きもせずにコリンズが勝手に暴走して、この人達もお金になるから加担したと。

「……もういいよ。聞くに堪えない」

僕は尋問を打ち切る。殺すのも嫌なので、衛兵に身柄を引き渡そうと提案した。ルーファスさんが指の爪を剥いだことは責められるかもしれないけど。

「まあ、レンはそう言うと思って、この水晶にここまでの話を録音しておいた。これをレイズエンドの王都に届けて告発すれば、捜査の手が入るだろう。それでコリンズはおしまいだ」

流石ルーファスさん、強面の顔は飾りじゃないみたい。


「俺は今からレイズエンドの王都に向かう。すまんがみんなには伝えておいてくれ。それと、後々コリンズの護送も頼まれるかもしれないが、その時はファラやエイハブを寄越してくれればいい。レンは来るんじゃねえぞ。やたらめったら能力を使って騒ぎを起こしかねん」

ルーファスさんは、心配しているんだか馬鹿にしているんだかわからないことを言う。

「心外だなあ。僕はただ困っている人を助けたいだけで……」

「それはわかってるっての」

ルーファスさんは苦笑しながら旅支度を始める。夜明けも待たずに出発するようなので、世界樹の雫をいくつか渡してから送り出した。何かあったら大変だからね。

やがて夜のエリンレイズの街に、早馬の嘶き声が響いた。

「俺は……どうなるんだ」

椅子に縛られていた男が呆然と呟く。どうなるもこうなるも、お縄です。

ちなみにファラさん達が尋問した人は、ただのチンピラだったみたい。お金をもらえて暴れられれると聞いてやってきたんだとか。

　ということで、衛兵に通報して二人とも逮捕してもらった。

　どうやら賞金首だったようで、一人頭、銀貨10枚貰いました……って、安！

　冒険者もわざわざこんな奴らを探し回って捕まえるより、魔物を狩った方がいいんだろうな。

　ちなみにこの人達は、犯罪奴隷として当分タダ働きさせられるらしい。楽して儲けようとするからこうなるんだよ。元の世界と同じで、本当にお金は色んな災いの元だね……。


　翌朝、みんなを集めて事の顛末と、ハインツさん達が虐げられていた理由を話した。

　ファラさんは怒りを露わにしながらテーブルの上に拳を落とす。

「実は、冒険者ギルドでもそういう話は聞いたんだ。私怨にしても度が過ぎているし、噂程度だったから信憑性もないと思ってたんだが……本当だったとはね」

　でも、相手は貴族だ。今僕らが勝手に動くのはまずい。ルーファスさんが王都で掛け合うまで待つしかない。

　ルーファスさんって王族に伝手とかあるのかな？　何だか心配になってきた。

「ひとまず、今は考えてもしょうがないよ。次の名物になる料理を考えよう」

「本当に君はポジティブだな……」

　清らかシリーズのアイテムを使えば大抵美味しくなる。しかし、それでは男が廃るというものだ。

折角、美味しい野菜が手に入ったんだから、それ相応の料理を考えなくては。

「レンレンっていいお嫁さんになりそうだね」

「だね」

まるで主婦のような考えに至る僕を見て、ウィンディとエレナさんが頷いていた。

ルーファスさんが戻るまで【ドリアードの揺り籠亭】を切り盛りする僕達は、宿の看板娘、息子達になっていくのだった。エイハブさんはだいぶ歳がいっているので、看板おじんかもしれない。

この襲撃の後、しばらく嫌がらせは止まった。でもこれで終わるとも思えないね。

第十一話　魔族の少女

「あ～新鮮なゴミだ！　やっと再開してくれたんだね」

何日か経ってから、またゴミが捨てられるようになった。僕は嬉しくてしょうがない。

また新しい人が捨て始めたのだろう。何ともありがたいことだ。

「さてさて、お掃除お掃除～」

ということで、、今日の素材はこんな感じ。

【魔族の血】1　　　　　　　【銀】5
【金】2　　　　　　　　　　【魔物の血】1
【ハイブリッドガード】1

ほうほう……魔族の血は何だかきな臭いです。

魔族というと、この世界では人族と相容れない存在とされている。このゴミを置いていった人は、そんな魔族と何か関係がある、もしくは魔族を傷つけられる立場の者ということか。

でも魔族は基本的に人間より強いらしく、ファラさん曰く、レベルで言うと40から上だとか。ファラさん並みの実力が、魔族の標準ってことになる。

もしそんなレベルの人が嫌がらせしてきているのなら、僕の手持ちだとデッドスパイダーぐらいしか太刀打ちできない。

リージュも凄く強いみたいだけど、ジェムの魔物と違って死んだらおしまいだ。あまり危ないことはさせられない。

ひとまず、いつものスパイダーズだけでなくゴーレムも夜間警備をさせた方がいいかもしれないね。

「レン、ご苦労様」

『キシャー』

「あ、ファラさんじゃないですか。今日もポイズンと一緒？」

ポイズンスパイダーのポイズンが、ファラさんの頭の上に乗っている。いつの間にか、ポイズンはファラさんにすっかり懐いてしまっていた。

幸い、ファラさんも蜘蛛は苦手じゃなかったようで、可愛がってくれている。サイズ的にも丁度いいらしく、最近はよく抱えたり頭に乗せたりしているのを見かける。

「ポイズンは何故か私に懐いてしまったけどいいのかな？　レンは困らない？」

「ポイズンも夜は見回りがありますけど、日中は大丈夫ですよ。こき使ってください」

「そうか、よかった。魔物なのにこんなに仲良くできるとは思わなかったよ。それに、結構頼りになる」

ふっふっふ、僕の魔物達はグレードアップしていますからね。

ゴーレムは上位種の次の亜種にまで強化、ポイズンスパイダーも亜種、ミスリルスパイダーは上位種、ジャイアントスパイダーは最上位種、マイルド・ワイルドシープも最上位種にまで上がっている。

強化に必要なジェムの数は、個体によってさまざまだ。

デッドスパイダーは元々のランクが高いせいで桁が一つ違うため、まだ強化できていないんだけど、最初から充分強いから大丈夫。

一方のマイルドシープはEランクの魔物なので、強さよりも可愛さで頑張ってほしい。

まあそうは言っても、どこかでまた狩ってジェムを集めておきたいなと思う今日この頃。

「ファラさんは今からどこかお出かけですか？」

「ん？　ああ、ちょっとギルドの新人研修に呼ばれてね」

テリアエリンの街を僕と一緒に抜け出してきちゃった元受付係のファラさんだけど、結局この街でもギルドには重宝されているらしかった。実力のある人だし、顔が広いのかも。

「レンと同じように危ない新人を見て回るんだよ。ギルドマスターに聞いた話じゃ、この近くのゴブリンの巣を掃討に行くそうなんだが、ロングソードを持っていった前衛がいるらしい。ゴブリンを舐めている節もあったから心配なんだってさ」

むむ、狭いゴブリンの巣で、取り回しにくいロングソード……これはフラグが立ってますね。

「既に街を出ていったようだから、追いかけるところだ」

「そうですか……じゃあ、この雫を持っていってください。何でも治るんで五つほど」

「そんなものがあるのか……」

「ファラさんだからあげるんです。死人も出してほしくないですしね。でも内緒ですよ」

「ああ、わかった。ポイズンも来たいみたいなんだが、いいか？」

「どうぞ。そんじょそこらのゴブリンには負けませんから大丈夫ですよ」

ファラさんは恩に着ると言って、街の出口に走っていった。ギルドの仕事も大変だなあと思いつつ、手を振って見送る。

この後、僕はウィンディとエレナさんと一緒に、街の外の畑仕事の手伝いに行った。

どうやらエレナさんも冒険者ギルドに入会したようで、僕を見習って街中の依頼からこなしていくそうです。僕を目標にしてもしょうがないと思うけど応援しようと思う。先輩だからね。


依頼を済ませてギルドに帰ると、放心状態の若い冒険者達がロビーの隅に寝かされていた。

どうやら、案の定ゴブリンから袋叩きに遭って死ぬ寸前だったようです。

ファラさんに助けられて一命を取り留めたらしいけど、侮っていたゴブリンに自信を打ち砕かれてみんな意気消沈。

やれやれといった表情で、ファラさんが彼らに言い聞かせている。

「私も昔は、君達みたいに何でもできるなんて言って痛い目に遭ってきた。まだ最初なんだ、誰でも失敗はするさ。でもその失敗で死んじゃったら元も子もないから、あくまで慎重にな。生きていれば、失敗も成功への足掛かりになる」

「「「「ファラ……様!!」」」」

ファラさんの言葉に、さっきまで病んでた四人パーティーは目を輝かせていた。

ファラさんはまたもや信者を得てしまったようだ。

ちなみに信者第一号は、宿屋でよく彼女にべったり抱きついているファンナちゃんである。

◇

その日の夜中、僕は突然リージュに起こされて、外に引っ張り出された。

「もう、呼んでるんだからしっかりしてよ」

「そんなこと言っても、こんな夜中にどうしたの……」

寝ぼけ眼で僕はリージュの指さした先を見る。

いつもゴミを捨てられている宿屋の玄関に、桃色髪の見知らぬ少女が倒れていた。首には見たことのない装飾が施された首輪が嵌められている。

「この子、魔族だよ……怪我してる。隷属の首輪をしてるし、たぶん誰かの奴隷だと思うよ」

この世界に奴隷制度があるのはなんとなく気付いていた。

マリーが僕を捕まえた時にも奴隷にしてやるって言っていたし、行商人の馬車に、首輪をした人が乗っていたのを見たこともある。ただ、その時に見た首輪とは違うような気がする。

「変わった首輪だね」

「魔族は強いから、普通の奴隷よりも強力な首輪が付けられるんだ」

そう言って、渋い顔で宿屋から出てきたのはエイハブさんだった。

「すみません、起こしちゃいましたか？」

構わんさ、と答えてエイハブさんは魔族の子のもとへ歩いていく。そのまま抱きかかえると外套をかぶせ、宿屋の中へと連れて行った。僕らもそれに続く。

食堂で温かいミルクを準備するエイハブさん。促されて椅子に座ると、テーブルに僕とリージュの分もミルクが並んでいく。

「魔族というだけで嫌い、隙あらば奴隷にしようと狩る。種族にかかわらず、正当な理由なしに奴隷にするのは、今では法で禁じられているんだがな。平気で踏みにじる貴族は多い」

エイハブさんはカップを両手で覆って、その水面を見つめていた。過去に何があったのか気になるけど、それを聞くのは野暮かな。

「恐らく、コリンズの手下によって捨てられたのだろう。角が折られている」

魔族の少女のピンクの髪の合間には、折れた角があった。痛々しくも、健気に魔族ということを主張している。

「魔族の命の源である角が折られてしまっては、長くは持たないぞ」

エイハブさんは不憫そうに、気を失ったままの少女を見つめる。

「……じゃあ、貰っちゃおうかな!!」

場違いなほど明るい僕の言葉に、エイハブさんは驚くでもなく笑う。「レンならそう言うと思ったよ」と言って、温かいミルクを飲み干した。

僕は少女の頭を撫でて角を確認する。

「やっぱり。これなら治せる」

もしかしたら、素材として加工できるんじゃないかと思ったらそうだった。折れた角を慎重に触ると、コネる時特有の感触がある。

助けられるとわかって嬉しい一方、悲しい気持ちもある。これはつまり、素材として魔族の角が認識されているということ。そして、魔族を角目当てで狩る人が存在する可能性を示しているからだ。

本当にそんなことが起きているとは思いたくないけど。

「それよりまずは……この首輪をどうにかしようか」

僕は隷属の首輪を触る。隷属の首輪は本来、専用の鍵でしか外すことができないそうだ。

鍵はもちろん奴隷の主人が持っている。主人の言うことに背く(そむ)と、首輪から電撃の魔法が放たれるらしい。元の世界の常識がある僕からすると信じられない。

「こんな首輪！　こうだ！」

首輪を引きちぎる勢いでコネると、首輪は瞬く間に少女の首から離れて棒状になっていく。

「規格外とは思っていたが、目の当たりにすると何とも言えない感動があるな」

エイハブさんは感慨深そうに何か呟いている。

「よし、今度は角か。魔族の角は、ミスリルのように魔力との親和性が高いらしい。もしかしたら、ミスリルで角を補強してやれば……」

「元気になるんですね……」

エイハブさんと僕は顔を見合わせてから少女を見た。多分、五歳くらいだと思う。こんな子供を奴隷にして何が楽しいんだ。ましてや、角を折って命をもてあそぶような行為は理解できない。どうにか元気にしてあげたい。

僕はミスリルインゴットを取り出して角にあてがい、歯医者さんで詰め物をするイメージで、少しずつ角とコネ合わせていく。

するとミスリルと角が紫の光を帯び始めた。ライトみたいに辺りが照らされ、僕らは目を開けていられない。

でも、目を瞑ってコネていても、ミスリルは勝手に角の形状になっていった。まるで自分が何になるべきかわかっているかのように。

やがてミスリルは、青色の綺麗な角になった。

「後は体力の方か」

少女の腕や足を見ると、痣が所々できていて、虐待されていたのが窺える。

角を折られていなくても、体力的に限界だったんじゃないだろうか。そのことを考えるだけでも涙が出てくる。

「すぐに治してあげなくちゃね」

ミルクに世界樹の雫を垂らし、それを少女に少しずつ飲ませてあげると体の痣は消えていった。

「う……」

やがて少女は気が付き、目を開けて辺りを見渡す。

「⁉」

僕らを見た少女は凄い速さで壁まで下がっていった。怯えているようだ。

「大丈夫だ。ここには君を傷つける者はいない」

「ウ〜！」

「待って、言葉が話せないんじゃない？」

エイハブさんは優しく宥めるが、少女は激しく警戒している。リージュの心配通り、少女は言葉を話せないようだ。どうしたものか。

「魔族の子供は、十歳まで自分の村から出ないと言われている。まあ、人族も大体一緒だがな。その間に言葉や常識を教えてもらうのが普通のはずなんだが……」

「ということは、この子の故郷は？」

「何らかの理由で攻め落とされたか、誘拐か、だな」

まだ後者であった方がこの子にとっては救いだろう。エイハブさんとそんな話をしている間も、少女は周りを見渡して逃げ道を探している。

「マイルドシープ！」

僕はとりあえず、うちの癒しキャラ、マイルドシープを召喚した。

突然現れたモフモフの塊を、少女は目をまん丸くして見つめる。

『メェ～』

高い音程の鳴き声は少女の心を掴んだようで、やがてウルウルした瞳でマイルドシープを抱き寄せた。

「マイルドシープは国境を越えるか……」

「国境はないだろう」

「いや、比喩ですよ。僕の国の言葉です」

エイハブさんは肩をすくめた。

「さて、ひとまず無事に介抱できたわけだが……ルーファスが王命でコリンズを捕まえる書状を持ってくるまで、この子はうちで匿うしかないな」

「そうですね。言葉の方はウィンディとエレナさんに教えてもらおう。その間、マイルドシープは常時召喚だな」

少女はというと、マイルドシープを抱いたまま、安心したのか眠りについていた。

ピンクの髪に蒼い角は少し目立つので、元の色の白い角にこっそり加工しておいた。

◇

夜が明けた。その朝はゴミを捨てられていなかった。

やはり、少女がゴミ扱いされたのだろう。そう思いたくはなかったけど。

何ともやるせない気持ちである。

そんな気分でギルドに向かおうと思ったら、衛兵の集団が宿屋にやってきた。何やら物騒な面持ちだ。

「何かあったんですか？」

「ああ、貴族から奴隷が盗まれたと通報があってな。コリンズ伯爵はハインツを疑っておられる」

「え！」

あ〜なるほど、それは想定外だった。

僕たちが少女を助けると踏んで、わざと宿の前に置き去り、奴隷を盗んだと難癖をつけるつもりだったのか。なかなか頭を使ってきたな、どうしよう。

「その奴隷の特徴は？」

僕と衛兵の話を聞いたエイハブさんが声をかけた。

「幼い女の魔族だ、角が折れているらしい。ここの宿屋付近で盗まれたそうでな。中を調べさせてもらうぞ。もしここにいたら、ハインツは逮捕する」

「角の折れた魔族なんて見ていないぞ。それに奴隷なら首輪をしているだろ？　それで呼べばいいじゃないか」

「……まあ、私もそう言ったんだが、コリンズ伯爵は頑なに宿屋に行けの一点張りでな」

フルフェイスの兜(かぶと)をかぶっているためわかりにくいが、衛兵も困っているのが窺える。

「とりあえず、中を調べさせてくれ」

「ああ、いいぞ」

エイハブさんが衛兵を案内して宿に入ると、すぐにハインツさんとファンナちゃんが心配そうに駆けてきた。エイハブさんが手で大丈夫だと伝える。

「この子は魔族だな……しかし、立派な角がある。それに首輪はないいな」

僕はドキドキしながら衛兵達の行動を見守った。間違いなくこの少女がコリンズが探している人物なのだから、動揺を隠しきれない。

奴隷は絶対に取れない首輪で管理されている、というのがこの世界の常識だ。

僕が外せるなんて誰も知らないし、バレることはないと思うのだけど。

少女はマイルドシープを抱きながら、ウィンディとエレナさんに読み書きを教えてもらっている。

ウィンディとエレナさんは衛兵を睨み過ぎなので自重して欲しい。

マイルドシープの癒し効果はかなりのもののようだ。最上位種は伊達(だて)ではないか。

「俺の従妹(いとこ)に魔族と仲がいいのがいてな。その従妹が友人の魔族とサックの火山に調査に行くとか言って、魔族の妹であるこの子を預けていったんだ。街には魔族を怖がる人もいるだろうから、宿の中で匿(かくま)ってるんだよ」

「ほ～、サックに行くような高名な冒険者なのだな。手配書には手や足に痣があるとあったし、この子は別人か。このまま、外には出さないように頼む」

「ああ、わかった」

エイハブさんはそう言って、銀貨を数枚差し出した。

魔族を匿っていることの口止め料といったところか。確かに少女のことを知られれば、コリンズが別の嫌がらせをしてくるかもしれないからね。

衛兵はちらりと僕の顔を見て、頷いた。そしてエイハブさんの手から銀貨を1枚だけ受け取り、仲間を連れて出ていった。

「レンのおかげか」

「え？　僕の？　何で？」

僕はエイハブさんの言葉の意味がわからなかった。確かに、なぜか去り際に衛兵は僕を見てたけど。

「お前、街全体を掃除しただろ。それも二日や三日で。街の人達の中で有名だぞ。俺なんか『あら、蜘蛛のお兄ちゃんの友達じゃない』なんて声をかけられるんだ」

「ええ～」

そんなことになっていたのか。全然知らなかった。

「テリアエリンでもそうだったが、何でレンは掃除をしてんだ？」

エイハブさんに尋ねられ、僕は正直に答える。

「別に善意だけでやってるわけじゃないよ。これを言っちゃうとみんなを裏切るようで悪いんだけど、掃除をすることで僕にもメリットがあるんだ。それが楽しくて、ついね」

「そうか……でも、おかげで今回は助かったんだ。レンが関わっているなら悪いことではないだろうと衛兵は引いてくれた。あの銀貨は衛兵が不利になった時の保険ってとこだ。本来なら出した銀貨全部持っていってもおかしくないからな。夜の飲み代が減らずに済んだよ」

エイハブさんはそう言って笑い、宿屋を出ていった。

「……」

魔族の少女は指を咥えてこちらを見つめている。どうしたのかと顔を見つめ返すと、そっぽを向かれてしまった。

僕も冒険者ギルドに行こうと扉に向かったのだが、背後から再び視線を感じた。振り向くと、また魔族の少女が目を逸らす。

「レンレンが気になるの？　でも、今は読み書きの時間だよ」

「レンは君の角を治してくれたんだよ」

ウィンディとエレナさんに読み書きを教わりながら、チラチラと僕を気にしているようだ。

エレナさんの言葉を理解しているのかはわからないけど、少しだけ少女から温かい感情が見えた気がする。

今日、ウィンディは依頼を受けず、少女に読み書きを教えると張り切っている。一日で覚えられると思えないが、あの子のためにも頑張ってもらいたい。

僕は少女に微笑みかけてから、宿を出た。

「蜘蛛のあんちゃん、大丈夫だったかい？」

外に出てすぐに、おばちゃんが声をかけてくれた。このおばちゃんとはほぼ毎日会っている。掃除仲間というやつだ。

「ええ、大丈夫ですよ」

「そう、よかった。何かあったら言いなさいね。あの衛兵はお隣の息子だから、あたしが言えば何とかなるんだ」

「はい。ありがとうございます」

みんなが味方してくれて心強い。

しかし、掃除をしているのは自分のためというのが何とも心苦しい。少しだけ教会に世界樹の雫を寄付しようかと迷う。懺悔して少しだけ楽になりたいんです、ハイ。

世界樹の雫は村が買えるくらいの価値があるらしく、ルーファスさんからあんまり使うなと言われている。早速昨日使っちゃったけどね。まあ、背に腹は代えられないって言うし、しょうがない。

冒険者ギルドに着くと、すぐに受付の人がいくつかの仕事を見繕ってくれた。何でも、掃除の依頼が僕指名でいくつも溜まっているそうだ。

「今日もありがとうございます！　蜘蛛のお兄さん」

「あの、一応レンって名前が……」

「二つ名があるなんて凄いことなんですよ、蜘蛛のお兄さん！」

なんだこのノリは、褒めているつもりなのか。

でも、もうちょっとなんかこう、いい二つ名ないかな～。スパイダーホルダーとかスパイダーマスターとかさ。

うなだれながらも、依頼書を受領して掃除場所に向かった。

◇

「よ～、蜘蛛の兄さん。今日も精が出るね～」

「今日もお掃除？　ありがとね～」

依頼の場所まで街を掃除しながら歩いていると、ほうぼうからそんな声をかけられる。

みんなに返事をしているんだけど、何だかこういうのもいいな。

今日の掃除場所は街の中央とお墓です。

「そんなに汚れていないけど、結構アイテムが落ちてるもんだな～」

街の中央の掃除はすぐに終わった。僕を指名したのは、日々の感謝の証として、簡単な仕事で報酬を受け取ってもらおうと考えたかららしい。みんなからのお礼ってやつだね。何といっていいか、感動で胸がいっぱいです。

次はお墓に来て掃除を始めているんだけど、落ちているのは普通の木の枝と、何故かナイフと縄。縄なんてお墓で何に使うんだろう？

世界樹の枝の使い道はまだはっきりしてないけど、名前的には捨てられないものだよね。市場に卸すのも怖いし。

『『キシャー』』

「ん、ジャイアンとミスリル、どうしたの？」

ジャイアントスパイダーとミスリルスパイダーが威嚇の声を上げた。

このお墓は街から少し離れているので蜘蛛達も出して掃除効率を上げていたのだが、どうやら招かれざる客が来たようだ。

「へっへっへ。なんだ、召喚士なのか」

「安い依頼じゃねえからな。何かあると思ったぜ」

いかにも悪そうな外見の方々が僕らを囲うように現れた。

どうやら衛兵の報告を聞いて、コリンズはすぐに次の行動に出たらしい。

「命までは取らねえよ。お前を連れて来いって言われてんだ」

殺されるかと思ったら違った。そう言えば、僕の料理を食べたいようなことを言ってたっけ。

「そう言われて、『はい、わかりました』とはいかないよ」

「へへ、そんなことは俺達もわかってるさ。せいぜい楽しませてくれよ」

周囲を囲んでいた男達が一斉に襲いかかってきた。

僕は少し前に拾った元ゴミのハイブリッドガードという盾と、オリハルコンのショートソードでいなしていく。

本格的な人との戦闘は初めてで怖いんだけど、結構いけるもんです。この世界に来てレベルが上がってから、急に動きがよくなったんだよね。たぶんステータスが大きく影響しているんだと思う。ジャイアントスパイダーとミスリルスパイダーだけでは心もとないかと思いきや、ミスリルスパイダーは男達の攻撃をものともしてない。

過剰戦力になりそうだけど、ゴーレムのゴーレも召喚しておこう。

『ゴッ！』

ゴーレムは蜘蛛達よりも目立つから、街中では召喚できなかったんだよね。

ゴーレのストレスの発散も兼ねて、行けゴーレ！

「この野郎、何匹持ってやがる！」

「普通の召喚士じゃねえぞ。詠唱もしねえで呼び出しやがる。こんなの聞いてねえぞ！」

男達は仲間割れを起こし始めております。やっぱり、お金で動いているような人達はダメですね～。

しばらくすると攻撃が止み、気づけば男達は蜘蛛の糸でグルグル巻きにされていた。

ジャイアントスパイダーが少し傷ついた程度で余裕でした。その傷も、世界樹の雫を飲ませて全快です。

ほぼ無限に手に入る世界樹の雫は、大いに僕の助けになっている。チートっていいな～。

「衛兵を呼ばないといけないけど、とりあえず……」

お墓が無残なことになっている。ゴーレがハッスルして結構壊してしまった。衛兵に知らせる前に、お墓をコネコネして立派にしておこう。勇者の剣のようなお墓ってカッコイイよね。

ゴーレには、グルグル巻きになった男達を担いで先に街の門まで帰ってもらい、僕はお墓を綺麗にした。

余談だけど、この日を境に街の人たちのお墓の概念が変わったとか変わらないとか……。

◇

街の門に着くと、兵士達が声をかけてくれた。

「君を襲ってきた者達は、これで全員か？」

「はい。手紙、読んでくれましたか？」

ゴーレは『ゴッ』としか言えないので、手紙を持たせておいた。流石に何もなしで門に現れたら、ゴーレが攻撃されそうだからね。ゴーレが心配というより、攻撃されたらゴーレも黙ってないから、兵士達が危ない。

「Cランクの賞金首が混ざっていたが、大丈夫だったのか？」

「え？　そうなんですか？」

確かに最初に斬り掛かってきた人は少し強かったような？

「これが証明書だ。ギルドで賞金を受け取るといい」

「ありがとうございます」

「いやいや、こちらこそ。街の掃除だけじゃなく、こういった輩の掃除までやるとは、我々も頭が上がらないよ」

兵士のおじさんは笑顔でそう言ってくれたが、僕はただ自分の身を守っただけだ。

とりあえず何とも言えない表情でうなずき、そそくさとその場を後にした。

「お兄……ちゃん　オカエリ」

「アフッ!!」

【ドリアードの揺り籠亭】に帰ると、綺麗な服に身を包んだ魔族の少女が迎えてくれた。

僕は顔が緩むのを感じて元に戻そうとしたけれど、戻りません。だって可愛いんだもの。

「どうですかな、レンレンさん。私達が教えたんですよ」

「『お帰り』って言えば喜ぶって言っておいたんだ〜」

ウィンディとエレナさんが得意げな顔をしている。僕が親指を立てると、二人はハイタッチをして喜んでいた。

「お兄……ちゃん、ありがと」

「アフ〜、可愛すぎるぞ!!」

思わず少女を抱き上げて、高い高いしてしまった。途中でハッとして、少女が怯えてしまうかもしれないと気づいたのだが、その心配は杞憂に終わった。手を広げて楽しんでいる。

「レンレンが壊れた」

ウィンディ達にどう思われようと、高い高いは止められない。

しばらくしてさすがに腕が疲れ、魔族の少女を下ろしてあげた。

さて、この子の今後は僕達の手にかかっている。親御さんが生きているのなら送り届けなくては。

それにはまず、コリンズを問いたださなくてはいけない。この子はどこから連れて来たのかをね。

「あ〜そうだね。お父さんやお母さんから、何て呼ばれていたかわかるかい?」

「レンレン、いつまでも名前なしじゃかわいそうだよ」

「ウ〜ン……」

あう、困らせてしまった。いかんいかん。

首を振る少女は、何とも言えない悲しい顔をしている。

「では、みんなで名前を考えましょう」

マイルドシープを抱いた魔族の少女は、大人しく椅子に座って僕らの様子を見守っている。

僕達はテーブルに向かい、紙に思い思いの名前を書いていった。

「はいは〜い、一番は私ね〜。ピンクの髪だから、ピンクってどうかな！」

おいおい、そんな安直な。犬じゃないんだからさ。

「却下で！」

「え〜」

ウィンディは意気消沈である。本気でそんな名前をつけようとしたのか。なんて恐ろしい子。

「じゃあ、次は私が……コホン！　ピンクの髪に角、そして綺麗な青い瞳。私はこの目に着目したの。この子はクリアクリスよ！　青い伝説の短剣の名前なんだけど、どうかな？　強さと美しさをあわせ持つってことで」

エレナさん、あんた凄いよ。僕の考えていた名前はちょっとどうかと感じていたので、よかった。

「賛成！　最高だね」

「やった〜」

「今日から君はクリアクリスだ」

「クリアクリス？」

クリアクリスはポカンとしているが、徐々に嬉しそうに頬を緩ませた。彼女は小さく「クリアクリス」と自分の名前を呟いている。

「よかったね」

「絶対に両親のところに帰してやるからな」

再び彼女を高い高いすると、子供らしい無邪気な表情になった。

彼女の笑顔はどんな宝石よりも輝いていたよ。

◇

「クリアクリス、おはよ」

「おはようございます！」

宿の食堂で名前を呼んでから挨拶すると、彼女は喜んで挨拶を返してきた。

僕の側にいるマイルドシープを見つけたクリアクリスは、すぐにぬいぐるみのように抱え込む。

マイルドシープはみんなに人気があるので常時出しているが、マイルドシープ自身は疲れないのだろうか？

ふと視線を感じてそちらを見ると、ファラさんがいた。

「ファラさん、帰ってたんですね」

「ああ。今朝方、帰ってこられたんだ。また、新人達はゴブリンの巣で立ち往生していた。危ないところだったよ。レンにもらった雫が役に立った」

「そうですか。よかったです。こっちも色々あって、この子が仲間に加わりました」

クリアクリスは初対面のファラさんに人見知りをして、僕の後ろに隠れてしまった。

僕がファラさんの前に彼女を出すと、ファラさんは優しい笑顔で彼女に挨拶をする。

「私はファラ。君の名前は？」

「わたし、クリアクリス。エレナお姉ちゃんとお兄ちゃんがつけてくれたの」

「そうか、魔族の子なのに言葉が上手だね」

「ウィンディお姉ちゃんとエレナお姉ちゃんに教えてもらった～」

ファラさんは驚異の母性ですぐにクリアクリスと打ち解けた。最初からファラさんがいてくれたら、マイルドシープを出さなくてもよかったかもしれない。

「じゃあ、僕は日課の掃除に行きますね」

「ああ、私は今日休みにするよ。クリアクリスと中庭で遊ぼうかな」

「いいの？」

クリアクリスは、ぱっと表情を輝かせる。

「いいに決まってるよ。今日はお姉さんと遊ぼうね」

本当にファラさんは器用だな。男前で子供の相手もできるって最強じゃないか。

クリアクリスは大喜びで、凄い速さでそこら中を飛び回った。

ファラさんはその姿を見て微笑んでいる。本当に子供が好きなんだな〜。

でも、クリアクリスは喜び過ぎです。天井や壁にまで跳ねているよ。やっぱり魔族の力を感じます。

「じゃあ、クリアクリスのことお願いします」

「ああ、いってらっしゃい」

「行ってらっしゃいお兄ちゃん！」

アッフ！　本当に可愛らしい。ファラさんに抱き上げられて、一緒に手を振る姿はまるで母娘のようだ。そんな二人に見送られる僕は父——いや、僕とファラさんとでは不釣り合いなのは重々承知しています。なので、僕の記憶フォルダに大切に刻み込みます、ハイ。

【ドリアードの揺り籠亭】を出て、僕はすぐに冒険者ギルドに向かった。

たどり着いたら、なぜか長い行列できていた。何かあったのだろうか？

「どうしたんですか？」

最後尾の人に聞いてみると、そのおじさんは腕を組んで振り向いた。

「おう。冒険者の新人がファラっていう人に助けてもらったそうでな。それが凄かったらしい」

おじさん曰く、この人だかりは新人冒険者の話を聞いて、ファラさんに依頼を出しに来た人の列だという。だとすると、雫のことがバレているということかな。

「順番にちゃんと並んでくださいね。あ！　コヒナタさん、今日もお掃除ですか？」

いつも見る受付係の人に声をかけられ、僕はうなずく。

「そうですけど。依頼、来てますか？」

「指名依頼が三件入ってます。あとは街の掃除が一件ありますけど、どうしますか？」

「そうだ、指名依頼って、ちゃんと依頼人や内容を精査してくれました？」

昨日はお墓で襲われたけど、ちゃんと調べてくれたのかな。

「え？　ファラさんには何でも受けさせていいと言われてますけど？」

「ええ！　ファラさんが？」

むむむ、あのファラさんがそんないい加減なことを言ったのか。

それで依頼が罠だったとしても、敵の尻尾を掴めるからいいけど……そうか、ファラさんの目的はそれか。納得した。

「じゃあ全部受けます」

「わかりました。あちらの受付に行ってください。私はこの列の対応で手一杯なので」

ということで、僕は別の窓口に行って冒険者カードを渡し、依頼を請負った。

第十二話　コリンズ、再訪

「レンレンってば〜」

「掃除の依頼を済ませたらね」

「え〜、今がいいのに〜」

ウィンディが買い物に付き合ってほしいとか言って、掃除しているところに現れた。どうせ荷物持ちをさせたいんだろう。

そうだ、だったらあれを使おう。

「ゴーレを出してあげるから連れて行きなよ」

「え！　いいの？」

ゴーレはウィンディのお気に入りだ。

街の中で出すと騒ぎになるかもしれないけれど、僕の名前を出せば大丈夫だろう。僕は有名人になっているらしいし。

「ああ、何なら依頼も受けてくれれば？　ゴーレがいると戦略の幅が広がっていいんでしょ？」

「うん！　そうなのそうなの！　やっぱり固いタンク役がいてくれると、後衛の弓使いは助かるんだよね～。ゴーレに魔物を引き付けてもらって、足の遅いやつから倒していったり……」

ウィンディは得意げに語り出した。狩人の血が騒ぐんだろうなー。

とりあえず、もう僕を買い物に引っ張っていくのは忘れているようなのでいいや。雑談くらいは付き合ってあげるとしよう。

◇

「また襲撃があるかと思ったけど、何もなかったな～」

掃除を一通り終わらせて、僕は帰路についた。

街外れの依頼はなかったのでそれほど警戒していなかったが、拍子抜けだ。

「まあ、人を傷つけずに済んだのはいいことだよね」

「まったく呑気なもんだな」

「エイハブさん？」

独り言を言っていると、後ろからエイハブさんが声をかけてきた。肩に担いだ槍が少し汚れている。何をしていたんだろう。

「呑気って、僕のことですか？」

「お前以外に誰がいるんだよ。少しでも火の粉を払ってやろうと思って、こっちは動いてるってのの

に……は～」

何もないと思っていたら、そんな活動をしてくれてたんですか。神様仏様エイハブ様、ありがとうございますだ！

「そうとは知りませんでした。ありがとうございます」

「まあ、なんだ。この槍のお返しっていうのもあるけどな」

みんなに渡した武器は鉄製に見えるが、実際は全てオリハルコンでできている。

オリハルコンは希少だし、加工できるのはドワーフの名匠と言われている人だけだから、変に目立たないように見た目をごまかしているのだ。

「この槍、すげえよ。オークを盾ごと両断したんだぜ。まったく、お前の武器は規格外だよ」

「喜んでもらえてうれしいですよ」

エイハブさんは凄く良い顔で笑っている。

オークって言ってたけど、外にいたのかな？

ちょっとアイテムボックスを見てみると、新たにオークウォーリアのジェムが追加されていた。

この間気づいたんだけど、ゲームのパーティーシステムのように、どうやら仲間が倒した敵のドロップアイテムも僕のアイテムボックスに追加されるらしい。本当にチートである。

「オークの肉もあるんですか？」

「ん？　ああ。少し持ってきたから夕飯にどうだ？」

エイハブさんは槍の先端に括り付けている荷物を指さした。手持ちのもの以外はギルドに卸したのかな。

「それは楽しみですね」

「ん……おっと、先に帰っていてくれ。用事ができた。オークの肉も持ち帰ってくれよな」

「え？　わかりました」

エイハブさんは荷物を僕に投げて、槍をぶん回してから来た道を後戻りし始めた。

しばらくして男の悲鳴のような声が聞こえてきたけど、何だったんだろう？

たぶん、良からぬことを考えていた輩が衛兵にでも捕まったんでしょう。

悪いことをして罰が当たるのは、この世界も一緒なのだ。

◇

「フォッフォッフォ～」

オーク肉を堪能したあの日から数日後。

いつものようにエリンレイズを掃除していたら、聞き覚えのある声が耳に届いた。

目を向けてみると、カーズ司祭が民家から出てくるところだった。

一緒に出てきた少女とそのお父さんと思われる人は俯いていて、何だか悲しそうにしている。

「カーズ司祭様、ありがとうございました」

「フォッフォッフォ。よいよい、また病気になったらすぐに言うんじゃぞ」

「……はい」

少女とお父さんはカーズ司祭の言葉に、さらに悲しい顔をした。奴は何をしたんだ？

「ひっひっひ。では、私は教会に帰るぞ」

「あ、はい。それではこちらを。私たちの気持ちです」

お父さんがカーズに革袋を手渡した。少し大きめの袋で、たぶんお金が入っているんじゃないかな？

カーズは革袋を見つめていやらしい笑みを浮かべると、その場を立ち去った。

「お父さん……」

「回復魔法は教会の者と、ごく限られた冒険者しか使えないんだ。お前を助けるためなんだよ」

「でも、あの人……」

「口に出すのはやめなさい。それよりも回復したことを喜ぼう」

「うん……」

お父さんと少女はそう言って家に入っていった。何とも悲痛な表情だ。

「カーズの奴、コリンズと教会の権力をフルに使って悪どいことをやってるみたいだな」

まったく、この世界の上の人達は……。

とりあえず、親子にも雫を渡してあげよう。もちろん、他言無用ってことで。

できるだけ、苦しんでいる人は助けてあげないとね。

◇

【ドリアードの揺り籠亭】の自分の部屋で、魔物の強化に取り掛かります。

最近手に入ったゴブリンやオークウォーリアのジェムを使って、二種類の魔物を出してみた。

ゴブリンは周りをキョロキョロと見回して、オークウォーリアは微動だにせず鼻息荒く立っている。

「ゴーレよりは小さいけど頼りになりそうだ。早速強化しよう」

デッドスパイダー戦で多くのジェムを得ていた僕は、結構好き勝手に魔物を強化できる。オークとゴブリンの強化も存分にできそうだ。

「ゴブリンは最上位種まで強化して、オークは亜種で止めておこうかな」

ゴブリンはマイルドシープ並の強化のしやすさであった。最弱の魔物だから予想はしていたけどね。

オークは強化なしでDランクの魔物で、ウォーリアだと少し強めだ。亜種まで上げてCランクになった。

二匹の魔物は武器を持てそうなので、ゴブリンには鉄を加工したショートソードを、オークには盾とハンマーを渡した。二匹とも似合っていて何だか誇らしげだ。

「レン～、ご飯だよ～」

「あ、は～い」

食堂の方からファラさんの声が聞こえてきたので返事をした。

二匹を紹介しようと思い、一緒に連れて行く。

「あれ？　また新しい魔物？」

「オークとゴブリンなんて珍しいね。でも、その二種類はあんまり外に出さない方がいいよ。嫌われ者だから」

やっぱりこの子達は嫌われ者なのか。外套でも作って、アサシンみたいに身を隠させようかな。

人型の魔物は色々な作業ができるから、重宝しそうなんだけどね。

「エイハブさんが持ってきた肉だよ。いい肉だし、せっかくだからステーキにしておきました」

ハインツさんが料理を持ってくると、とてもいい匂いがした。

僕はゴブリンとオークをジェムに戻す。

ジェムの魔物は食べ物を食べなくても大丈夫で、どうやら僕のＭＰが食料になっているらしい。気付くと少し減っていたんだよね。

僕のＭＰにも上限があるから気をつけないといけないけれど、何とか今はやっていける。

コンコン！

僕らが食事をしていると、宿の入り口の扉がノックされた。

今の時間は食事処としては利用できない。なので、泊まりのお客さんかと思ったんだけど。

「お邪魔するよ」

「⁉　コリンズ……様。それに……」

何故かコリンズ伯爵とカーズ司祭が宿屋にやってきた。

ハインツさん以外の全員で睨みつけるけど、二人とも動じずにツカツカと中に入ってくる。

図々しくもステーキの置いてある席に座り、一切れ口に運んだ。

「ふむ、これは普通のオーク肉か。毎日、あの時のようなものを食べているわけではないのだな」

「私も一切れいただきましょうかね」

コリンズとカーズはオーク肉を次々食べていく。一切れって言ったくせに、残っていた肉を全部食べた。この人達は何しに来たんだ。

「それで……お二人はどういったご用件で？」

おずおずと口にしたハインツさんを、きつく睨みつけるコリンズ。偉そうだな～。

「ふんっ。奴隷の件に決まっているだろう。衛兵を派遣したが、いないと報告されてね。大方、買収されたのだろうが、私はどう考えても君たちが怪しいと踏んでいるのだよ」

クリアクリスのことを言っているわけだが……目の前にいるよ。気付いてないみたい。

「今、宿屋にいるのはこれで全員です」

「本当か？」

コリンズとカーズは食堂全体を入念に見回した。目の前でポカンとしているクリアクリスには目もくれない。それだけ、コリンズの中で彼女はどうでもいい存在だったようだ。

こんなに可愛いのに、何て扱いだ。絶対にクリアクリスは渡さんぞ！

「別の部屋を見てもいいですかな？」

「……あ～はい」

カーズが別の部屋を見たいと言ってきました。ハインツさんは呆れながらも先導していきます。

そりゃ呆れるよね。自分の奴隷の顔もわからないんだからさ。

確かに最初ここに来た時よりも身ぎれいになっているけど、別に顔が変わったわけじゃない。

普通、主人なら気付くものなのにね。

「ふむ、確かに誰もいないようだが。住居の方はどうなんだ？」

「ファンナも私もここにいるので、今は誰もいません」

「本当にそうかね？　では私たちが見てもいいであろう？」

ハインツさんは、やれやれといった感じで案内していく。

一応リージュに言っておくか。コリンズに何かしてしまいそうだし。

「リージュ？　見ていただろ？」

「うん、私も呆れてた」

リージュが天井から降りてきて答えた。見ていたなら説明はいらないな。

「手は出さないようにね」

「う〜ん……わかったけど、いつあの男はいなくなるの？」

「そろそろルーファスが王都から帰ってくるはずだ。そこからもう少しかかるかな？」

「え〜」

とても不満顔だ。リージュはコリンズを始末したいようだが、それをするとハインツさん達に迷惑がかかってしまう。

「確かにいないな」

しばらくしてコリンズとカーズが戻ってきた。

「グッ……何故いないんだ」

「おかしいですな〜。コリンズ様、あちらの魔族は違うのですか？」

カーズはクリアクリスを指さしたが、コリンズは彼女を見て首を傾げる。

「角があるから別の者だろう。それに隷属の首輪をしていないしな」

コリンズは馬鹿に馬鹿を重ねるように答えた。カーズもそれを聞いて「そうですか」とか言っているよ。

「ふんっ、魔族などと仲良くしおって、汚(けが)らわしい」

カーズは魔族を差別しているみたいだ。クリアクリスを睨みつけているよ。

教会自体がそういう思想なのかな？　この世界は差別や迫害がいっぱいだね。

「魔族に勉強など、意味がないだろう」

「あっ！」

カーズが、クリアクリスが文字を書いていた羊皮紙を取り上げて床に落とした。

「おい！」

「ん？　何か文句があるのかな？」

エイハブさんは思わず声を上げたが、手は出さずにこらえている。

みんなもカーズを睨みつけています。殺意マシマシだね。

カーズは僕らの視線に狼狽え、コリンズの後ろに隠れた。

「魔族などどうでもいいであろう、カーズ司祭」

「そ、そうですな。そんなことよりも、まだ借金の問題がありましたね」

カーズは気を取り直して、借金が書いてある羊皮紙をテーブルにバン！　と置いた。

「残りの借金は金貨20枚ですよ。払えないのであれば……」

「こちらで大丈夫ですか？」

「なっ⁉」

負けじとハインツさんがドカンと金貨の入った革袋を羊皮紙の上に置き、カーズは目をまん丸くする。

「確かに金貨……ぐぬぬ」

中身を確認したカーズは、唇を噛み締めて唸る。

「今日の用件はこれで終わりですか？」

ハインツさんは、すっごい笑顔で言い放っています。僕も言いたかったな～。

「ちぃ……カーズ司祭、帰るぞ」

「は、はい。覚えておれよ……」

そんなわけで、とても悔しそうな顔で二人はお帰りになりました。

「こんな可愛い子に気付かないなんて、レンレンよりも可哀そうな人だね」

「ほんと」

ウィンディとエレナさんは、クリアクリスの頭を撫でながら話している。

何故そこで僕が出てくるのかわからない。これは名誉棄損(きそん)ではないのか？

ウィンディを見ると、彼女はそっぽを向いてしまったよ。何でだろう？

◇

コリンズが来た次の日。今日は指名依頼がなかったのでお休みにします。

今までの製作品を売ろうと思いつき、商人ギルドへ向かった。

あんまりこの街の商人ギルドには行きたくなかったんだけど、自分が作った物の価値が知りたくて。エイハブさんに聞くと凄い金額を言われるので、本当かどうか、確かめたいと思ってしまったのだ。

だけど一人じゃ心配ということで、エレナさんとファラさんがついて来てくれた。

まあ、僕達はコリンズに目を付けられているし、まともに相手してもらえないかもしれないけどね。

ウィンディは相変わらず不機嫌で、むくれてゴーレを寄越せと言い、出してあげたらどこかに行っちゃった。何か怒っているみたいなんだけど、わけがわからない。

ともあれ、僕ら三人は商人ギルドについた。

商人ギルドは神殿みたいな太い柱がある白い建物だ。テリアエリンの商人ギルドよりも少し敷居が高い感じがする。

中に入って舐められるのは嫌なので、ファラさんが先頭。怖気(おじけ)づいてしまったわけではありません、これは戦略です。

「おや、冒険者の方ですか?」

「ああ、私は冒険者ギルドの者だ。今日は卸したいものがあって来た」

前の僕と違って良い対応をされるファラさん。やっぱり気品が漂っているのかな?

「魔物の素材か装備でしょうか？」

「レン？」

「あ！　そうです。主に装備を卸したいんです」

ファラさんに促され、慌てて答えた。

「こちらの方が？」

ちょび髭のおじさんが怪訝な顔で僕を見やった。やっぱり、僕じゃダメなのかな？

「ポーターか何かですかな？」

「いや、彼は鍛冶士だよ。腕前は装備品を見て確認してくれ」

ファラさんはちょび髭に威圧に近い感じで言い放った。それでもちょび髭はまだ訝しんでいる。

やっぱり感じ悪いな〜。

「では装備担当の者を連れてきますので、あちらの受付でお待ちください」

ちょび髭はそう言って奥の部屋に入っていった。

言われた通り、僕たちは一番端っこの受付で待つ。

「ここでレンの装備をちゃんと評価できるのかな？　ちょっと心配」

今までのやり取りを見てエレナさんが不安そうに言う。

商人ギルドに認められないと、大々的に商売はできないからな。僕が作ったものは、すべて十や二十どころの数じゃない。ギルドを経由しないと、売りさばくのに難儀するだろう。

「良い商品は商人の心を動かす。それに、商人ギルドが腐っているのなら冒険者ギルドで買い取ってもいいしね」

「ええ!?」

「あれ？　言ってなかったっけ？」

初耳だ。冒険者ギルドで買い取ってくれるなら、商人ギルドに来る必要はなかったよ。

「私としては商人ギルドの現状を見たかったから、丁度よかったんだ。ごめんね」

ファラさんが可愛らしくウインクした。うむ、男前のファラさんがお茶目にしていると、何とも言えない可愛らしさを感じるな。

ファラさんは、商人ギルドにどれくらいコリンズの息がかかっているか、改めて確認するつもりだったのか。それで冒険者ギルドの動き方も決まるということらしい。流石ファラさん、男前～。

◇

商人ギルド長であるちょび髭の男は、奥で作業をしていた一人の青年に声をかける。

「冒険者達が装備を見てほしいそうだ。ビリー、見てやりなさい」

「え！　私がですか？　だけど僕は靴を……」

青年はギルド長に命じられ、持ち込まれた靴を鑑定スキルで見ているところだった。

「適当にあしらってすぐに終わらせればいいんだよ。どうせ鉄やら銅やらの装備だろうからね。ファラという方はとても優秀そうだったが、装備を持ち込んだ人は素人丸出しだ。私が相手をするまでもない」

「わかりました……（鑑定スキルがないだけだろ）」

「何か言いましたか？」

「いいえ。では、私は行きますね」

ビリーは鑑定スキルを持っているが、ちょび髭のギルド長にはない。それを妬まれ、靴しか鑑定させてもらえないのだった。

ちょび髭のゾグファは先代のギルド長の息子で、先代が亡くなって跡を継いだのだが、鑑定スキルがないことにコンプレックスを抱いていた。経営手腕もなく、コリンズ伯爵の後ろ盾でなんとかなっているという状況だ。

商人ギルドには三名の鑑定スキル持ちがいるものの、その誰もがちゃんとした仕事をさせてもらっていない。

三人ともゾグファに不満を抱えつつも、我慢して働いていた。

ギルドを出ようにも、この街ではゾグファやコリンズ伯爵に目をつけられれば商売していけないからだ。

ビリーはため息をつきつつ、ギルドの受付に向かった。

◇

「お待たせしました。冒険者の装備などを取り扱っています、ビリーと申します」

色々考えていると、装備担当の人が受付に座った。ちょび髭よりもだいぶ若い人けど、結構真面目そうで好印象だ。

「早速、装備を見せてください」

ビリーと名乗った青年は、カウンターの上で手を組んでそう言ってきた。

僕はとりあえず一本の剣を取り出す。見た目はただの鉄の剣、だけどこれは持ち手に世界樹の枝を加工して使ってみた。

僕には強さが見えるから枝を使った効果があるのはわかってるんだけど、価値がどれくらいになるのかはわからない。

「鉄の剣ですね……」

ビリーは僕から剣を受け取り、マジマジと見つめた。上下左右から、じっくりと観察する。

「あれ？　……鉄ですよね？」

「はい」

何かに気付いたらしいビリーが声をもらした。僕が答えると、また剣を見始める。

「鑑定スキルを使いますね」

一度目を瞑ってから大きく見開くと、ビリーの目の色が青から黄色に変わった。

しばらくして、ビリーの額に汗が浮かんでくる。

「これは冒険先で手に入れたんですか？」

「えっと……」

返答に困ってファラさんとエレナさんに視線を送ると、二人は首を横に振った。真実を話しちゃダメってことだろう。

「そうなんです。廃墟を探索していたら沢山あって」

「それはおかしい……鑑定持ちを舐めないでいただきたい。僕はあのちょび髭――ゾグファとは違うんです。ここでは何ですから、奥の部屋に行きましょうか」

僕らはビリーに案内されるまま、奥の部屋に向かった。そこは応接室らしく、ソファーに座るよう促される。

「この部屋には防音の魔法がかかっています。本来はゾグファみたいな偉い人が使う場所です。施錠もしてあるので、誰にも邪魔されません」

どこか切羽詰まっている様子のビリー。大丈夫だろうか？

「何か事情があるみたいだね」

「ええ、取引の前にお話ししたいことがあります」

ビリーはお茶をみんなに配りながら話し出す。

「いい加減、ゾグファには嫌気がさしました。権力を振りかざして、私とあと二人の鑑定持ちをいじめているんです。そして、この武器を見て確信しました。今がクーデターの時だと！」

何だか闘志を燃やしている。僕らは今のところ蚊帳の外なんだけど。この人、大丈夫かな？

「あ、すいません。つい興奮してしまいました。ともかく、僕にあなたの装備を売ってください。全部です！　それを使って別の街のギルドと取引をして、ゾグファを地に落としてやるんだ！」

おおう、何だか「いいえ」とは言いづらい展開だ。

僕はこの話に乗ろうと思う。

ゾグファはこのギルドの責任者。ということは、コリンズ伯爵と悪だくみをしているのは彼だということなんだよね。

ビリーがゾグファに勝ってギルドの責任者になれば、万が一ルーファスさんが失敗しても、コリンズを追い詰めることができる。

保険的なこの策略。思わぬところで道ができた。

「売りたいという装備は、どのくらい数があるんですか？」

「えっと……今の剣は三百ほど」

暇な時、適当に作ってたんだよね。鉄は鉱山で捨てるほど出たし、銅も結構あって剣やら槍やらにしている。

どれもこれも世界樹の枝で作った木材で加工しているから、聖属性のダメージボーナス付きだ。この世界の武器は属性ダメージが付くだけでレアらしく、普通はこんなに手に入らない。

さすがに怪しまれるかな。

「……よっしゃ～!!」

「キャ！」

ビリーが吠え、驚いたエレナさんが僕に抱きつく。うむ、お胸は良いものだ。

「あ、ごめんなさい」

「いえいえ、またのご利用をお待ちしております」

なるべく平静を装いつつ、そんな風に返してみた。

「イチャイチャしない。それで、いくつ入用なんだ？」

僕たちを注意すると、ファラさんは冷静にビリーへ質問する。

「そうですね……とりあえず百は欲しいところです。厚かましいお願いなのですが、お金は一部をこの場でお支払いし、残りは後払いでいいでしょうか？」

「いくらくらいになるんですか？」

「そうですね。こんな感じです」

ビリーは、何とそろばんを取り出した。異世界で出会えるなんて感動だ。こういったところは元の世界と一緒なのかと思って、なんだかホッとしました。

感慨深く見守っていると、ビリーのそろばんは億の単位を弾いていた。

「5億?」

「はい、一本500万リルですので、百本で5億です」

え? 5億ってことは? 間違いなく白金貨になりますやん。初めて見る硬貨ですよ。

「ちょっと待ってくれ、白金貨なんて渡されても普通の店じゃ使えないぞ」

ファラさんからストップがかかった。

普通のお店じゃ使えないんだ。そりゃそうか、お釣りを出せないよね。

「では金貨でお支払いしましょうか。とりあえず5億のうちの1億をお渡しします」

目の前に金貨が積まれていく。

僕は圧倒されながらも、アイテムボックスから剣を取り出した。

「マジックバッグを持っているんですね。じゃあ、こっちのバッグに入れていってください」

おっと、無防備にアイテムボックスから取り出してしまった。

なんでビリーが驚かないのかと思ったら、彼もマジックバッグ持ちですか。流石商人ギルド。

とはいえ、マジックバッグも無限に入るわけではない。

ビリーが持っているマジックバッグは六畳間ほどの容量しかないらしい。それ以上となると、かなり高価になってしまうとか。まあ、それでも充分だと思うけどね。

「動き出したら知らせに行きます。それまでゾグファには近づかないようにお願いしますね」

ビリーの言葉に僕は頷いて金貨をしまう。

ギルドから出る時も、そそくさと目立たないように出ていった。

なんだかクーデターの手助けをしたみたいで後ろめたい。

だけど、ゾグファが痛い目を見るのは因果応報。いいことしたんだ、うん。

そう言い聞かせる僕でした。

第十三話　コリンズの罠

ビリーと話した次の日、ルーファスさんが帰ってきた。

その様子から、いい知らせではないのが窺えた。

「すまない、門前払いだった。コリンズ伯爵は腐っても貴族なようだ」

ルーファスさんは二日ほどで王都レイズエンドに着いたらしい。そこからずっと、コリンズの暴政を訴える手紙を城に届けてほしいと頼んでいたそうだ。

どうにか受け取ってもらえたものの、数日経っても返事がない。不審に思ってルーファスさんが調べたところ、訴状は兵士が城に届ける前に、貴族の誰かに取られたらしい。

貴族の名を聞き出そうとしたけど、兵士は冷や汗をかいて俯いたまま黙りこくってしまったとか。

コリンズ伯爵の後ろには、よっぽど大きな存在がいるのだろう。

テリアエリンもそうだったけど、この世界の貴族や王族は民のことを何だと思ってるんだ。

「レイティナ様にお願いをしておくか？」

「え？　レイティナさん？」

そういえば、レイティナさんはレイズエンド王の娘だったっけ。なんでテリアエリンにいたのかは疑問だけど。

そう口にすると、エイハブさんはため息をついて説明してくれた。

「レイティナ様はテリアエリンの王を監視していたんだ。レイズエンドの王の指示でな。思った通り、テリアエリンは勇者召喚なんてしてレンには迷惑を……あれ？」

エイハブさんの言葉に、宿屋にいた全員が凍り付いた。

ちょっとエイハブさん、まだみんなには僕が勇者召喚されたことを言ってないんですけど。この空気、どうしよう……。

「あ！　そうか。みんな、レンが勇者召喚されたってまだ知らなかったんだっけか？」

「ちょ～っとエイハブさん！」

文句を言おうとしたけど、時すでに遅し。

「レンレンって勇者だったの！」

「レンが勇者」

「やっぱりそうか」

「道理で」

ウィンディ、エレナさん、ファラさん、ルーファスさんがそれぞれ感想を呟いている。

でも、薄々気付いていたよね。アイテムボックスや鍛冶などのスキルで、常識外れのアイテムを作っているから。正確に言えば僕は勇者じゃないが、話がややこしくなるので黙っておいた。

「レンのことは後だ。話を戻すぞ。レイティナ様に頼めば、レイズエンド王に直接手紙を届けることもできる。それでレイズエンド王からコリンズの爵位の剥奪をしてもらえれば万事解決だ」

その計画にみんなが賛成すると、すぐにエイハブさんは早馬に乗ってテリアエリンへと走った。

ルーファスさんはテリアエリンでの評判が悪いので、今回はエイハブさんに頼んだ。

ついでにテリアエリンのみんなにも挨拶してもらうように言って、手紙を渡しました。


エイハブさんを見送った夜、またコリンズがやってきた。

「今日は君をうちに招待しようと思ってね」

宿屋に入って僕に近づいてきたコリンズは、そう言って手紙を差し出した。

「パーティーをするんだ。ぜひ、パートナーと一緒に来るといい」

コリンズは用件を告げてすぐに宿屋から出ていった。

僕にとってはここからが災難だった。

「ふむ、罠だな」

「ですよね」

罠なのは明らかなので、慎重にパートナーを選ぶことになったんだけど……。

「ここは今まで一番過ごす時間が長かった私だよね。そうでしょ？　レンレン！」

「いや、一番強い私だろ。もしもの時は自分達の身を守れる者が……」

ファラさんがウィンディに待ったをかけると、負けじとウィンディも言い返す。

「私だって狩人だもん。大丈夫だよ」

「私も行きたいです！」

「エレナはやめておけ。戦えないいんだから危ないだけだ」

「そうそう！　危ないよ」

「それでも行きたいんです」

ウィンディとファラさん、それにエレナさんが言い合いをしている。

これはどういった状況なんだとルーファスさんを見やると、そっぽを向かれたよ。薄情者！

「よし！　ここはレンに選んでもらおう」

「そうだね。ここはレンレンに」

「レン！」

三人とも潤んだ目で僕を見つめる。

絶対に罠なんだから、ここはファラさんが適任だよなぁ。そう考えて、ファラさんにお願いした。

「うむ、流石レン。今がどういう状況かわかっているみたいだね」

「む～、レンレンの薄情者！」

「やっぱりダメなのかな？」

選ばれなかった二人は自分の部屋に帰ってしまった。

でもしょうがないでしょ、命にかかわるもん。

◇

「レン・コヒナタ様ですね。ようこそ、コリンズ邸のパーティーへ」

街の中心地にあるコリンズの屋敷。入り口で招待状を提示した僕らに、執事がお辞儀をする。

今の僕とファラさんは正装だ。

ファラさんは白いドレスで、普段のカッコよさとはまた違って、めちゃくちゃ綺麗です。

僕は白いタキシード。大慌てで仕立て屋さんに駆け込んだ末に作ってもらったものだ。

ウィンディとエレナさんには褒められたけど、ファラさんは何も言ってくれなかった。ちょっと気にしてます。

「こちらがパーティー会場で、お手洗いはあちらになります。何か御用があれば我々に」

執事のお爺さんは、そう言うと一礼して下がっていった。

「ファラさん、とっても綺麗ですね」

「な、何だ急に！」

口調でいつものファラさんだなあと実感するが、顔が真っ赤なのが可愛い。

「いやいや、僕なんかとは不釣り合いだな～って」

改めて周りと自分を見比べると、何とも情けなくなる。せめてもうちょっと身長があればな。

「そ、そんなことないぞ。……とても似合ってるじゃないか」

「え？　何て？」

何で突然小声になるんだ。

「いや、何でもない。いいか、くれぐれも警戒を怠るんじゃないぞ」

ファラさんはむくれて、料理の並べられているテーブルへ歩いていった。

まあ、いいか。僕も罠が発動する前に料理を楽しもう。


「紳士淑女の皆々様！　今宵は楽しんでいらっしゃいますか！」

しばらくすると、コリンズが扇状に広がった階段から下りてきた。途中で僕に気付き、ニヤリと笑う。お仲間のカーズ司祭はいないみたいだ。

「これはこれはグラク男爵、お元気でしたかな？」

コリンズは階段の下にいた貴族達に声をかけていき、やがて僕へ近づいてきた。

「ようこそ、私のパーティーへ。綺麗な女性と一緒で羨ましい限りだ」

「それはどうも」

コリンズは、僕の後ろでまだ料理を堪能しているファラさんをちらりと見た。今までさんざん刺客を送り込んできておいて、本当に白々しいなあと呆れてしまう。

「貴様！　コリンズ様には敬語で話さんか！」

「いや、いいんだ。彼は私の友なのだから」

いつ僕はコリンズと友になったんだ。それに突然怒鳴ってきたこの人は誰だ？

「紹介しよう、こちらはエリンレイズの第二騎士団の団長、ギザール君だ。実質、エリンレイズで二番目に強い男だよ」

「そんな、私など。第一騎士団のアイゼンとは雲泥の差。これからも日々精進する所存です」

なるほどなるほど、戦力を見せびらかしているのか。無駄な抵抗はやめろってこと？

「その声は、ギザール……」

「ファラか！」

料理を食べていたファラさんが、ギザールに気付いたようだ。食べてないで一緒に対応して欲しいんだけど。

ギザールは嬉しそうに頬を緩めて歩み寄るが、ファラさんは顔を背けている。

「ファラ！　急にいなくなって探したんだぞ」

「はぁ……」

ファラさんはまともに取り合う気がないらしい。

こんな知り合いがいるなんて、ファラさんにも何か凄い過去があるのかもしれないな。

騎士団の団長ってことは、ギザールという人もそれなりに有名なんだろう。

「今まで何をしていたんだ？」

ギザールがファラさんの肩に手を置くと、ファラさんはそれを振り払った。

「ちょっと、触るんじゃない」

「僕らの仲じゃないか」

「どんな仲だ、ただ親の決めた許嫁(いいなずけ)ってだけだろう。それも『元』だ」

許嫁だと！　やっぱりそういう話が普通にあるんだな……。嫌そうにしている理由がわかった。

その時、コリンズが突然大きな声を上げた。

「なんという偶然の再会！　これは運命だ、すぐにでも二人の婚姻の儀を執(と)り行いましょう！」

「ハァ⁉」

とんでもないことを言い出した。僕とファラさんはもちろん、ギザールも仰天している。

一方、パーティー会場にいる貴族達はみんな拍手で場を作り始めた。

「冗談じゃない！　私は帰る！」

「コリンズ様！　流石にこれは……」

「おや？　ギザール君まで。君はこの女性のことが好きなのでしょう。では、このまま結婚してしまえばいいじゃないですか」

「ですが……」

帰ろうとしたファラさんの前に執事が立ち、行手を阻んだ。

コリンズの強引さにギザールも引いている。流石にこのやり方は好まないようだ。

「これは命令だ。あの女と結婚してこちら側に引き込むのだ。そうすれば、ハインツやレン君を揺さぶる手段が増えるからな」

コリンズは小声でギザールにそう言ってるけど、僕にも聞こえてるよ。

まったく。こんな命令、どうかしてるとしか思えん。

「ファラさんを困らせないでください」

ファラさんを庇(かば)いつつ、僕は呆れながら言った。

「おや？　この結婚に反対なのですか？」

「当たり前だよ。いきなり結婚しろって言われて、『はい、わかりました』なんておかしいでしょ」

するとコリンズは顎に手を当てて考え込み、やがて口を開いた。

「では、ファラさんをかけて勝負をしましょう。もちろん、相手はこのギザール君です」

コリンズはこの状況を面白がっている。

だが、それでいいのかもしれない。貴族の権力を思いっきり使われるよりかは、勝ち目がありそうだ。

「勝負の内容は？」

「そうですね……ファラさんにいくつか欲しい物を書いてもらって、ギザール君とレン君がそれぞれ目を瞑って選び、期日中にどちらが早く持ってこられるか競うというのはどうでしょうか？」

ふむふむ、面白いじゃないの。

ファラさんは僕の経済状況をわかっているし、最近は製作物も知っている。勝ったも同然だね。

「え！　私の欲しい物を言っていいのか？」

そんな声が聞こえてファラさんを振り返ると、目がキラキラ輝いていた。その目が僕に向けられていて、何だか嫌な予感がします。

「ええ、そうですよ。ファラさんが今欲しい物です。条件はこの世に存在すること。流石にない物を持ってくるのは無理ですからね」

コリンズも何かを察したらしく言いなおしている。

勇者の剣とか勇者の盾とか言われても、それがどういったものかわからないと意味ないもんね。

「う～ん、悩むな」

ファラさんはペンを耳に挟んで腕組みし、考え込んでいる。

しばらくするとペンが走っていき、五個の欲しい物が紙に書かれた。

「ふむ、ふむふむ、いいでしょう。これなら私も知っています。ただ、一つはSランクの商品ですがね。私でもまだ一度きりしか見たことない」

コリンズは紙に書かれている物を見てニヤニヤしながら言い放った。

そんな凄い物は、僕でも手に入らないかもしれないな……どうしよう。

「ではギザール君から、この箱に手を入れてください」

紙の入った箱にギザールが手を突っ込む。しばらく中をかき混ぜて、一枚の紙を取り出した。

「これだ！」

「おお、これはアダマンタイトの小手。お金さえあれば手に入る代物ですね。とはいえ、大変高価だ。ファラさんは何とも……」

「何でもいいと言ったじゃないか！」

ファラさんはコリンズに抗議しているけど、僕もちょっと引いている。

だってアダマンタイトって言ったら、ドワーフくらいしか加工できないもん。販売価格はとんでもなく高い。貴族でなければ手を出せない一品だ。

「ではでは、財を求めたファラさんは放っておいて、レン君、君の番ですよ」

僕は箱に手を入れ、ゴソゴソゴソとかき混ぜて一枚の紙を拾う。

あ、世界樹の枝だ……。

「プッ！　ハハハハハハハハ、これは面白い。一番難しい物を引いてしまいましたね、レン君」

会場は笑いに包まれた。どうやらコリンズが一度しか見たことないアイテムとは、世界樹の枝だったらしい。

「あ～笑った笑った……お二人は期日までにそのアイテムを持ってきてください。ちなみにレン君が勝ってもメリットがないと思うので、私から商品を出しましょう」

僕が世界樹の枝を持っていることは黙っておく。もちろん、ファラさんも知っているので小さなガッツポーズを見せ合っています。

コリンズはそうとも知らず、自分を追いつめていく。

「そうですね……レン君やお友達に商人ギルドとの商売を許す、というのはどうでしょう？」

確かにそうなればいいけど、それはビリーの方で解決する可能性が高いんだよね。

なので、僕はもう一つ追加で要求してみた。

「あと一つ、ハインツさんに謝ってほしいな。最高の謝罪をね」

「ハァ？」

ハインツさん達に謝罪してほしい。本当はコリンズが街からいなくなるのが最高だと思うけど、流石に呑まないと思うからね。

「ふ～、何を言うのかと思ったら……まあ、いいでしょう。どうせ世界樹の枝を手に入れることはできません。何せ、エルフの結界で世界樹の近くには行けないのですからね。ハハハハハハ」

コリンズは勝ち誇ったように高笑いをし始めた。

言いましたね、コリンズは「いいでしょう」と。

「皆さん聞きましたか？　コリンズ伯爵は確かに了承しましたよね」

僕が会場の人々に話を振ると、皆ポカンとこちらを見つめる。

そして、僕は十本ほどの枝を取り出した。

そうです、世界樹の枝です。枝は蛍のような輝きを放ち、室内を照らしていく。

「そ！　それは……紛れもなく本物の……」

会場のどこかから、そんな声が聞こえた。貴族の集まるパーティーだから、他にも誰か世界樹の枝を見たことがある人がいるのかもしれない。

コリンズも驚き戸惑っていて、会場のみんなは言葉を失っていた。

世界樹はエルフに守られていて、人族は触れることもできないらしい。

王族のごく一部の人しか、そこから採れた世界樹の葉や枝を見たことがないそうだから、コリンズやさっき声を上げた人は、たぶん王族から見せられたものを覚えていたのだろう。

エルフは基本人族が嫌いらしいので、コリンズに見せたその王族はエルフが心を開くような、とても良い人なんだと思う。あるいは、エルフから奪ったか……だけど、考えたくありません。

「じゃあ、この勝負、僕の勝ちですね。ファラさんは返してもらいます」

「皆さん、お騒がせしました」

「ま！　待て！」

早々に立ち去ろうと、ファラさんの手を取り屋敷から出ようとしたんだけど、ギザールから声が上がった。焦るように僕らに近づいてくる。

「ファラ！　僕は君が好きなんだ。君は僕を嫌っているかもしれない。今思えば子供の頃の僕は意地悪だった。しかし、今は違う。純粋に君が好きで――」

「それを信じられると思っているのか？　あなたの家が私の家を潰したのだ。あの家は帰ってこない。お父様だって」

どんな過去があるのかわからないけど、ギザールの家がファラさんの家族を壊したことはわかった。

それでもギザールは引き下がらない。

「あれは母が――」

「知っている。でも、あなたの家が私達家族を壊したのは事実だ」

「……」

ギザールの言い訳を遮ってファラさんが告げた。

ギザールは言葉をなくして俯く。

そのまま動かなくなったギザールと、愕然(がくぜん)としているコリンズを尻目に、僕らはコリンズの屋敷を去った。

「レン、ありがとう」

「いえ、ファラさんの機転のおかげですよ」

【ドリアードの揺り籠亭】への帰路、歩きながらファラさんと話す。

ファラさんは僕の持っているアイテムを、ある程度理解していた。アダマンタイトだって鉱山を見つければすぐに作れるだろうと思って書いたらしいし、他の紙にもすべて僕の持っているものを書いたようだ。流石ファラさんだね。

「でもよかったんですか？　貴族に戻れるって話だったみたいですけど」

「ふふ。貴族なんて単なる肩書きだよ。結婚にも興味はないし。まあ、気になる人はいるんだけどね」

ファラさんは不意にウインクをする。後ろを振り返るが誰もいなかった。

その直後、ファラさんの拳が僕のお腹に打ち込まれる。

「まったく、レンって男色趣味なのか？　ウィンディやエレナみたいな美人に囲まれて何もしないなんて」

「あう」

お腹が痛いので答えられません。動きにくいドレスを着ているのに、こんな威力のリバーブローを出せるのだから凄い。流石レベル50の元冒険者。

「そんなに痛がられると女として悲しいな」

ファラさんは軽く小突いたつもりかもしれないけれど、こっそり僕の作った装備を二つも身につけてるんだよ。ＳＴＲが５００もプラスされているので、攻撃力が上がっています。なので、僕が悶えるのは必然です。

「まあいい、早く帰ろう」

「そうですね……」

うずくまっていた僕に、ファラさんが手を差し伸べる。

僕はそれを掴み、手をつないだまま【ドリアードの揺り籠亭】へ。

中に入ると、みんなは寝ずに待っていてくれた。でも、ファラさんと手をつないでいたことを揶揄われて、何とも恥ずかしい思いをしてしまいました。

ファラさんの手は柔らかかったな。そんな手であの威力の攻撃が出せるのだから驚きだ。

◇

『キシャー！』

「はいはい、また～？」

コリンズのパーティーから帰ってきた日の夜、デッドスパイダーとリージュがせかせかと宿の外で曲者を捕まえている。三人一組で一時間に一度の間隔で襲撃が来ているらしく、とてもうるさい。リージュのツタが鞭のように地面を叩く音と人の悲鳴が聞こえたかと思えば、デッドスパイダーが糸を出す時の独特の鳴き声も響き渡る。

おかげで、眠りについては起こされるといったことを何度も繰り返していた。

「やっぱり世界樹の枝を見せたのは失敗だったかな？」

世界樹のアイテムは、一般的には喉から手が出るほど欲しい物なんだと改めて思った。

僕らはまた街を離れなくてはいけないかもしれない。

「レン……」

世界樹のことを考えていたら、すっとわずかに扉が開いた。

そこからファラさんの顔が覗く。

「ファラさん、こんな夜更けにどうしたんですか？」

ファラさんが薄手の寝間着で枕を持って立っていた。何だか艶っぽい。

「その、眠れなくて。それに世界樹を見せたせいでこんなに襲撃が来ていると思うと、ハインツさん達に申し訳なくてね……」

ファラさんは目を伏せて呟く。

「残念ですけど、この街ともお別れかもしれません。まさか世界樹がここまで凄いものだとは思わなかったです」

「私も、レンが十本も持っているとは思わなかった」

すいません、十本どころか五百を超えています。

僕にとっては道端ですぐに拾えるものだけど、持っていると迷惑な人しか集まらないということが今回のことでわかった。

「明日の朝は、襲撃者の輸送で終わりそうだな～」

「私も手伝うよ」

「「私達も手伝います」」

「わ！　いつの間に」

僕の呟きにファラさんが答えると、ファラさんの後ろからウィンディとエレナさんが枕を持って睨んできた。

部屋の中に入ると、何故かみんなで僕のベッドを占領。三人の美女がベッドに寝ているのは良い眺めだけど、僕は彼女たちに言われて床で横になる。床は冷たいです。僕のベッドなのに。

「グスンッ」

寂しいので、マイルドシープを召喚して抱き枕にして寝ます。

ああ、マイルドシープは暖かいな～。

第十四話　反撃開始

私はクリアクリス。

レンお兄ちゃん達に名前を付けてもらった魔族の子です。

「むにゃむにゃ、マイルドシープはふかふかだな〜」

「お兄ちゃん起きて〜」

朝になったのに、一向に起きてこないレンお兄ちゃん。

私が起こしても全然起きないの。それに少し様子がおかしい。だって床で寝てるんだもん。

「お兄ちゃん起きない……私も寝る」

レンお兄ちゃんの隣で横になったら、私も眠くなってきちゃった。

でも、気持ちいいからいいの。

レンお兄ちゃんは、私を助けてくれた最高のお兄ちゃん。

お兄ちゃんの匂いが私を包んでくれて安心しちゃう。勝手に瞼が閉じちゃったから仕方ないの。

みんなは、デッドスパイダーの糸でグルグル巻きにされた襲撃者さんを冒険者ギルドへ運んでいる。

かなりの数だけど、レンお兄ちゃんが召喚しておいたゴーレムさんや蜘蛛さん達、オークさんとゴブリンさんもいるから、結構早く終わりそう。

「レンさん、起きてこないね」

「あれ？　さっきクリアクリスに起こしてきてって頼んだのに」

「あと四人で終わるし、エレナもレンレンを起こしに行ってあげて。あとは私とゴーレでやっちゃうから」

外から、ファラお姉ちゃん、エレナお姉ちゃん、ウィンディお姉ちゃんの声が聞こえる。

「ファラさん、一緒に行きましょ」

「そうだね、行こうか」

エレナお姉ちゃんとファラお姉ちゃんは、一緒にレンお兄ちゃんを起こしに来るみたい。

お姉ちゃん達の話によると、夜に来た変なおじさん達の多くは、雇われの素人さんだったんだって。中にはCランクの賞金首さんも何人かいたみたいだけど、その賞金はすべてレンお兄ちゃんのものになるみたい。

変なおじさん達の依頼主さん、レンお兄ちゃんの懐を温かくしているだけってことに気付かないのかな？

世界樹の枝に目がくらんで、深く考えられないのかもしれないって、ファラお姉ちゃんが言ってた。

◇

「むにゃ……クリアクリス？」

目覚めると、僕は抱きしめていたマイルドシープとは別の感触に気付いてそう呟いた。

クリアクリスは目を瞑り、寝息を立てている。

「これは動けないな……」

安心しきって眠っているクリアクリス。

動くと起こしてしまいそうなので、僕は起きるのをやめてクリアクリスの頭を撫でる。クリアクリスは眠りながら微笑んで気持ちよさそうだ。

「改めて、こんな子に酷いことしたコリンズが憎いね……」

魔族がどうとか僕には関係ない。罪のない人が傷つけられるのは見ていられないな。

こんな可愛い子の角を折ったり、痣ができるほど叩いたりするなんて考えられん！

クリアクリスは何としても守らないと。

「お兄ちゃん……くすぐったい」

僕の撫でる手でクリアクリスは起きてしまったようだ。恥ずかしそうに俯いている。

「私が起こしても起きなかったんだよ～。みんなはおじさん達を運んでたの」

「ええ、もうそんな時間？」

いかんいかん、マイルドシープのふかふかにやられた。時間を無駄にしてしまったな。

「お兄ちゃん抱っこ！」

「はは、甘えん坊だな～」

クリアクリスは抱っこをせがんできた。元の世界の姪っ子を思い出すな。よくこうして抱っこしてあげたっけ。

それにしても、クリアクリスは大分うまく話せるようになった。元々、頭はよかったんだろうね。あと、エレナさんとウィンディのおかげかな。二人にもお礼を言わないと。

クリアクリスを抱っこしてあげると、部屋の扉が開いてファラさんとエレナさんが入ってきた。

「二人とも、作業をするなら僕を起こしてよ～」

「クリアクリスに起こしてくるように言ったんだけど……」

「あ、なるほど」

エレナさんの言葉を聞いて、クリアクリスが僕の隣にいた理由がわかった。

彼女はいつもならファンナちゃんと一緒に寝ているから、どうして僕の部屋にいたのか謎だったんだよね。

「ごめんなさい……」

クリアクリスがエレナさんの言葉に反応して泣きそうになっている。

僕らは慌ててクリアクリスを宥めた。

「いいのよ、クリアクリス」

「そうそう、いけないのは起きなかった僕で」

「レンは悪くない。私がもっと早く様子を見に来るべきだった」

僕らの慰めで、何とか落ち着いたクリアクリス。

彼女のことはエレナさんとファラさんに任せて、僕は朝ごはんを食べるために食堂へ向かう。

と言っても、もうお昼近い。本当に時間を無駄にしてしまった。反省。

◇

「う～～ん！　何だか久しぶりによく寝たな～」

長い時間眠ったことで、いつもよりも体の疲れが取れた僕は伸びをした。

食事をした後、すぐに冒険者ギルドへと出かける。

冒険者ギルドに着くと、襲撃者を引き渡して受付で賞金を受け取っているウィンディがいた。

ウィンディは僕に気づいて手招きしてきたので行ってみる。

「レンレン、やっぱりあいつら、コリンズのパーティーに来てた貴族に雇われたみたいだよ。ギルドに解放金の話が来たんだってさ」

解放金とは、〝冤罪〟で捕まってしまった者を解放するために支払うものだ。今回は冤罪ではないので当たらないはずだが。

「襲撃してきたという証拠がないもので……」

受付のお姉さんがそう言っている。証人はいるけど、貴族の言うことには逆らえないってことかな？

「賞金首になっている者は有無を言わさずに犯罪奴隷にするのですが、他の人達は要求を呑むしか……」

受付のお姉さんも悔しそうな顔で話す。良い人なんだな。

ほんと、この世界の貴族やら王族は碌なのがいないね、まったく。

「それでいいですよ。また来ても、うちの従魔に捕まるだけですから」

「そうですか……しかし、凄いですよね。従魔を同時に八匹も……王宮魔術師でもそんな魔力を持っていないと思いますよ」

ありゃ、数までバレてるのね。

凄いって言われても、僕自身には少しのＭＰ消費だけで他には何の影響もないのです。出しているだけで最強って最高だな。

普通の従魔って、主人のＭＰと、それで足りなければＨＰを餌にして召喚されるらしい。さらに召喚している間もずっと消費するので燃費が悪いそうだ。だから召喚士なんて滅多にいないみたいなんだよね。

「魔力はさておき、掃除も人海戦術でやれば楽ですからね！」

「は～？」

受付のお姉さんにそう言うと、首を傾げて苦笑いされてしまった。

適当にはぐらかそうと思ったんだけど、引かれちゃったかな。まあ、これでいいのさ。

すると、ウィンディが話題を変える。

「ところで、いつ頃、街を出るの？」

「ん？　そうだな～、ハインツさん達が安心して営業できるようになったら、かな。昨日のパーティーでの約束を、コリンズが守ってくれればいいんだけど」

ハインツさんが商人ギルドと取引できるってやつね。それさえ実現すれば、僕がいなくてもハインツさん達は大丈夫だ。あるいは、ビリーが商人ギルドのトップになればそれでもいい。

「ファラさんは、レンレンのものなんだよね……」

「え？　ファラさんに聞いたの？」

ファラさんをかけてギザールと対決して勝ったんだから、僕のものになる……のかな？

ウィンディがパーティーでの出来事を知っているということは、エレナさんにも伝わっていそうである。

「僕なんかじゃ、ファラさんに釣り合わないよ」

「ふ～ん。レンレンって……いや、なんでもな～い」

ウィンディはなぜか感心したように言って、そっぽを向いた。

気になるが聞けない。何を言われるかわかったもんじゃないからね。

「とりあえず、掃除の依頼を受けて商人ギルドに行こうかな」

「あ、じゃあ私も討伐依頼に行ってくるよ。ゴーレのおかげで、私もあと少しでCランクに昇格できそうだからね。昇格試験があるから大変なんだけど」

ほほ～、Cランクに上がるには試験があるのか。なんだかめんどくさいな。僕は上がらなくてもいいや。

「レンレンもそろそろ昇格の声がかかるかもね。その時は一緒にCランクの試験受けようね」

ウィンディは可愛らしく首を傾げて言ってきた。

だが断る。僕は試験とかそういったことを避けてきた男だ。断固として断るぞ。

「あ～、そのうちにね……」

そっけない返事をして、すぐに依頼を受けて冒険者ギルドを後にした。

掃除の依頼は、オークとゴブリンを呼び出して終わらせた。

今日は三か所だけだったので、それほど時間はかからなかったな。

掃除の依頼人に貰ったお菓子を食べながら商人ギルドの前に着くと、長い行列が建物の外まで続いていた。

なんだこれ……。

「あっ！　コヒナタさん」

僕に気付いた商人ギルドの女性が声をかけてきた。

初めて会うのでお辞儀をして挨拶すると、女性はクスクスと笑う。

「ふふ。ビリーから聞いていますよ、控えめな方だって。すぐに中に入ってください。ビリーが待っています」

僕は促されるままに、商人ギルドの建物に入っていく。

「あ！　コヒナタさん！」

中に入ると、受付の対応をしていたビリーが僕らに気付いた。

僕を案内してくれた女性がビリーと代わり、ビリーは受付からこっちにやってくる。

どうやら、いい結果になったようです。

「コヒナタさん、見てくださいよ。自由に商売できるようになって、こんなにお客さんが来てくれたんですよ」

ビリーは興奮して息を荒くしている。

僕の両手を掴んでブンブンと振り回すもんだから、肩が痛いです。

「ちょっとビリー！」

「ああ、すいません」

注意をすると、ビリーは恥ずかしそうに俯いてしまった。

しかし、どうしてこんなに繁盛しているんだ？　僕は武器を卸しただけなのに。

「あれからどうなったの？」

「ああ、ここでは何ですから、前のようにあの部屋で」

ビリーは防音の部屋に僕を案内した。理由が知りたいので僕も早歩きです。

部屋に入るとソファーに座るように促されたので、腰を下ろす。

ビリーは何枚かの書類をテーブルに置いた。

「これは？」

「この間の卸してもらった武器の取引の記録ですよ」

ええ～、そんな大事なものを僕に見せて大丈夫なのかな？

そう思っていたんだけど、ビリーは笑顔で書類を僕に差し出す。

「拝見します」

思わず敬語で受け取り、僕は書類を見ていく。

すると、隣町や村の冒険者ギルドに卸したという経緯と値段が載っていた。

「凄いでしょ！」

ビリーはとてもいい笑顔だ。

ビリーの言った通り、紙には凄い金額が並んでいる。僕は5億で買い取ってもらったけど、最終的にはその百倍になっていた。

しかし、ここまで大規模な取引を一気にして大丈夫なのだろうか？

「こんなに表立って行動していいんですか？」

あのちょび髭のゾグファが何かしてくるんじゃ？　と思ったが、ビリーは胸のバッジを見せて説明してくれる。

「僕は今、このギルドの責任者なんですよ。ゾグファは辺境のギルドに左遷されました」

どや顔だ。

あのちょび髭は僕との取引のチャンスを逃し、一方、ビリーはこの取引で商人ギルド本部からの信頼を得て、ゾグファの悪行を訴えたとのこと。

ゾグファの信頼は地に落ちて辺境へと左遷され、ビリーが責任者になって現在に至る……ということらしい。

しかし、商人ギルドは仕事が早いな。ビリーと取引してからそれほど経っていないのに、こんなに早くちょび髭が異動になってしまうとは。

「コヒナタさんも、何だか色々やっているみたいですね。テリアエリンの商人ギルドマスターからも支援があったし、コリンズからハインツさんとの取引を再開するように要請がありましたよ」

テリアエリンってことは、ニブリスさんか。コリンズもちゃんと約束を守ったようだ、良かった

良かった。

ビリーの話はまだ続く。

「コリンズはこうも言っていました。世界樹の雫をレンが持っていたら取引して欲しいと。結構、切羽詰まった様子でしたが……」

「雫を？」

前にファラさんが助けた新人冒険者の噂と、僕が世界樹の枝を持っていたことを繋ぎあわせて、コリンズは僕が雫を持っているのではないかと考えたのだろう。

「コリンズには娘がいるようなので、その子に必要なんじゃないかと。この情報も不確かなんですけどね。何せ、誰もその子を見たことがないんですから」

「誰も？　じゃあ誰からその話を聞いたんですか？」

ビリーを信じないわけじゃないけど、ちょっと信憑性を疑うね。

「前々から噂は囁かれていたんですけど、この間、確信に至ったんです。コリンズが一人でいた時、そう呟いたんですよ。声をかけられる雰囲気ではなかったので、詳しい話は聞いていないんですけどね」

不確かって、そういうことか。

「コリンズは自分の情報を外にもらすような男ではありません。なので、あの時の言葉は僕も耳を疑いました。だからコリンズは相当焦っているんだと思いますよ」

なるほど、確かにいつものコリンズを思うと、人に聞こえるような独り言を言うとは考えられないな。

コリンズは、発言前によく顎に手を当てて考え込んでいた。あれは迂闊な対応をしないためだろう。

コリンズに子供がいるとしたら、きっとその子は今とても危ない状況であるに違いない。

でも、子供に罪はないとはいえ、素直にコリンズを助けていいのか？

ハインツさんの奥さんであるリラさんを死に追いやったのは、コリンズかもしれないのに……。

「コリンズと話すことはできますか？　直接真実を聞きたいです」

「ということは、やっぱり雫を持っているんですね……。では今から連絡してみます。いつどこで話しますか？」

「そうですね。ハインツさんにも聞いてほしいので、【ドリアードの揺り籠亭】に、今日の夜」

僕がそう言うと、ビリーは手紙をしたためて部屋の外にいた青年に渡す。

手紙を受け取った青年は走って外へと出ていった。

「では、コヒナタさんにこれを」

「これは？」

「商人ギルドのカードです。これで今回の取引のお金を、どの商人ギルドでも下ろすことができます。もちろん身分証明書としても使えるので、冒険者カードと併用してください。でも、なるべく街に入る時には使わない方がいいかもしれません」

「え？　何で入る時に使っちゃまずいんですか？」

「いや～、今回の武器の件で、コヒナタさんの噂が他の街にも届くかもしれませんからね。僕は武器の出所は黙っていたんですよ。でも、物が物ですし、この街でのコヒナタさんの活躍を耳にしていれば、あなたが関わっていると考える人も出てくるでしょう。その話が他の街にも届けば……下手すると、街に入っただけで商人ギルドに案内されて、武器を卸してほしいと頼まれる可能性もあります」

どうやら、相当良い武器を卸してしまったみたいです。僕からしたら、片手間で作った武器だったんだけどね。

そうなると、できるだけ商人ギルドのお金は下ろさない方がいいかも。

「とりあえず、金貨で１００枚下ろしておきました」

ビリーは、僕が下ろさないでいいように金貨を用意してくれたみたい。流石、できる男だね。こりゃ、あんなちょび髭じゃ勝てないよ。

「ありがとうございます」

「いえいえ。それで～……非常に申し上げにくいのですが……」

「はい、いくらか装備を卸しますよ」

「ありがとうございます！」

色々してくれたので、お礼も兼ねていくつか売ることにした。

武器だけじゃなくて、今回は防具も渡す。どれも清らかな鉄や銅で作ってあって聖属性がプラスされているから、かなりの高値になるはずだ。

今回も億行くんだろうなと思って、少しウキウキしています。

「これは凄いですね……。この間の武器も驚きましたけど。防具にまで属性がついているなんて。コヒナタさんの作った物だと知られたら、本当にどうなることか」

「ははは……」

ビリーは驚きながら不安になるような言葉をもらした。僕は乾いた笑いを返すしかない。

「では、今回の取引も色をつけておきます」

「はい、お願いします。あ、くれぐれも……」

「わかってますよ。コヒナタさんが作ったのではなくて、廃墟で見つけたものですよね」

僕が念押ししようとしたら、ビリーは被せ気味に答えた。

流石できる男ビリー、これからもエリンレイズの商人ギルドは繁盛するだろう。

◇

「リージュ、いるかい？」

僕は商人ギルドから帰ってきてすぐに中庭に入った。リージュにコリンズが来ることを伝えておいた方がいいと思ってね。

「どうしたの？」

『キシャ～』

リージュはデッドスパイダーと仲良くなったみたいで、常時出しておいてほしいと頼まれた。そのデッドスパイダーに跨って現れ、首を傾げている。

コリンズが来ることを告げると、リージュはニヤッと笑って答えた。

「罠にかけるのね！」

「違うよ。僕はできることなら困っている人を助けたいと思ってるんだ。だから、コリンズには本当のことを話すチャンスをあげたいんだよ。今回の話し合いで、ハインツさん達、家族とのいがみ合いにも決着をつけたいんだ」

本当にコリンズの秘密の子供が危ないなら救ってあげたいし、何故かいじめられているハインツさんも助けたい。欲張りかもしれないけど、可能なら両方叶えたいんだよね。

「わかったけど、コリンズが本当のことを言うとは思えないな～」

リージュの懸念はもっともだ。コリンズが頭を垂れて謝ったり、涙ながらに本当のことを言ったりする姿は想像できない。

でも、守るものがある人は、そのために自分を殺すことも厭わないと思う。

これがコリンズにとって最後のチャンスなんだ。

◇

日が暮れて、最後の食事のお客さんが【ドリアードの揺り籠亭】を出た。

みんなで食堂に集まり、椅子に腰かける。

「レンレン～、本当に来るのかな～」

「大丈夫だと思うよ」

僕はウィンディにそう答えた。これでコリンズが来なかったら、子供なんていないと思いたいね。

「本当に子供がいるなら、こんな可愛いクリアクリスを捨てたりしないと思うけどな～。ね、クリアクリス～」

ウィンディは椅子に座るクリアクリスを後ろから抱きしめて、頭をナデナデしている。クリアクリスは俯いて、恥ずかしそうだ。

「確かに、自分の子供がいるのにあんなことをするなんて信じたくはないな」

「そうだよ！　それが本当だったら許せない！」

ファラさんとエレナさんも、クリアクリスを抱きしめてそう話した。

確かに僕もそう思う。魔族だろうが何だろうが、こんな子供を傷つけるなんて人として信じられん。

　でも、コリンズの子供に罪はないよね。もしビリーの話が事実なら、クリアクリスみたいに助けてあげたい。

　コンコン！

　みんなとそんな話をしていたら、扉がノックされた。

　ハインツさんが扉を開くと、コリンズが俯き気味に食堂に入ってくる。椅子に座るように促すと素直に従った。

　いつもと違う様子に驚きながらも、みんなでコリンズの言葉を待った。

　重い空気の中、コリンズが口を開く。

「すまなかった」

　コリンズの謝罪の言葉が響く。

　確かにパーティーの時に謝って欲しいとは言ったけれど、その約束が果たされることはないと思っていた。

　僕らは驚きで顔を見合わせる。

「何に対しての謝罪？」

　ファラさんがコリンズに詰め寄った。

　気圧（けお）されたコリンズは腰を浮かせて後ずさり、椅子が倒れる音でこの場の空気がピリッとした。

確かに、何について謝ったのかわからない。謝罪の相手はハインツさんなのか僕なのか、それにどのことに対してなのかもね。

「……すべてに。だから――」

「待ってください。それじゃ言葉が足りませんよね」

ファラさんに続いて、エレナさんもコリンズに詰め寄った。

コリンズは倒れた椅子をよけて、どんどん壁際へと追い込まれる。

二人とも、こういう時に頼りになるな。できる男役は、ファラさんとエレナさんに任せます。

「ハインツの怪我は、私がやらせたことです。商人ギルドに取引をしないように言ったのも私です」

ふむふむ、それからそれから？

「レン君を狙った強盗も私がけしかけ、おびき出すために指名依頼もしました」

だいたい思っていた通りということですね。でもリラさんに関しては？

「リラは！　リラが死んだのはあなたのせいじゃないのか！」

ハインツさんが握り拳を作って詰め寄る。

しかし、コリンズは困った顔で目を逸らした。

「リラは……本当に病気だったんだ」

「え？」

コリンズの言葉にハインツさんは驚きの声を上げる。

この期に及んでコリンズが嘘をついたと思ったのか、ハインツさんはコリンズの胸倉を掴んだ。

「この！」

「嘘じゃない！　嘘じゃないんだ！　だから、私は彼女を支援しようと、妻に迎えると言ったのだ」

コリンズは焦りながらもそう話した。

嘘を言っている感じではなさそうだけど、それなら意地悪なんてせず、無償で支援してあげればよかったのに。

こいつはリラさんを好きになりすぎたんだろうな。コリンズの嫉妬と独占欲が、リラさんを殺してしまったんだ。

僕はハインツさんを宥めることにした。

「ハインツさん、落ち着いてください。最後まで話を聞いてみましょう」

「すいません……」

「謝らなくていいよ。コリンズが悪いんだから」

少し落ち着きを取り戻したハインツさん。その代わりにウィンディがフンスと怒っています。

気持ちはわかるけど、今は話を聞こうね、ウィンディ。

ハインツさんが冷静になったところで、僕は椅子に腰かけた。

コリンズは胸倉を掴まれたことで動揺し、息を荒くしている。

少ししてコリンズは椅子に腰かけて一息つき、話を続けた。

「リラの病の治療には莫大な金がかかる。だから支援してやろうと思い、『私のところに来ないか』と言ったのだが、リラは『私にはハインツがいるので』と頑なでな」

きちんと病気のことをリラさんに説明したのか？　そうじゃなきゃ、ただのナンパだと思われてもおかしくないよ。

これはコリンズの言葉足らずで、リラさんが勘違いしてしまったんだと思う。

「そんな話、受けられるわけないだろう！」

なんとか落ち着いたはずのハインツさんの怒りが再燃してしまった。

そりゃそうだよね。治療するから自分の妻になれなんて。

「その……すまなかった」

コリンズは素直に頭を下げて謝罪の言葉を告げた。

そもそも、リラさんがコリンズのところに来たら本当に治せたのだろうか？　そこ結構、重要だよね。

「リラさんの病気は治せたんですか？」

「当時、私の屋敷を訪れていた高名な僧侶の方なら治せたはずだ。かなり高額にはなるが、金さえ払えばどうにかしてもらえただろう。リラにも、もっと懇切丁寧に説明するべきだった」

その高名な僧侶っていうのも気になるな。僧侶がそんな要求をするなんて。

仮に治してもらったとして、その後コリンズはどうするつもりだったんだ？

「僧侶が大金を求めるのもおかしいけど、あなたは治した後、リラさんをどうするつもりだったんですか？」

「金を求めない者などこの世にはいない！　治ったら、そうなっていたら……リラは美しかったんだ、だからそのまま私のもとに……」

どこまでも欲望に忠実なんだな。ろくでなしとは、コリンズのような人のことを言うんだね。

「すべて謝る！　だから雫を！　世界樹の雫を一つでいいんだ！　一つ私に売ってくれ！」

僕たちの冷ややかな視線を感じてコリンズは焦ったらしい。床に額をこすりつけて懇願している。

どうしたものかと皆を見ると、全員そっぽ向いてしまった。ハインツさんはコリンズを睨んだままだし、どうしよう。

「わけを聞いてもいいですか？　それによっては考えなくもないです」

コリンズはその言葉で顔を上げ、僕をじっと見つめる。

「……娘がいるんだ。私の娘ではなく親友の子なのだが、私はあの子を守ると誓った。あの子に何かあったら、あいつらに顔向けできない。私のことは、いくら罵(ののし)っても恨んでくれても構わない。雫を持っているならあの子だけは助けてくれ」

よっぽど大切な親友の子なのかな。同じように大事にする気持ちを、何でクリアクリスにも持てなかったのか。今はその気持ちの方が大きい僕がいる。

「コリンズ様、この子を見て何か気付きませんか？」

「……魔族の子だろう？」

僕はクリアクリスを抱き上げて見せたが、コリンズはわからないらしい。やっぱダメだ、この人。

「……雫、売ってもいいですよ」

「いいのか！」

「ですが、条件があります」

コリンズの表情が喜と哀の間で乱高下する。悪いが、コリンズはここでおしまいだ。

「伯爵の爵位を捨ててください！」

僕の言葉が【ドリアードの揺り籠亭】に響いた。

みんなはびっくりした顔で僕を見ていて、コリンズも唖然としている。

しばらくして、コリンズは頭を再起動させたようだ。

「爵位を捨てろというのか……」

「僕はそう言いましたよ」

「……」

コリンズは生唾を呑み込む。

みんなも静かにその様子を見ていた。

「あの子はどうなる！　爵位がなくなれば、幼い子を守ることなどできん！」

いやいや、ハインツさんだって子供を育ててるし。暮らしを変えればどうとでもなるでしょ。

やっぱり所詮（しょせん）は腐った貴族だったんだね。ある意味良かった。

「ハァー。コリンズ様、その子のところまで案内してください。症状を見て判断します」

「そうか！　考え直してくれるか」

大きなため息を吐いて提案してみたら、コリンズは険しい顔を一変させて明るい表情になった。

何と身勝手な男だろうか。

だけど、子供に罪はないんだよね。どれだけ危ない状況なのか見させてもらって、どうするか判断しよう。

第十五話　真相

コリンズの屋敷にやってきた。

深夜だし、一人で行くのは危険ということで、ウィンディが同行してくれている。

出かける前に、ファラさんやエレナさんとこそこそと何か話をしていたんだけど、一緒に行く人を選んでたのかな？

ファラさんとエレナさんは残念そうに俯いていたが、どんな話し合いをしたんだろう？　気になります。

ちなみに、従魔もゴブリンとオークを出している。この二匹は武器や防具を装備できるので、とても頼もしい。

コリンズを先頭に屋敷に入り、玄関ホールから二階に続く階段を上っていく。

二階に上がると通路の左右に甲冑が飾ってあって、いかにも貴族の屋敷といった感じだ。

甲冑の置いてある通路をまっすぐ進むと、さらに階段を上り、その先に木の扉が見えた。

まるで屋根裏部屋のようで、僕は首を傾げる。

立派な屋敷には不釣り合いだし、大事な親友の子供なのにこんなところに寝かせているのか？　おかしな感じだ。

そう思いながらも、コリンズに続いて階段を上っていく。

コリンズが扉を開けると、一つのベッドが見えた。

「この子はイザベラ……リラとは違う奇病にかかってしまったんだ」

コリンズはベッドの横の椅子に腰かけて、子供の頭を撫でた。

枯れ木のごとくやせ細った子供は、とても生きているようには見えない。

「死んでいるみたいだろ？　だけど、間違いなく生きているんだ」

子供のおでこにキスをするコリンズ。その少女への愛を感じる行為に、僕は怒りを覚えた。

クリアクリスとはあまりに違う。

「何であなたは！」

「フォッフォッフォ！　コリンズ様、いけませんな。知らぬ者をこの部屋に入れては病が移りますぞ！」

僕の言葉を遮り、カーズ司祭が部屋に入ってきた。

「これはカーズ司祭、こんな夜更けにも祈っていただけるのか」

「フォッフォッフォ、イザベラ様のためならば。それよりも、この小僧を外に出すのです。病をばら撒くことになりますぞ」

カーズは僕たちを一瞥(いちべつ)して言い放った。

しかし、こんなタイミングに祈りに来るって変じゃないか？

「レンレン、おかしいよ。司祭がこんな時間に巡回に来るなんてありえないよ」

ウィンディは怪訝な顔でカーズを睨みつけた。睨まれている本人はベッドの少女を見ているので気づいていないが、すっごい顔です。まるで親の仇のように。

『フゴフゴ！』

「おっと、どうしたオークさん」

僕の従魔のオークが匂いを嗅ぎながらカーズに近づいていく。

「何じゃ！　このオークは！　何故魔物がこの部屋に」

『フゴフゴ!!』

カーズの体から変な匂いがするのか、オークが必死に指さしている。

何か怪しいと思った僕は、ゴブリンと一緒にカーズを押さえ込んだ。

「何をするか！」

暴れるカーズを僕が押さえているうちに、ウィンディとオークが司祭の服から真っ黒なクリスタルと小さな宝石をいくつか取り出した。

『フゴフゴ～！』

「レンレン、これだってさ」

オークが拳ほどある真っ黒なクリスタルを掲げて騒ぎ立てた。どうやらオークが気になる匂いはクリスタルから発生しているようだ。

「何をする！　返さんか！」

「これがどうしたの？」

カーズが騒いでいるのを無視して、僕はオークに話しかける。

「儂にこんなことをして、ただで済むと思うなよ！」

カーズがなんか言ってるけど、無視無視。なんか偉そうで好きになれないんだよね、こういうお爺さんってさ。

「このクリスタル、よく見ると人形が入ってるね」

クリスタルを覗くと、小指くらいの小さな人形が入っていた。心なしか、イザベラちゃんに似ている気がする。

「まさか、牢獄石では……」

コリンズが狼狽えながらそう口にした。牢獄石ってなんだろうか？

「それは？」

「命を閉じ込める石だ。法で裁けないほどの犯罪者を一生閉じ込めるために作られた。この中の少女は、間違いなくイザベラだろう」

僕の問いにコリンズが厳しい表情で答える。

「何故カーズ司祭がこれを！」

「フォッフォッフォ。知りませんな、そんなもの。この小僧達が用意したのでしょう。まったくもって怪しい奴らじゃ。早く引っ捕らえてしまってくだされ。……ん？　何故牢獄石が割れておるんじゃ……!?」

カーズが何か話している間にクリスタルをコネコネしていたら、割れてしまいました。中にあった人形はそのまま出てきたので、傷はありません。

カーズはあり得ないものを見たとばかりに目を見開いている。

鍛冶の王スキルは、こういったクリスタルも加工できるみたいだね。

「返せ！　返せ！」

「にっしっし！　カーズ司祭がご乱心だよ、レンレン～。でもこれで、このお爺さんはクリスタルが自分のものじゃないなんて言えないね～」

カーズが必死過ぎて、何だか哀れ。ウィンディが楽しそうに笑ってます。

「これは僕のものなんでしょ？　何であなたに返さないといけないんですか？」

「うるさい、早く返せ！」

「コリンズ様、牢獄石の人を解放するにはどうしたら？」

「解放した者はいないと言われていたが、聖なる水を人形にかけると可能だと噂で聞いたことがある……しかし、本来はクリスタルから人形を取り出すこと自体無理なはず」

聖なる水って、清らかな水でもいけるのかな？　試しにかけてみよう。

僕はアイテムボックスから清らかな水を取り出して、人形にぶっかけた。

清らかな水を浴びた人形は白くなっていき、最後には崩れて形をなくす。

それを見たカーズは狼狽（うろた）えながら外に出ようとしたが、もちろん、オークがそれをさせまいと道を塞いだ。

「どかんか、この！　オークが！　儂の魔法にひれ伏せ！」

カーズは光の魔法をオークに浴びせた。それはそれは神々しい光がオークを照らす。

だけど、オークは微動だにしない。

「な！　何故じゃ！　儂の魔法が効かないのか！」

カーズは驚愕に顔を歪める。光の魔法が効かなかったのがショックだったみたいで、へなへなと腰砕けになった。

ふふふ。僕のオーク君は、そんじょそこらのオークとは違うのですよ。何と言っても装備でステータス爆上げですからな。

「うう……」

「イザベラ！」

カーズに気を取られているうちに、ベッドの少女イザベラが声をもらした。

コリンズが心配して駆け寄る。

「おじ様……」

「ああ、イザベラ！　目が覚めたんだな」

うむ、子供が無事で何よりです。

「何故じゃ、何故儂の魔法が！」

「ハイハイ、カーズさん。あなたは何故あの牢獄石を持っていたんですか。それもイザベラちゃんに使っている石を！」

ウィンディが矢を構えてカーズを尋問する。

カーズはフンッといった様子で黙秘を決め込んだ。

「カーズ司祭、そう言えばリラの病気もあなたから聞いた話でしたね」

「儂は知らんぞ」

なるほど、そういうことね。

大体察しがついた。要するにこのお爺さんがコリンズから金を巻き上げ、いいように操るために色々と策を練ったというわけだ。

まったく、この世界の教会はこんな感じなのかと呆れる。

「とりあえず、イザベラちゃんにこれを」

「雫……」

コリンズは雫を見つめて呟いた。

僕から革袋に入った世界樹の雫を受け取ると、すぐにイザベラちゃんに飲ませる。

その間もカーズが逃げ出そうともがいていたが、オークは微動だにしない。

「ギャア！　何をする！」

「逃げようとするから足に矢を射ったのよ」

ウィンディが暴れるカーズに嫌気がさして、足に矢を撃ちつけた。

ウィンディは僕と出会った頃よりもステータスが上がっているので、カーズのＨＰは瀕死寸前になっている。

死んだらどうするの、まったく。しかしカーズが悪いのでしょうがないか。

「何故儂がこんな目に！　折角コリンズを使ってこの街を支配しようと思っていたのに……」

おうおう、自ら暴露し始めるとはどこまで馬鹿なんでしょう。

「カーズ司祭！　このことは教会に報告するぞ！」

「教会がお前のことを信用するはずがないだろう。今までの己の行為を振り返ってみるがいい！」

コリンズの言葉にカーズはそう言い返した。

これまでのコリンズの行いは街のみんなが知っている。悪行を重ねてきたコリンズの信用はないに等しい。

教会に信用されないことは、コリンズ自身もわかっているようだ。

「では、お前は私が制裁してやる。今まで私のおかげで甘い汁を吸ってきたのだから、もういいだろう」

「な！　何をする！　どこに連れて行く気だ！」

コリンズが暴れるカーズの首根っこを掴んで引きずっていく。

カーズの騒ぐ声はどんどん小さくなっていき、最後に断末魔の叫びを残して静かになった。

イザベラちゃんには聞こえないように、オークが耳を塞いでいた。オークは結構、紳士なんだな。

ゴブリンもそうだが、僕の従魔になってからこいつらすげえ紳士だ。階段を上る時、ウィンディに手を差し伸べたり、椅子に座る前に椅子の埃を払ったり。

ラノベを読んでいた僕からしたら、ゴブリンとオークは女性に嫌われる種族一位と二位といったところだったが、こいつらは簡単にその印象を吹っ飛ばした。男として負けた気分です、ハイ。

そんな僕をよそに、ウィンディ達はイザベラちゃんと談話中だ。

雫を飲んだイザベラちゃんは、やせ細っていた体も健康的になっていた。

イザベラちゃんはオークやゴブリンに興味津々。魔物だというのに恐れないのは、こいつらの紳士力に気付いたからだろうか。恐るべし紳士力！

「お姉ちゃん達が助けてくれたの？」

「そうだよ～。でも、コリンズのおじさんが助けてって私達に頭を下げたんだ。おじさんを褒めてあげてね」

ウィンディは気遣いもできる女だったのか、と驚愕していると、僕の顔を見たウィンディが顔をしかめている。心を読まれたようですな。

「ちょっと～レンレン、今私のこと、馬鹿にしたでしょ？」

「いんや、しておりません」

図星過ぎて敬語が発動。何かされる前に部屋から飛び出した僕は、戻ってきたコリンズを迎えた。

「すまなかった」

コリンズは僕の顔を見るなりそう言った。

だけど、言う相手が違うよね。

「その言葉はイザベラちゃんに言ってあげな。あと、ハインツさん親子にもね」

もちろん、リラさんにも。

リージュにはこのことを聞いても、コリンズを許せないかもね。それでもちゃんと報告しよう。

ハインツ親子をいじめていたきっかけは、カーズの言葉だった。

教会の司祭を処罰したコリンズは、教会から糾弾されるだろう。

カーズに利用されていたとはいえ、弁護の余地はないね。ちゃんと僕らが主張すれば少しはコリンズの刑が軽くなるかもしれないけど、爵位はなくなるだろう。

◇

「は〜、やっと鉱山へ来れた〜」

コリンズの件が一段落して、僕はエリンレイズの鉱山へと足を運んだ。今まではハインツさん達が心配過ぎて遠出できなかったんだよね。

まあ、それでもデッドスパイダーとリージュは【ドリアードの揺り籠亭】に待機させている。

「でもよかったね。テリアエリンからコリンズの代わりの領主が来てくれて」

「コリンズはカーズに利用されていたわけだけど、悪事を働いていたことは確かだからね。コリンズも刑を素直に受けているから、すぐに出てこれるよ」

コリンズはハインツさん以外にも、色々なところで締め付けを行っていたようだ。

僕らがいくら擁護したところで、市民のコリンズへの怒りはなくならないだろう。

カーズ自身も各所で悪どいことをしていたらしい。回復魔法を使う代わりに、お金だけじゃなくて様々な対価を要求していたんだってさ。まったく、ああいう老害は本当に困ります。

街の人達は、コリンズの言い分は嘘だと思っている。これは仕方ないよ。今までのコリンズの印象が最悪だったからね。いくら僕達が声高らかに言ってもしょうがない。

「レンレンが言ってるのに信じてくれないいんだから、よっぽどだよ」

「いやいや、僕を過大評価し過ぎだよ」

僕はウィンディに首を振る。

僕はただの冒険者で聖人じゃないからね。それでも街の人達は少しだけ心を動かしてくれたけど。

結果的に、コリンズには禁固三年の刑が下った。普通ならば鉱山奴隷になってもおかしくないほどの市民達の熱だったが、僕の言葉で多少は情状酌量(じょうじょうしゃくりょう)されたのかもしれない。

「新しく来た領主様は結構いい人みたいだね」

エレナさんが言っているのは、テリアエリンから来てくれた新しい領主、クルーエン伯爵様だ。

コリンズの刑が軽くなったのも、この人のおかげといっていい。

人懐っこい笑顔で僕らの言葉を聞いてくれたクルーエン伯爵様は、尊敬できる貴族だと思った。

「レンレン、この後どうするの？」

「う〜ん、ハインツさん達がコリンズの手先に嫌がらせをされる心配はなくなったけど、まだ襲われるかもしれないからな〜」

黒幕のカーズは司祭だった。なので、教会に喧嘩を売ったかたちになっちゃったんだよね。

コリンズの移送もそうだけど、教会側の目を気にしながら行動しないといけなくなったんだ。

この世界の教会は貴族達と同じく、結構腐敗してるらしい。戦争がなくなって魔物との争いだけになったことが大きいみたいだけどね。

教会は回復魔法を使える人を抱え込み、寄付をした人だけに回復を施すといった横暴を繰り返しているそうだ。

コリンズは多額の寄付をしたにもかかわらず、イザベラちゃんを治してもらえなかったけれど、それは教会が長い間利用しようと目論(もくろ)んでいたからだろうね。

そんな事情もあって、リージュには【ドリアードの揺り籠亭】を守り続けてもらうことにした。

その代わりといってはなんだけど、リージュには装飾品をプレゼントしました。主にＶＩＴとＭＮＤが上がるものなので、リージュにぴったり。青葉のようなブローチにしたんだけど、すっごく喜んでくれた。本当によかったです。

「できれば旅立ちたいな～」

折角この世界に来たんだから、あちこちを見て回りたいよ。

「レンレン、ちょっと来て～」

「え？　どうしたの？」

まだ街にいるべきかどうか悩んでいると、ウィンディが鉱山の奥を指さして手招きしている。

「私が討伐依頼を受けた魔物がいたんだけど、結構固そうなんだ」

「あ～、ゴーレを呼ぶのね」

魔物を確認しながら、ゴーレとオークを召喚する。

魔物はアイアンゴーレムのようで、かなり固そうだ。なのでパワータイプのこの二人に決めました。

「ゴーレ、オーク、行くよー」

ウィンディの言葉に二匹の魔物は声を上げて応えた。

ウィンディはゴーレの肩に乗って矢を放つ。

鉱山だから大地の矢は危ないと判断したのか、清らかな矢を射ってアイアンゴーレムの頭に命中。

体を崩されたアイアンゴーレムは後ろへと倒れる。

『ブヒ～～！』

倒れたアイアンゴーレムにオークが肉迫し、強烈な攻撃がアイアンゴーレムの足先を崩した。

流石に固いようで、僕の武器でもそれがせいぜいだ。何だか悲しい。オリハルコンで作ってあげればよかったな。

「気をつけて。アイアンゴーレムの強度はミスリル並らしいから」

ウィンディに忠告される。

アイアンゴーレムは「アイアン」と名前に冠しているが、レベルに応じて硬度を増すらしい。

うちのゴーレも同じ理屈で、岩のくせにミスリル並に固くなってる。

アイアンゴーレムとゴーレの力比べが始まった。

その間もウィンディとオークがアイアンゴーレムの体を削っていく。

それを嫌がるアイアンゴーレムの足がピョコピョコと二人を牽制するのだが、まともに払えていない。なのでしばらくすると――。

「おつかれ～」

三人はハイタッチしていた。

アイアンゴーレムは足から崩されて、最後はゴーレの全体重をのせたスタンプで絶命したのだ。

ドロップにアイアンゴーレムのジェムが手に入って、僕はホクホクである。

この鉱山にはゴブリン達が棲み着いていたので、道中でゴブリンのジェムもいっぱい手に入った。

中にはゴブリンウィザードもいて何だか新鮮だったな。

鉱山の奥にはこれまた大きな鉱脈があった。ミスリルもあったから、ここに来て正解でした。

おかげでスキルもレベルアップ。

採掘の王【E】→【D】

◇

「じゃあ、僕らは行きますね」

鉱山から帰ってきて三日ほど製作すると、新しい領主のおかげで街が落ち着いてきたので、エリンレイズを後にすることにした。【ドリアードの揺り籠亭】はリージュが守るし、宿屋としてもさらに繁盛してきたので僕らが長居したら迷惑だろうからね。

「いつまでもいてくれて構わないのに」

ハインツさんの優しい言葉で目の奥がじんとする。

だけど、甘えてちゃだめだ。それに旅は続けたいからね。

「いつまでも居座っては悪いですからね」

「皆さんは命の恩人です。迷惑だなんて思ったことないですよ。またいつでも来てください」

「近くに来たら、必ず寄らせてもらいます」

そう言って荷物を持って外へと歩いていく。

「お兄ちゃん達、ありがとうございました。また来てくださいね」

ファンナちゃんの声に、僕達は振り向いて手を振った。

これでエリンレイズともお別れか。

そう思って馬車に乗って出発したのだが、街を出るまでに色々なところで知人達に捕まった。しかも、食べ物までもらって。ありがたいことです。

「お兄ちゃん凄い！」

「レンレンのおかげだね」

「レン、凄すぎ」

クリアクリスとウィンディ、エレナさんが僕を褒める。何だか気恥ずかしいけど確かに嬉しい。

こんなに人の役に立っていたのかと思うと、頑張った甲斐がある。

「レンはもうちょっと自分の価値に気付いた方がいい」

ファラさんはそう言って笑った。

そういえば、ファラさんはいつまで僕と一緒にくるんでしょうか？

エイハブさんはレイティナさんに訴状を届けにいって戻ってきたけれど、事態が解決したとわかってすぐにテリアエリンへ戻ったのに。

「ファラさんは、エリンレイズに用があったんじゃないんですか？」

「ん？　ああ、それは済んだよ。今はフリーだ」

「そ、そうなんですね」

ファラさんの言葉に、ウィンディとエレナさんが険しい顔になった。

僕にはよくわからないけれど、変な空気のまま馬車はドナドナと街道をゆく。

しばらく街道を進んでいたら、野営しやすそうな平地を見つけた。

この先に同じような場所があるとは限らないので、少し早いが野営の準備に取り掛かる。

こういう時、ルーファスさんは行動が早い。テキパキとテントを建てて、たき火まで作った。流石だ。出会った当初はダメ男という印象だったけど、それを撤回せざるをえない。

「ん？　俺の顔になんかついているか？」

「いや、何でもないですよ」

ルーファスさんをじっと見つめすぎて不審に思われてしまった。

僕はごまかして、そそくさとテントの中へ。

テントの素材は蜘蛛達の糸なのでとても丈夫だ。ミスリルスパイダーの糸にはミスリルが含まれているから燃えづらいし、最高です。

いつも通り、見張りは蜘蛛達に任せて僕らは就寝。マイルドシープの枕は最高だね。

ウィンディに取られそうになったけれど死守しました。モフモフは僕のものだ。

でも、今度皆の分のぬいぐるみでも作ってあげよう。ワイルドシープの毛皮はいっぱいあるからね、簡単さ。

◇

マイルドシープの心地よさを感じながら目覚めると、僕の布団にこんもりと何かが入り込んでいた。

「クリアクリス……」

女性陣はみんな馬車で眠っていた。僕とルーファスはテントで寝ていたんだけど、クリアクリスは夜のうちに忍び込んでいたみたいだ。可愛らしい寝顔で僕にしがみついている。

「まったく……」

クリアクリスのおでこをさする。可愛いったらないね。彼女の両親が生きているのなら会わせてあげたい。

コリンズに話を聞いたのだが、彼も奴隷商から買ったというだけで、クリアクリスの素性は知らないらしい。

買ったのは一年ほど前だというから、簡単に情報が掴めるとは思えないな。諦めないけどね。

「レン、クリアクリスを見なかったか？」

「シ～」

ファラさんがそう言ってテントをめくった。僕は指を自分の口に当てて静かにと伝える。

優しいファラさんはそれに応えて、ゆっくりとテントを閉めた。

「ファラ、クリアクリスは？」

「クリアクリスはレンのところで寝てる。まだそっとしておこう」

テントの外からそんな声が聞こえてきた。ウィンディみたいにうるさいと、クリアクリスは起きちゃうからね。

「レンレン〜、クリアクリスは〜？」

「シ〜〜」

ファラさんの時と同じように静かにするようにお願いしたんだけど、ウィンディには効きませんでした。布団に潜り込んできて、クリアクリスを抱きしめて三人で寝るかたちになってしまった。

「暖か〜い」

「ウィンディお姉ちゃん、痛い〜」

まったく、いつまでもウィンディはウィンディである。

クリアクリスが起きてしまったので、仕方なくみんなで布団から出ることにした。

テントから出ると、夜に作っておいたテーブルに料理が並んでいた。全部ファラさん達が用意してくれてたみたい。こういう時、幸せを感じるよね。

「クリアクリス、ほっぺにご飯がついてるよ」

「わ〜、それいいな〜。私にもして〜！」

クリアクリスのほっぺについたご飯をヒョイととって食べると、ウィンディが羨ましそうに指を咥えて見てきた。

だけど、ウィンディにそんなことをするわけがないので無視だ。

「ウィンディ、それはやり過ぎだよ」

「えへへへへ」

エレナさんに注意されてウィンディは照れ隠しに頭をかいている。美人が台無しだ。

さて、次はどこに行こうかな。

当てのない旅だけど、賑やかな仲間たちとなら楽しくなりそうだ。

寺尾友希
Terao Yuki

第12回アルファポリス
ファンタジー小説大賞
大賞受賞作!

チート級に愛される子犬系少年鍛冶士は
あらゆる素材を調達できる
Lv596!
最強の見習い!?

犬の獣人ノアは、凄腕鍛冶士を父に持ち、自身も鍛冶士を夢見る少年。しかし父ノマドは、母の死を境に酒浸りになってしまう。そんなノマドに代わって日々の食事を賄うため、幼いノアは自力で素材を集めて農具を打ち、ご近所さんとの物々交換に励むようになっていった。数年後、久しぶりにノアの鍛冶を見たノマドは、激レア素材を大量に並べる我が子に仰天。慌てて知り合いにノアを鑑定してもらうと、そのレベルは596! ノマドはおろか、国の英雄すら超えていた! そして家族隣人、果ては火竜の女王にまで愛されるノアの規格外ぶりが、次々に判明していく――!

◉定価：本体1200円+税　◉ISBN 978-4-434-27158-8　◉Illustration：うおのめうろこ

水しか出ない神具【コップ】
授かった僕は、不毛の領地
好きに生きる
事にしまし
長尾隆生
Nagao Takao
辺境領主の領地再生ファンタジー、開幕!
コップひとつで自由に町作り!
大貴族家に生まれた少年、シアン。彼は順風満帆な人生を送るはずだったが、魔法の力を授かる成人の儀で、水しか出ない役立たずの神具【コップ】を授かってしまう。落ちこぼれの烙印を押されたシアンは、名ばかり領主として辺境の砂漠に追放されたのだった。どん底に落ちたものの、シアンはめげずに不毛の領地の復興を目指す。【コップ】で水を生み出し、枯れたオアシスを蘇らせたことで、領民にも笑顔が戻り始めた。その時、【コップ】が聖杯として覚醒し——!? シアンは【コップ】をフル活用し、名産品作りに挑戦したり、不思議な魔植物を育てたりして、自由に町を作っていく!
水しか出ない神具【コップ】を授かった僕は、不毛の領地で好きに生きる事にしました
長尾隆生
コップひとつで自由に町作り!
●定価:本体1200円+税
●ISBN 978-4-434-27336-0
●Illustration:もきゅ

◆定価：本体1200円＋税　◆ISBN：978-4-434-27521-0　◆Illustration：寝巻ネルゾ

辛い出来事ばかりの人生を送った挙句、落雷で死んでしまったOL・サキ。ところが「不幸だらけの人生は間違いだった」と神様に謝罪され、幼女として異世界転生することに!　サキはお詫びにもらった全属性の魔法で自由自在にスキルを生み出し、森でまったり引きこもりライフを満喫する。そんなある日、偶然魔物から助けた人間に公爵家だと名乗られ、養子にならないかと誘われてしまい……!?

◉定価：本体1200円+税　◉ISBN：978-4-434-27440-4

◉Illustration：花染なぎさ

この作品に対する皆様のご意見・ご感想をお待ちしております。

おハガキ・お手紙は以下の宛先にお送りください。

【宛先】

〒150-6008 東京都渋谷区恵比寿 4-20-3 恵比寿ガーデンプレイスタワー 8F
（株）アルファポリス　書籍感想係

メールフォームでのご意見・ご感想は右のＱＲコードから、
あるいは以下のワードで検索をかけてください。

アルファポリス　書籍の感想

ご感想はこちらから

本書はWebサイト「アルファポリス」（https://www.alphapolis.co.jp/）に投稿されたものを、改題・加筆・改稿のうえ、書籍化したものです。

間違い召喚！　追い出されたけど上位互換スキルでらくらく生活

カムイイムカ

2020年 6月 30日初版発行

編集－本永大輝・篠木歩
編集長－太田鉄平
発行者－梶本雄介
発行所－株式会社アルファポリス
〒150-6008 東京都渋谷区恵比寿4-20-3 恵比寿ガーデンプレイスタワー8F
TEL 03-6277-1601（営業）　03-6277-1602（編集）
URL https://www.alphapolis.co.jp/
発売元－株式会社星雲社（共同出版社・流通責任出版社）
〒112-0005東京都文京区水道1-3-30
TEL 03-3868-3275
装丁・本文イラスト－にじまあるく（https://nijimaarc.tumblr.com）
装丁デザイン－AFTERGLOW
印刷－中央精版印刷株式会社

価格はカバーに表示されてあります。
落丁乱丁の場合はアルファポリスまでご連絡ください。
送料は小社負担でお取り替えします。
©Imuka Kamui 2020.Printed in Japan
ISBN978-4-434-27522-7 C0093